U0032567

JOSEPH CONRAD

勝利

Victory

著／康拉德　主編／孫述宇　譯／李成仔

康拉德的生平與小說

孫述宇

1

康拉德（Joseph Conrad, 1857-1924）是英國小說家中的佼佼者。著名的批評家李維斯（F. R. Leavis, 1895-1978）把他列在前四名之內，別的論者即使不這麼推崇他，也沒有不認爲他是一流的。然而他本來不是英國人。他是波蘭人，原名Josef Teodor Konrad Nalecy Korzeniowski。

他父母系的家庭都是波蘭農村的士紳貴族，但是國運的影響，他的少年生涯十分坎坷。波蘭在十八世紀末年時給俄羅斯、奧地利、普魯士三國瓜分了，要到二十世紀第一次大戰時方能復國；在十九世紀裡，波蘭的民族情緒非常高漲。比方那位要求一撮波蘭泥土陪葬的「鋼琴詩人」蕭邦（F. Chopin, 1810-1849），便是屬於這時代的。康拉德的父母系家庭，都參與一八六〇年代前後的復國運動，並付出了代價。他的一位舅父曾任一八六二年華沙革命委員會的主席，一位叔父在次年的起義中被害，另一位則遭放逐到西伯利亞。

他的父親阿波羅，一八六二年時也參加祕密的革命活動。他的母親伊芙蓮娜終年都穿著黑色衣服，表示在爲國家服喪。一八六三年時，阿波羅被捕了，判處流放到俄國去，妻子一家都隨行。兩年後，康拉德不過八歲，母親就因肺病死在寒冷的異鄉。父親沒法照料他，便把他送去依舅父和外祖母過日子。不久，父親也生病了，獲准南遷到奧國屬下的波蘭地區居住，父子才又相聚。奧國是瓜分波蘭的三國中最寬仁開明的一國，准許波蘭人使用波文，康拉德這時學習自己民族的語文達到一個程度，終生都不忘記。他父親也做些翻譯工作，把法國的雨果（V. Hugo, 1802-1885）、英國的莎士比亞（W. Shakespeare, 1564-1616）、狄更斯（C. Dickens, 1812-1870）的一些作品，譯成波文。但這時他已經病入膏肓；康拉德晚上自己讀書之後，和父親說了晚安，回房往往是哭到入睡。一八六九年，父親便死了，因他吃過俄人的苦頭，一大群同胞來送殯。

沒有了父母，康拉德就在外祖母與一位貴族的監護之下，由舅父泰迪沃斯（T. Bobrowski）照顧。奧國治下的克拉考市，由於市議會同情他父親的遭遇，特准他居留。他舅父給他安排，由一個大學生教導他讀書。

讀了幾年，旅行幾次之後，他興了航海之念。他的親戚都是大陸農村背景的人，對海洋陌生得很，疑懼之心不能免；舅父常說康拉德父親那邊的人多怪僻，這出海之心又是一明證。康拉德日後自承，從小就愛對著地圖幻想，立志要到那些五顏六色的地方去。結果，在一八七四年，少年人的堅持勝利了，他舅父讓他到法國去。

2

到了法國一年，康拉德就開始他的航海生涯。他的舅父爲他在一家銀行開了個戶頭，這銀行的老闆是個船東，手裡有兩隻船，康拉德就在他的「白山號」上初次出海。這時是一八七五年，他是十八歲。

他航海的初期，似乎很富傳奇色彩。在「白山號」之後，他到這銀行家的另一艘船「聖安東尼號」上做事，原來這船在中美洲航行時，幹的是軍火走私的勾當。康拉德當然沒有吃虧。他日後得意之作《我們的人》（*Nostromo*）就拿這種事做背景。冒險的事正合年輕人的胃口，據說他離開「聖安東尼號」後，又曾爲覬覦西班牙皇位的卡洛斯（Carlos, 1848-1909）運輸武器，直運到有一天，在巡邏船緊追之際，他們的走私船撞毀在一處岩岸上。由於與卡洛斯的人馬來往，他這時戀上一個名叫麗妲的神祕女子。麗妲從一個法國富翁處承受到一筆遺產，生活放蕩，卡洛斯也是她的入幕之賓。她也許只是拿康拉德來玩玩——也許覺得這個矮個子寬肩膀的波蘭青年，頭向前伸，下巴尖長翹起，怪有趣的；但康拉德對愛情認真得很，他衝衝動動的與一個美國人為她而拔槍，結果是受傷入院，讓舅父痛罵了一頓。

這些故事未必是真的；康拉德說往事常是虛虛實實，矛盾也屢見。假使他初時果真如此之浪漫，後來省悟倒也快，自新得很徹底。他轉到英國船上謀生，學英語，幾年間便把英國的船副與船長資格一一考取了。他的同事只記得他那時有一口外國口音，有些奇奇怪怪的氣派，綽號叫作「伯爵」，沒有人記得他有什麼荒唐行為。

他前後在許多船上做過事，走過許多航線，歐洲、非洲、中東、印支、南太平洋、澳洲、中南美都去遍了。這些旅程增廣他的見聞，也磨練他對世界人生的看法。英國是個航海國家，拿航海為題材的作家，如史蒂文生（**R. L. Stevenson, 1850-1894**）與吉卜林（**R. Kipling, 1865-1936**）等，都擁有大量讀者；康拉德日後就拿他的航海生涯積聚到的材料來寫小說。

他小說中的人物與故事，往往是他在航海時所遇的真人真事。比方早在一八八〇年，他跟著「巴勒斯坦號」到曼谷去，那是一艘老舊的船，走得慢，後來更因所載煤斤自燃，船就在大洋上燒毀了。這就是中篇《青年》（*Youth*）的故事，這種不圓滿的結局，誠如敘事者所說，對年輕人的生活與志氣是沒有什麼影響的。過了幾年，他到一艘「水仙花號」上任職，這便是那本《水仙花號上的黑水手》（*The Nigger of the Narcissus*）

的背景。

一八八七年，他到「高原森林號」當大副，這船是爪哇線的，船長叫作麥回爾（J. McWhir），日後現身在他的中篇《颱風》（*Typhoon*）裡。其後他轉到另一條船「韋達號」上，行走馬來亞一帶。他在這船上工作不到一年，在馬來走了五轉，卻蒐集了許多寫作的材料。在幾本早期小說中露面的林格（Lingard），本是這裡的一位船長；他的侄子就是吉姆老爺（Lord Jim）；其他如奧邁耶、威廉士、回理等小說人物的真身，也是這時期遇見的。奧邁耶是康拉德頭一本小說的主人翁，真身是個瘋瘋癲癲的荷蘭人，娶了個土女爲妻，慾望之大與能力之低恰成對照。康拉德自言，若是沒有遇見這個怪人，也許畢生不興動筆寫作之念。

一八八九年，康拉德到非洲走了一轉，那是很重要的一轉。先是他離開了東方，回到歐洲，一面動手寫頭一本小說《奧邁耶的癡夢》（*Almayer's Folly*），一邊等候俄國當局批准他入英籍——因爲他是俄屬波蘭人，若未得允許擅自歸化他國，將來回波蘭探親便有麻煩。俄政府辦事很慢，他等候時，須有工作以資餬口。這時，比利時皇利奧普二世（Leopold II，1835-1909）設有「國際開化非洲協會」，康拉德少年時曾立志到剛果一行，於是請親戚代爲設法，謀得一份剛果河船的差事。那時在非洲旅行是很苦的，又不能一路乘船，要在不毛之地徒步跋涉數十日，中間還會染上疫症。還沒有來到目的地，船已沉了，撈起來再慢慢修繕，他沒事好做，就跟人另乘一船去救公司的一位職員克拉恩（Klein）。在這段路程中，歐洲人以開化爲名所施的種種暴行，種種的掠奪、奴役、折磨、殺戮，他都目睹了。他把這些事實記在日記裡，後來更寫成一個中篇，那就是有名的《黑心》（*Heart of Darkness*），書中的庫爾茲（Kurtz）就是克拉恩的化身（德文klein是「小」，kurtz是「短」）。康拉德在旅途中又遇見一個愛爾蘭人凱斯門特（R. Casement），這人日後受到榮封，再後又被絞死，康拉德把他寫成《羅曼斯》（*Romance*）一書中的奧白賴恩（O'Brien）。

從非洲回來，康拉德還航了幾年的海。他駕過一艘「佗侖斯號」，是艘快速帆船，從英國駛到澳洲有很好的速度紀錄，而且外觀俊美，使他很滿意。康拉德的時代，輪船已日漸興起，但他不甚瞧得起這種新玩意兒，只賞識那些很需要氣力與技術、也很考驗人的意志的帆船，「佗侖斯號」的乘客中有一位年輕人是高斯華綏（J. Galsworthy, 1867-1933），康拉德與他在途中結交，友情終生不渝。這高斯華綏日後在文壇成大名。船上另一位年輕乘客叫傑克斯（W. H. Jacques），剛從劍橋畢業，前往澳洲，抵達不久就得病死了。他在文學方面涉獵很廣，康拉德把《奧邁耶的癡夢》初稿給他看，然後怯怯地問他有何意見；他很簡單地回說，這值得出版。康拉德雖已看過許多書——波蘭的文學、俄國的小說、雨果、莎士比亞、古柏（J. F. Cooper, 1789-1851）等等——但迄今少與文化界人士晤談，傑克斯這位飽讀詩書的大學生說了這句話，對他實有決定性的影響。

3

一八九四年，康拉德開始在英國定居，並在文學方面謀求出路。兩年後，他結了婚，娶的潔絲．喬治小姐（Jessie George），是一位英國書商的女兒。兩人的年紀相差頗大，但婚姻美滿；潔絲女士後來還寫了康拉德的傳記。他們生下兩個男孩。除了到南歐住過一段時期，晚年又回波蘭一趟之外，他們一家人一直住在英國。

康拉德的寫作生涯，可說是相當順利。本來，他決定以文字維生，可說是大膽到近乎魯莽，因爲他生長在波蘭，現在在英國寫小說，就是用第二語文來創作，這是很少有人做成功的事；加以他又是海員出身，沒有受過什麼正式的文學教育。不過，誠如他的傳記作者常說，他航海已有二十年，足跡遍天下，人生經驗與見聞已是用之不竭的材料。而且他的運氣不錯，常常得到幫助——用占卜的話來說，是命裡有「貴人」。他的頭一本稿子《奧邁耶的癡夢》，在上陸地定居那年送到翁溫（Unwin）書局去，馬上便蒙採納印行。審閱稿本的人是嘉涅特（E. Garnett, 1868-1937），他巨眼識人，日後與康拉德做了朋友；他的妻子是康絲坦．嘉涅特（Constance Garnett, 1862-1946），也是文壇知名人物，專譯俄國小說。康拉德在「佗侖斯號」上結識的乘客高斯華綏，對他也大有助力。高斯華綏的家境很好，本是學法律的，但轉而投身文學，中年之後在小說與戲劇方面都成了大名，後來更獲頒諾貝爾文學獎。他是個恬淡的人，不愛熱鬧，與康拉德交誼極好，康拉德有時就住在他家寫作。別的文壇翹楚，如詹姆斯（H. James, 1843-1916）、吉卜林、本奈特（A. Bennett, 1867-1931）、各斯（E. Gosse, 1849-1928）、克萊恩（S. Crane, 1871-1900）等人，都賞識康拉德，先後與他來往。他的作品印出來或是在刊物上面世時，有識之士很快就給予好評。他又找到一位平克斯（J. B. Pinkers）爲他辦理事務，出版取酬諸事都不必煩心，而稿件也從不受退還的冷遇。

他的筆動得很勤快。他需要收入以維家計，也知道自己開始得比較晚。他的處女作付梓之時，已經是三十七歲的人，在這年紀，許多作家早已大有成績。他寫得很拚命：《奧邁耶的癡夢》完成的次年，他拿這小說中的人物（以奧邁耶的丈人林格船長爲中心）寫了《海隅逐客》（*An Outcast of the Islands*），而這第二本墨瀋未乾，又已動筆寫林格的第三部曲《拯救》（*The Rescue*）。這第三本寫得不甚順利，要到二十年後方能完成，但他把稿丟在一旁之際，很快速又寫了《水仙花號上的黑水手》，在一八九七年出版。早一年，他結了婚度蜜月時，旅途中也還在寫短篇；一八九八年，長子出生時，短篇集*Tales of Unrest*也殺青了。接著，由他筆下那位著名的「說話人」馬洛（Marlow）講述的中篇《青年》完成了，在《黑林》（*Blackwood*）雜誌刊出。他動手寫《吉姆老爺》，前後寫了一年多；但這書未成，先寫就有名的中篇《黑心》。這時他開始與福特（Ford Madox Ford, 1873-1939，初時名叫Hueffer）合作，先後完成了《繼承者》（*The*

Inheritors）與《羅曼斯》兩本。到了一九○三年，他同時著手寫《海鏡》（*Mirror of the Sea*）與《我們的人》兩書。後者是他最賣力的一本作品，前後寫了三年；他對友人形容工作的艱辛，喻之爲「與神搏鬥」（《舊約．創世記》中的故事）。

我們剛才說他的寫作生涯是一帆風順，但後人的觀感與當事人自己的心情每每是很不同的。他在這頭十年裡，常向朋友訴苦。他早在航海時就有痛風症上了身，這病頻頻發作，影響他的工作。他的錢也不夠用；像《黑心》這樣的中篇，日後成爲經典之作，選到各種選集中，也給大詩人艾略特（T. S. Eliot, 1888-1965）引進詩裡，但在出版時賺不到幾十鎊的稿費。福特說他常常擔心妻兒會淪爲餓殍；他也曾請朋友代爲設法覓個職位，再度放洋。有一回他告訴嘉涅特說，自己是既窮又病，年歲也不小了，幸而還有心情寫作。雖說文壇人士對他都予好評，但有些作品，他寄予厚望的，卻不甚受歡迎。他的《海鏡》很受揄揚，但他自己以爲很了不起的《我們的人》卻受到冷淡的待遇，雖然後世的評論家大致都同意他自己的評價，許之爲他的代表作。他寫作認真，從不作媚眾之想，然而一直都相信廣大讀者群的心是打得動的，只要作品寫得好。這點信心也使他一再失望痛苦。

在他寫作的第二個十年間，日子漸漸好過。他依次寫了四個長篇，即《特務》（*The Secret Agent*, 1906）、《在西方的眼睛下》（*Under Western Eyes*, 1910）、《機會》（*Chance*, 1912）、《勝利》（*Victory*, 1914）。這些小說與早些時的作品略有不同：早時的作品可以稱爲海洋小說，講的若不是航海，便是西歐人在海外地區的活動——所謂「海外」，是從西歐的觀點而言，即是指南太平洋、中南美洲、非洲等地方；但現在這些小說，也講到歐洲人的革命與地下活動，背景是倫敦、聖彼得堡這些大都會。他還想以地中海爲背景寫一篇，又想講拿破崙（Napoleno I, 1769-1821）。吳爾夫女士（V. Woolf, 1882-1941）認爲康拉德最具特色的作品是早時的海洋小說，這個判斷，大多數的批評家都無異議；大家都相信，他最能流傳下去的，是《我們的人》、《吉姆老爺》與《勝利》（雖不屬早期之作，但也是海洋小說，講一個瑞典人在荷屬印尼一帶的生涯）等長篇，以及《黑心》、《颱風》、《青年》等中篇。不過，成就與報酬往往是不一致的，康拉德第二個十年間的經濟狀況比從前好得多。美國的市場由《機會》打開了，紐約那邊的出版商人肯預付巨酬來請他寫稿。他隨便寫一個短篇，就得到當初《黑心》十倍的收入。他不再憂窮了。

在這以後，他寫了《陰影線》（*The Shadow Line*）、《金箭》（*The Arrow of Gold*）和《流浪者》（*The Rover*）。林格船長的第三部曲《拯救》也終於修改完成，但是那本拿破崙小說*Suspense*卻完成不了。他也像老朋友高斯華綏一樣，想在劇院裡一顯身手，不過成績並不出色。他還寫下些回憶性的文章。

他這時名氣很大，在小說界享譽之隆，只有稍早時的哈代（T. Hardy, 1840-1928）比得過。一次大戰前夕，當年曾特准他居留的波蘭城市克拉考，邀請他回去遊覽，他高高興興的去了，但甫抵達，奧國下令動員，他目睹戰事發生，幾乎回不了英國。他對這場戰事頗爲關懷，因爲他祖英惡德之故。他年事日高，服役是不能了，就爲英國海軍部寫文章來激勵人心。

戰後，在一九二三年，出版商爲他安排訪美，朗誦自己的作品。他從《勝利》中選些章節來讀，大受聽眾歡迎，恍若當年的狄更斯。英國皇室敬重他的成就，有意頒發爵位給他，他辭謝了。一九二四年，他買了一所新居以娛晚景，可是未曾遷入，健康情形已不好了，不久終因心臟病發而逝，時年六十六歲。

4

康拉德的小說，是男性的讀物，最適宜的讀者是壯年的男子。比方浪漫愛情的描寫，在小說中就很少。在處女作《奧邁耶的癡夢》裡，我們看得到兩個異國情鴛如何划著獨木舟到小島林間去私會，如何裹在繽紛的落英與濃得發膩的香氣裡，後來又如何因另一個女子的私戀而幾乎遇險等等；但這種內容很快就沒有了，就如他本人雖然也曾鬧過戀愛，也曾賭博醉酒，可是收斂起來是很快的。典型的康拉德小說，借用《水滸傳》的話來形容，所講的都是男子漢的豪傑事務。評論家常說他不善寫女性。當然，他筆下也有不少女人，但她們就像《水滸》中的女人一般，本身不是寫作的重要目的，只是拿來引出與襯出漢子們的胸懷而已。康拉德的人物是很真實的，比梁山人物真實得多。梁山上的英雄挾著一身超凡武功，在江湖上盡做痛快的事；康拉德的漢子卻是奮鬥與吃虧的時候多，成功得意的時候少，讀者常見他們挨打得臉青唇腫，甚至變成古古怪怪的畸人。他們面對的是個無情的世界，在汪洋大海上，在狂風暴雨中，在利慾薰心爾虞我詐的人間，應付危險與屈辱，也應付自己的恐懼、慾望、責任等等難題。這是認真的壯年漢子才願意看的材料。

說到頭來，康拉德是個很不浪漫的人。他很能自律，工作時很專注。我們初時會以為他是個浪漫派，因為他自言曾為戀愛而與人決鬥，又曾為暴亂份子偷運軍火。即使這些故事不足信，但他出身內陸農業社會，卻不顧親友反對而去航海，也似乎很表現出浪漫派那種「對遠方異國的懷戀」。可是在另一方面，他早在二十多歲的書信裡，已經對「歐洲貧民窟裡醞釀出來」的革命理論抱有強烈反感。浪漫派全是喜歡革命的，革命都應許一些美麗的遠景；康拉德卻不愛幻想。他自己最看重的小說是《我們的人》，在這書中他把一些中美洲的革命份子寫得很不堪，他們膚淺愚昧，滿腦子虛幻的理想都是從二三流的通俗文學作品裡來的。甚至那個叫作《我們的人》的隊長，好一條漢子，天生的民眾領袖，他會在人群的喝采聲中把銀扣子扯下來拋給他的情婦，諸如此類，可是要他長久看守一批銀子，他就辦不到，因為他的力量只是一種虛榮之心，到頭來這阻擋不住物慾。與他們相反的是一個英國的商行職員，蠢蠢的（諢名叫作「傻卓」），一點想像力也沒有，可是他有他的信條，這使那些革命黨也爲之吃驚而敬佩。理性主義者都會同意，感情是不可放縱的，應受理性駕馭；康拉德更強調對事情的認真，凡事都須當一回事來做。這大抵與航海經驗和海員心態有關，海員是實幹的人，他們曉得若要航過風濤，須有技術與氣力，能沉著與堅忍，幻想是沒有用的，感情也不濟事，自然規律不饒過你。

這種務實而傾向於保守的心態，與他選擇國籍之事，可以互相印證。他拋棄波蘭國籍，歸化了英國。脫離波籍本來無可厚非，因爲波蘭已被三國瓜分，保留著波籍，他便是俄國臣屬，而他痛恨俄國；可是他終生對於波蘭的民族運動似乎並不熱心，他爲英國做的事比爲波蘭多得多。這與當時的許多波蘭知識份子及藝術家大異其趣，加以他的雙親與父母系家庭又還是爲國做了大犧牲的人，他之置身事外實在令人詫異。因此有人以爲他有犯罪感。此外，爲了要逃出帝俄牢籠，英國並不是唯一的選擇；比方說，他當年離開波蘭後先到的是法國，爲什麼不設法入法籍呢？

他實在是喜歡英國。他對英國的風土人情，可謂無一不愛，而且比一般英人更要喜愛。他自己說在十多歲旅行到阿爾卑斯山時，第一次見到一個英國人，在冷峭的空氣中臉頰發紅，短褲長襪間露出一截雪白的腿，這個民族，他一下子就愛上了。這種回憶是否很能保留當時的感覺，姑且不論，但英國人保守務實，這肯定能得他歡心。與英人相比，法人富想像與浪漫氣質，比較愛走極端，愛革命，這些都不投他所好，所以他選英不選法，恐不是純粹機緣使然。至謂背棄祖國，當然很不應該，但這也許是由於他厭惡暴亂，而波蘭復國運動似乎總不離那些路子。也許他少年時眼睜睜的看著雙親先後在異國酷寒之地給癆病折磨至死，覺得已經受夠了。他的悲觀是很顯然的。

他有他的種族偏見，我們不必爲他隱瞞。他痛恨俄人，不喜德人，而熱愛英人。當然，他的經驗與我們中國人的經驗很不相同：我們記得鴉片戰爭，記得英軍一再侵華，他的祖國卻是俄普奧瓜分的，不干英國的事。我們亞洲人從被統治的下層所看見的英國殖民者的僞善，他不會看得很清楚。他知道英國人在統治外國人，但他覺得英國人做得不錯，他的小說裡的英國統治比荷蘭、葡萄牙的統治要好，比之比利時在剛果的統治——他的《黑心》的背景——更是文明得多。他是個白人，白人的偏見自是難免，看見白人騎在亞洲人頭上，也不會很難堪。他愛的是秩序，是把事情切切實實地做好，他的英雄是沒有夢想的；他會覺得一個有效率的政府，一些清潔的城市，豐饒的農村與暢通的貿易，比民主自由更有意義，因此殖民地不一定是壞事。他的白人立場是很清楚的，在他的異域小說中，主角都是歐洲人，勝利與光榮固然是他們的，挫敗、屈辱、痛苦與悲劇也是他們的特權。亞洲人好像是另外一種生物，他們好像也有些長處，他們氣力不缺，又沒有歐洲人那些文明缺點，可是他們要不就是很簡單，比動物好不到那裡，要不就是神祕不可解的。他許多小說裡都有中國人，這些人尤其詭譎古怪；比方說吧，馬來土人還會到蘇祿海上做海盜，他們卻只幹高利貸與賣鴉片的營生，或是在帳房裡從早到晚數錢幣。其實中國人且不說那些披荊斬棘的創業工作，就是海盜又何嘗不會做？馬尼拉不是幾乎給一個中國海盜攻下來了嗎？他在《奧邁耶的癡夢》的〈前言〉中很開明地指出，「蠻荒」的人也有血有肉，可是他其實從沒有很努力去了解他們，站在他們的立場來寫故事。

但我們不是爲了種族偏見來看康拉德的；我們要看的是他筆下具有普遍性的人性，以及他表現人性的藝術。

5

康拉德的小說頗不易讀。他寫得費力，我們也讀得費力。從閱讀的難度而言，這些也可稱爲壯年人的小說。

首先是文字艱難。康拉德寫英文是個有趣的題目；他的母語是波蘭語，英語連他的第一外語都算不上，他是先接觸了法語才接觸英語的。他的朋友記得他起初說英語時，外國口音濃重得很。他選擇英語來寫作，是因爲他立心以英國爲家。他寫作是很吃力的，常說是逐個字絞腦汁。

可是他寫出的英文卻非常好。所謂非常好，不是說「在外國人中可謂難得」，而是比一般英國人好，甚至比英國作家尤勝。勝在有氣力，有深度，能打動人心。有人用演奏來形容他的寫作，因爲他寫起來，有如一位獨奏家在表演，不管你是否確切了解他的意思，也許他的話就像音樂一般，並無客觀而與事實緊密相應的意義可把握，但他說得這麼美妙動人，這麼有氣勢，你早就折服了。還有人批評他時，說他善玩文字魔術，藉此掩蓋內容缺乏之處。總言之，他寫出的英文是非母語的奇蹟。他自言自己師法的是一些英國海員，他們言必有物，不說廢話。這恐怕還是說得太簡單了；他初時也許跟海員學過話，但他寫作時對文字的態度肯定不像海員。他是個文字藝術家。海員只不過言之有物；文字藝術家卻是要把語文拚命驅策，迫使做許多日常所不做的事情。

康拉德的東西難讀，最主要的原因還在他對小說藝術的關注。他是文字藝術家，更是小說藝術家。想把小說寫好是許許多多小說家的共同願望，因此，對小說藝術的關心本不限於某一時代與某一地方；不過，把技巧的地位置得很高，把很多精神貫注其上，有意識研究改良，這種風氣是十九世紀的事，領袖是那位英籍的美國小說家亨利・詹姆斯。康拉德與詹姆斯是同時的人，兩人寫出的東西很不相像——詹姆斯寫的是在上流社會走動的人，康拉德寫的是中下流的居多——但在追求技藝方面是同道，兩人互相敬重。

兩人對於小說藝術也頗有共通的結論。最突出的是在敘述方法方面，大家都很看重故事由誰來講，以及怎麼講出來的問題。故事由誰來講的問題，詹姆斯稱之爲「觀點」（Point-of-view），他最不高興的是由一個無所不知的說書人來把故事糟蹋掉。他的故事，或是由故事中人之一來講，即使是由一個局外的說書人來講，講時的所知所見也似是有限度的，這便是他主張的「受到限制的觀點」。康拉德的作法也差不多。比方說，他的許多海洋故事都是由航海老手馬洛講的，馬洛在講親身見聞，而且是當時感受，這樣，故事不僅真實，而且有迫切感，有當事人臨事時的惶惑與震恐。馬洛本人的感受與評論，除了表現他自己的性格與心理，還能夠引出故事的各種意義。

康拉德渴望把故事中每一場景的娛人動人力量都發揮盡致——所謂要擠盡最後一滴「戲劇性」。一件事情，他常要寫幾個不同的面相。因此，他敘事的方法很奇怪。他很少把一個故事老老實實從頭說下來的，反而是從尾倒溯的時候爲多。人家形容他講故事，好像向前走了一步，向後就退兩步，結果路程都是反身走完的。有時，爲了「擠取戲劇性」，他還不只是向後倒敘，而是講完又講，同一個人或是幾個人講，重重複複，忽前忽後。他的故事的時序常常會傷讀者腦筋，他的句子也相應而複雜，動向忽前忽後，常常還會是團團轉的，嚇壞了外國讀者，更害苦了翻譯的人。

但如果我們不怕艱難，埋頭下去，就會讀到一位公認的世界一流小說家，可以欣賞到極其認真的藝術。

第一部

第一章

這科學時代裡的學童都知道，煤炭與鑽石之間有極密切的化學關係。有人把煤炭說成「黑金鋼石」，我相信正是這個緣故。這兩種商品都代表財富；但煤炭之爲財富卻累贅難攜得多。從這角度看來，煤炭太缺乏凝縮性了。倘若整個煤礦放得進背心口袋，那有多好——不過放不進呢！可是煤炭同時又具有某種魅惑力；在這個時代，我們好比投宿在華而不實的旅館內的旅客一般惶惑，而煤炭正是這時代至高無上的商品。我猜海斯特——厄索爾．海斯特——之所以戀棧不去，正是爲了這兩大緣由，一者實際，一者玄妙神祕。

熱帶煤礦公司清盤了。財經界是個不可思議的天地，在這裡頭，說來難以置信，未清盤的東西早已化為烏有①。資金先化為烏有，公司再清盤。這些儘管都是很不自然的定律，卻恰好解釋海斯特何以一直不肯動。他這惰性，讓大家在「那邊」私底下——並不懷著敵意——笑了好多回。一個不活動的人對誰都無害，並不挑起敵意，也不值得嘲笑。說真的，這等人偶爾會妨礙別人，但厄索爾．海斯特卻不會。他誰都不妨礙，彷彿高棲在喜馬拉雅山的峰頂上，而且也可說是同樣的觸目。那邊的人，都曉得他住在小島上。島不過是一個山峰罷了。厄索爾．海斯特穩穩棲身其上，圍繞著他的，不是透明狂暴、無邊無際量度不住的大氣之洋，而是溫熱的淺海，是環抱著地球各大陸的大海中一條淡淡的分支。經常造訪他的是影子，雲的影子，這解除了熱帶沉悶沒生命的陽光的單調氣氛。他的緊鄰——我現在講到稍有生氣的事物——是一座慵懶的火山，山峰剛升出北方地平線上，整天冒著輕煙；晚間，在明星群中把一道暗紅色的火光瞄著他，像黑暗中間歇噗噴著的巨型雪茄煙梢，一明一滅的閃著。厄索爾．海斯特也抽菸；他就寢前，總愛抽著方頭雪茄在走廊上漫步，黑夜裡他的雪茄也閃爍著像遠方同一大小的火焰。

在晚上的黑暗中——常常黑得教人透不過氣來——火山可算是他的同伴。連吹起一片羽毛的風也沒有。一年中大多數的晚上，海斯特原可坐在屋外，憑一根不用擋風的蠟

① 根據自然界的定律，物體先液化而後氣化，財經界卻恰恰相反，裡面的東西卻先化為烏有（evaporation，即「氣化」）而後清盤（liquidation，亦可解作「液化」），故謂財經界是個不可思議的世界。

燭，隨意閱讀父親遺留給他的書。他的藏書可真不差呢，但他從不讀；大概是害怕蚊子罷。他也從未因耐不住周遭的寂靜，對他的火山同伴說過一言半語。他沒有瘋。好一個怪傢伙——不錯，這樣叫他也無不可，也委實有人管他這樣叫；可是你也得承認，怪人和瘋子究竟是非常非常不同的。

在滿月的晚上，包圍著三巴侖——海圖上的「環島」——的闃寂真教人昡惑；在寒光汎汎之下，海斯特看到近處四鄰的景物，那是一片莽叢侵占了被人棄置的居所的圖像：朦朧的屋頂冒出矮林間，竹籬笆的碎影灑在光澤的長草上，恍似亂叢中斜向著數百碼外岸邊一直迤邐的路，漆黑的碼頭與土墩，光線照不到的那邊顯得頗爲墨黑。然而最顯眼的物體，卻是懸在兩根柱子上的一塊巨型黑板，當月亮越過那邊，一行起碼兩呎高的白色字母「T·B·C·公司」②隨即呈現在海斯特眼前。這就是他的雇主——說得確切些，是他的前雇主——熱帶煤礦公司的簡寫。

根據財經界不自然不可測的說法，T·B·C·公司的資產在兩年間化爲烏有後，公司清盤了——我相信清盤是外力所致，不是自願的。這過程中間卻又毫無用強施力的跡象。過程很緩慢；正當結業清盤在倫敦和阿姆斯特丹兩地緩緩進行時，在計畫書中稱爲「熱帶區經理」的厄索爾·海斯特，卻還在他公司第一號煤站三巴侖的任上。

② 「T·B·C·公司」，熱帶煤礦公司（Tropical Belt Coal Company）的英文簡寫。

三巴侖不光是一個煤站這麼簡單。此地有一個煤礦，距離破碼頭及大黑板不到五百碼的山腹中有一塊露天煤層。公司的目標原是要取得所有熱帶島上的露天煤層，並在當地開採。天曉得，這兒露天煤層確實不少呢。這些熱帶區的煤層，大都是海斯特在漫無目的遊逛時發現的，他又是個勤於寫信的人，以此寫了無數的信將這些發現一一告知他在歐洲的友人。起碼是這樣傳的。

大家懷疑他可有夢想過財富——至少是屬於自己的財富。顯然，他似乎最關心的是自己所謂的宇宙整體的「大步前進」。住在這些島上的人，有逾百位聽他說過「這些地區大步前進」的話。隨著這句話，那衷心信服的手勢，顯示熱帶遠方都一起給推向前行。他說得如此彬彬有禮，話便很動聽，起碼不引人反駁——起碼有一陣子沒人有異議。見他這樣講，誰也不願跟他辯。他這樣認真，對誰也無害。又沒有人會相信他那熱帶採煤的夢話，傷他的心幹什麼？

若干年前，他以一個東方訪客的身分，帶著介紹信——還有小額的信用狀——來到殷實的商行，而那些露天煤層在他諧謔而彬彬有禮的言談中尚未露面時，商行的人已經這樣想。最初，他身分有點兒撲朔迷離。他不是個旅客——旅客來去匆匆，從不久留。海斯特卻沒有離去。我曾遇過某人——他是麻六甲東方銀行分行的經理——海斯特在他面前，曾無緣無故的大聲說道（當時是在俱樂部的彈子房裡）：

「我真讓這些島給迷住了！」

他用粉擦著撞球桿頭之際，猛可這樣衝口而出，一如法國人所謂的 à propos des bottes（無緣無故）。或許真是一些什麼的魅惑吧。天地間魔力之多，實非一般術士所能想像的[③]。

大致上說，以海斯特而言，一個半徑八百哩，環繞著北婆羅洲的圓，是一個神奇的圓。這個圓正好觸及馬尼拉，曾經有人在當地見過他；這個圓又恰好觸及西貢，同樣也有人在那裡見過他。或許這兩次是他突圍而出的兩番努力。果然如此，他的努力是白費了——那些魅惑一定是突破不了的。那個經理——聽過那呼喊的人——都深深地讓那種語氣、那股熱情、興奮，你叫它什麼都好，感動了，也許是被那風馬牛的兩件事感動的，是以過後他在多人前提及此事。

「那瑞典人真是個怪人，」是他唯一的評語；但這正是一些人加在我們主人翁身上「失魂老海」這個名字的緣由。

他也有別的名字。年輕時，遠在他天靈蓋尚未變得這樣體面光禿時，他呈上了一封介紹信給蒂士文兄弟公司的蒂士文先生。蒂士文兄弟公司是泗水一等一的商行。蒂士文

③ 這句話的原文是 "There are more spells than your commonplace magicians ever dreamed of." 熟悉莎翁名劇的人會想起《哈姆雷特》（*Hamlet*）劇中王子對女人所說那句 "There are more things in heaven and earth, Horatio, Than are dreamt of in our philosophy." 王子意味冤鬼是會有的，後來他父親的鬼魂果然出現。這裡也暗示天地間的魔力繁多，不宜抹殺。

先生呢，不愧是一位仁慈的老先生，他不知道該怎樣對待這位訪客才好。他告訴訪客說，他們希望能令他在諸島上盤桓得盡可能愉快，並準備協助他的計畫進行等等；海斯特回謝他——你曉得啦，那種普通的談話——隨即他以父執一般的語氣，徐徐問道：

「那麼您想要——？」

「事實，」海斯特用禮數十足的語氣插進嘴來。「除掉事實，什麼也不值一顧。要硬邦邦的事實！不折不扣的事實，蒂士文先生。」

我不知道老蒂士文是否同意他的說法，但他準提過這事，因爲好一陣子，我們的主人翁又贏得「硬邦邦的事實」這個別號。他的運氣與眾不同，凡出自口中的話，終歸變成自己名字的一部分。其後，他乘著蒂士文兄弟公司屬下的一些貨船在爪哇海一帶亂逛，然後轉登一艘阿拉伯船，在新幾內亞那方向失蹤了。他逗留在自己的魅力圈的外圍這樣久，及至再度出現時，人家幾乎已將他遺忘了。他再露面時，是在一艘滿載哥林流浪漢的本地帆船上，全身曬得漆黑，身材瘦削，頭髮稀疏，腋下挾著載有草圖的公事袋。他很樂於把這些草圖展示人前，但對其餘諸事卻三緘其口。據他說，他過了一段「有趣的日子」。這樣一個到新幾內亞去尋樂的人——也真是！

若干年後，一個聲名狼藉的白人給海斯特起了一個綽號。那時他臉上殘餘的青春光彩已逝，天靈蓋光禿，那兩撇橫生的金紅鬍子已長得很像樣了。那白人顫抖著手，放下喝光了的長酒杯——那是海斯特做的東道——帶著不喝酒的人不能望的睿智，說道：

「海斯特是個大老好。大老好！就是太——太愛做——做夢了。」

那是在公眾食堂說的一句話，海斯特彼時剛走開了。愛做夢，嗯？我起誓，唯一聽他說過，可能與此略有關係的，是他方才邀老麥納喝酒的那番話。他以構成個人特色的優雅態度、舉止和聲調，巧妙風趣地說：

「麥納先生，來，跟我們一塊兒解渴去罷！」

也許這就是了。有人居然膽敢要給老麥解渴，雖然是開玩笑，也無疑太愛做夢了，一個尋求怪誕念頭的人，而最大的諷刺是，海斯特並不好揮霍。這可能就是他廣得人心的緣故吧。在他生命中的這段時期，他體格完美，相貌寬厚勇武，腦袋光禿，鬍子長長，活像查理十二的那些肖像，教人想起征伐之事。然而，海斯特卻全然不似個好勇鬥狠的人。

第二章

約莫在這時期，海斯特與莫里遜開始來往，兩人的關係是旁人不甚了解的。有人說他跟莫里遜合夥，也有人說他在莫里遜家中做一個什麼的付帳客人，但事情的真相複雜得多。有一天海斯特出現在帝汶。何以天下之大，偏要在帝汶此地露面呢，誰也不知道。總之，他正在那十分可厭的帝力呆逛，想是在那裡搜尋一些未發現的事實吧，那時恰巧在街上碰到莫里遜。莫里遜本人也是一個「著了魔」的人，你跟他說回家——他是從多塞特郡來的——他便渾身打顫。他說那地方又暗又溼，活像整個身子都裝在溼麻布袋裡；那不過是他說話的誇張態度而已。莫里遜是我們的「自己人」。他是商用雙桅船「摩羯號」的船東兼船長，若不是爲了過分忘我利他，他的船想是走得相當好的。他是連鬼也不去的村莊的親愛朋友，在這些位處隱溪僻灣的窮鄉僻壤，他做「土產」交易。他常駕船駛過險惡的水道，去到一些不像樣的村莊，結果只遇到一批飢民嚷著要米，拿得出的「土產」還未足以裝滿莫里遜的手提箱。在全體歡呼聲中，他照例把米起運上岸，向村民聲明這是預付，他們現在是欠了他的債了；他教他們勤勞工作，最後在隨身攜帶的袖珍日誌上記得詳詳細細；這樣就完成了一宗交易。我不知道莫里遜會不會是這樣想，但村民對這事的性質毫無懷疑。任一個岸邊的村落，一見到那艘雙桅船，全村便響起所有的鑼，升起所有的旗幡，女子都戴了花朵，人群列隊岸旁，莫里遜則從單眼鏡裡目擊這種種擾攘，眉飛色舞，露出強烈的滿足神情。他身材高大，下巴瘦長，鬍子剃得乾乾淨淨，彷彿一個放棄了法界生涯的律師。

大家老是規勸他：

「莫里遜，這樣下去，欠帳一宗也收不回來的啊。」

他會裝著很在行的樣子。

「我總有一天會擠一擠他們的——你們不用擔心。這提醒我了，」——抽出他不離身的袖珍日誌——「這某某村，他們現在又很好了；我何不先擠擠他們？」

他在日誌裡狠狠的記入一條。

備忘：下次到埠，擠某某村。

記畢，他會把鉛筆收回，結上橡皮帶，一副堅定不移的神態；但他從不真正動手去擠。有人埋怨他，說他在破壞行規。不錯，多少有點是；可是並不嚴重。跟他交易的地區，大多數不但在地圖上找不到，連商販行內隨便輾轉相傳而形成的本地消息，也不知道它們的存在。也有人暗示說，莫里遜在這些地方的每一處都養著個老婆；但我們大多數都憤然駁斥這些隱示。他是位真正的人道主義者，而且相當禁慾。

海斯特在帝力遇見他時，莫里遜正在街上走，單眼鏡拋在肩上，垂著頭，神情絕望，一似我們在路上見到的那些奔走於濟貧院之間、不肯上進的遊民。他見有人隔著街打招呼，便把頭抬起，一臉困惱的神色。他當時確實是身陷困境之中。一週前，他來到帝力，葡萄牙當局即託辭他的證件不妥，處以罰款，並拘押了他的船。

莫里遜手頭從沒有餘款的。他這樣做生意，要是有餘錢才奇怪呢；袖珍日誌裡的帳用來籌一個葡萄牙金幣還不夠，遑論一個先令了。葡萄牙官員請他稍安毋躁，他們給他一週的寬限，然後問他能否將船拍賣。這要把莫里遜毀了。當海斯特隔著街，以慣常有禮的聲調向他招呼時，一週的期限差不多已到了。

海斯特走過來，猶如一位皇子私下正與另一位皇子攀談，微微躬著身說：

「真高興，想不到會在這裡碰見您。賞臉陪我到那邊那不成話的酒館喝一點兒吧？太陽凶得實在沒法站在街上談。」

那憔悴的莫里遜乖乖地跟著走進一間昏暗陰涼的小屋，這種地方他平時是不屑一顧的。他心煩意亂，不知道自己在做什麼。你引他越過懸崖邊緣，也和引他走進那酒館一樣容易。他機械地坐下來，默默無語，看見面前有一滿杯苦澀的紅酒，便一飲而盡。海斯特這時早在對面坐下，留意看他，但不失禮。

「我恐怕您會發一頓燒呢，」他同情地說。

可憐的莫里遜聽到這句話，忍不住嘴了。

「發燒！」他喊道。「讓我發燒吧；讓我瘟了吧，這些不過是病，病完就好了。我可是在給人家謀殺。我會被葡萄牙人害死，這些匪黨終於結夥兒把我打倒了。後天就殺我頭了。」

面對如此激情，海斯特雙眉微揚，露出一絲詫異的神色，這種神色在真正客廳裡談話亦無不妥。莫里遜拚命裝出的架子早就崩潰了。他蕩遍了那滿是破屋的骯髒小鎮，喉嚨乾涸，一言不發，在困苦中無人可求助，簡直憂慮得發了狂；忽然間，他碰見一個白人——一個形象上白、事實上也白的白人——因爲莫里遜不肯承認葡萄牙官員在種族上的白色。他純粹爲了宣洩，放膽說激烈的話，兩肘栽在桌上，眼睛充血，嗓音幾乎啞掉，圓帽遮蔽著一張滿布于思、色如死灰的臉。他那件白色的衣服——已三天沒有脫過了——弄得很髒了，人已經落魄得沒有了希望。這副容貌使海斯特很震驚，但他絲毫也不形於色，以最完美的上流社會風度掩蓋住自己的感受。他露出的是恭謹的注意，是一位紳士在聆聽另一位紳士說話時應有的留神。這一回，這種注意力也如常地產生了感染力；於是莫里遜重新振作起來，用談話的口氣與世故的神態，繼續敘述他的遭遇：

「陰謀卑鄙得很。偏偏又沒有辦法對付。吉辛奴那個王八蛋——安德列斯，你知道啦——想要我的船，流了好多年的口水。這船不但是我的生計，而且是我的命，我自然不肯賣。於是他和那個海關長一起出了這詭計。當然，拍賣只是瞎說，這兒沒有人會投標的。他三分錢就買了那條船——三分都不要——一分就買了。你在這些島上已住了這些年了，海斯特，我們你全都認識的，你見到大家怎樣過日子的。如今你可有機會見到我們一些人怎樣收場了；因為現在是我收場了。我再也騙不了自己了，你明白的——是不是？」

莫里遜這時已經振作一下，但他雖恢復冷靜，卻仍露出那種強烈的緊張。海斯特正要說：他也「深懂一切後果，這件不幸的——」之時，莫里遜驟然打斷他的話：

「說真的，我真不曉得為什麼跟你說了這麼多。想是見到一個道地的白人，沒法子把苦惱憋在心裡吧。這真說不清；可是既然已經告訴你這麼多了，我也不妨再講一些。你聽著，今兒早上在船艙裡，我跪下來，祈求幫助。我跪下來了！」

「莫里遜，你信主的？」海斯特以明明白白的恭敬口氣問。

「我肯定不是不信主的。」

莫里遜的回答申斥得很快。隨即頓了一晌，莫里遜大概在那裡審問自己的良心，海斯特卻保持著一種文風不動、恭謹注意的神態。

「我當然像孩子一樣禱告。我主張孩子應當禱告——嗯，女人也要，但我總覺得上帝是要男人自持一點兒的。我不贊成男人為了自己的傻事兒，終日打擾全能之神，那樣好像太厚臉皮嘛。總之，今兒早上我——我從沒有故意傷害過什麼人——我禱告了。情不自禁——我噗咚跪下來；可見得——」

他們四目交投，非常懇摯。可憐的莫里遜又想到些殺風景的事，就加了一句：

「可惜這是個鬼地方。」

海斯特用小小心心的聲調，問莫里遜能不能說說船隻要多少贖金。

莫里遜差點想咒罵，一口說出贖款，數目之小，除了海斯特，誰聽見了都會驚叫起來。甚至海斯特自己問莫里遜可真手頭上沒有那點錢時，恭謹的聲調裡還隱藏不住那股疑惑。

莫里遜沒有那筆款項，他船上僅有小量英幣，不過是幾鎊。他在三寶壟時，已將所有餘款交託蒂士文兄弟，在他遠航時，用來支付一些到期的帳目。反正那些錢帶到這裡來，就如送到地獄的深處，對他沒什麼用處。他說出這些隱衷時，態度粗魯。他感到一陣不悅，熟視著坐在對面那人的高額、那雄赳赳的大鬍髭、那惺忪的倦眼。這王八蛋是誰？他，莫里遜，說了那麼些話，又算是在幹什麼？莫里遜不比我們這夥在群島上做生意的人更認識海斯特。若是這瑞典人猛地推椅而起，給他在鼻子上揍一拳，他也不會再驚愕多少的；然而這陌生人——這算不得什麼的流浪客——卻隔著桌子微微躬著身對他說：

「噢，要是這樣，您肯讓我效勞的話，我再高興不過了！」

莫里遜摸不著頭腦。這簡直是天方夜譚——前所未聞的事。海斯特的話教他感到如墜五里霧中，直至海斯特說得明明白白：

「那筆錢我可以借給您。」

「你有那筆錢麼？」莫里遜喃喃道：「你是說在這裡，在你的口袋裡？」

「對，在我身上。樂於效勞。」

莫里遜目瞪口呆，伸手過肩頭去摸索垂在背後的眼鏡索，拿到眼鏡，急著戴上眼去。他彷彿在期待著海斯特身上的白色熱帶常服變成長可及趾的閃亮長袍，肩膀上又長出一對龐大炫目的翅膀——他的確捨不得看漏掉海斯特變形過程的任何細節。但海斯特雖是應人禱告而下凡的天使，他神聖的身分卻不會在外表上洩漏出來的。因此，莫里遜儘管想跪下來，但還是伸出手去；海斯特隨即緊緊握住，一面喃喃說出禮數十足的話，其間隱約可辨的有「小事呢——樂於——效勞」這些字。

「奇蹟真會出現的呢，」大大吃了一驚的莫里遜這樣想道。他和我們這些住在群島上的人，再也想不到，這個在人前從不幹活、四處流浪的海斯特，在這件金錢轇轕中，竟就是神派來的使者。正如窗台上隨時也會有麻雀歇落，他在帝汶或什麼地方露面是毫不出奇的。但隨時攜有一筆錢在口袋裡，那卻有點兒匪夷所思。

正因爲太匪夷所思了，所以當他們舉步維艱，循著沙路一起走到海關——又是一間骯髒的小屋——去繳付罰款時，莫里遜忽然冷汗直冒，猛可止步，吃吃地喊道：

「喂！海斯特，你不是在開玩笑罷？」

「開玩笑？」海斯特盯著不安的莫里遜，藍色的眼睛變得嚴峻起來。「請問，如何開法？」他嚴肅而有禮地再問一句。

莫里遜滿臉羞慚。

「海斯特，請你多多包涵。一定是我禱告了，神派你來搭救我的。三天來我幾乎憂愁得發瘋，突然心中起了這麼個疑問：『萬一是魔鬼差使他來的，那可怎麼辦？』」

「我跟鬼神毫無相干，」海斯特謙和地說，一面繼續前行。「我不是誰差來的，不過是湊巧經過這兒罷了。」

「沒有的事，」莫里遜反駁道。「我儘管無德無能，但神總聽了禱告。這一點我知道，我感覺得出來。不然你又爲什麼自動……」

海斯特俯著頭，好像表示尊重自己所不能苟同的信念似的。但他仍堅持自己的說法，喃喃說，碰到這種醜惡的事，正該拔刀相助……

那天罰款付妥後，船隻歸還了，兩人在船上，莫里遜——既是正人君子，又很老實——便談起還款的問題來。他深知自己不能存錢，這一方面是環境使然，一方面是脾性之故；要將責任的比例定準確是很難的。連莫里遜自己也定不出，雖然他承認不能剩錢。他神色懊惱，推說這是上天的安排。

「我真不明白怎麼老存不起錢來；給咒過吧。帳老是結不完。」

他把手插進口袋，取出那本馳名這些島上的記事簿——這是他希望的吉物——急急翻閱著。

「然而——看罷，」他繼續往下說。「在這裡——五千多塊錢的帳呢。嗯，那總還算回事吧？」

他猝然住口。海斯特一直努力裝著漫不經心的樣子，喉頭裡發出撫慰的聲音。莫里遜豈止是老實，更是可敬。在這壓力非常大的日子，面對神差遣來的這位奇妙使者，承受著感情的激變，莫里遜把一切都拋棄了。他將一生的幻覺拋開了。

「不行。不行。他們不行。我怎麼也擠不了他們的。沒有法子。我多年來一直說要擠他們，現在算了，其實我也一直不信自己辦得到。海斯特，不要指望這些，我讓您吃虧了。」

可憐的莫里遜此刻真把頭靠在桌上，一直是那副挫敗的神情，海斯特卻禮數十足的撫慰著他。那瑞典人跟莫里遜一般難過，因爲他也完全體會到對方的心情。海斯特是不會嘲笑正經的感情的。無奈他又裝不出懇摯的態度，這使他清楚地感到自己的無能。對於感情的崩潰，最好的禮數其實無濟於事；他們兩人在船艙裡一定受夠了。終於，莫里遜在沮喪的深淵中打滾，想出了這麼個主意：邀請海斯特攜手出海，並將公司的股份送一份給他，價值相當於所借的錢。

海斯特能夠接納這項提議；對於他那無根、漂泊的生活而言，是很平常的。我們沒有理由以爲他當時正非常想乘船，把群島上莫里遜做生意的大小角落探個一清二楚。絕無此事；不過是爲了結束船艙內那幕令人受不了的情景，他才幾乎什麼協議也都答應下來。這時馬上一切都改變了：莫里遜重行振作起來，戴上單眼鏡並眷愛的望著海斯特，又開了一瓶酒，等等。他們相約，這宗交易，誰也不要告知別人。這件事，莫里遜是覺得不很體面的，他恐怕給人嘲笑得體無完膚。

「我這樣的老手！竟給那些王八葡萄牙惡棍暗算到了。人家的閒話一定講個不完；咱們萬不可說出去。」

海斯特約束自己噤口，比誰都著緊，他的動機和莫里遜不同，其中最主要的是他生性敏感。莫里遜要迫人擔當那天使的角色，是君子就當然不前的。因此，那使海斯特甚爲不安。還有，或者他不願讓人知道自己有些財力，多少也罷——總之足夠去借錢給別人就是了。這兩人就像一齣滑稽歌劇裡的共謀一樣，在那裡彼此說著：「輕——輕——輕聲！別聲張！別聲張！」他們那麼認真，想必很有趣。

他們的合謀一時倒奏效得很，因爲大家都斷定海斯特住在船上，並付膳宿費給那溫厚的莫里遜——也有人說，是在白吃那笨蛋。但你知道這種種弄不清的事是怎樣的啦。百密總有一疏，莫里遜自己既然絕不是藏得住什麼話的人，又正感激溢膺，在這壓力下，想必疏忽洩漏了些什麼——使島上的人有機會嚼舌。你也知道的啦，人評論起自己不了解的事物時多厚道，於是憑空生出了一個謠言，說海斯特不知怎的控制了莫里遜，已纏緊了他，正吸乾他的膏血。有些人查明原委，就不再妄信謠諑。造謠的似是一個高大雄壯、蓄著鬍子的條頓傢伙，名叫索姆堡，他放肆的舌頭準是長在一條樞軸上活動的。他自稱是個後備海軍的上尉，是不是我也不知道。在那裡他是開旅館的，最初是在曼谷開，跟著又跑到別處幹幹，最後才來到泗水。他在熱帶區那一帶跑上跑下，身旁拖著一個不開口、嚇怕了的小女人，一頭長鬈髮，露出一顆藍牙向人傻笑。真不明白爲什麼我們這麼多人都去光顧他那些旅舍。他是頭討厭的驢子，專愛拿客人來做話柄，發洩他饒舌之慾。一天黃昏，莫里遜和海斯特路過旅館——他們都不常光顧他的——他向著聚集在遊廊上的諸色人等，壓低聲音神祕兮兮道：

「大爺們，蜘蛛和蒼蠅剛剛路過啦。」然後鄭重其事，祕若天機，把厚爪擺在嘴角：「咱們自己說說吧；大爺們，我勸各位，千萬別跟那個瑞典佬攪在一起。可別掉進他的蜘蛛網裡。」

第三章

人性既如此，有愚騃的一面，也有鄙陋的一面，不少人事事妄信讕言，別無根據便假作憤激；也有許多人覺得叫海斯特做蜘蛛精甚是有趣——當然只是背地裡叫。他對此泰然不覺，就像對他別的綽號一樣。沒多久，人家卻又拿海斯特別的事情來嚼舌頭；不多久後，他便在大事上出盡鋒頭。他變成了實實在在的要人。他是熱帶煤礦公司在當地的經理，這公司在倫敦與阿姆斯特丹都設有辦事處，其他諸事看來也堂而皇之，這一切都令人有目不暇給之感。在兩大首都的辦事處，說不定只有一間房間——可能的確如此；但在東方那邊，隔得老遠，自然也就很有氣派了。說真的，我們眩惑倒不如迷惑多；可是連我們裡頭最冷靜的人也漸漸認爲這究竟了不起。蒂士文兄弟委任了代理人，政府郵船的合約也得到了，這些海島的輪船紀元開始了——前進了一大步——海斯特的一大步！

這一切都是走投無路的莫里遜與浪蕩的海斯特相遇後發生的，跟禱告是否扯得上關係，也很難說。莫里遜並不笨，但該如何對待海斯特呢，他卻似乎弄得異常昏頭昏腦。若說因莫里遜禱告上蒼，海斯特才奉了全能神之命，滿袋金錢來搭救他，莫里遜也就毋須特別感戴海斯特，因爲連海斯特自己顯然也是欲罷不能。無奈莫里遜既篤信禱告有效力，也深信海斯特善良無限。他滿心敬畏，衷誠感謝神的慈悲；另一方面，對於海斯特救拔同類的義行，又感激難盡。在這（可堪稱譽的）激情纏結下，莫里遜感激之餘，硬拉海斯特跟他合夥闖天地去。最後大家聽說莫里遜經由蘇彝士運河回國，以便親自在倫敦宣傳那煤礦大計。他離開船隻，在大家眼前消失而去；大家隨後又聽說，他後來寫過一封或多封信給海斯特，說倫敦又寒冷又陰鬱；說他不喜歡那邊的人和事，說他「像一隻異鄉的烏鴉那麼孤獨」。事實上，他一直思懷著「摩羯」——我指的不單是那熱帶區④，還有那條船。最後他回到多塞特郡去會見親人，隨之染上大傷風，病情急轉直下，就在驚駭的家人懷抱中死去。是不是他在倫敦時操勞過度，以致元氣大傷，我也不知道；可是我相信煤礦大計確因此行而積極推動起來。怎樣也罷，在莫里遜——因感恩與故鄉水土不服犧牲了——加入多塞特郡墳場的祖先行列後不久，熱帶煤礦公司便誕生了。

海斯特震駭已極。他在摩鹿加群島上，從蒂士文兄弟處聽到這消息，隨即失蹤了好

④ 原文Capricorn是個雙關辭，既可解作「摩羯號」，亦可作熱帶區的「南回歸線」解。

一陣子。他顯然是同一個荷蘭醫官在帝汶住在一起，那醫官是他的朋友，在自己的平房裡，對他略加照顧。他重新露面時相當突然，兩眼深陷，神情略帶警戒，唯恐有人會把莫里遜之死怪到他頭上似的。

海斯特，怪天真的！好像有人會……大家都沒有興趣去理會回了老家的人。他們也沒什麼不對，就是不再算數了。上歐洲幾如登天堂那麼決絕；將人從冒險犯難的世界移走了。

其實，大夥兒也是隔了好幾個月才聽到這個死訊的——那是從索姆堡處聽來的。他無端憎惡海斯特，並捏造了一番陰毒的流言蜚語：

「跟那傢伙打交道，就落得這樣子的下場。他拿你當檸檬一樣擠乾，然後把你丟開——送你回老家等死。拿莫里遜做前車之鑑吧。」

當然，那開旅館的說得這樣詭玄怕人，大家只是一笑置之。我們裡頭有幾個聽說，海斯特正準備親身到歐洲去拓展煤業；但他一直不動身。根本用不著他去；公司自己成立了，他也是接到信，才獲悉自己受任爲熱帶地區經理。

他一挑就挑了三巴侖——亦即環島——來當總站。有幾份在歐洲刊發的計畫書，來到東方這裡，正輾轉流傳著。大家十分愛慕那些用來教導股東的地圖附錄。地圖上的三巴侖相當於東半球的中部，名字用極大的大寫字母刻著；粗線條——影響力的線條或距離的線條，諸如此類——由三巴侖穿過熱帶區向四面八方放射開來，構成一顆神祕而有效能的星。公司拓展人總有他們自己的一套幻想。他們的氣質，是舉世最浪漫的。工程師來了，力伕輸入了，三巴侖上蓋了平房，山腹開了一條橫坑道，果然採獲些煤了。

這種種表現連最冷靜的人也撼動了。有一陣子，島上的人都在一窩蜂談論著熱帶煤礦，就連那些一笑置之的人也不過故作沉著而已。哦，對了；這已經來了，誰都能明白會有什麼後果——單幹戶商販的末日，給侵入的輪船群壓死了。我們可買不起輪船呢。輪不到我們。海斯特偏又當上了經理。

「你曉得啦，是海斯特，失魂老海。」

「噢，唷！大家都記得，他最初在這裡頂多不過是個無業遊民罷了。」

「對了，他說過正在找尋事實。吶，他抓到一件了，快要把大家趕盡殺絕了。」一個怨懟口吻道。

「這就是他們所謂的拓展啦——他媽的！」又一個聲音咕噥道。

海斯特久居熱帶區，從未嘗給人如此熱烈談論過。

「他不是個瑞典男爵之類嗎？」

「他，男爵？滾開吧！」

我個人對於這一點，倒是深信不疑。他還在群島上浪蕩時，有如孤魂野鬼那樣詭祕，遭人漠視，有一回曾親口告訴我。他久久才這樣駭人地實現成為破壞我們小企業的人——惡魔海斯特。

有許多人又時興起叫海斯特為惡魔來了。如今他已相當實在，顯著了。他跑遍整個群島，上下本地郵輪，直當乘電車一般，無遠弗屆——為籌辦公司之事，費盡了九牛二虎之力。這可不是浪蕩遊樂，這是辦公事。這種有目標的幹勁顯露出來，比以科學方法來證實這些露天煤層的價值，更能撼動疑惑的人。真了不起。索姆堡是唯一不受感染的人。他身材高大，魁梧得有點臃腫，滿臉鬍子，厚爪裡握著一杯啤酒，總愛走近那些圍著桌子談論的客人，細聽一會，然後發表他那一成不變的宣言：

「大爺們，怎麼說也罷，可是他的臭煤是迷不了老子的眼睛的。不過是唬唬人罷了。咳，那不會有什麼意思的。讓那樣子的傢伙來當經理？呸！」

有時以極驚世駭俗的方式超越世界，究竟是愚昧憎恨的透視力，抑或僅是私見的無聊執拗呢？大家也都能記得好些愚行勝利的事例；那蠢驢索姆堡這時勝利了。T．B．C．公司清盤了，我開頭就說過了。蒂士文兄弟從此洗手不幹。政府當局取消了那些眾人皆知的合約，議論沉寂了，未幾各處都傳說海斯特已經銷聲匿跡。他失蹤了，就像當年他為了擺脫「這些群島」的魅惑，也常跑得無影無蹤，不是循著新幾內亞那方，就是西貢那方——跑進吃人族間或是咖啡館裡。失魂老海！他究竟解除了魔力沒有？他死了沒有？大家對此毫不關心，也就懶得多猜。你知道大家倒是挺喜歡他的。但要對一個人保持興趣，單是喜歡還不夠的。憎恨，顯然就大大不同了。索姆堡死也忘不了海斯特。那厲害、魁梧的條頓畜生真會恨人；蠢貨總是這樣子的。

「大爺們好。沒怠慢罷？唔！好！你們看看，本人一直怎麼講的？哎嘿！不過是唬唬人吧，我早就看破了。不過我倒想知道他淪落成什麼樣子呀——那瑞典佬。」

他格外用勁說出「瑞典佬」，好像這三個字的意思就是無賴。他憎惡一般北歐人；什麼緣故？天曉得。這種笨蛋真叫人難以捉摸。他繼續說道：

「上回跟見過他的人談過，到現在有五個多月了。」

我老早說過，大家不大感興趣；但索姆堡當然不明瞭這一層，他笨得可笑。要是有三個人在他旅館裡碰在一起，他就煞費苦心，硬要把他們跟海斯特拉在一塊。

「老子倒希望那傢伙沒有跑去跳海，」他會說得特別滑稽認真，這本可叫大家發麻的，只可惜大夥兒淺薄，對這虔誠願望的心理懵然不解罷了。

「怎麼啦？海斯特該了你的酒帳不成？」有一回，某人語帶侮蔑地詰問他道。

「酒帳！噢，沒有的事！」

這開旅館的並不是個錙銖必較的人；條頓人絕少是那樣子的。然而他臉上卻裝出一個駭人的表情，對大家說，海斯特到他的「企業」來光顧，前後恐怕還不到三趟。海斯特的罪孽就在這裡了；為此，索姆堡詛咒海斯特日後被打下十八層地獄，少一層也不行。請看看條頓人多麼有分寸，多麼肯饒人。

終於，某天下午，有人看見索姆堡正向著一夥顧客走去。他顯然高興得了不得；他張著那雄偉的胸膛，極其自得。

「大爺們，我知道他的行蹤了。誰嗎？當然是那個瑞典佬啦。他還待在三巴侖；從沒走開過。公司不在了，工程師不在了，書記不在了，力伕不在了，什麼都沒了；可是他還賴在那裡不走。戴維森船長從西邊來，經過那兒附近，親眼看見他。碼頭上有些白色的什麼東西；於是他駛近去，划了一條小艇登岸，果然是海斯特。口袋裡放著一本書，老是一副彬彬有禮的模樣。一直在碼頭上溜達、看書。他對戴維森船長說：『我在這兒留守物業。』我倒想知道，他在那裡拿什麼來吃。三朝兩日胡亂來一塊乾魚不成——唷？連這裡的客飯也瞧不起，那倒真難爲了他啊！」

他眨著那雙充滿無窮惡意的眼睛。鈴響了，他莊嚴地領著路到食堂去，彷彿走進一座聖廟似的，一副人類恩主的神氣。他志在給人類吃飽，從中圖利；背地裡又去嚼他們舌頭，從中取樂。一想到海斯特吃得不好，他往往就幸災樂禍。

第四章

我們有些人對海斯特此事別感興味的，便到戴維森處去尋根究柢。這樣子的人，究竟不多。他告訴我們說，他特地去到三巴侖北部，好打聽那兒的情況。起初看來，島那邊早已完全荒蕪了。這並不出他所料。接著，他望見三巴侖密林之上，聳著那支光禿旗桿的桿頂。然後，輪船在駛過那稍微凹入的灣口——早一陣子曾有正名稱爲黑鑽灣——之際，他用望遠鏡弄清了煤礦碼頭上的那個白影。一定是海斯特無疑了。

「我認定他是要人帶走，於是駛進去。他沒有表示。不過，我還是吊下一隻小艇。周圍再也看不到什麼人。對了，他手裡拿著一本書；還是那副老模樣兒——整整齊齊，白鞋子、通帽。依他說，他平素喜愛獨個兒靜靜的。我就答腔說，那還是破天荒第一遭聽到呢。他只是微笑。怎麼說好呢？他這人，高不可攀的。他有城府，你也不想接近的。

「『有什麼意思嘛？你是想留守煤礦嗎？』我問他。

「『也可以這樣說，』他說，『我要守下去。』

「『但這兒什麼都沒有了嘛，』我大聲說：『海斯特，你其實根本是在白守。』

「『噢，我給事實弄夠了，』他說，把手一下子伸到頭盔去，微微的躬一躬身。」

這樣給打發走後，戴維森便回船上去，把船頭掉轉，船開動離去時，他從船橋上目睹海斯特正沿著碼頭向岸上走去。他邁向長草叢，消失其中——只剩下他那頂白通帽的頂尖，像在碧波中游弋。接著，連那頂尖也隱沒了，彷彿已沉沒到熱帶林藪隱祕的深處；熱帶林藪比海洋更忌人征討，並正要將清了盤的熱帶煤礦公司的餘跡——東方的經理Ａ．海斯特——也給封蓋起來。

戴維森——一個本性善良的老實人——很奇怪地動了感情。要知道，他對海斯特認識不深，海斯特禮數十足的態度和語調使不少人敬而遠之，他也是其中之一。我想，他比起大家來，修養也好不了多少，但心地是好的。大夥兒當然是隨隨便便的，有我們的一套是非善惡——我敢說，並不比一般人的那套差；修養呢卻沒有份兒了。戴維森的心地確是那麼好，他把所駛的船改道而行，不經三巴侖南部，而特地改道北岸，約在碼頭一哩範圍之內。

「他可以看得見我們的，」戴維森說道。然後尋思一下，又說：「咦！他別是以爲我在打擾他罷，嗯？」

我們再三向他說，他的行徑無可議之處。海洋畢竟是大家的。

這輕微的偏航，給戴維森來回的航程增加了十哩之譜，但由於全程總共一千六百哩，偏航便無關緊要了。

「我已經讓船東知道了，」「西斯號」耿直的船長說。

他的船東有一張陳年檸檬似的臉，人又矮小，又乾癟——這說起來倒奇怪，因為按說唐人發跡了，身子跟著就會發福起來的。供職中國商行倒也不錯，他們一旦相信你老實可靠，便對你信任得無以復加。你準沒錯的。於是戴維森的中國老頭一疊聲尖叫道：

「好吧，好吧，好吧。船長，隨你喜歡好了。」

事情就此結束了；不過下回還有分解。那唐人常會向戴維森問起那白人的事來。他還待在那裡沒走麼？

「我總看他不到，」戴維森只得坦告船東；船東戴著一副比他那張小小的老臉要大幾個度數的圓角邊眼鏡，雙眼透過鏡片默默盯望著戴維森，「我總看他不到。」

偶爾，他也會對我說：

「他準在那裡，只是躲起來了。真教人不舒服。」戴維森有點兒惱海斯特。「也真怪，」他繼續說道，「跟我談過的人，誰也沒問起他，只有我那個唐人——還有索姆堡，」他隔了半晌，又補上一句。

不錯，正是索姆堡。他對任何人都事事問個不休，然後把打聽得來的消息，極盡其醜詆的能事。人家談話時，他往往會插進嘴去，他那眨呀眨的、隱含著不平的眼睛、那厚唇、那深栗色的鬍子，充滿惡意。

「各位大爺好。沒怠慢吧？唔！好！咳，聽說森林已經把黑鑽灣剩下來的棚屋也給吞掉了。事實如此。現在他變成荒野的隱士啦。但這位經理在那兒究竟拿什麼來當吃的呢？這真難倒我了。」

有時，陌生的人不知底蘊，會好奇地問：

「誰？什麼經理呀？」

「噢，有個瑞典佬罷了，」——他陰險的用力說，好像是在說「有個土匪」似的。

「在這裡無人不知的。他沒臉見人，躲起來了。這王八一給人揭穿了，往往就來這一套。」

隱士——這個相當俏皮的諢名，是海斯特在這一熱帶區浪蕩時，索姆堡吵耳的嘮叨弄出來的最後一個。

無奈海斯特顯然天生便不是個隱士。對他來說，他的同類並不是厭不可近的。這一點我們得相信，因爲他確曾爲了些什麼理由，從隱退之處出來露面過一陣子。或許無非是到蒂士文兄弟那處去看看可有函札給他罷。我不知道；誰也不知道。不過這次復出顯示，他與世俗尚未完全隔絕。凡事拖泥帶水，麻煩就來。既在三巴侖待上了一年半，厄索爾·海斯特本不該理會函札——或是什麼要他復出的事。但一年半也沒有用啊。他壓根兒就沒有隱士的能耐！麻煩似乎就在這裡。

不管怎樣罷，他總是猝然重返這人間世，還是闊胸、禿頭、長鬚、禮數十足等等，依舊是那個十足的海斯特——乃至於那仍蒙著莫里遜之死的陰影，仁厚的竊孔眼。不消說，準是戴維森予他方便，將他從荒島上接了出來。否則別無機會，除非是有一些本地船經過——那是既不上算也不易等的機會。對了，他是跟戴維森一塊兒出來的，而且自己對戴維森說，只是待一陣子——頂多是幾天罷了。他打算回三巴侖去。

聽見這種傻事，戴維森露出驚疑的神色，海斯特便解釋說，公司成立時，他已將僅有的家當從歐洲發送來了。

海斯特，那浪蕩的、飄泊無根的海斯特竟有可以裝置家居的家當，這在戴維森或大家聽來，真是新奇得驚人。奇怪得有點兒滑稽；就像說鳥兒有了房地產似的。

「家當？你是說桌桌椅椅嗎？」戴維森不禁驚奇地問道。

海斯特正是這個意思。「先父在倫敦見背。從那時候起，這些東西就一直給貯藏在那裡，」他解釋道。

「這麼許多年嗎？」戴維森驚叫道，心想海斯特在曠野林間蕩來蕩去，大家已聽聞多久了。

「還要久些呢，」海斯特說，他對問題一清二楚。

這不就是說，在大家還未注意到他以前，他老早在流浪了嗎？在那裡呢？年紀有多輕？謎。或許他根本就是隻沒窩的鳥兒。

「我很早就輟學了，」他有一回在旅途中對戴維森說，「那是在英格蘭的時候。很好的學校，我念得不太好。」

海斯特的自白。大家都沒聽過他那麼多的個人經歷——除非是那已作古的莫里遜吧。看來，做過隱士，嘴巴再也嚴不起來了，不是嗎？

在那兩天難忘的「西斯號」旅程中，他又自己隱約提到一些別的個人經歷——隱約提到，因爲你不能說那就是自供。戴維森聽得很有興味。他感到興趣，倒不是因爲他覺得那些話很動人，只是對同類自然的好奇，這是人性的特徵。戴維森駕著「西斯號」沿著爪哇海來回往返，日子也是異常單調的，甚至於孤獨。他在船上從來無人作伴。不錯，船上確有不少本地的甲板旅客，卻從來沒有白人；以此，海斯特在船上的那兩天真是天賜的了。事後，戴維森把這一切都向我們和盤托出。海斯特說他父親著了很多書，是位哲學家。

「我也覺得，他一定有點兒古怪，」戴維森說，「顯然是在瑞典跟人家鬧翻了。海斯特的父親，自然就是這樣子。他自己不也有點兒怪氣嗎？他告訴我說，老頭子一死，他就獨個兒溜到外面，五湖四海到處闖蕩，最後碰上了這檔子眾人皆知的煤業。有其父必有其子，對嗎？」

除此之外，他還是那麼客氣。他要付戴維森旅費，但戴維森不肯聽這種話，於是他誠摯的抓住他的手，畢恭畢敬的鞠了個躬，說他受到這樣的隆誼，十分感動。

「我不是指你不受這雞毛蒜皮的事，」他繼續說道，搖了一搖戴維森的手。「我是給你的人情味兒感動了。」又是一搖。「說真的，我深深知道，蒙了您的人情之惠。」最後一搖。可見得海斯特早已明瞭，小「西斯號」定期出現在他隱所附近。

「他真是斯文人，」戴維森對我們說。「他上岸去的時候，我真捨不得。」

我們問他是在哪裡跟海斯特分手的。

「在泗水嘛——還有哪裡？」

蒂士文兄弟在泗水設有總辦事處。海斯特與蒂士文兄弟之間的聯繫，由來已久。隱士竟有代理人；公司垮了，被人遺忘了的瘋經理也還有事務，前者的可笑，後者的荒謬，我們都沒有注意到。我們說當然是在泗水，並認定他會跟蒂士文兄弟之一來往。我們裡頭有一個還說不知道他會受到什麼待遇，因爲大家都知道朱利葉斯・蒂士文對於熱帶煤礦公司弄成那樣子，感到很不高興的。但戴維森糾正了我們，哪有這回事。海斯特乘著旅館汽艇登岸，往索姆堡的旅館投宿去了。也不是索姆堡特意派遣汽艇去接一艘像「西斯號」那樣毫不體面的本地客船；汽艇只是在接一艘岸線郵船，中途給人發訊號召去罷了。當時是索姆堡親自掌舵的。

「海斯特拿著一個陳舊的褐色皮包跳進艇子時，索姆堡的眼睛怎麼突了出來，你真該去看看，」戴維森道。「他假裝不知道那是誰——起初真是的。我沒有跟他們一塊兒上岸去。我們靠岸，總共不過個把兩個鐘頭。兩千椰子上了岸，就走了。我答應二十天內，下一趟再帶他走。」

第五章

戴維森回航湊巧遲了兩天。當然，不是什麼要事，他還是特地——在太陽最毒辣的時分——跑上岸找海斯特。索姆堡的旅館建在一個廣闊的大院子裡，內有花園，種了些大樹，在橫伸的枝椏底下，立著一個會堂，這在索姆堡的廣告中，是「可供演奏及其他表演用途」的。閘口兩旁的磚柱上，貼著撕破了的報單，颯颯飄舞，上面用深紅的大字母寫著：「每晚演奏娛賓。」

走了很久，一路上驕陽似火。戴維森站在索姆堡所說的「外廊」上，不住揩著溼透的臉和脖子。有幾扇門通往外廊，簾子卻全放下了。一個人也見不到，連一個中國小廝也沒有——除了滿是鐵漆桌椅外，闃無一物。淒清、陰暗、翳寂——以及一陣突來的微風，自樹底下吹來，猛地使揮汗如雨的戴維森打了一個寒噤——這種熱帶的寒噤，尤其在泗水，往往使疏忽的白人發燒和住院的。

那有腦子的戴維森避進就近的一間陰暗的房間裡。在人爲的幽暗中，在覆蓋著的彈子檯那邊，一個橫臥在兩椅之間的白色影子聳了起來。晌午時分，中飯一吃過，是索姆堡優哉游哉的時光。他要躺一躺，胖大的身材，從從容容，不再進取了，鬈鬈的金鬍子覆在雄偉的胸膛上，宛如一片胸甲。他對戴維森沒有好感，皆因戴維森不是常客。他經過時，用手擊了一下擱在桌上的鈴，以冷淡、後備軍官的姿態問：

「你要？」

戴維森那老好人還在吸乾溼透的頸脖，一邊坦言他跟海斯特預先約好的，現在要來帶他走。

「不在這裡！」

一個唐人應鈴出現。索姆堡轉過身去，向他厲聲喝道：

「看看這位大爺要什麼。」

戴維森馬上要走的。沒法等候——但請通知海斯特，午夜時分「西斯號」就要啓碇離去。

「不——在——這——兒，聽到了吧！」

戴維森擔心的拍了大腿一下。

「唷！那便是在醫院裡了，」在熱病肆虐的地區，戴維森這樣猜疑也不無道理。

那後備上尉只管噘著嘴，吊起雙眉，瞥也不瞥他一眼。這不知算是什麼意思，但戴維森肯定，醫院是不會的。不過，午夜前，他好歹得把海斯特尋回來。

「他一直留宿在這裡嗎？」他問道。

「不錯，他在這裡留過宿。」

「那麼告訴我他現在哪兒去了，行嗎？」戴維森平淡的繼續問下去，他心底裡私自對海斯特生出衛護之情，不禁焦躁起來。他得到的答覆是：「無可奉告。不干我事，」隨即，那旅館老闆堂然皇然的擺動著頭，暗示著驚人的神祕性。

戴維森依舊心平氣和，一副老性子。他對索姆堡也沒有好感，卻沒有表露出來。「上蒂士文辦公室找，一定找得著，」他心裡忖道。可是太陽又那麼毒辣；海斯特要是下過港口，照理早該知道「西斯號」到埠了的。他老早上了船，這時正在那裡避著鎮上的暑天也說不定呢。戴維森因爲身材胖大，腦子裡總是想著避暑這回事，人也是不願動的。他逡巡了一會，似乎委決不下。索姆堡站在門口，老瞅著屋外，裝成漠不關心的樣子。可是他也裝不下去。猛地，他轉過身來，向屋內怒喝道：

「你想見他？」

「呃，是呀，」戴維森答道。「我們早就約好的——」

「算了吧。他現在再不會見你的。」

「真的嗎？」

「好罷，不信你儘管自己看看好了。他不在這裡，是不是？我不騙你。別管他了。

我是以朋友立場勸你。」

「謝謝，」戴維森道。索姆堡粗暴的口氣叫他暗吃一驚。「那我坐下來，喝杯酒好了。」

索姆堡再也料不到他會這樣說，厲聲喝道：

「小廝！」

唐人走過來；那開旅館的點頭召他過去應付白人，自己馬上離去，一邊嘴裡還不斷自言自語的嘟囔著。戴維森聽見他走時咬牙切齒。

戴維森獨個兒坐在那裡，四周都是彈子檯，旅館內一個人也沒有似的。他真是那麼的溫和，雖見海斯特失蹤了，索姆堡又對自己如此詭譎莫測，也不感到過分焦惱。他對於這些事自有一套頗精明的想法。不錯，事有蹊蹺；可是他懶得跑去尋根究柢，因為他心裡感覺，只要安坐那裡，真相自會大白。一張「每晚演奏娛賓」的招貼——除了保存得較好，跟閘口的那些無異——掛在他對面的壁上。他漫不經意地看著，心頭頓然想起了一件事——那時還不很流行——這是個女子樂團；「贊賈科莫東方巡迴演奏——十八位樂手」。招貼宣稱，她們曾有機會在多位殖民地總督，以及巴夏、族長、酋長、馬士甲的蘇丹殿下等人之前演奏精選的曲目。

戴維森很替那十八個女樂手難過。他很知道這些贊賈科莫絕非什麼職業樂師之流，這種巡迴演奏，由他們領導下是何等樣的生活，他深知她們過著的是卑賤淒慘的日子。

正當他盯著招貼看，背後不知哪兒打開一扇門，走進一個女人，人家都當她是索姆堡的老婆。有人曾經很刻薄地說，她這麼醜，除此之外還能是什麼呢？人家說索姆堡虐待她，皆因她臉上有那嚇怕了的表情之故。戴維森舉帽向她招呼，索姆堡太太把那沒有血色的頭顱向他低低的點了點，馬上在一個算得是高起的櫃檯後坐了下來，面向門口，背對著一面鏡子和一排排的瓶子。她的頭髮梳弄得十分細緻整齊，瘦脖子的左面懸著兩綹鬈髮；她穿著一襲綢衣，正要來值午班。儘管她給那地方添不上什麼春色，索姆堡爲了些什麼原因，卻迫她來了。在氤氳和喧嘩中，她坐在那裡，宛似一尊供起來的偶像，不時對著撞球傻笑，不跟人家談話，人家也沒話跟她說。索姆堡除了無緣無故驀地向她瞪目怒視外，根本便不理會她。連那些唐人也不把她放在眼裡。

她打斷了戴維森的思路。跟她獨處，她一言不發，呆呆的張著嘴，使戴維森渾身不對勁。他很容易替人難過。完全不理會她，好像很無禮。他暗指著那招貼說道：「旅館裡住著這夥人嗎？」

她那麼不慣於受到主顧的招呼，因此一聽到他的聲音，竟就在位子裡嚇得跳起來。戴維森事後告訴我們說，她跳起來的模樣，活像木頭人，動時依舊是全身僵挺挺的。她那兩顆眼珠子連轉也不轉一下，但儘管兩片嘴唇像木造一般，她倒也答得相當流暢爽快。

「他們在這裡待了個把月。現在都走了。那陣子，他們每晚都演奏呢。」

「奏得還不錯罷？」

她並沒接腔；她只乾瞪著眼睛，向前直視，沉默得使戴維森很狼狽。她彷彿沒有聽見他似的——那是不可能的。也許，她決定不開腔表示觀感的。索姆堡可能爲了家事的緣故，早已將她訓練有素，不把觀感告訴人家。但戴維森覺得，爲免失禮，他非談下去不可的。所以他擅自給這意外的沉默解說道：

「啊，這樣子——不打緊。那樣的樂隊難得夠水準的。索姆堡太太，從領班的名字看來，該是一票義大利人罷？」

她搖搖頭。

「不。他本來是德國人；不過是爲了做生意，才染黑了頭髮和鬍子吧。贊賈科莫是他的藝名。」

「那真怪，」戴維森道。他滿腦子盡是海斯特，心想她也許還知道別的實情。對跟索姆堡太太謀過面的人來說，這可真是個意想不到的發現。誰也不曾覺得她也會有個腦子的，我是說即使小小的腦筋也沒有，連半點也沒有。人家倒覺得她是個「它」——一具機械人，一個不折不扣的傀儡，只會偶爾點頭、傻笑。戴維森望著她的輪廓：扁平的鼻子、凹陷的腮頰、一雙凸眼睛乾瞪著。他暗自問道：它適才開過腔嗎？還會再開腔嗎？單是看看它如何奇妙，那種刺激，就像跟一副機器交談。戴維森肥胖的臉上泛起微笑——那笑法就像在那裡進行著有趣的實驗。他又對她說道：

「那樂團其餘的成員，卻都是道地的義大利人吧？」

當然，他並不在乎她們是不是。他不過要看看那副機體到底還有沒有作用。有的；它說她們不全是。她們裡頭顯然是各式人種都有的。它頓了頓，一雙凸眼睛乾瞪著整個房間和通往「外廊」的門口。它頓了頓，然後兀自沉著調子繼續往下說道：

「有一個還是英國女孩子呢。」

「可憐的傢伙！」戴維森說道。「我看，這些女人比奴隸真好不到哪兒去。那染鬍子的傢伙正派嗎？」

那副機體並沒吭聲。戴維森這個滿有同情心的人自己尋出了結論。

「這些女人過的豬狗生活啊！」他說。「索姆堡太太，你說有一個英國女孩兒，你真是說年輕的姑娘嗎？這些樂團女子，好些已算不上是妞兒的了。」

「夠年輕的，」索姆堡太太那硬邦邦的面孔上傳來一陣低沉的聲音。

戴維森見反應不錯，就說他真替她難過。他輕易就替人家難過。

「他們離開這裡到哪兒去了？」他問道。

「她沒有跟他們一起走；她跑掉了。」

這是戴維森接著聽到的話語；這重新激起他的興味來。

「唷！唷！」他淡淡的大聲說；然後，用世故的神態接下去：「跟誰呀？」他信心十足的追問道。

索姆堡太太坐著不動，看上去彷彿在那裡凝神諦聽。難保她不真是在諦聽；但索姆堡準是在屋內遠處什麼地方睡夠了。靜得一點點聲音也沒有，而且長得叫人吃驚。終於，在戴維森上面的神龕裡她悄悄說道：

「跟你那個朋友。」

「噢，你曉得我正在這兒找個朋友麼？」戴維森燃起希望說，「你可不可以告訴我——」

「我早告訴你了。」

「啊？」

一層迷霧彷彿在戴維森眼前捲著去了，露出令他難以置信的什麼來。

「不會罷！」他嚷起來。「他不是那種人。」他說到最後，聲音變得很弱。索姆堡太太頭一動也不動。戴維森聽了這件嚇得他站起來的事之後，渾身虛脫。

「海斯特！那樣的君子人！」他虛弱地喊出來。

索姆堡太太好像沒聽見。這駭人的事，總是與戴維森心目中的海斯特相應不來。他從來沒有談過女人，他似乎從來都沒有想過她們，根本沒有覺得她們活在世間；然後一聲不響——這麼樣的事！帶著一個萍水相逢的樂團姑娘跑掉了！

「當時你只消用一根汗毛，就可以把我給打倒了，」過後，戴維森對我們這樣說道。

到這時候，戴維森對這宗驚人的交易的雙方當事人，卻又採取寬容的看法。首先，細想之下，他絕不敢斷定，海斯特這麼一來，就不再是從前那樣的一個真君子。他一張認真的圓臉冷冷地對著我們肆笑與偷笑。海斯特把女孩子帶到三巴侖去了；這可不是鬧著玩的。三巴侖島上的荒涼死寂，戴維森這個老實人深印腦海，跟那些未嘗親睹、卻又掉以輕心的人嘴裡所謅的，簡直風馬牛不相及。那烏黑的碼頭，由叢林中一直突伸至空蕩蕩的海面；那些丟荒的屋脊，冒到長長的草莽上，陰鬱的窺視著！哦嗬！棄在碼頭末端的那些賣不出的煤塊，堆積如山，宛似一座墳墓；熱帶煤礦公司的那塊陰森森的巨型黑板招牌，仍舊從一叢野灌木裡冒出頭來，像一塊碑似的豎立在煤墳上，令氣氛顯得倍加荒涼。

那敏感的戴維森是這樣想。那女孩子的身世一定很淒涼的了，不然怎會跟著這麼一個陌生的男人到那種地方去呢？海斯特想必早已坦白告訴了她；他是個君子人嘛。然而三巴侖島上那種艱苦的生活，真是罄竹難書的。荒島上沒有伴兒，倒也罷了。你真個漂流到荒島上去——當然啦，那也是沒奈何的事；不過要一個出身於浪跡江湖的女子樂團的玩提琴的女孩兒安守島上，哪怕是一天罷，那也是不可思議的。她第一眼見到三巴侖，必定會大吃一驚，會尖聲叫出來。

這些剛勇、沉著的人卻這麼會同情人！戴維森激動得很；他關心的顯然是海斯特。大家問他最近可曾經過那一帶。

「哦，有的。不時都有——離開半哩左右。」

「那麼可曾見過什麼人？」

「沒有，一個也沒有。連影子也沒有。」

「那你有放汽笛沒有？」

「放汽笛？你以爲我會這樣幹麼？」

這樣莽撞打擾人家，他委實做夢也沒有想到過。戴維森，好周到的！

「好吧，那你又怎麼見得他們是在那裡呢？」有人順理成章的問道。

原來海斯特老早將消息託索姆堡太太傳達給戴維森——一張揉皺了的紙片，上面寫著幾行鉛筆字，大意是說他因有急務，非得在約定的時間前離去不可。他請求戴維森擔待他如此無禮。屆時屋裡的那個女人——即是索姆堡太太——儘管解釋不出緣由，卻自會把事實告訴他。

「還有什麼要說的呢？」戴維森狐疑地想。「他愛上了那玩提琴的姑娘，還有——」

「還有，那姑娘似乎也愛上了他呢，」我說。

「真是快得出奇，」戴維森沉思著說道：「你想會有什麼結果呢？」

「嗯，懊悔罷。只是怎麼會選上索姆堡太太做心腹的呢？」

因爲顯然區區一具蠟像，也比那個女人要中用些；大家只慣見她高坐在兩張彈子檯之上——臉無表情，呆若木雞，也不作聲，視如不見。

「嗯，她幫助那女孩兒逃的，」戴維森道，一雙無邪的眼睛轉過來瞧著我，他眼睛因這件令他驚訝不已的事而張得圓圓的，就像人驚悸、憂傷過後，有時仍緊張戰慄不已。

他似乎再也不會復元過來。

「我在那裡坐著坐著，再也想不到，索姆堡太太忽地把海斯特那張紙，搓成點火捲子似的，塞到我膝上來，」戴維森繼續說著。「一定下神來，我就問她，幹麼海斯特會把便條留下給她的。跟著，她的動作簡直就不像是個活女人，像個畫像，她悄聲說——我要豎起耳朵才聽得到：『是我幫他們逃的。我把她的東西收拾好，用我的大圍巾綁起來，從後窗拋到圍場裡去。是我幹的。』」

「那個女人，你說連小指頭也沒敢翹起的那個女人！」戴維森平靜、微喘的聲音裡孕著一股驚奇。「你怎麼想法？」

我想她這麼做，一定有私利的企圖。她太沒神沒氣了，不會給同情心一時驅使行事的。海斯特絕不會賄賂了她。他再有錢也罷，總沒有本事這樣幹。會不會是她被那無私的熱情所驅使，將女人送進男人的懷裡——上流社會所謂作媒？——也真罕見啊！

「那包東西準是很小的了，」戴維森再說道。

「我猜姑娘一定美得很，」我說。

「那我可不知道。她怪可憐的。她們在台上時，身上不過是披著一片兒亞麻布和一兩件這種白上衣罷了。」

戴維森又追索自己的思路去了。他認爲這種事，是熱帶區的歷史上聞所未聞的。試問哪有人拐跑樂團的妞兒的呢？不錯，有些人迷上過漂亮的——可是都沒有打算跟她們遠走高飛的啊。呀，不會的！要海斯特這樣的瘋子才這樣幹。

「嗳，想想看會怎樣了局，」戴維森喝哧喝哧地喘著氣說，心氣無比平和，想像得很遠。「嗳，想想看！他一個人待在三巴侖上胡思亂想，準是想昏了頭嘍。他就沒有定下來仔細考慮過，不然怎會幹出這種傻事兒來？用腦子的人怎也不會……你說這回怎樣了局好呢？他到頭來怎樣安置她呢？簡直是瘋了。」

「你說他瘋了。索姆堡告訴大家說，他在那島上一定餓壞了；所以他到頭來還可以把她吃掉呢。」我說。

戴維森告訴我們說，索姆堡太太趕不及給他細說清楚。他們那麼久都沒人來打擾，說來也真奇怪。懶洋洋的下午不知不覺的溜走。遊廊上——不，是外廊——又響起腳步聲和喧嘩聲了，椅子的摩擦聲，鈴子響聲，顧客又來了。索姆堡太太望也不望戴維森一眼，只是慌忙請他別把事情張揚出去，這時，有人說了半句什麼，她慌慌張張的把說話打斷了。原來索姆堡從一道小小的內門走了進來，他的頭髮刷得閃閃發亮，鬍子也梳得整整齊齊，但打完盹的眼皮還重重的垂著。他狐疑的看了戴維森，還瞥了瞥他的老婆；但見一個沉著如故，一個又木然如常，便摸不著頭腦了。

「酒送出去沒有？」他倔著氣問道。

她沒有開腔，因爲正在此際，小廝頭兒出現了，手裡托著盛得滿滿的盤子，正走出去。索姆堡走到門口，向門外的顧客打了個招呼，但沒有出去。他站著，擋住半邊門口，背對著屋內，直至戴維森靜坐了好一會而要動身離去時，他仍是一勁兒擋在那裡。一聽見戴維森離去的聲音，索姆堡扭過頭去，看著他向索姆堡太太舉起帽子告辭，然後索姆堡太太僵著身子，鞠躬回禮，傻笑一下。索姆堡別過頭去，威風凜凜的。戴維森走到門口停下來，神態十分自然。

「可惜你不肯說我的朋友哪兒去了，」他說。「我的朋友海斯特嘛。沒法子啦，看來只好到碼頭下面去問問看罷。到那裡問去，準該聽到些什麼的。」

「問鬼去！」索姆堡咕噥著沙啞的嗓子回道。

戴維森跟那開旅館的講這些話，無非是要免得索姆堡太太受到猜疑；但他又樂得看看另一個人怎樣說海斯特的事。這一著果然老到。這一招，應得頗為驚人，因為索姆堡罵海斯特果然格外罵得凶。猛地，他用先前那副沙啞駭人的聲調，把海斯特給臭罵個狗血淋頭，用了許多粗言穢語，其中「畜生」還不算是最惡毒的；總之，他罵呀罵的，火起之時，連自己也嗆了。戴維森再巨大的打擊也禁得起的，趁他嗆住時，心平氣和地勸道：

「也用不著這麼氣呀。就算他偷了你的錢箱跑掉罷——」

那高大的旅館老闆彎下腰來，將惱怒的臉擂到戴維森臉上去。

「我的錢箱！我的——他——戴維森船長，你瞧！他拐了一個女孩跑了。那女孩子，管她呢！我才管不了她死活。」

他脫口說出了一句缺德的話，使戴維森吃了一驚。那女孩子是這種人；他再斷言，才不要管女孩子死活。他只要自己旅館的名聲。無論他到何處去開旅館，都有「藝人群」來投宿。藝人住過他的旅館，總向行家推介推介。但現在卻到處傳說，領班要是帶著團員住進索姆堡的旅館——不錯，正是索姆堡的旅館——隨時都會住失團員，那還得了嗎？偏偏又在他剛才花了整整七百三十四金幣，在圍場內蓋了一座音樂堂的時候。在這樣高尚體面的旅館裡，豈可幹出這種事來？真是無恥！下流！老臉厚皮！十惡不赦！無賴、騙子、光棍、流氓、**Schweinhund**（豬狗）！

索姆堡一直抓住戴維森上衣一個鈕子，將戴維森攔在門口，恰巧在索姆堡太太凝住的視線之內。戴維森偷偷的瞥了索姆堡太太那方一眼，正想遞個眼色讓她安心，但見她高棲在那裡，看上去是那麼痲木不仁，簡直毫無生氣似的，使眼色似乎划不來。於是他好整以暇，將鈕子從索姆堡手裡解出來。索姆堡這才吞了一句粗話而去，消失在屋子那一處，好獨自平平氣去。戴維森便踏出外面的遊廊去。遊廊上的那夥顧客早發覺門口剛才有人在那裡火爆的拌嘴，內中有一個戴維森也認識的，戴維森經過時，就順便向他點頭招呼。這相識者大聲向他問道：

「你說他脾氣臭不臭？那件事之後，一直就這樣子。」

那說話的放聲大笑，旁邊的客人則坐著微笑。戴維森站住了腳。

「是呀，真是嘛。」他後來告訴我們說，他當時是既狼狽又無奈；不過，就像一隻海龜縮進了甲殼裡，他的情緒旁人也看不見的。

「真沒有道理嘛，」他沉思著喃喃道。

「哦，可是他們打架來著呢！」另一個顧客道。

「什麼？打架來著！──跟海斯特打架來著？」戴維森不安的問，好像有點不相信。

「海斯特？不，是這兩個人──是帶著這些女人跑碼頭的那個領班和老索呀。早上，贊賈科莫先生發狂似的衝進來，找我們這位老友算帳。真的，他們兩人呀，你追我，我追你的，追遍整個房子，門兒關得砰砰碰碰，飯堂裡的女人，總共十七個，嚇得尖著嗓門直叫，後來兩人索性就在這遊廊地板上扭成一團，翻來覆去；黃臉漢還爬到樹上去──嗨，約翰？你不是爬到樹上去看打架來著嗎？」

那杏眼的小廝態度冷淡，不屑的哼了一聲，桌子一拭好便退下了。

「總之──這一架可不是鬧著玩的，打得痛快極了。是贊賈科莫先動手的。哦，索姆堡來了。喂，索姆堡，他一發覺女孩兒跑掉，就向你發火，對不對？因爲是你出的主意，要樂手在休息時間跟觀眾打打交道。」

索姆堡又出現在門口。他走過來，神態莊嚴，鼻孔卻脹得格外圓大，他好不容易才把嗓子控制得住。

「不錯，這是做生意嘛。我給了他特價的啊；再說，這還不是爲了各位嗎？我不過是在爲老主顧著想。這鎮裡一到晚上就沒有什麼事好幹的。各位，我想大家也巴不得有個機會聽點兒好音樂，那麼，請女藝人喝杯石榴水什麼的，又有什麼要緊呢？可是那傢伙——那瑞典佬——他騙了那女孩子。這裡的人，他統統都騙過的。這些年來我一直在盯著他。他怎樣把莫里遜騙了，大家該記得的。」

說到這裡，他猛可打個轉，換了方向，檢閱似的，邁步離去。桌前的客人默默交換著眼色，戴維森則作壁上觀。索姆堡滿懷心事，在彈子房裡踱著步子，腳步聲傳到外面的遊廊上。

「這還不算，最有趣的是——」剛才在說話的那個人——某荷蘭商行的英國職員——繼續說下去：「最有趣的是，當天早上九點還沒到，這兩個人又一同駕馬車到碼頭找海斯特和女孩子去。我看見他們東闖西闖，四處打探。不曉得找到了女孩子，他們會怎樣處置，可是呀，戴維森，他們好像非要把你朋友海斯特抓到，就在碼頭上幹掉不可似的。」

他說，他一輩子也沒見過這樣怪的事。這兩個人心裡懷著同一目標，發瘋似地到處打探，一臉怕人的凶相，你瞪著我，我瞪著你。他們彼此怨恨、猜忌，一同登上一隻汽艇，搜遍海港內的船隻，鬧個沒完。各船長後來上岸，跟人家說，曾被人平白無端打擾了一番，又說倒很想知道汽艇裡的那兩個討厭的瘋子是何方神聖，說那兩人瞎謅些莫名其妙的話，看來是在追趕一男一女。在海中心的拋錨處，大家都不同情他們，一艘美國船上的大副一見到他們，甚至顧不了好看不好看，就毫不容情的把他們從欄杆上推出去。

卻說當晚，海斯特與女孩子夤夜搭了蒂士文兄弟公司屬下一艘東航的斯庫納船，老早逃到好多哩外了。這是一個爪哇船伕事後說出來的，他是海斯特在半夜三點鐘特地雇來幫助逃走的。那艘斯庫納船在晨光中吃著平常的陸風駛出，當時大概在海面上還見得到。但那兩個追趕的人在美國大副那裡碰了一鼻子灰後，立刻上岸去了。一登岸，他們就又用德文激烈罵戰起來。這一回卻沒有再動粗；終於，他們帶著憤恨無比的樣子，雙雙鑽進一部馬車——準是為了好共付車資，各省點兒錢——就走了，撇下一小群歐洲人和土著，待在碼頭上發楞。

聽畢這段奇譚，戴維森便離開了索姆堡的常客擁擠著的遊廊。海斯特的治行是大家的話題。依他看，這個怪人從沒讓人家嚼過這麼多的舌頭。從來沒有！就連熱帶煤礦公司成立之初，他成了一陣子的鋒頭人物，島上的流氓和冒險家胡亂批評他，無端嫉妒他，他也不曾讓人家嚼過這麼久的舌頭。最後戴維森想，人家別的不愛談，偏愛談這種醜聞。

我問他自己可覺得這真是件那麼丟人的醜聞。

「嗄呀，哪裡是！」那永不僭禮的大好人說。「不過換了我，可就不會幹出這種事來；我是說，就算我還沒討老婆。」

他的口氣毫無譴責之意；倒是有點兒惋惜什麼似的。戴維森跟我見解一樣，都認為這事本質上是在救援一個苦難中人。並不是因為我們自己浪漫，將全世界都染上我們脾性的色彩，而是我們兩人眼光獨到，老早發覺海斯特他才是那麼的一個浪漫派。

「我可不會有這膽量，」他繼續說下去。「我凡事都要想個通透，才肯去幹；海斯特呢可不是這樣，不然他也不敢這樣幹的。帶著個女人跑到無人的森林裡去，早晚總要後悔；更糟的是，海斯特偏又是個君子人。」

第六章

那回大家沒有再多談海斯特了，偏巧那陣子我又有三個多月光景沒有跟戴維森再見過面。及至我們再碰頭時，他幾乎劈頭第一句就說：

「我見過他了。」

我正想叫出聲來，他叫我放心，他並沒有冒昧去打擾。是海斯特請他去的，否則他連做夢也沒想到過要打擾海斯特的清福的。

「我相信你是不會的，」我也說他不會這樣莽撞的，心裡一邊對他的百般小心，暗覺有趣。駕著小輪船往來這些海島的人之中，從沒見過有他這麼小心的。然而他的人情味兒卻也一樣濃，一樣教人敬佩，使他每隔二十三天——不多不少——便駕船經過三巴侖碼頭（平均離那兒一哩）。戴維森這個人是既小心，又有人情，又有規律的。

「是海斯特請你去的？」我很感興趣的問道。

不錯，有一天他照例駕船經過三巴侖，正帶著準時而不厭倦的人情，用望遠鏡觀察岸上的動靜，海斯特招了他進去。

「我看見一個穿白衣的人。準是海斯特。他在竹桿上拴上一大幅旗子什麼的，就在舊碼頭端一直搖著。」

戴維森不想將輪船靠攏碼頭去——大概是怕莽撞罷；他只駛近了海岸，停了機輪，放下一條小艇。他自己下了艇，艇當然是由他的馬來水手划的。

海斯特看到艇朝他划來，放下剛才發訊號的竹桿；戴維森到達時，他正跪在地上，忙著解下旗子。

「有什麼不對勁嗎？」我連忙追問道；戴維森猛可住口，我便不禁動了好奇心。你該記得，海斯特在群島上素來不是個——怎麼說才對呢——不是個愛發訊號的人。

「這些正是我還沒來得及把艇子泊到椿子去，」戴維森說，「就衝口而出的話。實在忍不住口。」

這時海斯特已站起來，小心翼翼的摺起那幅旗子的東西來，戴維森察覺旗子有一張毯子那麼大。

「沒有，沒有什麼不對勁，」他大聲答道。他那橫橫的銅色長髫棒下，雪白的牙齒閃出亮光，頗爲討喜。

我不知道戴維森不登上碼頭，究竟是他不想莽撞，抑是身材胖大不便之故。他一逕立在艇裡，海斯特卻在他的上端彎下腰來，面露溫文的笑容，向他道著謝，並請他包涵冒昧把他召來，十足那副老性子。戴維森原以爲這人總多少變了一些，但他竟依然故我。從他身上，絲毫看不出這件大事：林中正藏著一個女孩子，是他從台上直帶到野外來的女子樂團的樂手。他既不感到羞慚，也不逞強，也不感到臉紅。他跟戴維森說話時，可能稍有點說知心話味道。他的話像謎一般難懂。

「我這樣子招您來，」他對戴維森道，「是因爲行藏謹愼點兒，也許頂要緊的。我自己倒無所謂。人家說什麼，我根本不在乎；再說，誰也坑不到我。自從我縱情大幹起來，孽不作多，也作少罷。看起來是沒壞的，但拍馬舞刀之餘，傷人總免不了。真可怕。這就是爲什麼這世界還是罪惡的多。不過我跟世界已經一刀兩斷了！以後我連指頭也懶得去翹一下。我這樣想著，日子不管你要不要過，終歸是要打發的，那再好不過就是冷靜觀察事實；可是現在我連觀察也懶得去觀察了。」

試想在熱帶灌林內凸出的荒蕪凋零的碼頭旁，竟有人同可憐的老實人戴維森說這番話。這番話，他從未耳聞過，更遑論聽過海斯特說了。海斯特的談吐素來簡潔有禮，有教養的口氣裡隱含著打趣的味兒。

「他瘋了。」戴維森暗忖道。

然而仰望著岸上的那副面相，他不得不否認這是尋常而表面的瘋癲。這番話確不尋常呢。他這時又想起——剛才竟吃驚得忘了——海斯特正藏著一個女孩子。也許是女孩子的影響所及，乃有這番怪論。戴維森抖去這荒誕的感覺，並想表示友善的態度，而且又不知道再說什麼好，便問道：

「必需品之類不會不夠用吧？」

海斯特微笑搖搖頭。

「夠用，夠用。東西倒夠用。我們在這兒過得還挺不錯。還是得謝謝您。我這趟冒昧的招您來嘛，倒不是因為我和我的——夥伴有什麼不妥。我拿定主意要請您幫忙，想到的人是索姆堡太太。」

「我跟她談過來呢，」戴維森插進嘴來。

「哦！您？對了，我希望她設法——」

「她沒有對我說多少話，」戴維森又打斷對方的話。他不嫌聽到些什麼——他還不曉得那是些什麼。

「嗯——這樣子。可是我那張便條呢？是嗎？她設法交給你了？幹得好，幹得好極了。她實在足智多謀，我們不曉得。」

「女人往往都有辦法，」戴維森說道。僅僅因為說話對方帶一個女孩子跑了，戴維森感到渾身不對勁的，但這種感覺也漸漸消除了。「女人常會幹出許多出人意表的事兒來的，」他概括著說。他似乎說教不成了，因為海斯特跟著就說：

「這是索姆堡太太的大圍巾，」他摸著那搭在臂上的東西。「是印度貨色吧，」他添了一句，說著瞟了臂膀一眼。

「這東西不是很值錢的，」戴維森坦言道。

「大概不值。問題是，這是索姆堡太太的東西。那索姆堡看來是個窮凶極惡的壞蛋——對嗎？」

戴維森淡淡一笑。

「我們這裡大家早就把他看慣了，」他這樣說，好像想爲大家容忍這個明明白白的討厭人物的罪過開脫一下。「我倒不會這樣說他；我只曉得他開旅館。」

「我甚至不知道他開旅館呢——還是這趟到過他那處去投宿才知道；這還不是爲了省點兒錢。說起來，這回也真虧了您讓我搭船到泗水去。尼得蘭旅館太昂貴，他們還預算你自攜僮僕的呢。真討厭。」

「就是說嘛，就是說嘛，」戴維森馬上不滿地說。

沉默過半晌，海斯特又提起那大圍巾的事來；他想把它送還索姆堡太太。他說，萬一有人要她拿出那條大圍巾來，她若拿不出可真尷尬。海斯特爲了此事很是不安。她怕索姆堡怕得要死；看來也真夠她怕的。

這一層戴維森也老早提及。他指出，她儘管那麼怕他，爲了一個陌生人，她還算是把索姆堡給愚弄了。

「哦！您也知道！」海斯特道。「是的，她幫過我——我們呢。」

「這她也告訴過我。我還跟她談過好一會兒，」戴維森告訴他說。「試想竟有人跟索姆堡太太談了一番話！我說出來，大家才不會相信呢。海斯特，你是怎樣把她哄上的？你是怎麼想得出來的？唷，她這人看起來，笨得連人家說話都聽不懂，膽小得連小雞也不敢噓走。哦，女人啊，女人，連最最平凡沉靜的女人，你也猜不透她們有什麼心思。」

「她不過是要讓自己的日子好過些罷了，」海斯特說。「這樣做是很體面的。」

「是嗎？我也這樣覺得呢，」戴維森坦言道。

他隨之告訴海斯特，眾人發現他逃逸後，如何如何鬧得天翻地覆。海斯特專專心心聽著，神情陰鬱；但他既不露出詫異的神色，也不表示意見。戴維森說畢，他就把大圍巾遞下艇去；戴維森答應設法暗地裡把它送還索姆堡太太。海斯特簡單的道了幾句謝，說話時禮數十足。戴維森正想動身離去，兩人互不相望。猛可，海斯特說：

「這件事，是叫人惡心的迫害，您明白的，對嗎？我那時曉得了——」

這種看法，戴維森這個富有同情心的人是了解得來的。

「你這樣說，我並不覺得出乎意料之外，」他平淡的說道。「也許惡心了點兒。您呢——既未討老婆——要插手，誰都管不了。啊啃！」

他坐到艇尾座上去，手裡早已握住舵索；海斯特忽然又說道：

「這世界是條惡狗，冷不防就會給牠咬上一口；可是我想，我們在這裡不認命，是頂安全的。」

事後戴維森向我提起這些事時，只說：

「身邊拖著個女人跑到那裡去——這樣不認命法，也真怪。」

第七章

過了相當日子——我們是不常碰頭的——我問起戴維森如何處置了那大圍巾。他說採取了直截了當的方法來處理，發覺倒還順利。一俟船再到三寶壟去，他便把大圍巾綳得能多緊就多緊，捲成一個最小的褐色紙包裹，然後帶上岸去。鎮上的公事一辦妥，他攜著包裹鑽進一輛馬車裡，逕奔索姆堡的旅館來。憑他那難得的經驗，到達時適值索姆堡午睡的時辰。就像上一回，他發覺旅館內闃無一人，於是他逕邁彈子房，在索姆堡太太即將登據的那個櫃檯附近，挑了一個背後座位坐下來，然後用手下死勁打鈴，把午盹時的安寧破壞無遺。馬上來了一個唐人；戴維森叫了一杯酒後，便坐在那裡等著。

「有必要的話，我會一杯又一杯的叫，叫二十杯酒。」他說道——戴維森是絕少喝酒的——「也不把那包裹再帶出屋外去。萬不能不讓那女人知道，就把包裹留下在屋角。這樣說不定會叫索姆堡太太更糟，那倒不如不帶來還好。」

這樣他等著等著，鈴子打了又打，還勉強吞下了兩三杯冰酒。果如他所料，索姆堡太太隨即走了進來，仍是那副老模樣兒——一身綢衣、長脖子、鬈髮、眼睛誠惶誠恐、傻笑。大概是那懶骨頭差她出來，看看是哪一個酒鬼在這恬靜的時辰弄得滿旅館吵吵鬧鬧的。鞠了躬，點了頭——她便登上高櫃檯後的崗位，據坐該處，望上去又是那麼六神無主，毫無意識；戴維森說，若非身旁仍放著那個包裹，他真以爲他們之間的往事，不過是南柯一夢而已。他再叫了一杯酒，好把唐人打發掉了，接著一把抓起擱在身旁椅子上的那個包裹，胡亂的嘟囔了一句——「這是你的」——猛一塞，便塞到她腳底櫃檯的角落去了。好啦！大功告成了。好險啊；戴維森差點兒還趕不及坐回位子上去，索姆堡就出現了，裝模作樣的打著呵欠。他用狐疑而惱怒的眼色環掃房內。這時戴維森那氣定神閒的神態實在無懈可擊，替他脫了一大險；對方自然沒理由懷疑自己妻子和這顧客之間會有默契。

索姆堡太太呢，卻活像一尊菩薩似的危坐那裡。戴維森這下子可真佩服得五體投地。他現在才相信，這個女人已經一直這樣裝了好多年了。她甚至連眼皮也不眨一下。了不起！他這透徹的發現，幾乎把自己也嚇了一驚；使戴維森自己驚訝不已的，是他對索姆堡太太的本來面目，竟比群島上的人——包括索姆堡在內——認識得更深。她這欺矇能手，真是個奇蹟。得到她的臂助，難怪海斯特不費吹灰之力，便在兩人面前將女孩子奪走了！

說到頭來，海斯特竟會跟穿裙子的混上，這才是最最不可思議。我們看著此人過活，已有好多年，他凡事都不聞不問，更別說女流之事了。他除了在適當場合上也會請人喝喝酒，這個冷眼旁觀的人便跟俗務與七情六慾像是絕緣似的。他那十足的禮數、打趣的口吻，令他與眾不同。他好比一片羽毛，輕輕的浮在大家鼻孔所呼吸的日常空氣中。以此，這冷眼旁觀的人除非不捲入俗務，一捲入了就惹人注意。最初是與莫里遜那莫名其妙的合夥經營，隨之是那轟動一時的熱帶煤業——一宗什麼利害確也涉及的正正經經的生意。最後，就是這趟帶著女孩子逃奔，做出有違他作風的逞能之舉，真真不可思議，叫人感到又驚訝又有趣。

戴維森跟我說，這回騷動已漸漸平息下來；要不是索姆堡那蠢驢還在眾人面前切齒痛罵不休，大家說不定早就忘掉這件事了。也真氣人，戴維森總說不出那個女孩子是何等樣人。她美嗎？他自己也不曉得。他在索姆堡的旅館裡待了整整一下午，主要是希望打聽出女孩子的一些線索。但此事也快成爲明日黃花了；據坐在遊廊桌上的顧客，都談著別的熱門話題，戴維森又不好直接詢問。他只靜靜的坐在那裡，樂得清靜，只希望耳朵會碰巧兜到一兩絲線索。不知道這老好人坐在那裡打不打瞌睡。戴維森的沉著性子，筆墨也難以形容其萬一的。

索姆堡這時在旅館內遊來蕩去，不久便同戴維森鄰桌的客人攀談起來了。

「各位，像那瑞典佬這樣的人，實在是大家的公害，」他開口了。「我曉得他可很久呢。且不談他怎樣窺探人家隱私——從前他自己常說是在找隱祕的事實，這不是窺探隱私是什麼？他這個人什麼隱私都窺探。他把莫里遜船長抓住，像大家擠橘子一樣把他擠乾，然後就把他唬跑到歐洲去死掉。大家也曉得莫里遜船長是有肺病的啦。先謀財後害命！我說話可是直得很——我這個人是說實話的。然後他把那檔子熱帶煤礦也騙上了手，這也用不著我多說了。現在，這邊才騙了人家的錢來飽其私囊，那邊馬上就拐跑了人家樂團的一個白女孩，溜到那島上做他的山寨王去，連汗毛也動不得他半根呢。我請那樂團在大堂裡演奏，還不是好讓我的客人享享耳福。好該死的呆妞子……真教人惡心——呸！」

他啐了口唾沫。他氣得嗆住了——他一定是眼前見到幻象了。他從椅子裡跳起來，溜了出去——也許是要躲開這些幻象罷。他跑進坐著索姆堡太太的房間。看她那副神氣，準減輕不了他所受的苦惱。

戴維森自覺並無責任要為海斯特開脫。他只是對海斯特的事件佯作不知，隨意跟那些客人胡扯談天，好打聽出女孩子的線索。她有什麼特別之處嗎？她美嗎？她想必不很美罷，因為人家可沒有多注意到她。她相當年輕——這倒是眾口一辭的。蒂士文兄弟公司的那位英國職員記得她臉色蒼黃。這職員為人體面端正，絕不會跟這樣的人胡混的。這些女人，許多都十分憔悴。索姆堡將她們統統安置在園內一個稱之為亭子的所在，她們就像一票浣婦，在亭內拚命修補、洗滌自己的白衣服，再把洗好的衣裳掛在樹間晾曬。

上了台，她們仍不脫中年漂母的本態。但女孩子卻一直跟那老闆，那領班，那個黑鬍子，以及一個強蠻的老模老樣的女人一起住在大樓內。這個彈琴的老太婆，想必就是那傢伙的老婆。

戴維森僅得到這些零星線索，感到不大滿意。於是他一直待下去，連旅館的客飯也吃了，還是探不到什麼消息。他死了心。

「我終有一天見得到她的，」他喝哧喝哧地平靜喘息說。

他意思是說以後每程仍舊取道三巴侖。

「對，」我說。「你早晚準會見到她。海斯特會再向你發訊號的，什麼原因，我可就不曉得了。」

戴維森並沒答腔。對於這一層，他自有想法。他的緘默蘊含著不少思慮。我們沒有再多談海斯特的女孩兒。臨分手，他又告訴了我一件不相干的事情。

「奇怪，」他說道，「我看晚上索姆堡那裡有人暗地裡在聚賭。我發覺有人三三兩兩，向著從前樂團演奏的大堂蕩去。窗戶一定是關得很嚴的，因爲那地方一絲微光也瞥不到。我才不相信那些癟三會溜到那裡去，只是坐在黑暗中靜思過錯呢。」

「真奇怪，想不到索姆堡竟也會冒這種險。」我說。

第二部

第一章

據大家所知，海斯特當初投宿到索姆堡的旅館去，原來根本不知道人家這樣憎恨自己的。他到達旅館的時候，贊賈科莫的女子樂團已入駐多時了。

他這次從東海的僻隅復出，原是因為有銀錢轇轕要跟蒂士文兄弟解決的。事情一下子便辦妥了，人也就閒下來，於是他等候戴維森將他帶回去再隱居起來，海斯特只一心一意再去群島索居。他——大家從前老是管他叫「失魂老海」的——已經看破世情。然而，他看破的可不是這些島嶼。群島有無窮無盡的魔力——一旦迷上島上生活，那就不是輕易醒覺得過來的。海斯特是看破了這萬丈紅塵罷了。他那傲岸的脾性自從受了誘惑而行動起來，受到微妙的打擊，那微妙之處，是慣於糾纏俗事中的人所不懂的。這譬如變節徒勞所受的齧痛，愧對他自己沒有守持的節操。此外，他良心更受到無情的責備；他滿心歉疚，自覺莫里遜之死是他一手造成的。這個想法自然是可笑，因為誰又預料得到亡故的莫里遜回國後，竟會遭到寒溼暑天的伏劫呵。

海斯特雖然不是個生性陰鬱的人，卻無心情與人家混在一起。他每晚上都獨坐在索姆堡旅館的遊廊上，消磨時光。旅館圍場內，屋子入口處盡是裝飾著日本燈籠，高懸在幾棵粗壯的樹幹之間，陣陣悲抑的弦樂聲便從那屋子傳來。海斯特聽見隱隱傳來的樂聲，如泣如訴，略帶淒楚。樂聲直逼至他那通往二樓遊廊的臥室裡去，嘎嚓嘎嚓的，斷斷續續的襲來，聽久了，說不出的煩厭。就如一般喜愛夢想的人偶爾也能一聽天體運動的樂聲，海斯特——那群島的流浪客——也愛寧謐，多年來也得償此好。那些海島非常非常靜穆，覆著黑色的葉子之衣，散布在銀白與蔚藍的沉寂中，海洋寂寂的繞著一輪幻夢似的寧謐，與蒼穹連在一起。海島上籠罩著一種柔媚的幻夢；島民似是深怕破了什麼護咒一般，連聲音也是壓得低低柔柔的。

或許，早年教海斯特著迷的，正是這股魔力。但對他說來，這股魔力現已解除。儘管群島仍把他牢牢拴住，他可不再著迷了。他根本無意離開這些海島。過了這麼些年了，他又有什麼地方可去呢？他在這世上煢煢孑立。這一層——畢竟不是這樣模糊的——他也是近來才察覺到的；因為人失敗後，都會自我反省，自我估價本錢。饒他老早決心離群索居，但到真個要遁世了，這股寂寞又襲上心頭，叫他莫名其妙的動搖起來。他難受極了。尖銳的矛盾刺傷理智與感情，受到這打擊，是再痛苦不過的了。

此刻，索姆堡正用眼角斜睨著海斯特。他對於海斯特這個懵然不知的憎恨對象，保持著海軍後備上尉那種疏遠的神氣。他用胳臂肘兒輕推著一些顧客，要請他們看看「那瑞典佬」擺的什麼架子。

「我真不曉得他幹麼住進我這兒來的，這兒可配不上他啊。他到別處去擺他那狗屁架子就謝天地菩薩了。大爺們，這裡爲大家安排了這些演奏會，不過想增加一點兒情趣罷了，你們說他真肯紆尊降貴，晚上進來聽它一首半首嗎？他才不會呢。我認識他可久了。哪，他在外廊的暗角一坐就是一晚上——準又是在那裡打人家鬼主意啦。我真巴不得叫他投宿到別處去；只是在這熱帶區，大家都不想這樣對待一個白人罷了。我倒不曉得他這一住，要住上多久，可是我敢打賭，他是連那區區五角錢的入場費，也捨不得花來聽它一聽的。」

沒有人願打賭，否則那開旅館的非輸了不可。一天晚上，海斯特躺在那墊子薄如烤餅的硬臥榻上，上面蓋著透明的蚊帳，那些瞎彈的樂調竟斷斷續續地直逼而來，嘎嚓而刺耳的，弄得他要瘋了。他走到樹叢中，裡頭的日本燈籠泛出柔光，在高高的葉簇底下的那一大片漆黑裡，照得滿處粗大的樹幹影影綽綽的。索姆堡說得好堂皇的那個「本大音樂堂」，門前點綴著好些狀似圓筒手風琴的燈籠，一排的懸在一根鬆鬆軟軟的繩子下。海斯特心情煩劣的登上三級階梯，掀起印花門簾，走了進去。

那穀倉似的小建築物，用外地運來的松木板離地蓋成的，裡頭的那片喧噪，簡直震耳欲聾。一片樂器的喧騷，像蛙叫，像哼哼的牢騷聲，像哭訴，像嗚咽，像刮擦聲，像軋轢聲，奏著首活潑的調子；一個瘦骨赤臉、鼻孔帶怒意的女人，則彈著一座大鋼琴，把硬如冰雹的琴音，灑在提琴的暴風雨中。那小小的舞台上塞滿了白棉禮服和紅飾帶，飾帶都斜搭在肩頭上，肩下袒露的雙臂在提琴上鋸個不休。指揮奏樂的是贊賈科莫，他身穿一套白會餐服，黑馬甲、白褲子。他那頭略長的亂髮，以及那把大鬍子，黑裡透紫。他好怕人；熱得要命。那裡約有三十個客人，據坐著幾張小桌子在喝酒。海斯特給那片喧噪聲吵壞了，身子坍進一張椅子裡。那片繁弦急管喧騷刺耳，赤裸的手膀不斷動著，那些低胸的衣服，那些粗俗的面孔，樂手們呆視著，這一切一切都隱含著一股獸性——有著刻毒、肉慾、惡心在裡頭。

「真要命！」海斯特喃喃自語道。

然而吵鬧聲有節奏便有邪惡的魔力。出乎意料，他竟沒有立刻跑開。他留了下來，這使他自己也爲之愕然，因爲再沒有什麼比這精力的暴露更令他惡心，更令他五官痛楚，更違悖他天性的了。贊賈科莫樂隊哪裡是在奏樂；他們不過是在粗暴狂野地破壞寧靜罷了。這使人覺得活像是在目睹暴行；這感覺是那麼強烈，客人卻又那麼安詳的坐在椅子裡一逕淺斟低酌，毫無困惱、憤怒、恐懼的表情，看著確實稀奇。海斯特挪開熟視的目光，不再去看他們那副漠然的異象。

一曲既終，他如釋重負，感到人有點兒暈眩，彷彿腳下裂開了一道闃寂的深坑似的。他抬起頭來，只見聽眾正邪裡邪氣地面露亢奮和興味的神色，那些穿著白棉禮服的女人卻雙雙步下舞台，走到索姆堡的「音樂堂」中去。她們在音樂堂內四散走開了。那個鉤鼻、黑紫鬍子的雄性動物卻不知跑到哪裡去了。這就是那機狡的索姆堡創的所謂「休憩時間」，他鼓勵樂手們趁這陣子去陪陪聽眾——指的是那一類聽眾，他們似乎有意跟藝術結交，結得來隨和而朗爽；隨和而朗爽的象徵便是請樂手吃點東西。

海斯特覺得這作法十分不妥。但索姆堡這機巧的計畫雖說不正經，究竟也行不通，皆因這些女人大都年華老去，更沒有一個生來美過。她們微陷的腮頰略搽胭脂；可是除卻塗塗脂粉外——說不定這也是虛應故事而已——她們似乎毫不在乎這計畫是否成功。聽眾顯然也無意跟藝術結什麼交，樂手們也有索性無精打采地坐在空桌子前的，也有在大堂中央走道上把臂閒蕩的，心裡想必也樂得趁手膀休息時伸伸腿子罷。她們肩上的紅豔飾帶，使音樂堂內香煙氤氳的空氣添上一層人工化的歡樂；海斯特忽然憐憫起這些人來，她們遭人利用，沒有希望，既無魅力也無儀容，仰人鼻息的淒涼生活，使她們那粗糙寡歡的臉容看起來有一種悲哀。

海斯特天生有同情心。他委實不忍看著她們在自己那張小桌子近旁跑了一趟又一趟。他正準備起立離去，卻一眼見到台上還剩下兩套白棉禮服和紅豔肩帶。一套遮蓋著那個鼻孔線條有怒意的女人的瘦骨架子；這女人並非別人，原來正是贊賈科莫太太。她離開了鋼琴，背對著大堂，一逕性急的動著難看的手肘，在準備下半場的樂譜。樂譜一準備好，她轉過身來，眼見第二行的椅上動也不動的坐著另一套白棉禮服，她便踏著不客氣的主子步態，穿過樂譜架子朝她邁去。那襲禮服的膝上擱著鬥著散開的一雙小手，皮膚不太白皙，連著線條優美的胳膊。海斯特接著又注意到那頭髮式——形狀標致的頭蓋上盤著兩條褐色的粗辮子。

「準是個小妞兒！」他心裡感嘆道。

她分明是個姑娘，這可從她那肩膀的輪廓上看出，以及從她那鐘形裙子上方隆起、給紅肩帶斜斜分開的纖美雪白胸脯上看出來。她的裙子覆蔽著所坐的椅子，她坐時偏斜不正對音樂堂的中央。她腳上套著一對矮跟的平底鞋子，兩腿蹺得很美。

她吸引了海斯特業已醒覺的注意力；他感覺一新，皆因從未嘗有女流之輩這般顯明，這般徹底地喚起過他的注意力。他焦灼地端詳著她——也沒見過人家這樣子看人的；他完全忘了身在何處。他內心已脫離了周遭的環境。那個胖大的女人趨前，擋住他的視線，使他有半晌看不到姑娘。她走近那坐著的年輕姑娘，彎下身去，彷彿在姑娘的耳朵裡說了句話。她的嘴唇確實翕動過。但她說了些什麼，竟使姑娘猛然跳了起來呢？海斯特坐在桌前吃了一驚，動了惻隱之心；他匆匆四下裡張了一眼。沒有人望著台上；等到他的目光掃回台上時，姑娘正從台上拾下那三級台階走到地上來，那個胖大的女人尾隨著。姑娘頓了一頓，向前摔了一步，又立穩了腳，那另一個——女伴，護衛的龍騎兵，操琴的大個子女人——從她身旁擦過，潑潑撒撒的踏著大步，越過桌桌椅椅走下通道去，不知出去哪兒跟那鉤鼻的贊賈科莫會合去了。她那很不尋常的出門方法，音樂堂內的東西就盡如腳下的汙物，不屑的眼光與海斯特仰望的眼光碰個正著；海斯特連忙移開，望向那姑娘。她沒動過。她吊著雙臂，眼皮也垂下來。

海斯特放下吸剩半截的雪茄煙，雙唇抿緊。接著他站立起來。這股衝動，恰似多年前在帝汶島的帝力鎮那個鬼地方上的一樣。那時因爲這衝動，他橫過鎮上多沙的大街，上前找莫里遜交談，莫里遜當時對他來說簡直就是個陌生人，他潦倒，而且明明白白在給人捉弄，喪氣而孤獨。

是當年那股衝動；然而他一無所覺。這回他心裡並沒想到莫里遜。可以說，自從決心撂下三巴侖煤礦以來，這還是他頭一遭將故莫里遜完全拋諸腦後。他確也有點兒忘了自己身在何處。這樣，海斯特也不管好看不好看，便走近通道去。

這時，幾個女人早已分別坐到幾張客桌上。她們把手肘撐在桌上，跟客人談天，身上披著件白禮服——要不是配上了紅豔飾帶——看起來就像一群中年的新娘子，嗓子嘶啞，舉止不羈無束，煞是有趣。索姆堡的「音樂堂」內，客人正談得起勁，滿屋子盡是嗡嗡的談話聲。沒人注意海斯特的舉動；其實，站在那裡的也確實不止他一個人。他立在女孩子跟前好一會兒，女孩子才察覺到他。她垂著頭，文文靜靜，臉色蒼白，也不看人，也不作聲，一動也不動。及至海斯特畢恭畢敬的跟她攀談，她才抬起頭來。

「對不起，」他用英語說道，「那個可惡的女人剛才對你怎麼樣來了？她扭了你沒有？我敢說，她方才站在你椅子旁邊時扭了你一下。」

聽到這番話，女孩子眼珠子轉也不轉，瞪大一雙驚愕無比的眸子。海斯特很窘，他疑心女孩子弄不懂他的意思。這些女子種種國籍都有，至於誰是什麼國籍呢；那就天曉得了。然而最教她驚愕的還是有個男子近在眼前，他有幾乎禿掉的頭顱、白白的眉毛、給太陽曬得變了色的臉頰、長長橫橫的青銅色捲鬍，還有慈愛的藍眼睛，直透著她的眼窩。他看見女孩詫異得呆了的眼神瞬息間變成驚慌，隨之便是聽天由命。

「她扭你的手膀敢情扭得頂凶啊，」他喃喃自語道；他這時頗懊悔自己適才的舉動。

聽見對方開腔他才舒了一口氣：

「這也已經不是頭一遭啦。再說，她真要扭你一把——你又拿她有什麼辦法？」

「那我可不知道了，」他說道，聲調裡隱含著那股近來難得一聽的打趣口吻，這口吻似乎對女孩子很入耳。「我真不知道，說來也很難過。可是我有什麼可以效勞的嗎？你要我替你去幹什麼？請吩咐好了。」

她臉上繼而又現出最最詫異的神色；因爲她這下子才發覺，他與堂內別的客人竟判若雲泥。他異於別的客人，一如她異於女子樂團的別的樂手。

「吩咐？」片晌，她才用驚疑的調子倒抽口氣道。「你是誰？」她聲音微揚的問道。

「我正在這旅館投宿幾天。我只是就便進來這裡罷了。這種不是人做的事——」

「你還是別管閒事吧，」她說得那麼認真，海斯特就又微微打趣著問：

「那你的意思是要我走開罷？」

「我可沒有這樣說過呀，」女孩子答道。「我剛才走下台來這兒慢了點兒，她就扭了人家一下嘍。」

「我真說不出多麼憤慨，」海斯特說。「現在既然你走下台來了，」他繼續往下說道，像是一個世故的男子在客廳對一位小姐說話那麼輕鬆自如，「咱們不如就坐下來罷？」

女孩子順應著他邀請的手勢，兩人便在就近的椅子裡坐下了。他們隔著一張小圓桌子，彼此詫異的凝視著，好一陣子都不覺得靦腆，久久才將目光挪到別處去；須臾，又四目交投了半晌，然後又挪到別處去了。終於，兩人安定下來，從他們坐下時算起約過了十五分鐘罷，「休憩時間」亦告結束了。

兩人如何如何四目交投，就說至此為止。他們談了些什麼呢，毫不打緊，因為他們自然沒有什麼好談的了。起先是女孩子的那張臉孔吸引著海斯特；這張臉孔表情既不單純也不很明確。臉孔並不顯特——這自是理所當然——但談到那面部輪廓之美，他有生以來有機會這樣子細視過的女性臉龐之中，無一及她。這臉有一種說不出的膽識，更有無盡的悲苦——因為這臉正好反映出女孩子的性格和生活。可是她那把嗓子啊！那驚人的音質降伏了海斯特。這樣一把嗓子，該用來說絕妙的東西；這樣一把嗓子，縱使瞎聊也中聽，縱使說最粗的話也教人神魂顛倒的。海斯特神馳於這把嗓子的美聲裡，彷彿人家只顧聽得樂器的音色而忘了調子一般。

「你奏樂，那麼你唱不唱歌？」他突然向她問道。

「這輩子從沒有唱過一句，」她說道，分明是給這毫不相干的問題問倒了；因爲兩人一直不是在談論著音樂。她對自己的嗓子顯然一無所覺。「我記得從小兒就沒有什麼值得讓我開腔唱歌的，」她又說了一句道。

這句文化程度不高的話只因聲音有活潑潑的溫婉高雅氣質，直打進海斯特的心坎裡。他的腦筋冷靜而警覺，心想這姑娘的職業多怪，一直看著這句話沉至隱藏著我們熱望的心靈深處歇下。

「你當然是英國人啦？」他問道。

「你猜猜看。」她用頂迷人的口音答道。接著，她似乎覺得該也輪到自己問他一問了：「你說話時幹麼老是微微笑的？」

這一問，本可教人沉下臉來，但她分明滿腔好意，海斯特也就放了心。

「這就是我的壞習慣嘍，」他用美妙優雅的口吻打趣道。「很討你厭罷？」

她一本正經。

「不，我只是注意到罷了。我一輩子也沒有遇見過多少可愛的人。」

「我跟不少吃人番子打過交道，可是這彈鋼琴的女人更要討厭千萬倍。」

「說得好！」她打了個哆嗦。「你怎麼會跟吃人番子打起交道來的呢？」

「說來話長啦，」海斯特微微一笑道。海斯特笑起來頗爲憂鬱，這跟他那把大鬍子很不相稱。他那股純打趣的口吻安安樂樂的潛在那把大鬍子底下，猶如一隻怕臊的鳥兒藏身故林。「比一匹布還要長。你怎麼會跟這一幫人在這裡混起來的？」

「倒楣嘛，」她簡潔地答道。

「一定是啦，一定是啦，」海斯特微點著頭附和道。適才女孩子給人扭了一把，他僅是揣想而已，也並沒親睹，他卻仍憤慨不已：「喂，你不可以想想辦法，別讓人家糟蹋自己嗎？」

她已經站了起來。女樂手正陸陸續續歸座，有些早已在樂譜架子前坐定下來，百無聊賴，呆瞪著眼。海斯特也站起來。

「他們人多勢眾，人家可敵不過呢，」她道。

這些話說出了再普通不過的事，但出自她的嗓音，竟似神靈啓示一般，深深打動了海斯特的心。他百感交雜，腦筋卻清清醒醒。

「不妙。但這女孩子倒不是受了真虐待而叫屈。」女孩子離去後，他心中清清楚楚地這樣想道。

第二章

海斯特與女孩兒就如此這般碰上的。後來事情又是怎樣了局的——大家都知道後來的確了局了——卻沒有那麼容易說得清了。海斯特明白不是不動心。我不是說對女孩兒動心，是對她的命運。如今他又重蹈當年覆轍，那時他救援沉溺落魄的莫里遜，這人他只是一面之緣，只是聽見過島上人家的閒話傳聞而已。他這回救人，本質卻迥然不同，最後可能締結出另一種截然不同的夥伴關係。

他究竟仔細思量過沒有？想是有的。他爲人很深思熟慮。可是他雖想過，卻沒有多少認識。因爲從那晚起，至逃跑的那個早晨，他不見得有停下來想過。老實說，海斯特並不是那種常常猶豫不決的人。這些愛夢想的人，儘管冷眼旁觀塵囂，但一旦耐不住要拍馬舞刀，也真要命。他們像牛牯那樣沉下頭，撞壁時氣定神閒，只有胡思亂想的人才做得到。

他不是個傻瓜。我想他曉得——起碼也覺得罷——這樣下去會怎樣收場。然而初生之犢不畏虎。女孩將淒涼身世相告，話也不多，裡頭隱含著一股赤貧的醜惡真相所固有的譏誚語氣，嗓音卻真迷人。究是因他慈悲爲懷呢，還是因女孩兒嗓音裡含著所有的悲哀、愉悅與膽色，總之聽過女孩兒的身世，他心裡竟不是感到厭惡，而是十分悲傷。

後來有一晚，女孩趁著音樂會轉場的「休憩時間」，將身世告訴海斯特。她小時候幾乎淪落街頭。父親在那些小戲院的樂團裡當樂師；她還是個小姑娘時，母親便丟下父親跑掉了，她就是由那些下等公寓的老闆娘一手帶大，度過孤苦無依的童年。她雖不致窮得無飯可吃無衣蔽體，卻老是生活在貧困的牢籠裡。她那一手小提琴，是父親傳授下來的。她父親似乎不時醉酒，並不是作樂，只是因爲忘不了他那跑掉的妻子罷了。有一回他在音樂廳演奏時忽然中了風，轟隆一聲倒在樂隊中央，自此她便加入贊賈科莫樂團。她父親現時住在絕症病人收容所裡。

「我便來到了這裡，」最後她說，「等一下去跳海了，也沒人管。」

海斯特告訴女孩子說，倘若只是想要脫離人間，她是不必去跳海的。她異常留神的諦視著他，那迷惘的表情，給她臉上添上一層純潔無邪的氣質。

這回她把身世告訴海斯特，是趁著音樂會轉場的一次「休憩時間」。這趟女孩子也不用那怕人的贊賈科莫女人扭臂催促，便逕自下台來了。若說女孩子迷上了她的新交那智慧的禿額和那淺紅的長鬍吧，實是牽強。「新交」的「新」字不妥。她從來就沒有交過朋友，受到這份情誼，單單是那種新鮮的感覺也真夠她興奮了。再說，誰不像索姆堡，誰也就可愛。她真怕那開旅館的；那開旅館的見她不是跟別的「藝術家」住在樓閣裡，而是住在旅館內，於是白天裡對她虎視眈眈，一聲不響，饞涎欲滴，那把大鬍子十分怕人；要不然就在僻角空廊以神祕莫測的嘟囔向她從後襲來，那些話儘管意思清楚，聽來總覺瘋得要命。

相形之下，海斯特那沉靜優雅的風度，卻教女孩子感到格外愉悅，傾慕不已。她從來沒有見過這樣的風度。饒她這輩子也領略過美情好意罷，她就是從沒見過這種簡單的禮數。這禮數把女孩子迷住了，這在她是十分新奇的體驗，不易說得出，卻分明很受用。

「他們人多勢眾，人家真的敵不過啊，」她又重複起那句老話來，她說時有時是豁出去的樣子，多半卻是沮喪不祥的搖著頭。

不消說，她一文錢也沒有。她身邊那眾多的「黑人物」嚇怕了她。她實在弄不清自己到底身在何處。樂團通常都是乘搭輪船抵埠後，就給送到旅館去關在裡頭，一直等到要搭下一艘船才放出來。她記不了聽過的地名。

「這個地方是哪裡，你再說一遍好不好？」她常常這樣問海斯特道。

「泗水嘛，」他會逐字清楚吐出，然後望著她那聽到這怪異的聲音而來的一抹沮喪眼神，閃進她那雙盯住他臉龐的眼睛。

他不禁動了惻隱之心。他提議她去見領事；但他這麼勸，憑的是自己的良心，而不是自己的信念。她從未聽過有這種動物，也不知道牠有什麼用處。領事！是什麼東西？是誰呀？他幫得上什麼忙？一聽到他說不定還肯將自己送回家鄉去，她的頭便低垂到胸前來。

「我回去幹麼？」她喃喃道。她說話的調子是那麼平準，口音又那麼深入人心——她即使低聲說話，嗓音還是充滿了魔力——使海斯特聽了，彷彿看見人世間情誼的幻影就在她生存的現實中消失了，只剩下他們兩人在燥如撒哈拉的道德沙漠中面面相覷，既無蔭歇息，又無水提神。

她微微彎身小桌之上，那張小桌子，是他們邂逅時所坐過的；她除了還記得童年時所熟悉的街頭上的那些石子外，腦海就是空白一片，她的浪跡生涯使她對世界產生了莫名的恐懼，如今，在這些混淆不清的零碎印象中，她痛苦不堪，猛地像拚死般急嚷道：「喂，你想辦法呀！你是位君子人嘛。又不是我先找你談的，呃？不是我先作主的，對不對？我當時站在那邊，是你過來找我談的。你找我談幹麼？我管不了，總之你要想辦法嘛。」

她神情又是凶悍，又是哀求——其實已是在喊嚷了，儘管她的嗓音還是幾乎聽不見。她這麼吵，一下子便要讓旁人聽見。海斯特故意縱聲大笑。看他這般狼心狗肺，她氣得差點兒哽住了。

「那麼，你說『吩咐我好了』是什麼意思？」她險些噓罵起來。

他那並無歡欣的眼神堅硬得很，最後一句平靜的「好吧」，教她安靜了下來。

「就說贖罷，」他面露很奇怪的無牽無掛的笑容，繼續說下去，「我也贖不起你；不過我總可以把你偷出去。」

她凝神向他深視，彷彿這些話裡頭隱藏著極其複雜的意思。

「先走開吧，」他匆匆說道：「走的時候笑笑看。」

料不到她竟欣然從命；因爲她生著一副編貝似的皓齒，這奉命而爲機械式的微笑，卻歡欣燦爛得很。海斯特爲之愕然。他一下子了解到，難怪女人能把男人騙盡。她們這種能耐是天賦的；她們似乎天生就有特別的本領。眼前這瓣笑靨的來歷他是一清二楚，可是仍然覺得一陣暖意，使他燃起一股對生活前所未有的熱愛。

這時她已經離開桌子，回到樂團的「小姐群」中。她們列隊操向舞台，贊賈科莫那盛氣凌人的老婆在後面粗暴的驅趕著。她似乎竭力壓制自己不去搥打她們的背脊。然後是贊賈科莫本人，他穿了一套短會餐服，下顎垂擺著一大把染色的鬍子，低垂的頭顱以及一雙聚在一起的不安眼睛，使他看來別有一種下賤的凝神樣子。待眾人上畢了台，他方才踏上台階，打了個轉，向大堂亮出他那把紫鬍子，跟著得得地敲響著他的樂弓，海斯特想到那片要命的喧騷快將爆發，身子不由得畏縮一下。說時遲那時快，那片喧騷便肆無忌憚的爆炸開來，要命極了。舞台末端坐著那個彈鋼琴的女人，呈著半邊冷酷的臉面，頭蓋後歪，望也不望琴譜一眼，一逕在敲打著琴鍵。

這片喧噪，海斯特多一分鐘也受不了。於是他溜出音樂堂，腦袋被一些類似匈牙利舞曲的節拍弄得十分昏脹。他早年經歷一無好處的險難，其中最刺激的是在新幾內亞那些住著吃人生番而寂靜無聲的森林。這趟的險難，較之昔日所遇過的，克服容或不成問題，但在性質上卻需要更大的勇氣來應付。漫步於懸在樹上的燈籠間，他眷戀著吉耳文灣背後的森林那一片陰鬱和死寂；世間上望得見海的地方，也許要算那裡最荒蕪、最不安全、最險惡的了。受不了回憶的煎熬，他回到自己的臥室尋幽探寂去；但他還是思潮起伏。他聽見音樂會遠遠傳來的樂聲，樂聲雖然隱約卻仍擾人心緒。在臥室內，他仍感覺不到安全；因爲安全與否，並不在於外在環境，而是在乎內心的感受。他了無睡意，連外衣的上鈕扣也沒有解掉，坐在椅子裡沉思。從前，他凡事都能獨自靜靜兒想得有條不紊，甚至於十分透徹，將人生置諸無窮希冀、老套自欺、祈求福祉這種種虛妄表象的外圍。如今，他卻苦惱不堪；他心靈的窗子彷彿掛下一層薄薄的紗幔；對一個來歷不明的女子，他已起了一縷朦朧而又紊亂的柔情。

漸漸地，闃寂，一股真正的闃寂，從四面八方向他包圍起來。音樂會散了；聽眾走了；音樂堂漆黑一片；就連女子樂團在喧騷的勞動之後安寢的樓閣，也沒有一絲微光。海斯特倏然感到坐立不安。既逃不了這長久不動的反作用，於是他索性悄悄溜過後廊，走出屋旁的庭園裡，最後步入樹下的黑蔭裡；樹上熄滅了的燈籠，像乾癟的果子一般輕輕搖曳著罩球。

他在黑蔭裡來回踱了許久的步子，成了一具身穿白棉服恬然冥想的幽靈，腦子裡盡是盤旋著異常新奇、擾人心緒的誘人念頭；他慣用理智去思考自己的目的，藉此顯得可佩而明智。因爲理性是用以辯解曖昧的慾望，這些慾望發動我們的言行、衝動、激情、偏見、愚行，還有我們的恐懼。

他覺得自己因輕率許諾，已經將一項無從估量後果的任務縛在自己身上。他心裡又問：那姑娘可了解他的心意？誰曉得呢？他自己也狐疑不已。他抬頭發覺樹叢間有白色的物體竄過，轉瞬間便消失了；可是準沒看錯的。他給人家發覺到午夜仍在這樣徘徊，心裡十分懊惱。這究竟是誰呢？他再也想不到，那女孩子也會失眠。他小心翼翼趨前。這時，他又看見那鬼魅似的白色幽魂；接著，他的疑惑一掃而空了，現在他了解到女孩子的心境了，因爲他已感覺到，她正好像普天下的祈求者一般，在扯著他。她沒頭沒腦的低聲私語，叫他一句也聽不懂；儘管如此，他還是深深感動。他對她沒存什麼幻想；但他澎湃的感情把多疑的腦子壓倒了。

「別緊張，別緊張，」他在她耳邊喃喃道，一面緊緊反抱住她，起初是機械地，後來漸漸愈發體味到她遭遇的不幸。她胸脯的起伏、四肢的顫抖，在他緊緊的擁抱下，彷彿都傳進了他體內，傳到他內心深處。及至她在他懷裡漸漸安靜下來，反輪到他變得激動起來了，就像這世上的激情畢竟有限。夜也似乎愈啞，愈靜悄了，他周遭那些黝黑不清的物像動也不動，似乎也愈發美好了。

「沒什麼不得了的，」他用自信的口吻在耳邊努力撫慰著她，當然也把她擁得更緊了。

要不是他的話，就是他的舉動奏了效。他聽見她輕輕吁了一口氣，用平靜下來的熱切口氣開腔說話：

「啊，打從第一次你跟我說話起，我就曉得沒什麼不得了的！不錯，真的，那天晚上你一過來我就曉得了。我曉得只要你肯，就沒有什麼辦不了；可是我當然不知道你是不是當真的。你說，『吩咐我好了。』像你這樣的人，說出這樣的話就很奇怪。你是當真的嗎？你不是在尋我開心吧？」

他辯白道，自己一輩子都不開玩笑的。

「我相信你，」她熱切的說道。他被這句話打動了。「從你說話的神態看來，你好像覺得世人都怪好玩的，」她繼續說著。「你可騙不過我，我看出來你恨那個壞女人。你也是聰明人，一眼就看見東西的。你從我臉上看出來的，嗯？我這張臉也還不錯吧——嗯？你準不會後悔的。你聽著——我二十還沒出頭。這是真話，我也不會是那麼難看的，不然——老實告訴你吧，我從前也給男人這樣纏過的。我真不懂他們中了什麼邪——」

她說得很急，嗆住了，然後又用沮喪的語調喊道：

「怎麼啦？是怎麼啦？」

原來剛才海斯特突然鬆了手，身子略微退縮了一下。「是我的錯嗎？老實跟你說，我瞧也沒瞧過他們一眼呢。一眼也沒有！我有瞧過你嗎？你說吧。是你自己先來的。」

事實上，海斯特退縮，是因爲想到要與一些無名無姓的人競逐，與那開旅館的索姆堡競逐。他眼前那個空幻的白影在黑暗裡擺動著，煞是可憐。他因自己好挑剔而感到慚愧。

「恐怕有人發覺了我們了，」他喃喃道。「我好像看見有人在你背後，在屋子和樹叢之間的小路上。」

他其實並沒有看見什麼人。要是謊話也能出諸同情心，這句便是了。他的同情心跟他避不競逐同樣真誠，而且依他想來，更體面。

她沒有回過頭去，顯然放了心。

「會不會是那隻畜生呢？」她吁了口氣道，當然，指的是索姆堡。「現在他對我太不掩飾了。你還能指望什麼？就說今兒晚上吧，吃過晚飯，他——好在給我偷偷溜掉了。你不怕他吧？現在我曉得你關懷我，我就是一個人也不怕他了。女孩子也總可以打一場的。你相信吧？只是你覺得沒有人給你做靠山呢，挺身出來就不那麼輕易了。叫女孩兒家孤零零一個人照顧自己，這是最淒涼不過的。那時候我把可憐的爹留在那家人家裡——那是在鄉下，在一條村子附近——我走出欄門，舊荷包裡只有七先令三便士，一張火車票。我走呀走呀，走了一哩，上了一列火車——」

她說到這裡猛可住了嘴，沉默了半晌。

「事到如今，你可別拋棄人家哪，」她繼續說道：「你要是拋棄我，人家可怎麼辦呢？我活是要活下去的，因爲我不敢自殺；可是你要比殺人還要罪過千萬倍啊。你說過，你素來孤單寂寞，連條狗也沒養過。那麼，要是我跟了你，我也不至於誤了誰——連一條狗也沒有誤。再說，那晚你過來把我細細打量，難道還有別的意思嗎？」

「細細打量？我有嗎？」他喃喃道。黑暗裡，在她的面前，他一動也不動。「真有那樣細細打量麼？」

憤懣、沮喪從她壓低的嗓音裡爆發出來。

「那麼，你是忘了？你當時想找些什麼？我曉得自己是個什麼樣的女孩子；但我總不至於會是討男人厭的那種——除非你跟別人不一樣，你也該知道呀。噢，請你包涵！你根本跟他們不一樣；我沒見過一個人跟你一樣的。你不關懷人家嗎？你難道不明白——？」

他所見的，是她從黑蔭裡伸出雙手來，蒼白得鬼怪似的，像一個幽靈在那裡向人苦苦哀求。他握著她的雙手，發覺她雙手竟那麼溫暖、那麼真、那麼實在、那麼活生生，他激動得簡直吃了一驚。他將她拖進懷裡，她便把頭靠在他肩膀上，深深嘆了一口氣。

「我累壞了，」她哭訴似地喃喃說道。

他摟抱住她，感到她身子抽搐著，這才醒覺她原來是在啜泣。他抱攙著她，自己也茫然在寂寂的夜裡。過了一會兒，她不動了，只是悄悄抽泣。隨之，像醒轉過來一般，她忽然問道：

「那個人，剛才你以爲是在窺看咱們的那個人，沒有再見到吧？」

他給她那急速而尖銳的耳語嚇了一跳，答說想是他看錯了。

「果真有人，」她自言自語道：「那準是旅館那個女人——旅館老闆的老婆。」

「索姆堡太太，」海斯特說，詫異地。

「對。又是一個睡不著覺的人。爲什麼呢？你不曉得幹麼嗎？當然嘍，因爲她老早看破了嘛。那個畜生連瞞也懶得瞞她一下。若是她拿得出一丁點兒的火氣就好了！還有呢，她挺了解我心情的，只是她怕他怕得要死，別說開腔，連正眼都不敢看他一下吧。不然他會叫她上吊去的。」

有好一陣子，海斯特一言不發。要積極跟那旅館老闆公開鬥一鬥，那是不要想了。這個念頭是不能動的。他柔聲的給女孩子解說，照目前形勢看來，要公然退出樂團，勢必遭遇障礙。她焦慮地傾聽著他解釋，隔不了一會兒便緊握一下她在黑暗中捉拿著的手。

「我也給你解釋了，我瀆你不起；所以，只要一想出法子開溜，我就把你偷弄出去。未走之前，要是讓人看到咱們夜裡在一塊兒，那就不得了。咱們可不能露出馬腳；最好馬上分手。我方才怕是看錯了；但照你說，那個可憐的索姆堡太太當真睡不著覺的話，那咱倆就得格外提防。她會告訴那傢伙的。」

他正說著，女孩子早已從他寬弛的懷抱鬆脫開來，這時雖離著他的身子站著，卻仍緊握著他的手不放。

「噢，不會的，」她信心十足地說，「她一定不敢跟他講的。她傻在外頭，裡頭才不傻呢。她不會說出我們來的。她有她的辦法。她可以幫我們——只要她敢放出手段來，她真幫得上的。」

「你似乎對形勢瞭如指掌呢，」海斯特讚嘆道，接著便獲她賞了一個長長的熱吻。

這下子，他才發覺，跟她分手實非他當初想像那麼輕易。

「噯呀，」臨分手前他說，「我連你名字都不知道啊。」

「你不知道？人家叫我艾爾瑪，我不曉得他們幹麼這樣叫。傻名字！也有人喊我麥達琳。管我叫什麼都好；你愛怎麼叫就怎麼叫。對了，你來替我取個名字吧。取一個聲音你愛聽的名字——要新一點兒的。我多麼想忘掉一切從前的事，就像忘掉一個醒了的夢，把恐怖呀什麼的全忘了！我倒想試試看。」

「你果真會去試嗎？」他喃喃問道：「也無不可。我曉得，女人很容易忘掉一切教她們自慚的往事。」

「我一直在想著的，是你那雙眼睛，要不是那晚你過來把我看得通通透透，我的確沒想要忘掉什麼。我也曉得自己無德無能；不過我懂得怎樣幫男人忙。一懂事，我就幫爹忙了。他也不壞。現在我既然對他沒用了，那我還是忘掉那一切，重新開始。可是這些事兒，我是沒法跟你講的。我究竟能跟你講些什麼呢？」

「別擔心，」海斯特說道：「聽見你的嗓音已經夠了。不管你講什麼，我就是愛聽。」

她沉默片刻，彷彿這平靜的話語教她透不過氣來似的。

「噢！我想問問你——」

他想起她大概尚未知道他的名字，預料她正會發問；但她遲疑了一下，卻逕自說下去：

「今兒晚上在那邊音樂堂時，你爲什麼叫我露出笑容來——你記得嗎？」

「我想當時正有人監視著咱倆。笑容是再好不過的掩飾。索姆堡坐在咱們身邊隔一張桌子處，正陪著一些鎮上的荷蘭文員喝酒。他準是在注意著咱倆——至少，是在看著你。所以我叫你露出笑容來。」

「啊，是這樣子。我沒想到。」

「說來，你也幹得挺好嘛——笑得爽快極了，還以爲你早就領會到我的意思呢。」

「爽快呢！」她重複他的話。「噢，那時人家可真想笑一笑。真的。這麼些年來，這還是我頭一遭打從心底笑出來的呢。不瞞你說，我這輩子從沒有多少機會笑過；近來尤其少。」

「你笑起來可真是迷人透頂了——教人神魂顛倒。」

他住了嘴。她一動也不動的站在那裡，在極度喜悅的靜默中期待著更多的讚美，並希望這感受能持續下去。

「你這一笑真教我愕然，」他又添了一句。「一下子就打動了我的心弦，就像你是爲了要眩惑我才笑出來似的。我覺得好像這輩子從未見人笑過。離開你以後，我心裡老是惦記著那笑容，害得我心神不屬。」

「真的嗎？」她說道，嗓音是不穩的、溫柔的、帶著思疑的。

「要不是你那麼一笑，這晚上我未必會跑到這兒來啦，」他帶著認真的口吻打趣道：「我讓你降服了。」

他感到她的嘴唇輕輕觸了他的一下，轉瞬間，她便走了。她那身白色衣裙在遠處微微閃著光，隨即屋子的那片黝暗似乎把它吞噬了。海斯特待了半晌才跟著走去，拐了彎，踏上遊廊的階梯，回到臥室，最後躺到床上——並非去進夢鄉，而是去重溫他們方才聚首一起所說過的每一言每一語。

「那笑容真是那樣子的啊，」他忖道。她那笑容的魔力，還有她的嗓音，他對她說的都是實話。餘下的——由它去罷。

一股巨大的熱浪自他頭上洶湧而過。他翻身仰臥，雙手平伸擱到寬硬的床上，在蚊帳底下靜靜兒躺著，眼睜睜的，直等到日光射進了他的房間，迅速照亮起來，最後變成大白日光。於是他起床，走到掛在牆上的一面小鏡子前，端詳著自己。他盯著自己瞧了老半天，也不是因爲他對自己的容貌突然賞識起來之故。他感覺是這麼的奇異，叫他不禁疑心自己可曾一夜之間改變了容貌。但鏡子裡見到的，仍舊是他往日熟悉的那個人。

他幾乎是失望了——最近的事原來這麼不足道。旋即他笑了笑，覺得自己太天真；也活到三十五歲開外了，難道不知道軀體這個遮掩靈魂的面具一般是不變的，任由死神改也改變不了多少，末了只是丟到看不見之處，那時改變呢還是不改變，對於敵友都已經無關痛癢了？

海斯特心中既無友也無敵。遺世獨立，但卻不是像隱士那樣離群索居，只顧寂然不動，而是從來不安居一地，依著計畫浪跡天涯，並用過客的冷眼來看此變幻的塵世，這正是他做人的獨特作風。依著這計畫而成，他老早領悟到要活得苦痛不侵，甚而無憂無慮的訣竅——正因難以捉摸，所以苦痛憂慮都不上身。

第三章

海斯特浪跡天涯已有十五寒暑，十五年如一日，他待人一向是彬彬有禮，卻又讓人難以接近。結果一般人都視他爲「怪人」了。他父親在倫敦一逝世，他旋踵出門過浪蕩的生活去。他父親是個竄身國外的瑞典人，不滿祖國，憤世嫉俗；而世俗亦老早本能地摒棄了他的慧見。

老海斯特當年也是位思想家、作家，兼且深諳世故，他開頭是很渴求福樂的：偉人的福樂、凡夫的福樂、愚人的福樂、聖賢的福樂。悠悠六十多載，他在我們這個濁世上挨著過，是文明歷來所鑄成的最疲累、最不安的靈魂，是爲了要失望與痛悔而鑄成的。他確也有其偉大之處，因他所受的愁苦，凡夫俗子是充分體會不來的。海斯特對母親一無所知，但父親那蒼白而超群出眾的面孔，他卻眷愛地永記不忘。他主要是記得父親住在倫敦一個恬靜的近郊大宅裡，穿一身寬大的藍睡袍。他在十八歲畢業後，跟父親一起過了三年，那時老海斯特正在埋首他最後的一部著作。儘管老海斯特已認爲人類不值得享受精神上、理性上的絕對自由，臨終前仍在這部著作裡替人類爭取這種種權利。

在那敏感的成長年齡中，與老頭子作伴三年，一定使這孩子對人生產生莫大的懷疑。這小伙子又學反省，這是破壞性的舉動，凡事都要算算値不値得。領導世界的，不是清明洞察的人。豐功偉績，往往就是靠著內心一股溫暖有福的迷霧而得成，但父親那無情分析的冷風，將兒子這股迷霧一掃而空。

「我要四處飄蕩。」七思八想過後，海斯特終於對自己說。

他並非單指理智上的飄蕩，或情感上的飄蕩，或精神上的飄蕩。他是概指理智上、情感上、精神上三者的飄蕩，以及名副其實的那種身心的飄蕩，猶如一片落葉，在林中空地那些不動的樹下，隨風飄蕩、飄蕩，永不黏連到什麼東西之上。

「我就拿這個來作對付人生的護身符了，」他對自己這麼說，心中想著：這樣，才不愧爲他父親的兒子。

有人或因縱酒，或因習惡，或因克服不了品格上某些弱點，最後淪爲流浪漢，海斯特，卻是在信念的驅使下，嚴嚴肅肅的，深思熟慮過後——就像有人因沮喪而成流浪漢那樣，他最後也變成了一個流浪漢。直至那個擾人心緒的晚上，海斯特所過的，簡單說來，正是這種生活。次日，他再見到那個叫艾爾瑪的女孩子時，她匆匆投給了他一瞥沒掩飾的溫柔之色，那一瞥迅如閃電，暗暗扣動了他的心弦，教他夢寐難忘。那是午飯前後，樂團的女樂手在音樂堂排演完畢，不，練習完畢，不，總之是做完了她們的早晨音樂練習啦，她們便在旅館廣場上漫步踱回樓閣去。此際，海斯特從鎮上打聽回來，得知要馬上離開並非易事。他也正經過廣場，心裡感到沮喪焦慮。贊賈科莫的那隊樂手走得散散亂亂，他竟不覺間差點兒闖進了她們的人堆子裡頭。等他沉思醒來，猛可的發覺女孩子竟近在眼前，他驚愕萬分，就像突然夢醒過來，竟發覺夢中人變成了活生生有血有肉的人。她雖沒抬起她那形狀美好的頭，她那匆匆的一瞥，卻絕不是夢中的事。她那一瞥，那麼真實的，是他自開始不沾泥絮的生涯以來中最最真實的感受——至今爲止最真實的。

海斯特對那一瞥始終沒有表示領受，儘管他也覺得，要是恰巧有人正在旁觀，斷無察覺不出那一瞥在他身上產生作用之理。遊廊上也有幾個人，全是吃索姆堡客飯的常客，他們正朝他那方向盯著——盯著的，其實只是樂團女樂手罷。海斯特不禁慌張起來，不是羞赧或膽怯的緣故，只是因他要求很高。一走進他們中間，他從他們的臉上卻看不出絲毫好奇或驚訝之色，彷彿他們根本就是瞎了眼。連索姆堡本人也若無其事。他正站在台階的盡頭上跟一個客人攀談，迫著給海斯特讓了路，就又繼續跟客人談下去。

當晚索姆堡的確留意到「那瑞典佬」在休憩時間跟女孩子攀談。那是他的一個老友用胳臂肘兒輕輕推他看到的；他心想那更妙；樂得那個傻瓜逢人都會提防。這麼一來，他反而正中下懷；他乜斜著眼睛瞟他們，心中卻幸災樂禍——那是一種魔王撒旦式的快活。因爲他連魅力也自信過人，莫說區區是將女孩子弄到手了。這個懵懂的女孩兒似乎毫不懂得自衛，她孤苦無依也罷了，最糟的竟是不知如何招起了贊賈科莫這個惡毒婦人的敵意。儘管她討厭索姆堡，卻也不敢太露於形色（因爲愛惡太形於色，對孤獨無援的人究竟不利），索姆堡見她厭惡自己也毫不介懷，他覺得那不過是女性慣有的傻戇罷了。他向艾爾瑪勸道，她這麼一個聰明的姑娘，當然明白，最佳莫如將自己託付給一個有財有勢的人，這人正當壯年，又無往不利。若非他的嗓音興奮得顫抖抖的，一雙眼睛又像要在滿布鬚毛的血紅臉上凸跳出來，這番話便不折不扣是智者不動心的無私忠言——在愛情世界裡，這很容易算是爲將來做樂觀的打算。

「我們馬上把那個老太婆除掉，」他一疊連聲的對她低喘道，煞是獰惡。「他媽的！我一直都不喜歡她。這兒的水土她不服呀；老子要叫她滾回歐洲找她的自家人去。真的，她得滾！看我的罷。**Eins**，**zwei**（一，二），開步走！然後咱們就把這個旅館賣掉，到別處去另開一個。」

他請她相信，爲了她，赴湯蹈火，在所不辭。一點不錯，四十五歲，對許多男人來說，正是沖昏頭腦的年紀，像是要跟正在陰森的死亡幽谷底下張開雙臂歡迎他們的死神，決一雌雄。當她被逼到空走廊盡頭而不得不聽他胡謅時，她那畏縮的身子、低垂的眼神，他還以爲這表示她給他自己無往不摧的意志力所折服，給他自己的魅力所迷倒了。什麼年紀都得有些幻想錯覺來慰藉慰藉，不然人便會早早厭世，人類也就完蛋了。

當索姆堡發覺這個抵抗他的攻勢、他的懇求、他最強烈的辭令達數星期的妞兒，竟被「那瑞典佬」不費吹灰之力便在他面前奪了去，索姆堡有多丟臉、有多震怒，不難想像。他不肯相信事實如此。起初，他硬說那是贊賈科莫那幫人，不知為了什麼莫測高深的理由，和他玩的鬼把戲，等到後來事情到了無可置疑的地步時，他這才改變了對海斯特的看法。從前索姆堡瞧不起的那個瑞典人，如今變成了天底下他最痛恨的一個頂頂陰險的無賴。他拒不相信，那個他朝思暮想的小鴿子，對他無動於衷，卻居然那麼柔順，那麼任性，為了渴求安全，為了深切需要託身，而讓她的女性本能支配她的愚昧，竟幾乎獻了身給海斯特而毫無愧疚。索姆堡硬說她是掉進了人家布下的什麼鬼圈套，中了什麼邪法妖術，以致欲罷不能。他自尊心受了損後，不斷納罕，「那瑞典佬」竟有本事把她從一個像他——索姆堡——那樣的偉丈夫這裡勾引過去，到底使的是什麼手段呢，這些手段一定是非同凡響，前所未聞，不可思議的。他當著主顧面前拍打自己的額頭；他會悶坐沉思，要不然就是沒頭沒腦突地媽的一聲臭罵起海斯特來，罵得一臉腫脹，且裝出義憤填膺之態，卻連最幼稚的道學家也騙不了一刻——這倒把他的觀眾逗得大樂。

此後，跑旅館聽他奚落海斯特，一邊在遊廊上呷飲冰酒，已經成為大家公認的餘興。說起來，較之贊賈科莫音樂會——加上那些休憩時間等等——這餘興反更叫座。想叫這個戲子演場好戲給你看嗎，易如反掌。幾乎誰要是稍稍提及這事，就行了。說不定他會就在坐著索姆堡太太的那個彈子房內痛詆起來，索姆堡太太卻只管像菩薩一般供坐在那裡，永遠傻楞楞的笑不攏嘴，背著將淚直往肚中嚥，將她滿肚子的屈辱、恐懼這種種痛苦都制住；傻笑，正好是上蒼厚賜給她的一流假面具，不管什麼——哪怕即使是死神——都扯不掉的。

無奈世上總沒有經久不變的東西——至少外觀總不能不變。以此，過了好幾個星期，索姆堡就又恢復往常從容的舉止，好像他滿腔怒火已在體內燃盡。也該燃盡了，因爲他日益討盡人厭，別的他不會談，卻老是把話題扯到海斯特身上，說老天爺瞎了眼竟讓海斯特逍遙法外，又數落海斯特的壞心腸、他的詭計、他的狡獪、他的罪惡。索姆堡不再假裝瞧不起他了——他再也裝不了。事到如今，他連裝給自己看的能耐都喪失了。然而他按捺住的怒火正熊熊的，愈焚愈凶。一天晚上正當他嘮叨得過了火，有一個主顧——是個老頭子——說道：

「這個笨蛋這樣子下去，不發瘋才怪呢。」

這句話也錯不到哪裡去。索姆堡是忘不了海斯特的。連他生意做得不好，都怪到海斯特頭上來，說是受了海斯特的什麼鬼影響之故；從一打完普法戰爭東來之時起，他的生意從沒這樣糟糕過。他覺得不向那狡獪的瑞典佬報仇雪恨，他不能恢復故我。他口口聲聲罵海斯特毀掉了他。要不是海斯特使詭詐卑鄙的手段將女孩兒勾引了去，女孩兒便會激勵他走上一條新的成功之路。索姆堡太太顯然鼓舞不起他了；他悶聲不響鬧脾氣，再加上暗中狠狠瞪她幾眼，就夠她怕了。他漸漸變得疏忽，而且愛採魯莽便宜之計，像是毫不在乎他開的旅館何日如何關門大吉似的。上次戴維森到索姆堡旅舍走一轉，是海斯特與女孩兒偷偷溜到三巴侖荒野兩個多月之後的事，戴維森那趟所見所聞，索姆堡這種自暴自棄的態度正好是個說明。

好幾年前的索姆堡——比方說曼谷時代的索姆堡吧，那時他剛開辦饗噹噹的旅館客飯——是怎也不會冒起這種險來的。他的天生本領在於包辦伙食，「白人替白人服務」，在於捏造醜聞、渲染醜聞、搬弄醜聞，像蠢驢一樣加油添醋，恥中取樂。但如今他自尊心受了損，情感又受挫，將心境都敗壞了。索姆堡克服不了這品德上的弱點，遂墮落敗壞。

第四章

這趟交易，是與一個在某晨搭郵船到埠的旅客做成的——在望加錫上了船，從西里伯斯來到，但據索姆堡所知，原本總是從中國海那邊來的；就像海斯特一樣，顯然也是個流浪客，不過卻非單人匹馬前來，而且是另一門子的人。

坐在他用來接客上岸的汽艇裡，索姆堡從艇尾座抬頭一望，便發覺客船甲板上頭等部的欄杆上面，有一對陰沉凹陷的眼睛正向他盯著俯視下來。他不善相人。對他來說，人類若不是拿來給講醜聞的，就是專爲接收窄長帳單的，單子上面正正式式地印著他旅館的名字——「店主W・索姆堡；每週結帳一次。」

因此，望著掛在郵船欄杆上面的那張鬍子剃得乾乾淨淨十分瘦削的臉，索姆堡看到的只是個準「帳戶」。在旁的還有其他旅館派來的汽艇，但他得到垂青。

「你就是索姆堡先生吧？」那張臉出其不意的問道。

「在下就是，請問有何吩咐？」他在下面應道；因爲生意就是生意嘛，禮則總還是要遵守的，管你是大丈夫情感受挫盛怒之餘胸臆還受餘憤折磨，就如一場熊熊烈火過後，餘燼仍在燃燒。

未幾，那張俊秀而憔悴的臉龐的主人，已經坐到艇尾座索姆堡的身旁了。他的身子頎長而靈巧；他神情隨便之中帶著緊張，懶洋洋地把身子向後靠去時，十個細長的指頭交叉著放在膝頭上。索姆堡另一旁坐著另一個船客；那個鬍子剃得乾乾淨淨的人這般介紹他道——

「本人的祕書。他得住在我隔壁。」

「這易辦。」

索姆堡威儀十足地掌舵前進，直眼前瞪，卻對這兩個大有可爲的「帳戶」甚感興趣。艇頭堆起了他們隨身的行李、兩只陳舊變色的大皮箱，還有好幾個較小的包袱。第三個人——一個毛鬚鬑鬑、毫不出色的傢伙——卻小心翼翼地走到艇頭，高棲在行李之上。他臉龐的下部特別發達；額頭低窄，上面橫橫的有幾道不聽的皺紋，下面鬚毛滿腮，還有一個扁平的鼻子，張著狒狒似的大鼻孔。一瞧見他那毛茸茸的相貌，就教人有點曖昧朦朧的感覺。看來，他也是追隨那鬍子剃得乾乾淨淨的人而來的，顯然是和本地船客一起坐甲板，睡船篷底的。看見他那寬厚矮肥的體格，就知此人力大無窮。抓住艇舷時，他露出一雙長得驚人的手膀，末端連著褐毛蓬鬆人猿似的厚爪。

「怎樣處置我這個夥計好呢?」那頭子向索姆堡問道。「港口附近總該有個公寓吧——隨便什麼小館肯讓他打個地鋪都行了。」

索姆堡說有個葡萄牙混血兒經營的旅館。

「是你的傭人嗎?」他問道。

「嗯,他跟著我。他是捕鱷魚的。我是在哥倫比亞碰上他的,碰上,你知道的啦。到過哥倫比亞沒有?」

「沒有,」索姆堡答道,不勝詫異。「捕鱷魚的?好一個古怪的生計!那麼,你是從哥倫比亞來的了?」

「對,不過我離開哥倫比亞好久了。跑過許多地方了。我向西走的,曉得罷。」

「遊玩麼,嗨?」索姆堡猜道。

「對。可以這樣說。追追太陽好不好?」

「原來如此——無事纏身的上流人,」索姆堡說道。他看著正要越過他艇頭的一隻獨木舟,準備轉舵避開。

突然間,旁的那個船客罵出聲來。

「這些該死的土筏子,老是擋住去路。」

他是個矮個子,肌肉發達,眨巴著一對閃閃發光的眼睛,嗓子粗沙,一張單調的圓臉上滿布膿包,臉上亂蓬蓬的點綴著一把稀亂的鬍子,在勁直的鼻桿尖底下突了出來,煞是趣怪。索姆堡暗忖，此人哪裡像個祕書呢。他和他高瘦的首領都穿白色的熱帶常服，頭戴通帽，腳登用管土漂白了的鞋子——整整齊齊的。船頭那個高棲在他們行李之上的毛髮茸茸無足稱道的怪物，則穿了一件格子花襯衫和一條粗藍布褲子。他在船頭上朝他們凝望過來，若有所待，神態就像一頭有訓練的動物。

「是你們先開口跟本人講話的，」索姆堡以他那威風十足的口氣道。「你知道我的名字。請問，是在哪裡聽到的呢？」

「在馬尼拉，」無事纏身的上流人爽快地答道。「有一晚我在卡斯提爾旅館跟一個人打紙牌，從他那裡聽來的。」

「什麼人？馬尼拉沒有我認識的朋友啊，」索姆堡緊蹙眉頭，納罕起來。

「他的名字我說不上來了；忘光啦。不過你放心，他絕不是你的朋友。他罵你，什麼話都說了。他說你曾經到處講他的壞話，不曉得在什麼地方——是在曼谷吧。對啦；你曾經在曼谷經營過客飯旅館，是不是？」

話鋒一轉，索姆堡爲之猛吃一驚。他只得愈發挺起胸膛，誇張他那後備艦上尉的威嚴姿態。開過客飯旅館？對，說得不錯。他一直都開——是爲了白人嘛。這兒也開？對，這兒也開。

「那好。」那個生客把他陰沉凹陷而有催眠性的目光從滿臉鬍子的索姆堡身上挪開，索姆堡卻坐著用發著汗的手掌抓住銅舵柄。「晚上很多人上你那兒？」

這下子，索姆堡才稍稍恢復過來。

「平均一晚上下來，二十個客人上下啦，」他感觸地答道，因爲話題正說中了他的心事。「本該有多些的，要是他們能明白那不過全是爲他們好吧。我取的利潤很少很少。大爺們，你們都愛住客飯旅館嗎？」

那個新客答說，他們喜歡晚上有些本地人到的旅館。不然的話，就悶得要死了。那個祕書表示同意，就嗯嗯的發出一串獰惡驚人的喉音，好像表示要吃掉那些本地人似的。索姆堡在威嚴氣派掩護下感到很愜意，他揣度這些人是要住很久的了；等到他又記起那個女孩子，給上回久住在他旅館的客人從他那裡奪去，他便嘎吱有聲地咬牙切齒起來，令旁邊的兩個人禁不住詫異地盯著他。他那五顏六色的臉上起了這陣子的痙攣，似乎令他們都瞧得呆住了。他們迅速交換了一個眼色。隨即，那個鬍子剃得乾乾淨淨的人粗率隨便的，又發出第二個問題：

「你的旅館沒有女人吧，嗯？」

「女人！」索姆堡憤然喊道，卻也像有點怕。「你說女人究竟是什麼意思？什麼女人？當然，索姆堡太太是有的啦，」他氣陡地平了下來，然後冷傲的又加上幾句。

「要是她安安分分的，那就沒問題。我可受不了女人接近。她們討厭透啦，」旁的那個人說。「她們真該死！」

連珠炮似的說著，那個祕書臉上露出一抹凶悍的笑容。那個頭號客人則閉上他那雙深凹的眼睛，彷彿累透了似的，然後把後腦門靠在船篷的支柱上。這個仰臥的姿勢，使得他那女性化的長睫毛看上去顯眼非常，他端正的容貌、輪廓分明的下顎、俊秀的下巴一下子都變得飛揚顯突起來，教他看來別有一番疲累倦怠的邪惡顯赫。等到汽艇靠了岸，他才張開眼睛。接著他便和另外那個人快手快腳的登岸，鑽進一輛馬車裡，直往旅館駛去，只留下索姆堡一個人來料理他們的行李，並照看他們的怪夥件。那個怪夥件，三分像人七分像頭被馬戲團主人遺棄的把戲熊，緊隨在索姆堡背後，索姆堡走一步他便跟一步，一行自言自語的嘴裡咕噥著某種語言，有點像是粗鄙的西班牙話。那開旅館的感到渾身不對勁，等到最後把他擺脫了才鬆了一口氣。那開旅館的將他帶到一個偏僻簡陋的旅館去，旅館門口從容的立著一個整潔十分的葡萄牙混血大胖子，他似乎很懂得如何去應付各式各樣的客人似的。他從怪物懷中拿走那個用皮帶捆住的包袱——那怪物遍遊那陌生的市鎮時一直緊抱住它——索姆堡還來不及道明來意，他便很在行的劈頭一句止住他道——

「大爺，我全曉得了。」

「那麼你比我能幹了，」索姆堡離去時心裡道，一面慶幸著擺脫了那個捕鱷魚的。他納罕這些傢伙到底是何方神聖，卻又半點端倪也猜不出來。他們的名字呢，卻是他向他們直接查問出來的——「是拿來上帳用的，」他挺起胸膛，鬍子異常惹眼，然後以軍官的姿態一本正經地解釋道。

那個鬍子剃得乾乾淨淨的人趴臥在長凳上，一副年華老去的模樣兒，沒精打采地抬起眼睛來。

「我的名字？噢，別無他名的瓊斯先生——寫下來——無事纏身的上流人。這位是里卡多。」那個滿臉膿包的人橫臥在另一張長凳上，故意在臉上做了個苦相，像是有什麼東西搔了他的鼻尖一下似的，卻又一動也不動的躺在那裡。「馬丁．里卡多，職務是祕書。你不要再問我們的來歷了罷，要不要？啊，什麼？職業？寫下來，就說是——遊客吧。從前人家把我們叫得還要難聽呢；我們不會介意的。我那個夥計呢——你把他藏到哪兒去了啦？哦，用不著替他擔心。他曉得自己保重的。他是彼得。哥倫比亞的公民。彼得，彼得羅——據我所知，他只有這個名字。彼得羅，職業是捕鱷魚。呃，對了——他在混血兒那裡吃的住的，全上我的帳。沒奈何。他奶奶的對我那麼忠心，老子要是不要他，他會跟我拚命的。告訴你我怎樣在哥倫比亞的荒山野嶺把他的兄弟幹掉了，要聽不？嗯，也許改天罷——說來話可長了。老子後悔的，倒是沒有一併把他也結果了。當時要結果他，不過是順手順手罷了；現在太遲了。頂麻煩的東西；不過有時倒也派用場。我希望你不把這些統統記進帳簿裡去吧？」

「別無他名的瓊斯先生」那隨便而無禮的態度、那不遜的口氣，使索姆堡極之難堪。從來沒有人這樣跟他講過話的。他悶著聲搖搖頭，退下去，倒不是真的給唬倒了——儘管他這人色厲內荏——不過是給弄得昏頭昏腦，忘不了罷了。

第五章

三星期後的一個晚上，索姆堡將錢箱鎖好在那個填塞了他們寢室一角的鐵製大保險箱後，便朝向他的老婆，眼睛卻不甚看著她，說道：

「我一定要把這兩個人攆走。這樣子不行！」

索姆堡太太早有此意；只是她多年前已被馴得服服貼貼，不會輕易把自己意見告訴人家。房間裡只燃著一支蠟燭，她穿著睡衣坐在燭光裡，戰戰兢兢，一聲不響，憑經驗，她曉得連她的附和也會討他厭。索姆堡身穿一套睡衣，在房內不安的踱來踱去，她的眼珠子也隨著盯住他的身子溜來溜去。

她那邊他瞧也不瞧一眼，皆因穿著睡衣的索姆堡太太，是天底下最難看的東西——哭喪著臉、卑微、年華早逝、欺壞了、又老。與他縈繞心裡那個女性相形之下，老婆這副醜相，著實扎他的美感。

索姆堡來回踱步，不住地又咒罵，又光火，好拿出渾身的膽量。

「媽的，看老子現在，馬上，這會兒就到他們的房間叫他——他還有他那個祕書——明兒天一亮就滾。玩一圈牌兒倒也罷了，可是拿我的客飯旅館做幌子——可惱極了！不曉得馬尼拉哪一個扯謊的混蛋告訴他我在這兒開了家客飯旅館，他就跑了來。」

這番話，其實並非說給索姆堡太太聽，只是他自言自語，好讓自己說到氣頭上，便有足夠的膽量去面對「別無他名的瓊斯先生」罷了。

「好一個沒廉恥、自尊自大的騙子，」他繼續罵道。「老子真想——」

他發起狂來，一副條頓民族的沉重難看的模樣，絕不似拉丁民族那種畫裡真真而活潑潑的火氣；他雖然雙目游移不定，那憤怒得腫脹的臉容，仍使這個被他暴虐多年的可憐女人起了一種恐懼，只怕他政躬不保，因為缺了他，這可憐的人在世上便別無依靠了。她跟他很熟了；但並不全然了解他。女人最最不願在她所愛著或只是依賴著的男人身上，看到懦弱。她瑟縮在她的角落裡，壯起膽子迫切地說：

「威海姆，當心啊！當心他們皮箱裡頭的那些刀刀槍槍呀。」

這樣著緊提醒他，他不謝也就罷了，反朝她瑟縮著身子那方臭罵一頓。披著單薄的睡衣，赤著腳，她令人想起一個中古時代的罪人懺悔時讓人家用褻瀆神明的粗話來詈罵。那批凶器，索姆堡也沒親睹，但卻無時無刻不在心上。從他的客人到埠的第十天起，他的任務便是在外面遊廊上若無其事的閒來蕩去，像個好漢——在把風——索姆堡太太卻配備了一串各式各樣的鑰匙，卡搭卡搭地抖響著變了色的牙齒，嚇得呆呆瞪著她那球狀凸眼，在內將這夥怪客的行李逐個「搜遍」。是她的恐怖威海姆迫她這樣幹的。

「你放心，我會在外頭把風的，」他說道。「他們一回來，我就給你吹一下口哨子。你不會吹口哨子。萬一他當場捉到你，抓住你的脖頸子把你趕了出來，你也不會損到哪裡去；但女人他是不會碰的。他不會的！他跟我說的。假正經。我非要搞清楚他們究竟要的什麼鬼把戲，別讓他們耍下去。進去！馬上去！開步走！」

這任務真是要命；但她到底進了去，因爲她雖怕此舉會引致什麼後果，卻更怕索姆堡。她最擔心的還是，他配給她的那串鑰匙，只怕沒有一根開得動那些鎖。這會使威海姆多麼失望啊。不過，她卻發現，那些皮箱並沒關上；但她搜不了多久便回身退出。她怕火器，什麼武器都怕，倒不是因爲她這個人膽子小，而是像某些女人一般，幾乎迷信似地，她對暴力、凶殺有一股抽象的恐懼。威海姆還不需要吹口哨子給她警告，她老早溜回到外頭的遊廊上來了。那種發自心底的莫名恐懼是最難克制的，結果呢，管他在旁凶凶的咆哮怒喝，在噓噓地斥罵，甚至用手指戳她的肋骨，她怎麼樣也不肯再進去。

「蠢婆娘！」那旅館老闆咕噥著罵道，他的一個房間裡藏著這麼些刀刀槍槍，弄得他忐忑不安。這不是抽象的感覺，而是他的本性。「給我滾！」他怒吼道。「滾，打扮好招呼吃飯的客人去。」

她去後，索姆堡便獨自沉思。這究竟是葫蘆裡賣的什麼藥？他腦筋呆呆鈍鈍的，想一下頓一下；猛然間，他恍然大悟。

「老天，這是一批強人啊！」他忖道。

就在此際，他看到「別無他名的瓊斯先生」和他那個叫里卡多那不倫不類的名字的祕書，正踏進旅館。他們下港口辦完事，現正回到旅館來。瘦長的瓊斯先生，懶洋洋的，挪動著兩條長腿，好比一副兩腳規，踏著同樣角度的規則步子；他身旁那人也輕快地邁著大步。索姆堡相信自己沒看錯。這兩個人都是強人——準沒錯的。他並不是怕得太厲害，於是在他們還未走近時，他老早便裝出後備艦軍官最嚴肅的姿態。

「兩位大爺，早。」

他們用不誠的禮貌回答之後，他突如其來的信念得到證實：他們果然是歹人。只見瓊斯先生把那雙凹陷的眼睛朝向人家的樣子，活像一隻冷漠的鬼，再看另外那人——有人向他打招呼時——猛地縮進嘴唇去露出牙來，頭卻回也不回的模樣——這種種形跡都證實：他們實是強人無疑。強人！他們鬼鬼祟祟的經過彈子房，走到旅館的後面，回到他們那些給人翻過的皮箱處。

「大爺們，再過五分鐘就要吃中飯了。」索姆堡向他們背後喊道，故意誇張他那把沉雄的男嗓子。

他弄得自己憂心忡忡。他只道他們會大發雷霆，回來肆無忌憚地將他欺凌一番。強人！然而他們並沒有這樣幹；他們沒有發覺皮箱有何異處，索姆堡心頭一塊大石也就落了地，誓要把這兩個要命的大魔頭盡速驅除。他們不見得會在此久留的；這不是強人的城鎮——亡命匯聚之鄉。他畏縮著不敢造次。他怕自己的旅館內會鬧出什麼亂子——這些亂子，他叫作「紛爭」。亂子一鬧出來，生意就不好做了。當然嘍，有時總免不了有「紛爭」；就像那回將贊賈科莫那個軟蛋包——他的骨頭不過小雞那麼大——攔腰抱住，整個提起來，摔下地裡，再撲到他身上去，那比較上還不大費事。那可憐的鉤鼻畜生覆在牠那把紫鬍子之下，躺在地上，再也動彈不得。

記起那回的「紛爭」，索姆堡猛地痛苦呻吟了一聲，就像胸口裡燙著一塊火辣辣的煤炭；他感到淒苦無告。噢，假若他有那姑娘相隨，他便會威風八面、果敢、大無畏——同二十個強人周旋——普天下的人都不放在眼裡！但身邊的索姆堡太太，卻怎也激不起他那英雄氣概。他原本是誰也不放在眼裡，如今卻是什麼也不放在心上。人生不過虛幻一場；爲了要正直做人而害得肺肝吃上黑棗兒，他覺得實在犯不著。生無可戀——他娘的！

索姆堡本是旅館經營藝術的大師，他處處提防著限制這門子活動的力量，不讓他們拿到口實，但在精神崩析的狀態下，他卻不聞不問了；縱使他明知道這樣子下去，最後會弄成什麼田地。彈子房內牆邊靠列著許多小桌子；先是在其中一張小桌上，跟一些吃過飯仍在流連的客人來一兩局——顯然是在賭酒喝。索姆堡一眼就看破了葫蘆裡賣的什麼藥。原來如此！他們終於原形畢露了！他毛躁的來回踱著（那陣子他的情緒正陷於低潮，老大不出聲），不時朝著聚賭的客人瞟上一兩眼；但他卻不發作。跟那樣蠻橫的人拌嘴，吃虧的總是自己。雖然這些飯後餘興把愈來愈多的人給吸引過去，而且看來還涉及銀錢轇轕，他仍忍著氣沒有提出抗議；他不想惹起「別無他名的瓊斯先生」和曖昧的里卡多對自己過分注意。儘管如此，一天晚上等到旅館大堂走光了客人，索姆堡卻想拐彎抹角的設法將此問題解決。

那疲累的中國小廝這時正蹲在一個僻角裡，靠在牆上打盹兒。到了十點與十一點之間，索姆堡太太照常隱去了。索姆堡緩緩的踱著步子，出來進去，從大堂走到遊廊上，再從遊廊上回到大堂，滿懷心事，等著他那兩個客人就寢。隨之，他出其不意地，向他們迎將上去，挺胸凸肚，話語簡短，一副武官的氣派。

「兩位，今晚真熱。」

瓊斯先生懶洋洋地靠在椅子上，抬起頭來。坐得比較挺直的里卡多，也是百無聊賴的，木無表情。

「兩位還沒歇去？跟我喝杯酒如何？」索姆堡繼續說著，在小桌旁坐了下來。

「奉陪，奉陪。」瓊斯先生有神沒氣的應道。

里卡多古古怪怪的迅速咧嘴笑了笑，露出他那排牙齒。這兩個人氣定神閒，隨便得咄咄逼人，使索姆堡深深感到，要跟這種人接觸是多麼艱難。他吩咐那唐人去拿酒來。他要打探這兩個客人究竟要在旅館裡逗留多久。里卡多毫不健談，瓊斯先生卻倒算肯開腔。他的嗓音跟他那雙凹陷的眼睛正好搭配。他的聲音空空洞洞的，但毫無悲戚之感，聽著像是從井底發出一般，那麼遼遠，那麼冷漠。索姆堡打探出這兩位大爺起碼還會繼續光顧他的旅館一個月。一聽之下，他藏不住不安之情。

「怎麼啦？難道你不想有人住在你的旅館裡嗎？」別無他名的瓊斯先生無精打采的問。「我還以爲開旅館的會高興還來不及呢。」

他揚起他那優美、描得很好看的眉毛。索姆堡咕嚕著說什麼此地對旅客既沉悶又乏味——沒什麼好看的——太單調了點兒；但他只激得他們說，單調有時也有其可愛之處，偶然過一下沉悶的生活也不壞。

「近三年來，我們沒有半刻工夫可以沉悶一下啦。」瓊斯先生又添了一句，兩眼陰森的盯視著索姆堡。他又請索姆堡再喝杯酒，這回卻由他做東道，並請索姆堡別爲自己所不懂的事發愁，而最要緊的還是莫慢待客人——那不是開旅館的辦法。

「我就是不懂，」索姆堡發起牢騷來。「哦，對了，我明白透了。我——」

「你怕起來了，」瓊斯先生打斷他的話。「究竟是怎麼一回事？」

「我不想讓人家講我這個地方的壞話。就是這麼回事。」

索姆堡裝好漢面對這難局，但瓊斯先生那怒沖沖的眼神卻瞪得他裝不下去。他不安的掃了旁邊一眼，正好看見里卡多似乎在那裡一直凝思著，這時嘴巴咧開了，露出一大排牙齒。

「再說呢，」瓊斯先生用他疏遠的口氣繼續往下說，「你也拿我們沒辦法。我們來也來了，留也留定了。你把我們攆走看看？我敢說你要做是做得到的，可是你做的話就不能不吃虧——不能不吃大虧。馬丁，我們說到做到的，是吧？」

那祕書把嘴唇縮了進去，抬起眼睛迫視著索姆堡，彷彿恨不得馬上張牙舞爪向他直撲過來似的。

索姆堡努力擠出一串狂笑。

「哈！哈！哈！」

瓊斯先生疲累而閉上眼睛，像是給光線扎痛了眼睛似的，驟眼看上去活像一具屍首。這已經夠怕人了；等他重新張開雙目，那簡直是要了索姆堡的命。那雙木無表情的眼睛一晃，像鬼怪似的把那開旅館的牢牢盯住（這才是最最怕人），似乎將他性子裡的最末一點點決心也給瓦解掉了。

「對了，你別是以爲你現在應付著的是普通人罷？」瓊斯先生無精打采的問道，像是一隻鬼在那裡暗暗恫嚇似的。

「他是位上流人士啊。」馬丁．里卡多忽然把唇一咂作證道，鬍子隨即像貓鬍一般逕自抖動起來，非常奇特。

「哦，我不是朝這邊想，」別無他名的瓊斯先生說道。索姆堡卻啞口無言，屁股牢牢的黏住椅子，身子微微探前，望望瓊斯先生又望望里卡多。「我當然是那種人；不過里卡多卻把社會地位的便宜看得天一樣高。我的意思是，比方說，別瞧他坐在這裡乖乖的不聲不響，他要把你這家酒館一把火燒掉，真是眼也不用眨一下的。旅館就會像洋火盒子那樣燒得火熊熊。想想看！這對你的生意也不會有什麼好處吧，是不是？——且不管我們有什麼下場。」

「嗐，嗐，兩位大爺，」索姆堡咕噥著抗議道。「這些話荒唐透頂啦！」

「你對付慣了善男信女，是罷？我們可不是善男信女。有一回我們把一市鎮的怒凶凶的市民抵擋了兩天，最後把騙來的錢統統捲走。那是在委內瑞拉的事了。馬丁在這兒，你問他好了——他說得出來。」

索姆堡不由得望了里卡多一眼，里卡多只自顧自回味無窮的拿舌尖舐嘴唇，卻沒意思開腔。

「算了，恐怕說來話太長啦，」過了小半晌，瓊斯先生不強了。

「老實說吧，我不想聽，」索姆堡說道。「這兒可不比委內瑞拉，你別想像那樣子逍遙法外。算了，這不過是瞎扯不要本錢罷。你別是說你跟另外那位……」——像看一頭怪物那樣，用懷疑的目光瞟了里卡多一眼——「大爺只爲了要一晚上贏它區區幾個荷蘭大元，就不惜費盡麻煩吧？可不見得我的客人個個都是財主，現錢滿袋啊。我真奇怪你們怎會爲了這麼一點點錢，竟去惹這許多麻煩，冒這許多險。」

瓊斯先生反駁索姆堡的道理說，人總得幹些什麼來消磨時間。難道不准人家消磨時間麼？其後瓊斯先生談興正濃，用發自墓穴似的嗓音，有神沒氣地說，他的靠山就是自己，就像這世間畢竟是個沒王法的大莽林。馬丁也差不到哪裡去——他有自己的原因。

瓊斯先生每說一句話，里卡多便附和著凶悍的咧嘴短笑一下。索姆堡垂下眼皮，因爲他讓這兩人的模樣嚇怕了；但他再也沉不住氣了。

「你們說自己不是善類，當然我一眼也看出來。不過若是我告訴你們說本人也不比兩位好惹些，請問你們會怎樣想法呢？人家以爲『好啦，索姆堡的生意真好做』，可是你們就算把我宰了，把酒館燒掉了，我也無所謂。嘿！」

一聲口哨子低低的吹響起來。這聲嘲弄十足的口哨子，原來是里卡多發出來的。索姆堡氣喘吁吁，兩眼盯著地板——他現在真的不好惹了。瓊斯先生兀自無精打采，一副懷疑的樣子。

「嘖，嘖！你的生意做得滿不錯。你頂好欺，你——」他頓了一頓，然後以厭惡的語氣加上一句：「你有老婆。」

索姆堡忿然用腳得得地敲響著地板，嘰咕著帶笑的咒罵出來。

「你把這個混帳東西扔到老子頭上來算是什麼意思？」他大聲罵道。「我恨不得你們行行好，把她帶走到什麼鬼地方去！我絕不向你們追討。」

索姆堡這樣出其不意的大發雷霆起來，使瓊斯先生也說不出是什麼味兒。他大吃了一驚，連人帶椅倒退一下，彷彿索姆堡把一條亂扭亂動的毒蛇塞到他臉上來了似的。

「你這是扯的什麼鬼話?」他嗓音濃濁的嘟囔道。「你是什麼意思?你吃了豹子膽?」

里卡多格格地笑出聲來。

「老實跟你們說,老子不是好惹的,」索姆堡重複了一句。「誰也不比我更不要命。娘的,我什麼也不在乎!」

「好,那麼——」瓊斯先生開腔說話了,話裡隱隱透出一股恫嚇的口氣,好像這些常用的辭兒在他心目中別具怕人的含義似的——「好,那麼,你把自己弄得這樣討厭幹麼?既然你說你不在乎,那就請你把那個音樂堂的鑰匙交給我們,讓我們靜靜兒玩一局半局;場錢不多不少——一打蠟燭上下啦。我跟那個白娃娃臉的人——他叫什麼?——來過一局兩人牌兒,從你的客人下注的情況推斷,你這樣做他們會很感激的。他們不過想隨便玩兩手吧。要是你反對的話,馬丁怕會對你很不客氣;不過你當然是不會反對吧。想想看,到時會有許多人幫襯你喝酒啊!」

索姆堡終於抬起眼睛,觸到瓊斯先生兩個眼窟洞內的炯光,從兩道怕人的眉毛下冷冷的直向他射來。他打了一個寒顫,彷彿眼窟洞裡藏著什麼極可怖之物,然後對里卡多點頭說道:

「我敢說他有了你做靠山,一定會爲難我!要是我沒有接你們坐來的那條船,而是乾脆把自己連人帶艇給弄沉到海底裡去,那就好了。呀嘿,既然這幾個禮拜來,我過的已經不是人過的日子，你們對我怎樣，也沒多大要緊了。我且把音樂堂交給你們——管他媽的後果。可是那個上夜班的小廝怎麼辦呢？要是給他看到那些紙牌跟現款過手，他準會洩漏出去，這樣馬上就傳遍整鎮啦。」

魑魅一般的冷笑，瓊斯先生那嘴唇便翕動起來。

「呀，我看出來你也有意思好好兒幹它一幹呢。好極了。這才是做生意的辦法嘛。你用不著擔心，你把唐人統統一早趕上床去，我們就把彼得羅每晚上弄到這兒來。他雖然不是普通小廝的料子，倒還可以托盤子跑跑腿，你只管從九點坐到十一點，在這裡送酒收錢好了。」

「現在他們的勢力又增到三個人了！」倒楣的索姆堡暗忖道。

但彼得羅儘管是心眼兒壞，頂多不過是個單純率直的畜生罷了。他既不神祕也不陰險，絲毫看不出是一隻鬼頭鬼腦、存心爲患的野貓化身而成的人，或是從冥府至此度假的凶煞，生就一身皮骨，具有威嚇人的神祕力量。彼得羅那口牙齒，那把纏結不清的鬍子，他那小熊似的眼睛盯著人時怪裡怪氣的模樣，相形之下，反覺自然討喜。再說，索姆堡也無可奈何了。

「那很可以將就得過來了，」他鼻子酸酸的說道。「不過，兩位聽著，要是你們早來三個月——唉，不用說三個月——你們休想我像現在這個樣子跟你們講話。說真的。你怎麼樣想？」

「我倒不曉得怎樣想。你是在放屁吧。你現在好欺，大概三個月前也這樣好欺。你就像大多數的世人一樣，生來就好欺。」

瓊斯先生像隻鬼似的站起身來，里卡多也跟著立起來，嗥叫一聲，再伸了一伸懶腰。索姆堡卻陷於沉思中，自顧自似的繼續往下說道：

「這裡有一個樂團——裡頭有十八個女人。」

瓊斯先生聽見了大叫一聲「見鬼」，四下裡掃了一眼，彷彿四壁和整間房間都染上了瘟疫似的。隨即他大發雷霆起來，大罵索姆堡膽敢提出這種話題來。那開旅館的驚駭得站不起身來。他在椅子裡盯著瓊斯先生發火，瓊斯先生儘管發怒時不像鬼怪，卻仍難懂如故。

「怎麼啦？」他結巴著說道。「什麼話題？你沒有聽到我說是樂團嗎？這可沒有什麼不對呀。嗯，他們裡頭還有一個女孩子——」索姆堡的眼睛變得凝酷起來，他使勁把十個指頭緊緊交叉著放在胸前，連指關節也扣得發白。「這麼個妞兒！好欺，我是嗎？爲了她，我赴湯蹈火也不辭。她，當然嘍……我正當盛年……後來有一個傢伙把她給迷上了——無賴、虛僞、撒大謊、騙人、卑鄙、四處浪蕩的畜生。嘿！」

他盛怒時，把手指扯開，甩開臂膀，將額頭枕在上面，十個纏繞在一起的指頭便噼啪有聲地發響起來。在旁的兩個人望著他背脊顫抖抖的——柔弱下來的瓊斯先生那鄙夷的神情透出幾分畏懼，里卡多的表情卻像頭大貓瞧見廚房裡一塊搆不著的魚肉。索姆堡將身子一下子往後拋去，雖然一滴眼淚也沒有，倒像是在那裡飲泣吞聲哩。

「怪不得你對我這樣隨便無禮了。原來你一點也不知道——且讓我把我的煩惱講給你聽罷——」

「我不要聽你的什麼鬼煩惱，」瓊斯先生用有氣沒力的聲音斬釘截鐵的說道。

他伸出一隻手止住了索姆堡，趁著索姆堡的嘴巴還張得老大時，便挪動他兩條細腳桿，神祕兮兮的溜出彈子房外。里卡多緊隨著他首領的背後，卻回過頭來對索姆堡張牙露齒。

第六章

從那晚起，那些非同小可的神祕現象便在索姆堡的旅館內發生，等到那沉著而機靈的戴維森船長到埠給索姆堡太太送還那條印度大圍巾，這些現象都引起他偶爾的注意。說也奇怪，這些現象竟持續了好一陣子。可見得「別無他名的瓊斯先生公司」開莊小心賭牌時，要非明刀明槍或是賭運不佳，就是他們自制力過人了。

索姆堡的音樂堂裡蔚爲奇觀，堂內的一端椅子小丘也似的直堆塞到舞台上去，一張覆著綠布的長架檯上排列著兩打蠟燭，照亮了另一端。中間，瓊斯先生由餓鬼變成莊家，坐在里卡多——一個相當難看的鈍大貓化身而成的管錢人——的對面。相形之下，桌上其餘的那二三十張臉面，倒似一套天真無援的人類樣本——可憐他們一心奢望著走點兒小運，那對他們倒是挺要緊的。他們沒工夫注意到毛茸茸的彼得羅，他笨手笨腳地端著盤子走，如同一頭林中捉了來教著用後腿走路的野獸。

索姆堡呢，他覺得避之則吉矣。他待在彈子房之內，只管把酒送到那無可名狀的彼得羅手上，假裝看不見那大咆大哮的魔王，佯作不知酒送往何處去；裝作不曉得就在離旅館五十碼內樹底下那邊根本有這麼一個音樂堂。他意氣消沉，聽天由命之餘，憂心忡忡，無可奈何。賭局一散（他可以見到黑壓壓的人影，獨個兒的，三五成群的，朝著廣場閘口蕩去），他就會從一道虛掩的門後面隱去，好避開他那兩個很不尋常的客人；不過他會先從門隙窺覗他們兩個對比強烈的身影經過彈子房而去就寢。接著他會聽見樓上房門關得砰砰大響；他整座旅館——讓這夥攜著滿皮箱軍火的霸王占據了——便會死寂下來。死寂。索姆堡有時也不禁疑心自己可是在做夢。打過一個哆嗦，他會定下神來，躡手躡腳的溜出外面，那古怪的舉止，與他努力在世人面前裝面子裝出來的後備海軍上尉的姿態，極其不稱。

他心頭充塞著一股難堪的寂寞。一盞一盞的，他會把燈熄滅，悄悄的向他寢室挪去，室內早已待著索姆堡太太——她哪裡配做像他這樣「年富力強」的能幹男人的伴侶。唉呀，可惜他的青春已遭人摧折了。他心裡覺得自己是給人摧折了。每逢他打開房門看見那個女人耐心的坐在椅子裡，腳趾頭從睡衣下襬伸出來，頭上一綹少得出奇的髮絲垂掛到那瘦長的頸梗子上，嘴上經常掛著那唬壞了的笑容，露出一顆藍牙，木無表情——連真的畏懼也沒有，他尤其感到遭人摧折了。皆因她對他早已習以爲常了。

有時索姆堡真禁不住想將那顆頭顱從頸梗子上扭了下來。他也幻想過自己這樣做——單手，一擰就是了。當然，那不過是想著玩兒，心情無奈時，聊以解慰罷了。他深信殺人之事自己幹不來。接著猛省起瓊斯先生那番坦白話，他又會轉念道：「我這麼個菩薩心腸的人哪裡能殺人呢？」——卻毫不知道從道德立場說來，他老早在許多年前將這可憐的女人謀殺了。這樁罪行，他這樣沒慧根的人如何悟得出。她的軀體看得他眼睛扎痛，因爲這軀體與另一個截然不同的女性形象相差太遠了。將她除掉也無濟於事——多年來，她早已成爲生活的一部分，她的位置什麼也取代不了。況且他若有此心，還可以和那個白癡的談上好半夜呢。

當天晚上，他在她跟前吹噓自己打算如何對付他那兩個客人。但他得不到所需的鼓勵，只聽到那一貫的警告：「威海姆，當心啊。」他不要白癡女人教他當心；他需要的，是一雙女性的胳膊，兜著他的脖子，給他打起膽色去應付這場衝突。激勵他嘛，他心裡想道。

他躺在床上久久合不上眼睛；人睡著了也還不大穩，一下子便又醒了過來，他雙目迎不到晨光的欣愉。他鬱悶地聽著屋子內的一動一靜。那些唐人把通往遊廊的公眾休憩堂的門開了鎖，砰砰的甩得大開。要命！又得熬過討厭的一天！一念及自己所下的決心，他委實心裡感到一陣惡心。先是瓊斯先生那傲慢不羈的態度，使他極爲難堪。再說就是他那帶著鄙夷的緘默神態——瓊斯先生從來就不和索姆堡寒暄，從來也不對他張開嘴唇，除了是說句「早安」——這人嘴裡發出的這兩個字眼兒，竟似是挖苦他，充滿惘嚇意味。說到頭來，他害怕的並不是那純粹的暴力——因爲說到暴力，就算是耗子，被人逼入了死胡同也會拚一拚——而是那種迷信似的畏怯，就像打從心底懼怕與惡鬼攀談一般。雖然他是隻白晝鬼，態度橫霸，還大多數躺在三張椅子之上，這也不教人好受些。日光只使他變成一隻更怕人、更擾人、更不該存在的妖魅。說也奇怪，到晚上他不再躺著不出聲時，他這非人間的一面反而不甚顯著。他在賭台上真真實實的洗著牌時，這一面大概沉沒得幾乎不見了；無奈索姆堡既決心掩耳盜鈴不聞不問，就再也不走進那給人褻瀆了的音樂堂。他從來沒見過瓊斯先生操業——也許這不過是他的謀生工具而已。

「今兒晚上我就要跟他攤牌。」索姆堡穿著睡衣坐在遊廊上喝早茶，心裡暗忖道。此際旭日尚未攀到廣場的樹梢上，晶瑩的朝露仍掛在綠草上，在中央那個盛開的花壇裡一閃一閃的發著銀白亮光，並把車道上的黃砂礫的顏色弄沉了。「就這麼辦吧。今晚我不再躲起來了，我要乘他帶著錢箱上床的時候，出來攔截他的去路。」

說穿了，那傢伙不過是個等閒的強人罷了，算什麼？敢殺人？噢，不錯，敢殺人也許敢殺人——穿著單薄的索姆堡的胃猛一抽搐。可是等閒的強人也罷了，要在歐洲人統治下的文明小鎮裡，眾目睽睽之下濫殺無辜，動手前也會三思，甚至考慮上好幾百回呢。他把雙肩急牽一下。還用說！他再打了個哆嗦，便趑趑趄趄地蕩回寢室添衣去了。主意拿定了，他也不再勞神去想；但他仍疑心未定，他的疑心就像花蕾一樣隨著日辰愈開愈多。他不時汗流得比平日多，也睡不著午覺。他在臥榻上翻騰了好幾十回依舊睡不著，最後乾脆起床下樓。

這時正是午後三四點，最寂靜的時光。連花兒似乎也一逕在襯著渴睡的葉瓣的莖梗上打瞌睡。連風也一絲都沒有，海風要遲一點兒才來呢。小廝不見了，不知躲到屋後什麼陰處睏覺去了。索姆堡太太正在樓上一間關著百葉窗的陰暗房間，在那裡用心理著那兩條懸垂的長鬈髮，她值午班時這兩條鬈髮正是她獨特的髮飾。這時並無客人打破整座旅館裡的寧謐。他孤零零一個人在屋子四周徜徉，來到彈子房門前卻裹足不前，就像在道上碰見了一條蛇似的。里卡多祕書先生這時在彈子、穿小桌子以及好些空椅子間，獨個兒坐近牆邊，手裡操著他那副隨身攜在口袋的私家紙牌，在那裡閃電也似的玩著什麼把戲。要非里卡多回頭瞧見了他，索姆堡想就要悄悄回身退出來了。那開旅館的見自己既讓人發現了，於是權衡了一下輕重，決定進屋去。他因自覺卑微，所以不由得挺起胸膛，臉上擺出嚴肅的表情。里卡多雙手緊握紙牌，望著他走近。

「沒慢待吧？」索姆堡用他那後備艦海軍上尉的聲口試探道。

里卡多悶著嘴搖搖頭，等索姆堡接下腔去。索姆堡一天下來總跟他聊上二十句話。他比他的主子健談得多了。他有時簡直就像他階層的普通分子，似乎態度和善。猛可，他把十來張紙牌面朝下的鋪展成扇狀，向索姆堡塞來。

「喂，來，快抽一張！」

只見索姆堡猛吃一驚，慌忙抽出一張。窗簾將外面熱帶的強光及暑氣隔絕了，在半明半暗的光線裡，馬丁・里卡多的眼睛不住閃著燐光。

「你拿到的是紅心王，」他咯咯地笑將起來，把牙齒閃露了一下。

索姆堡望了紙牌一眼，說聲「對」，便把紙牌擱到桌上去了。

「我有本事要你拿什麼牌你就拿什麼牌，十拿九穩的。」那個祕書洋洋得意說道，他上唇奇怪的翹了翹，抬起的眼睛裡閃了一抹綠光。

索姆堡呆呆地俯視著他。有好幾秒鐘，誰也沒動一下；接著里卡多垂下眼去，鬆開指頭，整副紙牌便跌落桌面上。索姆堡坐了下來，他坐下來，僅僅因爲他雙腿軟了，別無其他原因。他口乾。坐下來後，他覺得自己不得不開腔說話了；他像閱兵似的把肩膀抬平一下。

「這種玩意兒你倒有一手。」他說道。

「熟能生巧罷了。」祕書答道。

里卡多那脾性喜怒無常，使索姆堡逃不了。於是，正由於膽怯的緣故，那開旅館的發覺自己竟跟他談了起來——這叫他一想起來就心裡發麻。說句公道話，也虧索姆堡有此能耐，半點不露惶恐之色。他那疾言挺胸的習癖，使他無往不利。這在他說來，也無非熟能生巧罷了；這習癖，他想會盡量裝著，裝到再也裝不下去而要趴在地上搖尾乞憐，也許還是除不掉。令他更添窘困的是，他竟不曉得怎樣開腔好。他搜遍了枯腸，只找出一句：

「你好愛玩紙牌吧？」

「你以爲呢？」里卡多用簡單、充滿哲學意味的口吻問道。「難道說，我不該愛麼？」然後，忽然他亢奮起來：「愛玩紙牌？唷，愛得要命！」

說著他把眼瞼悄悄垂下，遲疑半晌，彷彿是在那裡剖白內心另一種愛戀似的，這使人聽了他適才爆發的激情愈發感心動耳起來。索姆堡絞盡了腦汁，也找不出新話題來。這一回，連他素日掛在口頭的是非閒話竟也派不上用場。千里之內，這個強人連鬼影子都不認識一個。索姆堡不得不談正題了。

「你——從小兒——想就已經是這樣子罷。」

里卡多眼皮兀自低掛著，手指心不在焉地把弄著桌上那副紙牌。

「想還不至於這樣早吧。起初是賭煙草賭上癮的——在水手艙裡頭，你也知道啦——他們水手間流行的玩意兒。那時候一值夜，大家就在下面的一盞白鉛燈下，圍著木箱賭個通宵。連一口牛乾粑大家差點兒也沒有工夫吃呢——廢寢忘食。要是叫到甲板上面當值去，就險些兒腳也站不穩了。講起賭錢！」他將那緬懷舊事的腔調降低，加了一句，「你知道啦，我從小兒就是航海的了。」

索姆堡陷入沉思，心上卻仍無時無刻不在預感災禍降臨，接著，他聽到：

「我在海上混得倒不錯。撈到個大副。我在一艘斯庫納船——你說是條艇子也可以——做過大副，連投錨的港口也格外好，在墨西哥海灣，一份今生今世也休想再找到的美差，對，我放棄航海生涯跟他的時候，做的是大副。」

里卡多把下巴揚起指點一下上面的房間；索姆堡這才省起那瓊斯先生，於是神志困惱的清醒過來。他想，這樣看來瓊斯先生是已歇回臥室去了。里卡多從低垂的眼瞼下注視著他，繼續說下去道。

「碰巧我和他都是在同一艘船上當海員。」

「你是說瓊斯先生？他也是航海的嗎？」

里卡多一聽見這句話，揚起眼瞼來。

「他跟你一樣，不是什麼瓊斯先生，」他禁不住得意的說。「他也是航海的！可見得你是個外行。不過嘿！外國人畢竟是外國人，所知有限。我是個英國人，是不是上等人我一眼就看出來。這人喝醉了酒我也認得出來，在陰溝裡也認得出來，在牢裡也認得出來，在絞架下也認得出來。這裡頭有些什麼的——不全是外表，是——跟你說也沒有用。你不是英國人；要是的話，也用不著我費唇舌了。」

想不到此人內心深處竟決堤泛出這一大串話，把那火氣都沖淡了，那無情的性子都軟化了。索姆堡感到如釋重負，也感到畏懼，就像突然間一頭大野貓不知怎的變得溫馴，在他腿上纏起來似的。在這種情形下，智者都不敢輕舉妄動的。索姆堡也沒有輕舉妄動。里卡多擺了個隨便的姿勢，把一隻手肘擱在桌上。索姆堡重新抬平了一下肩膀。

「我在那兒那艘船上——那條艇子，隨便你怎樣叫好了——同時替十位上等人打工。你也吃了一驚吧，嗯?不錯，不錯，是十位。至少有九位所謂『上等人』，各有本領，還有一位徹頭徹尾的上等人，那就是……」

里卡多又把他的下巴猛地朝上一揚，好像是說：他!唯一的上等人。

「說真的，」他繼續往下說道。「我打從第一天起就看出來他是位上等人。怎樣?爲什麼?對的，你可以問。一輩子也沒見過這麼許多的上等人。嗨，總之我看得出來就是了。你若是英國人的話，就會——」

「你那隻是什麼艇子呀?」索姆堡大起膽子，不耐煩的插嘴問道；索姆堡的神經本就十分緊張，給他這左一句英國人、右一句英國人嘮叨得惱起來。「玩的是什麼玩意兒?」

「你真有頭腦!正是玩意兒!就是了——就是他們上等人去冒險所幹的那種傻事兒了。去尋寶。他們各人湊一筆錢，曉得罷，去買來那艘斯庫納船。他們城裡的代辦人就雇了我和船長。最大的祕密等等就在這裡了；我看他是在存心騙人呢——準沒錯的。不過那不干我們事。隨他們喜歡把錢統統丟進陰溝裡去。可惜的是，我們撈到手的卻少得可憐。只有一點點餓不壞肚子的薪水。是多是少，該死就結了——我就是要這樣說!」

在黯淡的燈光裡，他眨巴著那雙綠眼睛。外面的暑氣，似乎把萬物都壓得靜了下去，獨壓不下他的聲音。他沉著聲音嗥叫，肆無忌憚地咒罵著——真費解；最後他平靜下去——又是那麼費解——像水手在講故事那樣，繼續縷述下去。

「起初只有他們九個大頭冒險；然後，船開的前一兩天，他露面了。不曉得打哪兒聽到消息——要是我對他了解少一點，我準會以爲是從什麼女人那兒聽來的。他見了女人就避得鬼影子不見；他受不了女人。是從上等酒吧聽來的也說不定；是從蓓爾美爾街的大俱樂部聽來也說不定。總之，那個代辦人一手就把他撈了過來——即刻付錢，還限他二十四小時內整裝出發；可是他並沒有錯過船期。他才不會呢！你說那是上等人『碼頭跳船』也成。我親眼見到他走來的。嗨，熟不熟西印度碼頭？」

索姆堡不曉得什麼是西印度碼頭。里卡多沒好氣的盯了他半晌，然後逕自說了下去，好像覺得這樣孤陋寡聞也只好算了。

「我們的拖船老早靠了岸。兩個閒混的在他後面搬著寶貝東西。我叫停泊處的碼頭工人把纜多繫一會兒。跳板早就放下來了；他卻一點沒有管。他一跳，把長腿擺過欄杆，就跳了上船。他們把他那頂瓜瓜的寶貝東西遞上船來，他伸手進褲袋裡一掏，把零錢統統扔到碼頭上去讓他們那些小子撿去。我們解纜的時候，他們還在碼頭上爬著撿錢呢。這時候他才瞧起我來——悄悄的，你知道啦，慢慢的。那陣子他沒有現在這樣瘦，不過我留意到，他其實不是那麼年輕——差得多啦。他好像打動了我心裡哪兒似的。我一下子就跑開了；我有自己的事去辦嘛。我並不害怕。我怕什麼？我只感到動了心——馬上動了心。老天呀，要是早知道那一年我們就要一起搭檔——嘿，我就會——」

他罵了一大堆稀奇古怪的話，也有是平時慣聽的，也有聽得索姆堡略感毛骨悚然的，但全是在怪嘆人事的變幻無常。索姆堡在椅子裡微動一下。但那個敬慕「別無他名的瓊斯先生」兼與「別無他名的瓊斯先生」搭檔的人，似乎已忘了索姆堡在場。里卡多──那鑑定上流人士的內行──連珠炮似的把褻瀆神明的話──也有用粗俗的西班牙文說的──都從心底裡統統抖盡後，便楞楞地坐著，雙目呆滯，彷彿內心仍在驚嘆上帝的大能，利用這種種不可思議的人事遇合，來控制此塵世各人一生的旅程似的。

終於索姆堡推測道：

「於是上面那──那位上等人就說服了你放棄一份美差吧？」

里卡多跳了起來。

「說服了我？哪用說服，只消向我招個手，那就夠了。那陣子我們正在墨西哥海灣。有一晚離沙洲不遠，拋了錨──到這天我還是弄不清船去到了哪個海灣──到了哥倫比亞海岸或是哪附近啦。我們第二天早晨就要動手挖掘，所有人手都早就回船了，準備拿鏟子幹它一天。他走過來，用他那氣定神閒，懶洋洋的口吻──聽見這種口吻，你差不多就能斷定一個人是不是上等人──他走到我背後，就像這樣子啦，在我的耳根子裡說：『哪，你現在看，我們尋寶尋得出個什麼名堂來呢？』

「我連頭也不回；就那樣站著不動，像他一樣壓低了聲音說：

「『您真想知道嗎？告訴您吧，我們不過是在做他娘的春秋大夢。』

「當然，在船上我們已經不時聊聊。我敢說他早把我看透了。老子別的沒什麼，就是從不給人欺負，甚至是走在人行道上，講笑話、請老友喝酒──呃，外頭人一樣請。

我會看著他們喝我請的酒，或是給我逗得捧腹大笑——高興起來，我一樣可以逗得人哈哈大笑的，信不信由你！」

里卡多停下來得意的在心裡想道：看自己多有趣多慷慨呀；這一想就把話頭打斷了。索姆堡心中似乎覺得自己雙睛在擴大，他努力不讓擴大得過分。

「對，對，」他慌忙低聲道。

「我會瞧著他們，心裡想：『你們這些小伙子呀——不曉得我是誰。你們要是曉得——！』妞兒也是這樣。有一回我跟一個妞兒混。我常常親她的耳後根，心裡想：『寶貝兒，你要是曉得誰在親你，就會雞貓子叫，沒命的逃了！』哈！哈！我倒不是有意要害他們；我只是覺得出自己的力量。吶，現在咱們坐在一塊兒，像個老朋友，那沒問題。你沒有礙我事兒。不過我跟你可沒有朋友做。我根本不管你死活。有人的確這樣說過；我可真不在乎。在我來說，你比那邊的那隻蒼蠅吃緊不到哪裡去。就是這樣。我要就把你擠個碎，要就碰也不碰你。怎樣做我也不在乎。」

若說判斷人是否真有意志力，端視乎他在碰到意想不到的事情時能否克制怯懦，那麼這種品質索姆堡倒表現不少。一提到蒼蠅，他便把態度裝得倍加威嚴，就像是用勁將一個正在萎縮的玩具氣球再次鼓脹起來似的。里卡多那輕鬆不羈的神態也真厲害。

「不錯，」他繼續說道。「我正是這樣的人。你想不到罷，是不是？不成，不說你怎會知道呢？所以我就告訴你；你聽了準還是半信半疑。你是可以這樣盯著我看，可不能隨便就說我是喝醉了酒。稍微烈過冰水的東西，我一整天都還沒碰過。要徹頭徹尾的上等人，才把人看得透。呃，對了——他一眼就把我看出來了。我跟你說過，我們早在船上隨便的聊過了好幾回。我常在天窗看他在下面的小艙裡跟人賭錢。他們總得想辦法把日子打發過去啦。就是這道理嘛，有一回，他也發覺了我在下面賭錢，我就是那時候告訴他我愛玩牌的——賭運還滿不錯的呢。對了，他早把我看個通透。怎麼不？上等人跟普通人一樣的嘛——強一點就是了。」

索姆堡一下子省到：這兩人實在同人異趣，搭配得妙。

「他對我說，」——里卡多又用閒談的語氣說起來——「『我打好行李了。馬丁，該走了。』

「那是他頭一次叫我里卡多。我說：

「『先生，就一走了之？』

「『你別是以爲我在尋這樣的寶吧，嗯？我打算撈船搭偷偷離開老家。冒險是冒險點兒，不過倒方便。』

「不久我就讓他知道，我也是同道中人，什麼都肯幹，擲錢啦，擲鐵餅啦，甚至是蓄意謀殺。

「『蓄意謀殺？』他氣定神閒的說。『那是什麼鬼東西？你在瞎扯什麼？誰要是妨礙到人家，自然有時免不了要給幹掉的啦，那只是自衛——你懂不懂？』

「我告訴他我懂了。然後我說我要跑下去一會兒，去塞幾件私伙進自己的水手袋裡。我向來不要一堆堆的行李；在海上走動，沒有東西礙手礙腳頂方便。我回來的時候，他在甲板上踱過來又踱過去，就像往日一樣，臨上床前吸一口新鮮空氣。

「『準備好了？』

「『先生，準備好了。』

「他連望也不望我一眼。我們下午來拋錨的時候，船尾水上一直放著條艇子。他把雪茄煙屁股丟到水裡。

「『你有本事把船長弄上甲板來嗎？』他問。

「這樣一件事，我當初是絕沒有想到要去做的。我一時說不出話來。

「『試試看吧；』我說。

「『好，那麼我下去了。你把他弄上來，纏住他，等到我回來。記住！我沒回來，千萬別讓他下去。』

「我禁不住問，他幹麼叫我去吵醒一個睡著的人呢？我們是巴不得船上的人個個都睡得懵懂大吉，好讓我們有工夫離開那艘斯庫納船才對嘛。他笑了一下，說這件事我是摸不通來龍去脈的了。

「『記住，』他說，『我一刻未上來，就一刻別讓他溜開。』他把眼睛湊近我的來。『不惜任何代價都得纏住他。』

「『那就等於說？』我說。

「『他要付一切代價——你用所有行得通行不通的辦法來辦。我在下面辦事，不要人家來打擾；不然麻煩就多了。我把你帶在身邊，是要你隨時隨地給我省麻煩；你現在馬上得開工了。』

「『遵命了，先生，』我說；於是他從後甲板天窗潛了下去。

「跟在上等人身邊，你立刻曉得自己該做什麼；這項任務卻真棘手。對於我嘛，那個船長比你——索姆堡先生——這會兒吃緊不到哪裡去。你現在點燃了雪茄煙來抽，或者是用手槍打腦瓢子自殺，我一點兒也不在乎；管你是點煙呢還是自殺，還是又點煙又自殺，還是不點煙又不自殺。把船長引上來很容易，我只消在他頭頂的甲板上跺幾腳就行了。我使狠勁的跺。問題是，他上來後有什麼法子纏住他呢？

「『里卡多先生，出了什麼事喲？』我聽見他的聲音在我背後響起來。

「他來了，我事前又沒有想出什麼話來跟他說；所以我沒有轉過身來。我記得在北海上過了好多晚，就數那晚的月光最亮。

「我把背向著他，他就這樣給我騙倒了。我也沒有盯著什麼看，他這一誤會倒使我靈機一觸。

「『你叫我上來幹什麼？里卡多先生，你老是盯著那邊看什麼？』

「『我正在盯著那邊那像是划子的東西看呢，』我慢吞吞地說。

「船長馬上關心起來。管那些土著是誰呢，他們沒有危險就是了。

「『噢，他媽的！』他說。『真倒楣。』他本希望泊在岸邊的斯庫納船不會這樣快就給人發覺到的。『糟糕透了，開這樣的工，卻招來一票黑鬼在看著。可是你說這真是隻划子嗎？』

「『也許是條浮木，』我說；『不過我以爲你頂好自己看一看。你說不定看得比我清楚。』

「他的眼力根本及不上我。可是他說：

「『對了；對了。你看得真不錯。』

「我在傍晚時分倒的確見過一些浮木。當時我認出是浮木，但不在意，忘得一乾二淨，直等到那一刻才省了起來。那種海岸，看到浮木也不是什麼稀罕事兒；我敢打賭，月光倒映在水面上，船長絕不會一根也看不到的。真奇怪，人的生死，有時就看在一點點無關緊要的東西上——區區一句話！你這會兒坐在我面前，毫無機心，你也許會無意中漏出了些什麼，你的死活就定了。倒不是我有什麼惡意。我根本就沒有愛憎。若果當初船長說：『唏，瞎說！』掉頭就走，他休想走得三步遠；但他站在那裡盯著看。現在，我們再不要他在甲板上了，於是要做的差事就是怎樣把他弄走。

「『我們正在把那邊的東西給弄個清楚，看看它究竟是划子呢，還是浮木，』他向瓊斯先生說。

「瓊斯先生老早上來了，像下去時那樣，懶洋洋的蕩過來。船長刺刺不休的嘮叨著艇子呀浮木呀，我就在後面打手勢，問好不好給船長的腦袋吃一記，再把他偷偷的丟下海裡去。夜在不知不覺間溜走了，我們得走了。再不能拖到第二晚了。不成。再不能拖了。你曉得是什麼緣故嗎？」

索姆堡微微的搖了搖頭，表示不曉得。索姆堡本來善於演講，現在卻被迫靜聽人家說話，像沉睡過去一樣，給剛才里卡多這一直截詢問，惹毛躁了。里卡多先生語帶侮蔑。

「不曉得是什麼緣故？你猜不著？猜不著？因爲那時老闆已經把船長的錢箱弄到了手嘛。懂啦？」

第七章

「小偷兒！」

索姆堡已經噬臍莫及了，他瞧著里卡多像頭大貓那樣咧嘴縮唇，自己整個人醒覺了過來；但「別無他名的瓊斯先生」的搭檔還是那副閒談的輕鬆神態。

「奶奶的！萬一他像那些好欺的開店子的、小廝、賣杜松子酒的和店員，要回他的錢，那又怎麼樣？上等人也輪到你這種泥巴烏龜來評嗎？上等人沒有這樣容易看得出來的。連我，有時也看不出來呢。比方說，那晚，他不過是把手指指著我搖搖罷了。船長不囉嗦了，一臉驚奇。

「『啊？什麼回事？』他問。

「這回事！他撿回老命了——就是這麼一回事。

「『噢，沒什麼，沒什麼，』我的上等人說。『你說的真對。是條浮木——不外是條浮木吧。』

「哈，哈！撿回老命了嘛，因為船長要是再傻拗下去，我們就要把他給除掉了。礙於時間寶貴，我實在忍不下去。也算他福星高照，閉了鳥嘴滾回床上去。時間一分一秒過去，我急得直跳。

「『先生，您幹麼不讓我給他的傻腦瓢兒嘗一記呢？』我問。

「『別動粗，別動粗，』他說，把手指舉起來指著我，他的樣子你說有多從容就有多從容。

「你說不出來上等人是怎樣看待這種事兒的。他們不動氣的；動氣就失禮了。你怎麼也看不到他動怒的——他不會給人家見到。動粗，也是失禮——這方面我現在學乖了不少，學乖得多啦。這種乖我如今學了，你就沒法子憑我的臉色，說我等一下會不會把你宰了——當然，我要宰你是一眨眼工夫也不用花的。我褲腳上藏了一把小刀。」

「你沒有罷？」索姆堡不相信的大聲問。

里卡多先生本來一副懶洋洋的神態，這時迅如閃電的一彎身，左褲腳猛地一牽就把武器露了出來。索姆堡才望了一眼，刀子用皮帶捆紮在一條毛茸茸的腿上，里卡多便躍起身來，跺著腳把褲腳往下褪回，恢復了先前那副隨便的姿態，一隻手肘支在桌子上。

「這種方法攜傢伙有多方便，你想也想不到，」他繼續說著，一面茫然盯著索姆堡瞭得老大的眼睛。「比方說賭紙牌的時候鬥了點兒嘴。哪，你彎身拾起掉在地上的紙牌，一起身——就隨時可以刺過去，或是傢伙已藏在袖管裡頭，隨時可以扔過去了。或是說有人向你放槍，你只消躲到桌子下面。你是不會相信，一個人拿著刀子躲在桌子下面，真叫那些搗亂的王八吃不了兜著走的，等到那些王八懂得了那聲喊是什麼，然後沒命的逃——那是說，要逃得掉的話。」

只見索姆堡頰上的玫瑰紅在栗色的鬍根下，正在一陣一陣褪掉。里卡多咯咯的低聲笑著。

「可是不動粗——不動粗！上等人自有分寸的。把自己氣成那樣子有什麼益處？同樣，也不必去東躲西藏的。上等人從來不東躲西藏的。學過的東西我是不忘掉的。咳！我們在草原上開賭，跟牧場裡一票他媽的牧牛的；記住，是明刀明槍——其後我們屢次得拚命去把賭本撈回來。在山上、谷底、海濱，還有看不見陸地的海上，我們都一一賭過來——多半是明刀明槍。一般說來還不錯。我們離開了那艘斯庫納船，丟了那份無聊差事之後，首先就從尼加拉瓜賭起。那船長的錢箱裡頭有一百二十七個金鎊和好些墨西哥大洋。爲了這麼一點點兒錢，就從後面砸人家腦袋，那實在划不來；不過船長算得上一場造化，事後連老闆自己也不得不承認的。

「『先生，您別是說，這世上多一條性命或是短一條性命，您也著緊吧？』我們溜掉後幾個鐘頭，我問他。

「『才不哩。』他說。

「『那麼，您幹麼攔阻我呢？』

「『辦事總要有個分寸；你要學習學習。還有不要白費精力，這也是挺要緊的——算是表面工夫也是好的。』看上等人怎樣給你解事理——準沒錯兒的！

「天亮時分，我們去到一個小灣，躲藏起來，恐防尋寶隊故意輪流來搜索我們。嘿，他們沒有搜索我們，就殺老子頭！我們看見那艘斯庫納船朝下風方向駛出去，船上有十副望遠鏡掃過來又掃過去，準是在搜索著整個海面呢。我勸老闆讓船迎斜風駛了回去再啓程。於是我們就在那小灣藏了約莫十天，盡量不讓人發覺到。可是到了第七天頭上，我們迫著幹掉了一個人——就是這兒這個彼得羅的兄弟。不錯，他們兩個都是捕鱷魚爲生的。我們住進了他們的小茅屋裡去。那時我和老闆兩個人都不大會hablaespañol——講西班牙語，你知道啦。沙乾，蔭好，吊床舒服，魚又新鮮，玩意兒精采，事事美妙。老闆起初丟給他們幾個大洋就算了；不過老像是跟一對野人猿住在一塊似的。漸漸的，我們發覺他們常常走在一起商商量量的。他們瞄過那些錢箱咧、皮包咧，還有我的袋子——看上去頗有賺頭。他們準在私底下說過：

「『這兩個傢伙似乎是從月亮上面掉下來的，準沒有人會來找他們的。咱們宰了他們吧。』

「嘿，還用說的嗎？就是瞎了眼睛也看得出來啦。哪用老子去窺破他們其中一人，躲在些叢林後面磨著一把好長的鬼刀子，一面瞪大他那雙眼睛左晃右晃，在觀望形勢哩。彼得羅站在旁邊，在那裡試著另一把長刀子的刀口。他們以爲我們還像平時白天一樣，下河口瞭望去了呢。我們倒不預算會再怎樣看得到那艘斯庫納船，不過盡可能，還是弄清楚的好；而且林子外面，在微風裡涼快得多了。嗯，老闆真的就在那裡，優哉游哉的躺在毯子上，那裡他可以一眼看到海面，我卻回了茅屋去，到袋子裡拿煙草嚼。這個癮頭我當時還沒戒掉，我要是嘴頰裡沒有娃娃拳頭那麼大的一團，就渾身不自在。」

一聽到這個嚼人肉的譬喻，索姆堡便奄奄的咕噥了句惡心的「嗳」。里卡多在位子裡坐起來，得意的晃了一眼他伸長了的腿。

「我步子平常都還算輕，」他繼續說下去。「嗐，老子就不信沒本事在麻雀尾巴上撒上把鹽。他們就是聽不見我。我隔著十碼還不到，瞧著他們兩隻周身褐毛的畜生，他們只穿了白布襯褲，褲管捲到大腿上來。一句話他們彼此也沒說過。安東尼奧一雙粗腿蹲在地上，正忙著在一塊平坦的石頭上磨刀子；彼得羅卻靠在一株小樹上，用拇指試著刀口。我溜開了，走得比隻小耗子還要靜悄呢，信不信由你。

「當時我也沒跟老闆說過什麼。他把一隻手肘支在毯子上面，好像不高興人家跟他講話似的。他就是這樣子——有時隨和得教你以爲他會對你千依百順，有時卻會把你冷落得鬼一樣——但老是個安靜人。的確是個徹頭徹尾的上等人。我當時沒有打擾他；不過老子怎也不會忘記他們兩個傢伙準備刀子那副認真的樣子。那時我們兩個人只得一支左輪——就是老闆那支六子槍，可是只裝了五發子彈；我們已經沒有彈藥了。他把彈盒丟在他船艙的抽屜裡頭了。真彆扭！我只有一把摺疊式小洋刀——根本上不得檯面。

「到了晚上，我們四個人就在睡棚外面圍著一小把火坐著，吃盛在香蕉葉上的烤魚，拿焙甜薯當麵包——老菜色。我和老闆坐在一邊，這兩位傻小伙子卻盤著腿坐在另一邊，隔不了一會兒就嗯嗯聲的互相發出一兩句話，簡直不是人說的話，他們眼皮低垂，定定的盯著地上。近三天來，我們怎樣逗，他們正眼都不肯望我們一下。過了一會兒，我就馬上悄悄的跟老闆講起來，就像現在我跟你講話一樣，漫不經心的，把所見的事原原本本的告訴了他。他依舊把魚一塊一塊拿起來送到嘴裡去，安靜得了不得。跟上等人打交道真舒服。對面望也不望他們一眼。

「『好了，』我說，故意打著呵欠，『現在晚上咱們得守夜，十二分留神，更要把眼睛看牢，小心不要給人來個突襲。』

「『日子過不了，』老闆說。『你卻什麼武器也沒有！』

「『先生，我想從這刻起整天都跟在您身旁，好不好？』我說。

「他只把頭略點了一下，把手指在香蕉葉上揩了一揩，手放到背後去，像是要將身子從地上撐起來似的，一把從短外套裡抓出他的左輪，向著安東尼奧先生胸膛的正中『砰』的開了一槍。看，跟上等人過不去會落得怎麼樣的下場。乾淨俐落，說做就做了。不過他總也該給我丟個眼色什麼的呀。嚇得我差點兒跳了起來。不是怕！我連誰開的槍也弄不清楚。起先什麼都靜得不得了，所以那聲槍響，就像是我這輩子沒聽過那麼響亮的聲音。安東尼奧大人頭朝下的倒了下去——他們老是這樣子的，朝著槍口倒；你自己也該見過的——對，他頭朝下倒在那些火炭兒上面，頭上臉上那一撮頭髮就像一撮火藥呼的燒了起來，我看是太多油膩了吧；整天就在他們鱷魚皮上面刮油脂——」

「嗨，」索姆堡粗暴的嚷起來，彷彿是在掙脫什麼無形的枷鎖似的，「你說的全是真有其事的嗎？」

「假的，」里卡多冷冷地說。「是我想到一句就說一句瞎編出來的，好替你打發下午最熱的時辰嘛。於是他頭朝下倒了下去，鼻子落在紅火炭兒上面，老彼那傻小伙子——還有我——就一齊跳了起來，好像兩個盒子老頭一樣。他正想逃命，一面回過頭來，我呢，也忘了形了，一撲就向他背上撲過去。我倒懂得馬上兩手兜住他的脖子，死命的鎖在他下巴頦兒下。你自己也見過那傻小伙子的脖子吧？嘖，鐵一般的硬。我們兩人一齊倒了下去。老闆見了就把他的左輪放回袋裡去。

「『先生，把他的腿綁在一起，』我大聲說，『我想勒死這傢伙呢。』

「地上散著許多他們的纖維索。我再扼了他一下，才站起身來。

「『我本來差點兒一槍打死你了，』老闆相當關心的說。

「『先生，倒樂得省了顆子彈呢，』我跟他說。

「我這一撲確實省了子彈。給他這樣摸黑逃掉，讓這個傻小伙子在叢林裡閃閃縮縮的，說不定還拿了他們那支生了鏽的火石槍，這還了得。老闆也說，這一撲的確做對了。

「他還活著呢，」他說，彎身到彼得羅上面。「想勒死他，還不如想勒死一頭牛牯。我們趕緊把他反手綁起來，然後，趁他還未醒過來，將他拖到一棵小樹那兒，把他身子坐直了，綁到樹幹上，不是綁腰而是綁脖子——一條小索子直兜著他喉頭和樹身繞了二十來圈，最後把索尾在他耳根下打了個死結。接著我們就去管待安東尼奧大人，他的臉在火紅的炭兒上燒得吱吱發響，臭氣沖天。我們把他連推帶滾的丟進小灣裡去，讓那些鱷魚善後去。

「我很累。這一小場架打得我周身疲累。老闆卻若無其事的。上等人比你強，就在這個地方。他一點緊張也沒有了，上等人都不緊張的——很少會。我突然睡了過去，剩下他獨個兒在我生起的火旁邊抽著煙，雙腿裹著絨毯，安靜得像是坐在頭等火車裡一樣。事後我們連十句話也幾乎沒聊上，直到今天我們一次也沒有再提起過。要不是前幾天他跟你談起——講彼得羅，你知道啦——暗示過一下，我真不曉得他還記得這件事兒。

「你沒想到吧？所以我就告訴你，他是怎樣和我們走在一塊兒的，像一頭什麼的狗——倒他媽的有用多啦。你曉得他有本事捧著盤子跑腿吧？嘿，老闆一聲令下，他一拳就把牛牯也打倒了，一樣那麼機靈。挺喜歡老闆的呢！嗳呀！比什麼狗喜歡主人還多些。」

索姆堡挺了一挺胸膛。

「噢，這倒是我想跟瓊斯先生談談的一件事，」他說。「這個傢伙那麼早就到旅館來，真不是味兒。人還未來到，他先就在後面的台階上坐上了幾個鐘頭，把人家都嚇壞了，影響生意。那些唐人呀——」

里卡多點了一點頭，舉起手來。

「我頭一次見到他的時候，連灰熊他都有本事嚇得怕，慢說是唐人。現在他比從前文明多了。那天早上，一睜開眼睛，我就看見他坐在那裡，脖子綁在樹身上。他的眼兒一開一合的眨巴著。那天我們一直在留意海面上的動靜，親眼看到斯庫納船向上風方向駛了出去，可見他們已經丟開我們了。妙！太陽再升起時，我瞟了老彼一眼。他不再眨巴著眼睛了。他的眼珠子骨碌溜轉，忽兒翻得全白，忽兒翻得全黑，舌頭掛到嘴外一碼長。脖子這樣給索子綁得緊緊，連最凶最惡的魔頭也會給馴得服服貼貼——早晚啦——我是說，早晚！我不曉得，連徹頭徹尾的上等人也沒法閉起嘴唇的啦。一會兒我們去把艇子準備好。我正忙著裝桅扯帆的當兒，老闆說：

「『我猜他有話要說。』

「我早先聽到好一陣哇哇什麼的聲音，只是沒有去理會；這時我就跨出艇子向他走過去，拿著些水。他的眼睛紅紅的——又紅又黑，眼珠子突了一半出來。他把我給的水一骨碌喝光，可是沒有怎樣為自己說話。我回到老闆那兒。

「『他請我們臨走前賞他腦瓢子吃一顆黑棗，』我說，心中不大高興。

「『噢，叫他莫妄想了，』老闆說。

「他說得對。只剩下四發子彈，況且我們還得在荒無人跡的海岸趕九十哩路，才能盼望有彈藥買。

「『總之，』我告訴他，『他求我們發善心，想法子送他歸西。』

「我跟著就去扯起艇帆。我沒大胃口去宰一個手腳綁住脖子又拴緊的人。我當時是有一把刀子的——安東尼奧大人那把刀子；那就是這把刀子了。」

里卡多在腿子上拍了一個響巴掌。

「我新生活的頭一件戰利品，」他凶悍而得意洋洋的繼續說道。「把刀子藏在這下面的妙法，是後來才學到的。那天我把刀子插在皮帶裡。不可，我不大幹得下手；可是你要是和徹頭徹尾的上等人一起做事，你的心事是準給他看穿的。突然老闆說：

「『這也可算得上是他的權利，』——你聽到上等人怎麼說話的？——『不過，把他帶上艇子跟我們一起，怎麼樣？』

「老闆於是解說起來，說這個癟三能帶我們趕海濱那截子路。到了比較文明的地方，我們可以先把他幹掉。我不難給他說服。一下子我便從艇子裡攀出來。

「『好，先生，可是他不會作反嗎？』

「『噢，不會的。他馴服了。去，割開他的索子——後果包在我身上。』

「『是，知道了。』

「他瞧著我手裡拿著他兄弟的刀子，神氣十足的走過去——你曉得啦，那時我倒沒想到他心裡怎樣想法的——老天爺，這幾乎沒把他嚇壞了！他像頭發狂水牛似的睜大雙眼，登時渾身抽搐發汗起來——真有趣！我萬分詫異，停下來望著他。汗珠子從他眉上骨碌骨碌地滾下來，從鼻子掉到鬍子去——喉嚨一邊咯咯咯地發響。我這時才明白過來，原來他看不懂我的來意。發善心也罷，是他的權利也罷，到了真要去死，他究竟捨不得死；起碼不是這樣死法。我一步跨到他身後去解捆索時，他放出一小個屁。想我是要到後面去捅他吧。我一刀把索圈統統斬開，他就向側趴塌地倒了下去，蹬起他捆著索子的腿來。撐不住笑了出來！我不曉得這有什麼好笑，不過我差點沒喊出聲來。我笑我的，他扭動他的手腳，要把他釋放也頗不容易。手腳一恢復自由，他就向沙洲走去，老闆正站在那裡，他四腳著地的爬到老闆那兒，摟著老闆的腿。感激麼？你看，這傢伙還是恨不得活下去的。老闆把他的腿輕輕抽開，只向我咕噥說：『咱們走罷。把他打發上艇。』」

「不難，」里卡多瞅著索姆堡看了一會，繼續說道，「他根本樂得上艇，最後他就來到這裡了，為了老闆，給人碎屍萬段他也是甘心的——記住，是從從容容的，從從容容的！他倒不曾對我這樣好過；可是差不多啦，差不多啦。綁起他的是我，解開他的也是我，但誰是老闆他一眼就看出來了。況且他又認得出上等人。狗也認得上等人——什麼狗都認得。獨是有些外國人卻不認得；他們，也就無藥可救的了。」

「那你是說，」方才末尾那句話里卡多說得特別認真，索姆堡也不管惱不惱人，問道：「你是說，放著安定高薪的差事你不幹，去過這種生活？」

「哄！」里卡多安靜的發了話。「這種話也就是你這種人說的。你多沒有骨氣！我跟的是上等人，和替人打工完全是兩回事。他們付工錢給你，就像扔骨頭給狗一樣，是要你感激的。比做奴隸還要糟。買來的奴隸，你是不能要他感激的。你要是出賣勞力——那不是出賣你自己是什麼？年歲有限，你卻一年又一年的出賣掉。嗨？我的年歲，誰付得起？嘿！可是他們每星期把工錢扔給你，是要你先說聲『謝謝』才撿起來的。」

他咕咕嚕嚕的詛咒一番，似乎主要是針對雇主的，隨即怒喊出來：

「打他媽的工！老子不是用後腳走路討骨頭吃的狗；老子是跟上等人的人。個中的分別，索姆堡先生你這沒骨氣的，是永遠懂不來的。」

他輕輕打著呵欠。索姆堡把額微蹙一下，這使他那一直保持著的嚴峻軍容倍加嚴峻起來；他任由思潮自起自伏。他腦海裡正在拼湊著一個年輕姑娘的影像——從他那處消失——跑掉——拐去。他變得憤激起來。這個傢伙在那裡目中無人的睨著他。假若不是有人使奸計將女孩子從他那兒勾引了去，他是不會容許任何人目中無人的這樣睨著他的。他會毫不猶豫，讓這傢伙的鼻子嘗一嘗他的老拳，然後再讓那另外一個也試試他的腿功。他看見自己這樣做來；索姆堡想到得意之際，右腳和右臂竟配合著抽搐似的動了起來。

索姆堡適才突發奇想，這時醒了過來發覺里卡多先生睜大眼睛詫異瞪著他，不禁驚慌起來。

「於是你就這樣子闖起世界來，到處賭博，」他沒頭沒腦的說，以掩飾他的慌亂。但里卡多還是那樣瞪著他，他含糊的說下去：「這裡賭賭，那裡賭賭，賭遍天下。」

他定一定神，把肩膀抬平。「風險不是很大嗎？」他堅定地說。

「風險」這兩個字似乎奏效了，因爲里卡多的目光已不再透著那股危險的好奇眼神。「不大，還不錯，」里卡多淡淡的說。「我認爲人只要一天還有賭本，一天還是會賭下去的。賭博？這是天性嘛。人生又是什麼？人生變幻無常。最糟的是，你永遠沒法說得準自己手上拿著的是什麼牌。什麼是王牌？——問題就在這裡了。懂啦？只要一有機會，誰都不免會賭它一賭的，連你也——」

「我已經有二十年沒碰過紙牌了，」索姆堡用嚴肅的口氣說。

「你要靠那種方式討活吧，是不會比你現在遜到哪兒去的，賣你這些酒——糟透的啤酒烈酒，這些混帳東西怕不會灌得連老公羊也雞貓子鬼叫起來。啐！老子受不了這些媽的烈酒；從來都受不了。一口純白蘭地酒就把老子喝得胃也翻了起來。老是這樣子的。若是個個都像我這樣，酒就要賣給鬼去了。你覺得男子漢也這樣子很有趣，是不是？」

索姆堡做了曖昧的一個容忍姿勢。里卡多在椅子裡坐直身子，重新把手肘支在桌子上。

「說真的，法國的sirops（果漿）我倒是挺喜歡的。這種酒在西貢可以喝得到。我看見你酒吧也有sirops。嗐，我這樣子跟你聊天，不口乾就見他娘的鬼了。索姆堡先生，來，聽老闆的話，放闊氣一點。」

索姆堡站起身來，莊嚴地走到櫃檯。他的腳步在擦得油亮的地板上發出震天價響的回聲。他取下一瓶標著Sirop de Groseille（格魯塞爾果漿）的酒。他所發出的微響，諸如酒杯碰擊的叮噹聲、酒液倒出來的喀喀聲、開蘇打水塞子的噼啪聲，全透著一股奇異的俐落。他拿了一只閃亮的淺紅大玻璃杯回來。他的動作去到哪裡，里卡多先生那雙挑逗、若有所待的黃色斜眼睛便跟到哪裡，像一頭大貓在看人家給牠調治一碟牛奶似的；他喝下去後所發出的那陣愜意的聲音，也可約略當作大貓咕嚕咕嚕叫，在喉頭裡十分低柔。索姆堡感到很不是味兒，又證實了：這些人有點不食人間煙火，因此很難跟他們交涉。一隻鬼、一隻貓、一隻猿猴——這樣強的聯盟，等閒之輩如何對抗——想著，他心中打了一個顫；因爲索姆堡像是被他的想像力制服了，他對客人的這個奇異看法，連理智再也不反應了。也不盡是外貌的問題。他總覺得里卡多先生的道德與貓的道德也非常契合。太契合了。普通人如何說服……或是說服妖魅吧！到底什麼是妖魅的道德，索姆堡不知道。一定是很可怕的了——準不會是惻隱之心。至於猿猴——嗯，人人都曉得什麼是猿猴。猿猴沒有道德，是最無藥可救的了。

然而表面上，索姆堡卻用他那粗大的手指——其中一個裝飾著一只金戒指——拈起剛才去取酒而擱置一旁的雪茄煙，沉鬱的抽著。里卡多在他對面，緩緩地眨巴了一會兒眼睛，最後乾脆將眼睛閉上，安靜得像頭在爐前地毯上打盹兒的家貓。倏然，他又把眼睛張得老大，看見索姆堡在那裡，似乎吃了一驚。

「你今天的生意十分清淡吧，是不是？」他說道。「不過，這整座鎮子本就死氣沉沉得要命；我在賭桌上從沒見個這麼洩氣的一夥人。十一點鐘還沒到，他們先就口口聲聲嚷著要散了。他們怎麼啦？想這樣早便上床，還是怎麼的？」

「他們就算要上床，也不至於害得你破產吧，」索姆堡陰陰的挖苦道。

「不，」里卡多說，薄嘴巴咧開到兩邊耳朵來，突的閃露了一下那雪白的牙齒。「只是，你看，我一開始，不過是賭硬果、炒豆，什麼垃圾都賭。我會當真的賭。可是這些荷蘭佬也好不到哪裡去；他們老像是賭不起火似的，輸了是這樣，贏了也是這樣。兩個法兒我都試過他們來。他媽的這一票孤寒、洩氣的活木頭！」

「萬一有什麼不妥的事情發生了，他們一樣會那麼冷靜，把你和你的上等人給關起來的，」索姆堡不高興的罵道。

「當真！」里卡多慢吞吞地說，一面打量著索姆堡。「那你又怎麼樣呀？」

「你一味在誇海口，」那開旅館的忽然破口大罵起來。「你一味說自己闖遍了天下、幹大事、打家劫舍，可是你只會死守住這份不成話的差事！」

「這差事本沒有什麼了不起——這倒是事實，」想不到里卡多竟一口承認道。

索姆堡膽壯得脹紅了臉。

「我以爲這份差事頂沒有出息，」他飛濺著唾沫講。

「看來也是的，無可否認。」里卡多這時的脾氣似乎很隨和。「我自己也該感到慚愧的，只是，你看，老闆動不動就發作——」

「發作！」索姆堡叫起來，只是把嗓音壓低了。「沒有的事吧！」他內心欣喜若狂，彷彿這個發現使局面不知怎的變得容易處理起來。「發作！這件事非同小可的，是不是？你應當送他進公立醫院的——一個可愛的地方。」

里卡多輕輕的點著頭，咧嘴微微一笑。

「真是非同小可。我看，那是定期的惰性發作。他不時這樣壓下來，你就憑什麼也說不動他。你要是以爲我喜歡這樣的話，那你是再錯也沒有了。一般說來，我是可以勸勸他的。我懂得怎樣應付上等人。我可不是普通的奴才。但他一說，『馬丁，我悶得慌。』小心了罷！你就只有閉嘴的份兒，他娘的！」

索姆堡十分喪氣，聽得合不攏嘴。

「這是什麼緣故？」他問道。「他爲什麼會這樣子？我不懂。」

「我倒是懂的，」里卡多說。「你知道啦，人家上等人可不比你我是個簡單人，而且不是那麼容易駕馭的。若是我有什麼東西撬得動他就好了！」

「你是什麼意思，撬得動他？」索姆堡毫無辦法地咕噥道。

里卡多見他這麼笨，不耐煩了。

「你不懂英文嗎？看哪！試問，倘若我這會兒對著這張彈子檯從朝謪到晚，我能移得動它一吋嗎？哪，老闆一發作起來，也正是這個樣子。他悶得慌。凡事都不足道、不足取，就是這麼一回事。不過我若是看到這附近有一根起錨棒，我即刻就能把你這張彈子檯給撬動好幾吋了。就是這麼簡單。」

他悄悄站起身來，把柔軟的身子偷偷舒長，頭奇怪的斜向一邊，粗壯的身軀扯得奇長，眼睛瞄著門口的方向，最後把身子靠回桌上，舒舒服服的將胳臂抱在胸前，與常人無異。

「是否上等人——還有一樣東西可以判別出來——看他的行徑是不是異乎常人。上等人誰也不用管的，跟街上的遊民沒有兩樣。他有自己的節拍。有一回老闆在山地上一個次等的墨西哥pueblo（社區公寓）裡，就變成這樣子，與世隔絕。他在一個黑沉沉的房間裡臥了一整天——」

「喝醉了酒麼？」這幾個字索姆堡無意中脫口而出，於是他驚慌起來。但那個忠心不渝的祕書似乎覺得很自然。

「才不哩，向來這種癖一發作，他就不會醉酒的。他就直挺挺臥在那兒一張席子上，有一個他從大街上帶回來的男孩，又赤腳又邋遢的，坐在patio（天井）裡，在他敞開的門口附近兩株夾竹桃中間，從早到晚，一逕彈吉他唱tristes⑤給他聽。你熟tristes的啦——

⑤ tristes是一種憂傷的法國歌曲。

繃，繃，繃，哎唷，呵！嗚，喲！」

索姆堡困惱的舉起雙手。里卡多看見他這下臣服的手勢似乎很得意。他的嘴獰惡地抽搐著。

「這樣子——連鴕鳥也害得患上疝氣痛，嗯？要命。吶，那裡有一個廚子好疼我的——一個戴眼鏡的胖黑人老太婆。我常常躲在廚房裡頭，纏著她去給我弄dulces（甜品）——是甜食，你知道啦，主要是蛋呀糖呀——好把工夫混過去。我吃起甜東西來就像一個孩子。呃，對了，索姆堡先生，你的客飯怎麼總沒有布丁吃呢？一天到晚就只有水果、水果、水果。膩死人了！你把人家當成什麼啦——是黃蜂麼？」

索姆堡沒有理睬那委屈的口氣。

「那麼，你說的那個癖，發作了多久？」他焦急的問道。

「我覺得像是一輩子那麼久，」里卡多先生帶著情緒回答。「到了傍晚，他就會踱步走進一個sala（大堂），將時光消磨在裡面，和那裡的juez（莊家）——那是個長了兩撇黑絡腮鬍子的南歐小個子——賭牌，賭紙牌，你曉得吧，那是一種霎時就分勝負的法國玩意兒，賺個一毛幾分。我和那個commandante（檔主）——一個獨眼扁鼻的印第安混血惡棍——兩人就只得站在旁邊，打賭他們手裡的牌。要命！」

「要命，」索姆堡用他那沮喪的條頓喉音附和道。「喂，我要收回你們的房間了。」

「好的。這事兒我早想過來，」里卡多淡淡的說道。

「剛才你說話，我聽得瘋了。快閉上鳥嘴！」

「我看你現在還沒瘋完呢，」里卡多說，胳臂也不鬆開，態度依舊一點不變。他壓低嗓音加了一句：「要是老子疑心你告警廳，就叫彼得羅將你攔腰抓回來，往後扳你腦袋，把你的肥脖子扳斷——啪！有一回有那麼老大的一個黑鬼子在老闆面前揮剃刀，我親眼看見彼得羅炮製了他。行的。你微微聽得『噼啪』一聲，就沒了——人就像醉漢子一般倒下去。」

里卡多連微側到左肩的頭，也沒動過一下；但等他一停下來，他一直盯出門外的淺綠色的瞳孔，便溜到他那最接近索姆堡一方的眼角，頓在那裡，一副淫邪挑逗的眼神。

第八章

可憐索姆堡非但裝不出好漢來，連拚將老命的情緒也愈來愈低。使他變成這麼樣的，倒不是因死亡臨頭，而是看見死亡露出面來給嚇得毛骨悚然。區區一句「我要宰了你」，口氣說得再凶狠、再認真，他都挺得過去，但目睹這派奇言異行，加諸他對於異事又有很敏銳的想像力，他便整個人崩潰了，彷彿他精神的頸骨果然被扳斷了——啪！

「報警廳去？才不哩，做夢也沒想到過。來不及了。我讓自己給牽進了這攤子事了。我糊裡糊塗的就答應你們了。當時我給你們講清楚啦。」

里卡多的眼睛輕輕從索姆堡身上溜開，盯到老遠去。

「是哩！爲了個女娃兒嘛。我們不管這些事的。」

「當然。我意思是說，跟我扯這一大堆瘋話有什麼用？」他心裡忽然生出一番聰明的話。「犯不著嘛；就算我笨到要報警廳去，有什麼大不了的要告呢？大不了是將你們遞解出境，他們會把你們立即送上西行船，開往新加坡。」他早變得亢奮起來了。「滾開去見閻王，」他壓低聲又補上一句，好讓自己過過癮。

里卡多毫無反應，一句話也沒有聽進去的樣子。索姆堡本來是滿懷希望的抬起頭來了，這一來又氣餒了。

「你們死待在這裡幹什麼？」他喊出聲來。「這樣閒遊浪蕩於你們這些人有什麼益處喲。你剛才不正是愁沒辦法撬得動你老闆麼？警察局會替你撬走他的；一到新加坡，你就可以直往非洲東岸跑了。」

「這傢伙若不是在搗這鬼把戲，就殺我頭！」里卡多有反應了，他的語氣兆頭很凶，把索姆堡喚回目前的處境。

「沒有！沒有！」他忙辯道。「只是說說罷了，我當然不會去。」

「索姆堡先生，我看你著實讓那妞兒弄昏了頭了。聽著，你還是跟我們好好兒分手，因爲遞解也罷，不遞解也罷，若是你那胖腦瓢兒裡出了什麼鬼主意的話，當心我們當中一人會回頭找你算帳來。」

「Gott in Himmel（天啦）！」索姆堡呻吟一聲道。「怎麼撬也撬不走他麼？他會在這裡immer（永遠）——我是說一輩子——待下來麼？若是我給你酬勞，你可不可以——」

「不行，」里卡多打斷他的話。「我辦不到，除非我有法兒撬得動他。這個我老早跟你說過了。」

「利誘行不行？」索姆堡咕噥道。

「行是行，非洲東岸誘不來。他那天跟我說，現在還沒打算要上哪兒去；短期內他想也不會去的了，因爲東岸不會自個兒跑掉的嘛，也不見得會有人把它拐跑去了。」

這番話，當作是老套話也罷，反映出瓊斯先生的心態也罷，教那吃盡苦頭的索姆堡萬分喪氣；然而俗語說得好，破曉之前天最黑。話語的發音即使離了內容，也自有本身的魔力；「拐跑」這兩個字，跟縈繞著那旅館老闆的心事，格外投緣。這樁心事本就一直擱在他心裡，如今給這毫不在意的一說，就勾了起來。對，沒人能把一塊大陸拐跑掉；海斯特可是把女孩子拐跑了去啊！

索姆堡突然變了個表情，里卡多原本不會知道是什麼緣故的，但由於表情變得委實明顯，禁不住觸動了里卡多的好奇心；里卡多本來有一搭沒一搭地擺動著腿子的，這時卻歇了下來，盯著那開旅館的，說：

「這樣子瞎拗下去也沒多大用吧——對不對？」

索姆堡哪裡有聽進去。

「我可以讓你走另外一條路子，」他慢吞吞地說，接著，忽然哽住了似的頓了頓，好像心中迫不及待，唯恐敗事一般。里卡多等著，專心一意的，卻又帶著點鄙夷的味兒。

「讓你追蹤一個人！」索姆堡激動的嚷起來，關照一下自己的怒氣與良心，又頓了下來。

「是個月中人，嗯？」里卡多揶揄的低聲說。

索姆堡搖搖頭。

「敲他一筆差不多跟敲個月中人一樣的保險。你去試試看，差不到哪兒去的。」

他在心中忖量，這些人既會偷東西，又會殺人，又會賭錢，找他們去報仇真是合適得要命。然而他不願再細想下去，只是跟自己說，他可以一舉而向海斯特報卻前仇，並免掉這些人的壓迫了。他只消發揮一下中傷同類的天才就成了。這一趟，助他將天才發揮到極致的，還有恨，恨就像愛一樣了得。他毫不費勁地，給里卡多——此時正在洗耳恭聽——描述出這麼一個海斯特來：這人多年來公掠私奪，把自己灌得腦滿腸肥，謀害了莫里遜，又騙了許多股東，天性狡獪無恥，極工心思，隨時用計，心術不明而無所建樹，樣樣都集於一身。索姆堡的稟賦一旦發揮，人也就重新抖擻起來，臉上又湧現血色，口若懸河，加油添醬，滔滔不絕，威武姿勢把他的好漢氣概也烘托了出來。

「這事情就是這麼樣。他在這一帶蕩來蕩去，窺探遍所有人的隱私，看著有好多年了。可是打頭就把他看穿的，只有我一個人——這傢伙卑鄙、口是心非、到處浪蕩、危險。」

「危險，他是麼？」

一聽到里卡多的聲音，索姆堡清醒過來。

「呃，你知道的啦，」他不自然的說道。「是個惡棍，謊撒個不停、詭計多端、陰聲細氣的、禮數十足、目空一切、鬼鬼祟祟。」

里卡多先生早已從桌子溜開，在房間裡邪裡邪氣的，悄悄踱過來又踱過去。他順道條的向索姆堡露齒笑了笑，咆哮一聲：

「嘿！哼！」

「哎，難道這還不夠危險麼？」索姆堡駁道。「我相信他絕不是個敢打架的人，」他隨口的又添上一句。

「你是說他一直一個人住在那裡？」

「就像個月中人一樣，」索姆堡毫不猶豫的答道。「他出了什麼事也沒人理會的。他把那些贓物全吞掉後，曉得吧，人就一直躲了起來。」

「贓物，嗯？他為什麼不帶著回家去？」里卡多往下追問道。

「別無他名的瓊斯先生」的黨羽漸漸覺得這樁事兒倒值得查問下去。他效著德行比他好、心意比他純的人，去尋求真相——那是說，他抱著自己的經驗、成見去尋求真相。因為真相，管它們從哪裡來（天才曉得它們從哪裡來呢），只能證諸我們私人個別的疑竇。里卡多十分疑心。索姆堡這時恢復了自尊心，受到鼓勵，大無畏的反駁道：

「回家去？你自己為什麼又不回家去？聽你說哪，你四處贏人家錢早該發了不少財啦。你現在早該準備動身了。」

里卡多頓下來詫異地瞧著索姆堡。

「你以爲自己挺聰明的吧，是不是？」他說道。

索姆堡剛才一勁兒自覺聰明得很，所以聽見這聲諷刺的咆哮竟也無動於衷。他那把堂皇的條頓鬍子裡，果然有了一抹笑容了，幾個禮拜來的第一抹笑容。他心裡滿高興的。

「你怎麼曉得他不是在想要回家去呢？其實，他那時就是在歸家途中。」

「老子又怎麼曉得你不是在編他奶奶的神話，逗自己開心？」里卡多粗魯的插進嘴來。「聽你胡謅，才怪！」

索姆堡雖見里卡多突然改變了脾氣，也無動於衷。他的觀察力不必十分敏銳，也該注意到，他已經在里卡多的胸臆中勾起了某種情緒，也許就是貪婪。

「你不相信這話？好！請你隨便找個到這裡來的人問問，那個——那個瑞典佬回家去的時候，有沒有一直來到這個旅館這裡。他若不是回家去，怎麼會在這兒露面呢？你隨便找個人來問問。」

「還問呢！」對方回道。「老子才不會到處去打聽一個我要對他不客氣的人呢？這種事兒定規要暗地裡去幹——要不就索性不幹。」

末尾的這句話音調很特別，聽得索姆堡項背爲之一寒。他微微的清了清喉嚨，將頭撇過一邊，像是聽到了什麼下流話似的。隨即，好似跳起來一般：

「他自然不會跟我說哪。他會麼？可是我不長眼睛的麼？我沒有腦子的麼？我看得破人的。他找了蒂士文兄弟，也是這道理。他幹麼接連兩天都去找蒂士文兄弟，嗯？你不曉得？你答不上來？」

他得意的等著，等到里卡多頗爲放肆的罵完了他，罵他這混蛋在窮聒絮，他方才又繼續往下說道：

「在辦公時間跑到帳房去，接連兩天都去，不會是去談天氣的。那麼，又是爲了什麼緣故呢？頭一天去找他們是把帳算清，第二天是把款提出來嘛！明白了罷，什麼？」

里卡多以他那朝這邊瞟卻往那邊走的伎倆，慢慢的趨近索姆堡。

「去把他的錢拿出來？」

「Gewiss（對啦），」索姆堡禁不住得意的咂嘴道。「還有什麼？那是說，只拿存在蒂士文兄弟那處的錢。他在島上還埋了藏了些什麼，那就鬼曉得了。試想那人過手的那麼些現金，用來什麼付工錢啦，買日用品啦——咳，這真是個狡猾透的賊。」里卡多嚴峻的眼神盯得那旅館老闆心慌意亂，他用忸怩不安的語調又添上一句：「我意思是說，他不過是個偷雞摸狗的罷了——不管事的。他還自稱是個瑞典男爵呢！呸！」

「他是個男爵，真的嗎？這種外國貴族算不了什麼，」里卡多先生一本正經地評道。「然後怎麼樣了？他在這裡蕩來蕩去。」

「對，他蕩來蕩去，」索姆堡說著，一面皺起嘴巴。「他——蕩來蕩去。就是啦，蕩來——」

他的嗓子啞掉了。里卡多臉上現出好奇的神色。

「就這樣子；光是這樣子？然後一撥轉身，又回到島上去了？」

「又回到島上去了，」索姆堡有神沒氣的應著他的話，雙眼牢牢的盯在地板上。

「你怎麼啦？」里卡多禁不住詫異問道。「這是怎麼回事？」

索姆堡頭也不抬，不耐的動了一下，他滿臉通紅，把臉低垂著。里卡多言歸正傳。

「唔！這件事你可是怎麼解釋呢？他爲了什麼緣故？又回到島上去幹什麼呢？」

「度蜜月去嘛！」索姆堡刻毒的啐了口唾沫。

索姆堡事先不動聲色的，文風不動，眼皮搭拉著，忽然掄起拳頭往桌上猛一搥，里卡多冷不防的，跳到一旁去。索姆堡這才仰起頭來，一臉沉重，怨恨的表情。

里卡多瞪著眼看了會兒，一轉身，走到房間的盡頭，矯捷的又走回來，一行嘴裡意味深長的「好啦！好啦！」連聲咕噥著，脹了腦袋的索姆堡一句也聽不懂。那開旅館的漸漸恢復那後備上尉嚴肅的姿態，可見得他自制力了得。

「好啦！好啦！」里卡多又重複了一遍，彷彿將情況再瞻顧過一番似的，愈加矯情作態起來，「若是我沒有問你，或是你對我扯了個謊那多好。這件事原來還牽涉到個女人，真沒癮頭。她是個怎樣的人哪？就是那個妞兒，你——」

「快別說下去了！」索姆堡咕噥道，在僵硬的軍容後面可憐巴巴的。

「好啦！好啦！」里卡多禁不住又叫出了第三遍，愈來愈了悟，也愈來愈覺難解。

「說也說不下去了——真是這麼難過？她管保不很漂亮的吧？」

索姆堡作勢像是說他不知道，也不在乎。接著他挺平了肩膀，茫然皺起眉頭來。

「瑞典男爵——嗯！」里卡多沉思的接著說道。「我想要是好好跟老闆談談，他一定會認爲這樁事兒倒値得看看的。老闆喜歡單對單來鬥嘛；我倒從沒聽說過有誰能挺著腰桿兒頂得住他。看過貓折磨耗子沒有？好看極了。」

里卡多那雙淫邪的眼睛閃呀閃的，一副挑逗的表情，十足一頭大貓，索姆堡若不是心胸讓別的情緒堵塞著，準會像隻耗子那樣發起慌來。

「我不會騙你的，」他說得如此鎭定，自己也想不到。

「現在有什麼用啦？他怕女人。從前住在那個墨西哥pueblo（社區公寓）裡頭，我們幾乎天天都打地鋪的，一到晚上我就跳舞去了。那裡的妞兒們總會問我：posada（公寓）裡的那位英國caballero（紳士）是個俗服的和尚不是，還是他向sanctissima madre（聖母）發過誓不跟女人講話啦，還是——你可以想像，口沒遮攔的娘們一旦肆無忌憚，會問出什麼來；這常氣得我什麼似的。是的，老闆怕見女人。」

「一個女人？」索姆堡猛可用喉音插嘴問道。

「應付一個女人，比應付兩個，甚至兩百個，恐怕還要來得棘手。在一個滿是女人的地方，若不是自己喜歡看，你大可以一眼也不瞧她們；可是呢，你若是進了一間房間，裡頭只得一個女人，管她是少，是老，是美，是醜，你都得對著她。除非你想打她主意，不然——老闆說得再對也沒有了——她就只會礙手礙腳。」

「理會她們幹什麼？」索姆堡咕噥道。「她們幹得出什麼來？」

「吵吵就夠了，」里卡多先生簡潔地表示意見，話裡充滿罕言寡語的人心中的厭惡；因爲正在全神貫注鬥著一圈吃緊的牌兒時，旁邊有人在吵，真是再討厭不過了。「吵呀，吵呀，老朋友，」他有力地繼續往下說道：「他媽的動不動就尖聲怪叫，我跟老闆一樣不喜歡。老闆呢，可又更有一樣，他壓根兒受不了她們。」

他頓下來思考這個心理現象，無奈沒有哲學家在旁告訴他，激情總難免帶點恐懼，虔誠信仰總難免帶點拜物狂，所以他就自動吐露了結論，結論當然觸不到問題的核心。

「他看見她們，要不像我看見酒一樣，就殺老子頭。白蘭地酒——哼！」

他臉上做出了一個惡心的表情，不由得又打了一個顫。索姆堡詫異地聽著他，看情形似乎那個——那個瑞典佬的歹行正好使他不受侵害；盜賊犯罪得來的東西使他不受報應。

「就是說嘛，老朋友。」里卡多頗同情的打量過悶悶不樂的索姆堡，打破沉默道。「我看這把戲行不通。」

「那可真傻。」索姆堡低聲道，心想：真氣人！眼見得復仇機會到了，卻讓這麼個怪癖給破壞了。

「你不要隨便就去批評上等人。」里卡多平心靜氣，不高興的予以責備。「我是英國人，又跟著他，都懂不透他呢。不成，我在這裡不錯是待膩了，可不想說給他聽。」

里卡多是膩了，但索姆堡聽他說要待下來才更膩哩。索姆堡深信海斯特就是自己不實的推斷、憎惡、中傷所捏造出來的那樣一個人，因此，無法不喊出一個和我們大多數信念（我們的激情僞裝成的敵人）在緊要關頭裡可以顯得同樣真誠的信念。

「那就像去撿起一塊一千鎊、甚至是兩倍三倍這重量的金塊那樣嘛。不麻煩的，不——」

「那穿裙子的就是個麻煩嘍。」里卡多打斷他的話。

不知什麼時候，里卡多早又像大貓那樣邪裡邪氣的，悄悄的斜斜來回踱起步來，就如一頭貓科野獸正欲縱身撲擊，流露出一種新的興奮之色。索姆堡看不出這興奮之色，否則沮喪的神情想必會爲之一振；無奈他平常都是不想瞧里卡多的。但里卡多只那麼斜斜的晃了一下那不安的眼睛，便發覺索姆堡蓄著鬍子的脣上那抹苦笑——準是個希望落了空的笑無疑。

「你這傢伙好不饒人哪，」他說道，很有興味的頓下來一晌。「媽的，我真是從沒見過人這樣子失望的！要是有本事降鼠疫到那島上的話，管保你這樣幹了——呃，什麼？降鼠疫太便宜了他們？哈，哈，哈！」

他彎下腰來盯著索姆堡看，索姆堡一動不動的坐著，雙目呆滯，緊繃著臉，對就在他那隻脹紅的肉耳朵根的刮耳的嘲笑，顯然充耳不聞。

「降鼠疫太便宜了他們，哈，哈！」里卡多仍再三重複這句話，折磨那旅館老闆。索姆堡死也不肯抬眼。

「我不想害到那女孩子。」他咕噥道。

「她可是從你身邊跑掉了？是個女騙子？說嘛！」

「鬼才曉得那瑞典壞蛋對她怎麼樣來著——怎麼樣哄她，怎麼樣恐嚇她來著。我知道，她本來對他沒有好感的。」索姆堡自負得很，硬認定海斯特是用了些說不得的、很離奇的手段將女孩子給騙了去。「瞧他是怎樣把那可憐的莫里遜弄糊塗了的。」他低聲怨道。

「呀，莫里遜——把他的錢都弄光了，是嗎？」

「是——還弄掉了他的命呢。」

「這個瑞典男爵，多怕人的傢伙！怎樣對付他才好呢？」

索姆堡火了。

「三對一嘛！你們害臊麼？要不要我給你們一封介紹信？」

「你該去照照鏡子，」里卡多安詳地說。「妹妹的，你若不馬上中風怎麼的才怪呢。這就是說女人幹不出什麼來的傢伙！除非是把她忘掉，這女人就要把你坑了。」

「忘得掉就好了，」索姆堡老老實實招認道。「都是那瑞典佬搞的鬼。里卡多先生，我覺也睡不足呢。然後嗎，你們先生們又來了，百上加斤……好像怕我還心煩不夠似的。」

「這都是爲你好，」祕書半諷刺半認真的勸道。「別再爲這傻事兒發愁了，再說，你已經這麼一把年紀了。」

他頓住了口，好像很同情的樣子，接著又換了個口氣：

「我倒真想幫你個忙兒，一邊也好做點兒生意。」

「大生意呢，」索姆堡毫無意識似地堅執著說。他由於單純，這個念頭一誕生了，便再也打不消。要打消一個念頭，得先有另一個念頭，但因爲索姆堡難得有什麼念頭，所以一有了就很難打掉。「金的錢幣啊，」他頗帶苦惱的嘟囔道。

話語組合得這麼動人，對里卡多不無影響。這兩人同樣輕易受言語挑動。「別無他名的瓊斯先生」的祕書嘆了口氣，小聲說：

「好。不過怎樣動手好呢？」

「三對一嘛，」索姆堡說道，「我想你們是手到擒來的啦。」

「人家聽見了，還以爲那傢伙就住在隔壁呢，」里卡多不耐煩的咆哮道。「媽的，連一個簡單的問題你都聽不懂麼？我是問你怎麼樣去呀。」

索姆堡這才好像甦醒過來。

「怎麼樣去？」

原先他因滿懷希望而不成，雖表面上情緒也有變化，但內裡是呆呆的，現在里卡多的話帶著目的，便刺穿了他那層呆鈍。

「當然是由水路去啦，」那開旅館的說，「在你們這些人來說，在一條好好的大艇子裡過三天，算什麼？不過是出門旅行一下，換換環境罷了。這季節爪哇海就是個池塘。我有一條上好、安全的艇子——是艘輪船的救生艇——別說三人，三十個一樣坐得下，連小孩兒也駛得來的。這個季節你連臉也不會給打溼。你說是遊艇河也可以的呢。」

「可是，有著這麼條艇子，你自己卻不去追她——或是他？嘿，好一個失戀漢。」索姆堡一聽到這話便跳了起來。

「我又不是三個人，」他從幾個說到嘴邊的答話中挑了最簡短的一個，悻悻然作答。

「喔，你這種人我曉得的，」里卡多說溜了嘴。「你跟普通人沒有兩樣——說不定比別的幫襯這混帳攤子的買主賣主還要溫馴些。好，好，你這位體面的公民，」他繼續往下說道，「咱們來好好商量商量這件事兒吧。」

及至索姆堡理會過來，知道瓊斯先生的黨羽正準備商討，用他自己的話來說，「你這條艇子，什麼航程，多遠的水路，」以及對那瑞典壞蛋不利的各項具體事宜，他便恢復了武姿，抬平肩膀，以軍人態度問道：

「那麼這宗交易你是有意思幹下去了？」

里卡多點了點頭。很有此意，他說。上等人固然得盡量遷就遷就；但為了他好，有時可也得管束一下。一個稱職的「黨羽」，便是去判斷適當的時機，適當的方法，去完成他職責中這微妙的一環。這個理論里卡多說明完畢，接下去就是實踐。

「我從來沒有對他真正扯過謊的，」他說道，「這回也不破例。女娃兒我一句不提就是了。這一驚，他只好盡力抵受了。媽的！太遷就在這裡行不通嘛。」

「莫名其妙，」索姆堡乾脆的說道。

「是麼？喔，叫你到一個沒人的暗角落裡去勒女人喉嚨，你準會老實不客氣！」里卡多像大貓似的隨時要將爪抓出去的神態，那麼怕人，那麼陰毒，照例唬了索姆堡一跳，但同時也觸怒了他。

「你呢？」他也不甘示弱。「難道要我相信你是正人君子？」

「我，小伙子？哦，對的。我不是很正人君子的，你何嘗是？勒她們喉嚨，還是親她們脖子，在我都是一樣——差不多啦，」里卡多承認了，自得的神氣裡在暗暗嘲諷什麼似的。「呃，談到這宗生意嘛，坐條好艇子去玩它三天，當然嚇不怕我們這種人，你這還說得對；不過還有別的細節沒談到呢。」

索姆堡巴不得馬上就談細節。他說他在馬都拉島上有一個小農場，裡頭有間相當好住的茅屋。他提議他的客人從鎮上坐他的艇子出發，當是到那塊鄉下地方遊覽去。碼頭上海關的人早見慣他的艇子走這種航線。

到了馬都拉島，歇過會兒，瓊斯先生一行人揀個方便的日子便可以正式動身了。屆時自會一帆風順。索姆堡答應供給他們艇上的糧食。這些人在海上怕只是怕會下一小陣雨，這個季節可是不會有什麼大雷雨的。

索姆堡眼看復仇在望了，心撲突撲突跳起來。他的話含糊，但能說服人。

「沒有風險的——半點兒也沒有。」

索姆堡只管向里卡多保險怎樣怎樣安全，里卡多做了個厭煩的手勢止住了他。他想著的是別的風險。

「開溜不成問題，只是萬一我們在海上讓人見到，將來有麻煩。三個白人坐著條輪船的艇子在海上東漂西蕩，不惹來閒話才怪。中途容易遇見人嗎？」

「不會的，除掉是土人的筏子，」索姆堡說道。

里卡多滿意的點點頭。這兩個白人都把土著只看作鬼魅，優勝民族在追求其莫測高深的目的，滿足其莫測高深的需要時，盡可以大搖大擺，不必放這些鬼魅在眼裡。不，土人筏子當然不作數。航程是海洋中空僻的部分，索姆堡進一步再說明。只有干那底郵船每月八號左右經過那一帶，很準時——可絕不近島的。那旅館老闆硬邦邦的，嗓子啞嗄，心怦怦地跳，求成心切，愈說愈有話，好像要避免受到他那惡毒計畫侵害似的。

「所以，設若先生你們是在八號日落時分從我的農場悄悄兒出發——最好總是趁晚間吃著陸風動身——我敢說——說什麼？何止敢說，簡直管保沒人會在海上見到你們。你們只消把艇子朝東北走上五十個鐘頭上下，說不定還不用那麼久呢。艇子自會受風走的，你們放心好了，然後——」

他腰部周圍的肌肉在衣服裡抖起來，又急切又不耐，而且像害怕什麼似的——至於害怕什麼呢，他也不明白，也不想去查究。里卡多定定的注視著他，里卡多那雙枯眼睛發起亮來不像是有生命的組織，而像磨光的寶石。

「然後怎麼樣？」他問道。

「然後——咳，你們就要讓der Herr Baron（男爵先生）大大吃驚了——哈，哈！」索姆堡像是用低啞音笑著把話迸出來一樣。

「你相信他那些贓物都在身邊？」里卡多隨便問道，因爲這樁事兒如今經他精明的腦筋仔細想過，似乎是很真的了。

索姆堡舉起雙手，緩緩又放了下來。

「怎會不在？他那陣子回家，就是住在這旅館。問人家去。他會丟下贓物走麼？」

里卡多若有所思。隨即，他忽然抬起頭來說道：

「朝東北航行五十個鐘頭，嗯？這個導航資料不多呢。我聽說有人資料比這多，還誤了港口。你不能說說，去到時看見的是個什麼樣的島？我想連你自己也不會見過那座島罷！」

索姆堡說他不會見過，那語氣就像是慶幸自己免脫了一場不快的經驗一般。當然沒有見過，他從來就沒有事情要去那裡找他。可是這又有什麼關係呢？里卡多要航海目標有多詳盡他就能給多詳盡。他神經質地笑了。找不著！他打賭方圓四十哩內，沒人會找不著那瑞典壞蛋的巢窟。

「白天有炷煙，晚上又有火光，你看怎樣？那島附近有座熊熊噴著的活火山——就是瞎子幾乎也可以依著來走路呢。你還要什麼？有座活火山導航喲！」

末尾的這些話他亢奮地喊出來後，人跟著躍將起來，直晃眼睛。酒吧左端的門早已打開了，索姆堡太太值班的打扮，站在房間的那端面對著他。她握住門的把手不放，過了一會兒才進來，溜上她的崗位，坐下來，像平日一樣，雙眼直楞楞的向前瞪著。

第三部

第一章

熱帶的大自然對那倒閉了的企業一直寬厚為懷。熱帶煤礦公司本部的荒涼死寂，始終跟海那邊，跟探子那邊屏隔開來，在那邊探子果真關心的話——是幸災樂禍也罷，哀悼也罷——便會發覺到，那一度壯盛的企業的殘骸正一天天朽下去。

海斯特一直坐在殘骸之中，殘骸體體貼貼的給葬在滋長了兩個雨季的草叢中。他周遭的環境很寂靜，這非但無礙，反而有助於他獨自冥思。靜謐的環境只偶爾讓些音響劃破了，諸如遠處隆隆隆地傳來的一串雷鳴、雨點急掃過些大樹簇葉的嘩啦嘩啦聲、風吹動林葉所發出的颯颯婆娑之聲，以及三角浪拍岸的澎湃聲。

冥思總多少是一種自我詰問的作法——起碼在白人是如此。海斯特簡單地思索自己所作所為之不可解；切切的反省過後，他這樣老老實實回答道：

「我畢竟還是不脫原始本性嘛。」

他懷著發掘的心情又追索，他的祖先原是不易禁制的。世間最古老的聲音正是那說個不休的聲音。這聲音難制的回響果然有誰壓得住，那這人一定是海斯特的父親，他將努力一律鄙屑地否定了；但是他明白的不能。兒子遺傳了頭一個祖先的許多品質，那祖先一能從上帝的模子裡把他的泥質軀體提了出來，隨即把他快將失落的樂園裡的牲口一一點查、命名。

行動——那世上最初的思慮，或是最初的衝動！那倒鉤，裝上進步的錯覺為餌，從黑暗的太虛裡誘出了無數的後代來！

「我呢，身為我爹的兒子，也一樣上了鉤，跟他們最傻的一樣，」海斯特暗自忖道。他很苦惱。他惱自己所過的生活——那該是遺世獨立的典範才對啊。他始終記得跟老父共度的最後一晚。他記得那副清癯的臉容，那一頭的白髮，那象牙色的皮膚。一座五瓣燭台擱在安樂椅子旁的小桌上。他們已談了老半天。市聲已經一點一點的消滅，末了，在月光裡，倫敦的樓房變成淒清的希望之墳內的一座座墓穴。

他聽著聽著，然後，沉默半晌，問道——因為那時他究竟年輕：

「沒有指引的嗎？」

他父親當晚心情想不到的溫和，月亮在市鎮的髒影之上，萬里無雲的天上浮游著。

「那麼，你還在相信些什麼罷？」他以那清晰、近來卻變得越來越微弱的聲音說。

「你大概是相信人性吧？這個想法，只要能完全心平氣和的去睥睨萬物，就會輕易打消的。既然你還未達到這個境界，那我看你還是去培養這另一種睥睨，叫作憐憫。這也許最容易——只要記著你自己也像眾生一般可憐，而又永不望有人來憐憫自己。」

「那麼，怎麼辦才好嘛？」小伙子嘆了口氣，一面注視著在高背椅子裡一動也不動的老父。

「冷眼旁觀——莫作聲，」是這人的遺言，此人一生敲響令天地變色的喪鐘，世人仍我行我素。

就在那晚他壽終正寢，去得那麼安詳，他們發現他就像平時睡著了似的，側身臥著，一隻手壓在頰下，雙膝微屈。他連腿也還沒有伸直。

做兒子的安葬了那破壞制度、掃除希冀、破除信念、而又噤了聲的人。他發覺那個不惜睥睨人生的人死是死了，生命之流仍舊滔滔不息，愚夫愚婦依然懵懂渾昧的一天天活下來，互相打滾，互相推搡，猶如水松木雕出來的人兒，吊墜著鉛塊，正好使他們昂然豎立下去。

喪禮過後，海斯特在暮色裡，獨個兒坐著。他冥思的心像是一條確確實實的河流，是一群人蠢蠢地推搡著、搖擺著、旋轉著被驅趕過去，卻毫不察覺岸上那聲音老早給猛然噤掉了……是的，喪祭新聞中有的不大惹眼，也有些罵得挺凶。做兒子的全都寓目了，既哀傷又漠然。

「這是他們受了驚，自尊心受了損，」他暗忖道，「所發洩出來的憤恨。他們掠過的時候叫一聲也是好的。我想我也該恨他……」

他發覺他的眼睛溼了。也不是那人是他老父的緣故。對他而言，這純是風聞得來的，並不會使他如此激動。不會的！那是因爲他看他看了這麼久，才想他想得這麼苦罷。死者生前把他攔在岸上自己的身旁，海斯特此時才深深感到，自己是孑然一身在那流水的岸上。自尊心教他決定不跳進去。

他臉上緩緩滾下幾顆眼淚來。這些房間裡影子幢幢，就像有個抑鬱、不安、而無從自我表達的亡靈在那裡作祟一般。小伙子立起身來，懷著一種奇異的感覺，彷彿將擁有權讓回一個無形的什麼，走出屋外，然後把門鎖好。兩星期後他便出門去了——去「冷眼旁觀，莫作聲」。

老海斯特遺下了一點錢，還有些動產，諸如書籍、桌椅、圖畫，這些東西忠心耿耿的侍奉了主人多年，實可能怪他忒無情，將它們捨棄而去；因爲物也有靈的。海斯特，老海呢，時刻憶起它們，它們給用布像屍體般蓋著並鎖在倫敦老遠處的那些房間裡頭，在無言怨怪人家，隱隱約約的聽到些市聲，每當百葉窗拉起來，或是窗子打開了——這都是他當初吩咐下來，及日後提醒做的——還偷進些陽光。在他心目中不值得碰，也許還抽象得捉摸不住的國度裡，這些他幼年與青年時期所熟稔，且教他想起一個老人之物，似乎是唯一的真實，有著絕對的實體。他怎麼也不肯把物件變賣，甚或移離他最後睽別它們的原處。當倫敦方面通知他房子租約期滿了，並要連同另外一些完全一樣的房子給拆掉，他竟出奇的煩惱。

那時他業已踏上了矛盾的人生大道。熱帶煤礦公司老早成立了；他依照普通人的作法，叫人給他把東西發送一些到三巴侖島上來。東西來了，從安酣的長眠中給扯醒了過來——許許多多的書、好些桌椅，以及他父親的油畫肖像，海斯特想不到肖像裡的父親竟這麼年輕，他記得父親要老邁得多呢；此外還有不少小物件，諸如從他父親書齋裡理出來的那些燭台、墨水壺、小人像，他想不到，這些東西竟那麼破、那麼舊。

熱帶煤礦公司的經理在遊廊上圍著酷熾的陽光的陰影裡，拆開東西時，面對著這些遺物想必悔恨自己變了節。他細心的理著東西；大概是東西都在島上的緣故罷，他雖悟到自己已經變了節，卻仍戀棧島上不走。怎樣也罷，海斯特畢竟待了下來，換了個人，老早便走掉了。戴維森那個老好人知其然而不知其所以然，對海斯特怪誕的生活起了人道的關注，一方面審慎的本性又令他尊重對方孤獨的怪癖。他再也想不到，獨處島上的海斯特，無論身在何處——管那裡杳無人跡也罷，人煙稠密也罷——也不會稍感到寂寞的。戴維森擔心的是——假若可以這樣說的話——精神上飢餓的威脅；無奈這人已經摒絕了外界所有的滋養，藉著睥睨人生尋常的那些飢渴與粗俗疾苦而傲然自給下去。

海斯特倒並沒讓索姆堡一口言中了，受到軀體上飢餓的威脅。公司開業之初，早已供給島上糧食，遠超過需要。海斯特是不必擔心餓壞肚子的，他連寂寞也給解除了多少，因爲在那幫輸入來的中國力伕之中，起碼有一個在三巴侖上待了下來，這人生性孤僻古怪，活像一隻燕子在移棲季節過後落了隊。

阿王並非普通的力伕，他從前替白人打過工。他與海斯特之間的協定，僅是在最後一批礦工離開三巴侖島那天所交談的幾句話。海斯特靠在遊廊扶欄上，在一旁看著，神氣沉著，彷彿他從未揚棄他那信念：這世界對智者來說，不外是幕有趣的活劇。阿王走到屋子這邊來，站在下面，抬起他那張黃色的削臉。

「全都完了？」⑥他問道。

海斯特在上面輕輕的點了點頭，朝碼頭那邊望了一眼。海面泊著那租來輪船的一些小艇，一群黃臉黃腳肚包、裹在藍衣裡的人，正陸續給趕進艇子裡，船有如用粗糙的顏料塗在畫中的海上，死板板地，沒有陰影，清晰得毫無情調。

「你再不趕快，可要落隊了。」

然而唐人一動也不動。

「我留，」他表示。海斯特這才開始俯首瞧他。

「你要在這兒留下來？」

「是。」

「你是什麼人？你原先在這兒做什麼的？」

---

⑥ 唐人阿王所說的蹩腳英語。

「茶房。」

「你要留下來替我做事？」海斯特問道，覺得很詫異。

唐人臉上忽然現出一抹不情願的表情，故意遲疑了半晌，方道：

「做得來。」

「你要是不喜歡，」海斯特說，「不必留下來的。我打算留在這兒——說不定要留很久。你若是要留下來，我自然不能要你走，可是你不見得要留下來吧。」

「想討個老婆，」阿王平淡的說畢，開步就走，撇下碼頭和遠方的大千世界——等著艇子的輪船所代表的大千世界。

島上中部山脊對過的西岸有一條村子稱阿孚羅。不久，海斯特發覺阿王原來打動了村裡的一個女子，過來公司闢的一片僻地上跟他一起過活。這說來真稀奇，因爲那些阿孚羅人自從吃猛然蜂擁而至的唐人一唬後，便砍倒幾棵樹木堵住了山脊上的小徑，一步也不肯離開他們的大本營。力伕們全都疑心這些良善的漁民未必真如表面上那麼溫馴，也都不敢越雷池半步，沒想到要翻過島那邊。阿王卻是了不起的例外。他要不是有連海斯特也看不出的過人魔力，便是特別的嘴巧了。那女子對海斯特的功勞，僅限於她以魅力將阿王給繫住了，至於她究竟有何等樣的魅力呢，白人始終不曉得，因爲她從未嘗走近屋子這邊來。兩口兒就住在山林的邊緣，偶爾看見她用手遮著眼睛，朝平房這邊凝望過來。從遠處看，她也還是羞答答不肯近人的；海斯特唯恐會過分嚇慌了她樸拙的心，於是散步時每每特意避開那邊的僻地。

在她開始離群索居的頭一天——或者說那晚更恰切——他便覺得隱約有縱酒狂歡之聲從那方傳來。有些阿孚羅人，那個女人的諸親六眷，得悉侵入來的外鄉人走掉了，便壯起了膽子翻過山脊這邊來參加一個類似婚宴的什麼。他們原來是阿王邀來的。但自此以後，再也聽不到有什麼聲音會比昆蟲的嚶嚶聲更鬧，打破過僻地深沉的闃寂。從此土著再沒有給邀出來過。阿王不但懂得遵俗守禮，對於怎樣安排家居生活，也確有他自己的一套。未幾，海斯特發覺阿王把鑰匙統統私自收了起來；阿王所經之處，那裡丟放著的鑰匙便不翼而飛。最後有一些——那些不屬於貯物室和空房子，算不得這兩人社會裡的公家物的——還給海斯特了；一天早上，海斯特發現鑰匙用繩子捆成一束，擱在他盤子旁。鑰匙失蹤了的那陣子他倒沒有感到不便，因爲他從來不把東西鎖在抽屜或匣子之類內。海斯特什麼也沒說，阿王也不說什麼。也許他這個人從來就不愛說話，也許他是受到本地地靈的感染——這必定是個沉默之靈。在海斯特與莫里遜還未登上黑鑽灣並給它命名以前，三巴侖島那邊幾乎沒聽過人類說話的聲音。不跟海斯特說話最是容易不過的，他整個人老早墮進了對書默想的深淵裡，及至阿王的影子投落書本上，一個低澀的聲音發出**makan**（吃飯）這句馬來話來催他，他這才爬出來吃飯。

阿王昔日在中國的家鄉難保不是個異常進取、敏銳而好相與的人，但來到三巴侖島上後，不知怎的，卻把自己裝成呆頭呆腦的，人家除了跟他零零星星的說些單字句子——

一天下來六句還不夠——便不再跟他說話，他似乎也不怨怪。人家的話少，他的話也不多。他要是受了委屈，想必從阿孚羅女子處得到慰藉。夜幕一垂，他便突然從平房消失掉，回到她那兒，如同一個穿著白外套拖著辮子，倒轉來畫出夜伏的中國幽靈。沒多久，阿王再也壓抑不了唐人那股特有的狂熱，只見他拿著把開礦的鶴嘴鋤，在他茅屋旁砍下來的樹椿之間，「叭、叭、叭」地翻起土來。過了不久，他又在一間空貯物室裡發現了一把生了鏽但仍中用的鏟子；他大概把它好好利用過；但見不到他怎樣利用了，因爲他特意把公司的一間棚屋給拆成一片片，把木材拿去築一道又高又嚴的籬笆，圍住他那小塊的菜圃，彷彿栽植菜蔬是一樁專利的事兒，或是由他的種族專責保守的一項非常的祕密。

打從阿王著手種植及這些防禦之事起，海斯特便一直遙遙留意著——除此而外也再沒有什麼好看的了。海斯特一想到阿王種得的東西只好賣給他自己，便暗覺好笑。那唐人在貯物室內又尋到幾包種籽，情不自禁的都播進土裡去了。他會要主子買下，那些他爲了滿足自己天性而種的菜蔬。默默的望著不聲不響的阿王在平房內一逕不慌不忙的操作著，海斯特竟羨慕這唐人那麼順從自己的天性，單純的意志堅定得使他的生活在不可思議的周密中，顯得近乎機械。

第二章

在主人去了泗水的期間，阿王在主人平房近前的那塊地上忙個不了。海斯特站立在長滿了草的煤礦碼頭近岸這端，看到一大片曠地，烏黑平坦的，只有一兩叢燒焦了的小枝在那裡。從他屋前到林木邊上，有火燒過了。

「你竟冒險去燒草？」海斯特問道。

阿王站在白人跟前，點了點頭。扳住白人手膀的是那名喚艾爾瑪的女孩子；但看唐人那眼神和表情，怎也猜不著他還知道這女孩子在那裡。

「他在用這個省勁兒的方法，清理地方哩，」海斯特也不瞧女孩子一眼便逕自解釋道；女孩子的手搭在他的前臂上。「這兒事無大小，都是他管的。我早先告訴你，我在這裡連條狗作伴兒也沒有。」

阿王老早朝碼頭邁步去了。

「他很像那個地方的小廝。」她說：那個地方便是索姆堡的旅館。「唐人的樣貌個個都差不多，」海斯特道。「留他在這兒用得著的。這個就是我們的房子了。」

遙遙的，他們對著那六級通上遊廊的矮台階；女孩子鬆開了海斯特的手膀。「這個就是房子了。」他又重複了一遍。

她沒有想跑開，只站著把眼睛牢牢盯在台階上，好像台階是些特別的什麼，踏不上去似的。他稍待片刻，她卻一動也不動。

「你不要進去嗎？」他問道，也不回頭望她。「太陽太凶了，這兒站不住腳。」他竭力去克服某種恐懼，某種快將昏眩的感覺；他的聲音聽來粗暴。「還是進去吧。」他最後說。

兩人這才動起來，但到了台階下，海斯特又煞住腳，女孩子卻逕自快步走過去，彷彿什麼也再攔她不住。她輕快的穿過遊廊，走進朝向遊廊的中央大廳的薄暮裡，再進入對過房間更深一層的暮色裡。她凝立在暮色裡，撩亂的眼睛幾乎辨不清東西，舒過一口氣來。日光、海和天殘留在她印象中，如同經歷了一場災難——終於給熬過來了！

這時海斯特早已向碼頭慢步走了回去；可是他並沒走到那麼遠去。那個實際而自動的阿王弄來了一輛小台車，那是先前用來靠舷側運送一籃籃煤塊的。他出現時正推著台車，輕快地載著海斯特的袋子和女孩子那包袱，裹在索姆堡太太的大圍巾裡。海斯特轉過身來，沿那兩道滾著台車的鏽軌條走著。到得屋子的對面阿王便停下來，將袋子提到肩上去，小心翼翼的平衡好，再把那包袱拿在手裡。

「把這些東西放在大廳裡的桌子上——懂嗎？」

「省我力了。」阿王哼了一聲便走了。

海斯特目送唐人從遊廊上消失了。及至看見阿王出了來，他方才自己也走進大廳的暮色裡。此際阿王老早在屋後看不見了，然而卻絕不是聽不見。唐人可以聽見他——人家在眾人前老管他叫「大老闆」——的聲音。阿王聽不懂那些話，對它們的音調卻很感興味。

「你跑哪兒去了？」大老闆大聲叫道。

接著阿王聽到一個陌生的聲音，比先前的要微弱得多——這感覺很新奇，他把頭微側到一邊去，承認了自己的好奇了。

「我在這兒——太陽曬不著嘛。」

新的聲音聽上去又遙遠又飄忽。阿王再也聽不到什麼，儘管他也文風不動的，等了好一會兒，剃得精光的腦勺兒正好跟後遊廊的地板成一水平線。他臉上不知怎的同時又繃得死死的，忽然他彎下身去拾起一個丟在腳旁地上的木蠟燭盒子的蓋兒。他把蓋兒用指頭折斷了，便舉步向廚房走去，蹲下來，在一只黑黝黝的水壺底下生了點火，想是泡茶去罷。阿王對白人生活上較爲皮毛的禮儀倒略有認識，這些禮儀對他的心地而言本是神祕遙遠的，卻爲福爲禍，必須謹慎提防。

第三章

那天早上——一如他跟女孩子回到三巴侖島以後，那所有的黎明——海斯特出來遊廊上，把手肘伸展到欄杆上，一身屋主的神氣，悠閒得很。島上那巍峨的中央山脊把平房隔了開來，無論天晴天陰，天壞天好，都看不到日出。人住在裡面也就無從預知新一天的運程。太陽一越過山脊這邊，像敵人眼睛那樣，吃人似的晃著炫光俯盯下來，又燥又熱，那大片陰影子緊隨著迅速撤退，新一天便霸道的撲向他們來了。但海斯特——在此地仍有多少人類時，曾身爲這兒的大老闆——獨愛那遲去的早涼、那黯淡、戀棧不去的晨光、那前夜的幽魂，以及那露溼而昏闇的魂兒的馥郁——給延留在炫耀的天空和熾亮的祖褐海洋中間。

海斯特最近才拋棄了那冷眼旁觀的腳色，關於此舉本質爲何，會引起什麼後果，要他不去思索自然很難。幸而他那殘壞了的人生哲學總算保留了多少下來，使他不致追問事情會如何了結。但另一方面他在本性上又不得不繼續冷眼旁觀下去——這一半是長久的習慣，一半是確定的目標使然——也許不似凡夫俗子那麼天真，但（這連他自己也覺得頗爲詫異）也沒有多了幾許先見。就像我們裡頭這些行動的人，他只得裝出點苦相，對自己說：

「咱們走著瞧罷！」

唯有獨處時，他才陷進這疑惑不安的心境。這樣子的時刻，現時他生命裡已不多見；便是有，他也不喜歡了。今天早上，他便沒有工夫去發閒愁。遠在太陽還未升到三巴侖島山脊之上，把早晨的陰影子掃去，前夜的餘涼還未在屋頂上——在底下他倆早已棲住了三個多月了——散去以前，艾爾瑪早就如常出來尋他了。他聽見她的腳步聲在大廳——他便是在裡頭打開從倫敦來的箱子的——內輕輕響著；現時大廳裡三面牆壁已給書背遮了一半了。在書架上，華美的墊紙連著緊繃著白洋紙的天花板。孤零零在一堵牆中央的是海斯特父親的肖像，署名的是個著名畫家，在涼蔭裡，只有肖像鍍金的框子在閃著光。

海斯特沒有轉過身來。

「你可曉得我在想什麼來著？」他問道。

「不曉得。」她說，聲調老顯著點兒不安，好像她從來不知道跟他說話會有什麼結果。她靠在他身旁的欄杆上。

「不曉得，」她重複了一聲。「在想什麼來著？」她待著。然後，有點難以啓齒似地——不是她害羞——她問道：

「你在想著我麼？」

「我是在想你什麼時候才出來。」海斯特說，依然沒有瞧女孩子一眼——他把零星的字母和鬆散的音節試著拼合了幾回，終於給她取名莉娜。

她頓了頓說：

「我又不是離你很遠嘛。」

「我顯然是覺得你還不夠接近。」

「你既然要我，怎麼不早叫我呢？」她道。「再說嘛，我梳頭也沒有梳了多久。」

「我顯然是覺得太久了。」

「好，你究竟是想我來了。好極啦。你曉得嗎，我老覺得，要是有一天你不再想我了，我就會馬上從世間消失掉！」

他回轉身來，望著她。她說話老出他意外。在他的諦視下，一抹微笑從她嘴唇上漸漸不見了。

「怎麼啦？」他問。「那你是怪我了？」

「怪你！唷，怎麼會呢？」她分辯道。

「要不，又是什麼意思呢？」他追問。

「這個——就是這個嘛；你怎麼不公道的？」

「嘿！這不就是怪我了！」

她飛紅了臉。

「你好像老是把我說成一個討厭的人，」她喃喃道。「我討厭麼？你快要叫人家口也不敢開了。到頭來我會以爲自己一無是處的。」

她的頭微微垂下。他瞧著她細滑的低額門、那微紅的臉蛋兒、那微綻的紅唇，閃著暗光的是裡面的牙齒。

「那我就真的一無是處了，」她很相信地添上一句。「那不成的！你要我好就好，歹就歹。」

他微動了一下。她頭也不抬，把手搭在他臂上，嗓子在身體的靜止中活潑起來，繼續說下去：

「真的。碰上了我這麼樣的女孩子和你這麼樣的男人，就只得這樣子。咱們來了，只有咱倆，就連咱倆是在什麼地方我也說不上來。」

「在地球上一個很有名的地方，」海斯特柔聲說。「那陣子發的傳單少說也該有五萬份罷——十五萬份還像些。那是我的一個朋友發的，他計畫遠大，信心很強：對咱倆有信心的就是他。不錯，的確是十五萬。」

「你在說什麼嘛？」她低聲問道。

「我要挑剔你什麼呢？」海斯特繼續說著。「挑剔你溫柔、善良、嫻淑——還是漂亮？」

一陣沉默。然後她說：

「你對我這樣想也好。好也罷，歹也罷，這兒再沒有誰理會我們了。」

她嗓子罕有的音色給她的言辭賦上了特殊的意義。某種音調給他喚起了一種說不出的情緒，這情緒，他覺得，是肉體上甚於精神上的。每次跟他說話，她總像把自己的什麼奉獻了給他——這什麼，他十分感受得到，卻非常微妙，說也說不出，要是有朝一日她不在了，定會教他惦記得慌。就在他目光透進她的眸子的當兒，她從短袖筒裡，抬起袒露的前臂，停在空中，他看見了，忙將他那大把青銅色的鬍子擱在那雪膚上。然後他們進屋去。

阿王隨即出現在前面，蹲在遊廊下，神神祕祕的，慢條斯理的弄起些草木來。等到海斯特和女孩子再次露面，唐人早以他奇特的方式走了，這使人覺得他是消失掉了而不是跑掉了，化掉了而不是走掉了。他倆對望著步下台階，輕快的跑過那塊闢開的地；然而他們走不到十碼，阿王便不動聲色的形聚在空房間之內。這唐人一動也不動的佇立著，兩眼四處游移，彷彿在牆上找符號、找文字；在地上找陷阱，找丟了的銅錢。接著他把頭微微伸向海斯特父親的側面像，畫中洋紅的桌布上攤了一張白紙頭，紙頭上面的手握著一支鵝毛筆；再後，他悄悄向前動著，動手收拾起早餐的盤盞來。

儘管他操作起來不慌不忙的，卻有板有眼，毫無聲響，看著有點像魔術師在變戲法。戲法一變完，阿王當場消失掉，旋踵又成形在屋前。他形聚時正從屋子處走開，看不出，也猜不透，他有何意向；但走至約莫第十步他便停下來，半轉過身子，抬起手去遮著眼睛。太陽已經升到三巴侖島灰色的山脊上。早晨的大影子不見了；在遠處毒花花的日頭裡，阿王正趕上看見大老闆與那女人，在林子昏闇的邊緣上是兩顆遙遠的白點。剎那間，他們便消失了。動也不多動一下，阿王跟著也在空地的日光裡消失掉了。

海斯特跟莉娜走進林中陰下的小徑裡，小徑橫過海島，接近最高之處給砍下來的樹堵住了。但是他們沒有打算走得那麼遠。兩人沿著小徑走了一段路程，來到一處，那裡林木腳下毫無莽叢，一棵棵樹爬滿了藤蔓，互不相干地立在它們自己造成的幽蔭裡，兩人至此方始離開小徑。地上灑滿了大塊大塊的光影子。在深沉的寂靜中，他們默默的走著，呼吸著寧謐、呼吸著無限的隔僻、呼吸著無夢的安眠。他們出現在山上草木的盡處，幾塊岩石之間；在一個小陽台似的、險峻的斜坡的凹窪裡，兩人轉身居高臨下，俯視下面的海。海寂寥的在那裡，顏色讓日光沖淡了，水平線是一抹暖霧，只是在蒼穹黯焰下面灰白色炫目的無極裡似有如無地閃著。

「看到發暈了，」女孩子嘟囔著，閉上眼，把手搭到他肩上去。

海斯特只管一瞬不瞬的盯著南方，嚷起來：

「船呵！」

跟著沉寂半晌。

「準是在很遠，」他再說道。「我猜你看不到了。大約是隻土筏子什麼的在往麻六甲駛。走，咱們別在這兒待下去。」

他攙住她的腰肢，領她往下走了一小段路，最後兩人在蔭裡安坐下來，她席地而坐，他卻低一點兒，伏在她腿旁。

「你不喜歡在那上頭望海嗎？」過了片刻他說道。

她搖搖頭。她厭惡那寥落的空間；但她只是重複那句：

「看到發暈了。」

「是太大了？」他追問。

「是太寂寞了。又教人家心往下沉呢，」她壓低嗓音又添上一句，彷彿在那裡傾訴一件心事。

「我恐怕，」海斯特說，「你怪我給你這些感覺，是怪對了。你可是想要怎麼樣呢？」

他的口吻雖是打趣的，他的眼睛盯在她臉上，卻是認真的。她要說話了。

「跟你在一塊兒我並不覺得寂寞——一點也不。只是咱們一走上那地方，我瞧著那些水呀光呀，就——」

「那麼，咱們以後再也別來這兒了。」他攔住她的話。

她半晌沒作聲，回視著他，直至他把自己的目光轉移了爲止。

「好像什麼東西統統都給淹掉了。」她說道。

「教你想起了洪水的故事嗎？」那男人直躺在她腿旁，望著她雙腿，低聲道。「你害怕麼？」

「我滿怕孤零零的剩下來。我說『我』，當然就是指咱們倆。」

「是麼？」……海斯特半晌沒有作聲。「眼見一個世界給毀掉了，」他自言自語起來。「你會替它難過嗎？」

「我會替裡頭那些幸福的人難過的。」她簡單地說。

他熟視的目光在她身子上向上游移，去到她臉上，他似乎發覺她臉上隱隱透出智慧之光，彷若瞥見雲縫裡漏出的一絲陽光。

「我倒覺得特別該替他們慶幸呢；你覺得是不是？」

「哦，是的——我明白你的意思；不過洪水泡了四十天喲。」

「你好像記得一清二楚呢。」

海斯特說這句話只爲了有話說說，免得老是不聲不響的凝望住她。她沒有瞧著他。

「主日學嘛，」她低聲說。「我從八歲上到十三歲，從沒間斷過。我們住在倫敦北部京斯蘭路附近。日子過得倒不錯，爹那時候收入滿好。公寓的女人一到下午就把我跟她自己幾個小姑娘一齊送出去。她很好，丈夫在郵政局裡做個揀信員什麼的。那麼安靜的一個人。有時吃過晚飯，他就值夜勤去。然後有一天他們吵了場架，把家給拆散了。

我記得後來突然要我們收拾東西搬到別處去，我哭了，但那是怎麼回事我一直都不知道——」

「洪水氾濫嘛，」海斯特恍惚地咕噥道。

他對她整個人此刻再感覺強烈不過了，就像自他倆邂逅以來，這下子他才有工夫瞧上她一眼似的。她的嗓子音色很是奇特，忽而充滿膽識，忽而又變得悲傷，再瞎嚼舌頭，也還是引人入勝的。然而她不愛嚼舌頭。她相當沉靜，能夠不動，靜靜兒挺著腰肢，就如昔日坐在演奏台上那些樂譜中間，蹺著腿，雙手擱在膝上。但當他們繾綣在一起，她那雙灰蒙蒙的眸子毫不忸怩地盯著他時，他直覺得有些什麼說不上來的在她裡頭沉睡著；也許是愚昧，也許是感悟；也許是弱點，也許是力量——也許什麼都不是，只是一種深深的空虛，在委身做完全的奉獻時還自保著。

接下來長長的一陣靜默裡，她瞧也沒瞧他一眼。然後彷彿「洪水氾濫」這四個字已經黏在她心坎裡一般，她仰望萬里無雲的天上，忽然問道：

「這兒會下雨嗎？」

「有一季，幾乎天天都下雨的，」海斯特覺得很意外，回答道。「還下雷雨呢。有一回，下了一陣泥漿雨。」

「一陣泥漿雨？」

「咱們那邊的鄰居當時正把灰燼直噴上天——它有時就是這樣清清它那條熱腸

的，就在這個時候嘛，下了場雷雨。邋遢死了。咱們這個鄰居平日可是循規蹈矩的呢——只在那裡那麼靜靜兒冒著煙，就像那天，我從那艘斯庫納船的艙板上頭一次指給你看的那熏煙兒。這火山就是這麼個好脾氣、懶洋洋的傢伙。」

「我從前看過一座山也是這樣冒煙，」她說，一邊盯著她前面三四碼遠一株杪欏細長的莖兒。「那陣子我們離開了英國沒多久——不過總有好些時日了。我起初病得連日子也算不上來。一座冒煙的山——我想不起他們叫它什麼名字了。」

「維蘇威，大概是，」海斯特道。

「對了。」

「很久，很久以前我也見過，」海斯特說。

「在你到這邊來之時？」

「不，當時我還萬想不到會跑到這塊土地上來。我那時候還是個小孩子。」

她扭過頭去，細細的打量起他來，活像要在這個天靈蓋長著稀髮、嘴上蓄著長密鬍子的男人那成熟的臉上，尋找那孩子遺下來的痕跡。海斯特臉上掛了個調皮的笑容，讓她搜索個夠，一面掩飾這雙灰眸子給他起了的深遠影響——所影響的是柔情呢還是膽識，肉體上的呢還是精神上的，溫存的呢還是惱人的，他說不上來了。

「好啦，三巴侖郡主，」他終於說道，「我得到你鍾意嗎？」

她恍如醒了過來，搖搖頭。

「我是在想，」她把嗓音壓得低低的說。

「思想，行動——這麼多這麼多的絆索！要思想，人就不快活了。」

「我可不是在想自己來著，」她表白，率直的神氣令海斯特頗爲詫異。

「這句話要出自道學先生之口，倒像在罵人，」他半帶認真地說：「我可不是要疑心你是個道學先生，我跟道學先生們已經絕交多年了。」

她一副諦聽著的樣子。

「我早曉得你一個朋友也沒有，」她說道。「我很高興沒人挑剔你所做的事。我喜歡覺得自己並不礙著什麼人。」

海斯特本來有話要說的，但是她不讓他有時間。她不察覺他動了那麼一動，逕自說下去：

「我在心裡這麼想著：你幹麼跑到這兒來了？」

海斯特又以肘支著，伏到地上來。

「倘若你說的『你』就是指『咱們倆』——那麼，你知道咱們幹麼跑到這兒來的。」

她俯視著他。

「不，不是這個。我是說以前——在你還沒碰上了我，一猜就猜出了我有麻煩，走投無路——在那以前。你知道啦，那是不得了的麻煩呢。」

她的嗓音在末尾的那些字上沉下來，彷彿她不要說下去了；然而眼看坐在她腿下的海斯特，牢牢的仰視著她，彷彿期待什麼似的那副神氣，她猛抽過口氣，便又繼續往下說道：

「麻煩真是不得了呢。我不是跟你說過嗎，我以前也曾給別的壞蛋煩過，叫人家心煩意亂——又氣呢。可是唷，那個人我實在恨，恨，恨透了！」

「那個人」便是一副軍人姿態的粉臉索姆堡，造福白人的店主（「有好人陪著吃好東西」）——給遲來的情慾害苦了的成年人。女孩子打了一個冷顫，臉上特有的和諧恍若分崩離析了一刹那。海斯特吃了一驚。

「現在還去想它幹什麼？」他叫起來。

「因爲人家當時正在走投無路嘛。那不比從前；處境要壞得多了。我要是嚇死了那多好——可是到現在我才曉得原來是這麼可怕的。是，要等到現在，等到咱倆——」

海斯特挪動了一下。

「跑到這兒來了，」他接過話碴兒。

她緊張的情緒鬆弛了下來，脹紅了的臉也漸漸恢復平常的顏色。

「就是啦，」她無可無不可的說，同時卻十分鑑賞的竊看了他一眼；跟著她臉上露出憂鬱的神情，身子不覺間整個癱了下去。「可是你反正要回到這兒來的吧？」她問道。

「對。我那時只是在等戴維森。是，我是要回到這兒來的，回到這片殘垣敗瓦中——回到阿王這裡，他大約想也沒想到會再見到我的。真沒法子猜透這唐人是怎樣想法，怎樣看人的。」

「快別談他了，他叫我怪不自在的。談談你自己罷。」

「談我自己？我知道你還是想不通我跑到這兒來是弄的什麼鬼，其實我什麼鬼也不弄。我之所以活在世上，主要是那幅你常見的像裡那個手握鵝毛筆的人的緣故。也就是他，教我過著目前——要不是目前，也是過去——的日子。他有自己偉大之處。我不大知道他的過去。我想他起初也像普通人那樣，把好話誤認作真錢幣，把崇高的理想誤認作有價鈔票。他自己呢，說起來，算是兩者兼備。後來他發覺——我該怎麼給你解說呢？打個比方吧，這世界是個工廠，世人都在裡頭工作，吶，他發覺了工錢不夠理想，發覺了他們拿到的工錢竟是僞鈔。」

「明白了！」女孩子慢吞吞道。

「你明白了？」

海斯特一直是自說自話似的，他詫異地仰起頭來。

「這也不是什麼新發現，但扯上了他那傲岸的性格，可就不得了。這世界該也給蔑得不知哪裡去了。我不知道他說服了幾許世人；可是那時我還很稚嫩，我想年輕人本來就不難攛掇——縱然攛掇他們的是消極的東西。他十分無情，但不是沒有憐憫心。他輕易就支配了我。狠心腸的人支配不了的。就算對愚庸之輩，他也並不是完全冷酷無情。他有時可以義憤填膺，可是他太偉大了，從不忍心去嘲笑他們。他的話不是說給凡夫俗子聽的，他們就是聽也聽不來；當我發覺自己是那少數聽得懂的人之一，頗爲得意。人家讀他的書，我卻親聆過他的教誨。你無法不從他。那個心靈彷彿在向我推心置腹，讓我深入了解它那套看破絕望的本領。錯，無疑是。誰要是活得夠久，都有點兒像我爹。可是他們什麼也不說，他們說不上來。他們不懂得怎麼說，或者，就是懂得也不肯說。人之所以會在這世上，原不過出於偶然，禁不起窮根究柢的。但是這個人去世的時候，就像小孩子上床睡覺那樣安靜。無奈聽過他的話之後，我再也打不起鬥志去做人了。我出門浪蕩去，去做個冷眼旁觀的人——要是做得到的話。」

良久，良久，女孩子的灰眸子一直凝視著他的臉。她發覺，他對她說話，其實只是自說自話。海斯特仰起臉來，似乎看到了她，他輕笑一聲，換了個口氣又趕緊繼續說下去：

「這番話並沒給你解出我究竟幹麼跑到這兒來了。究竟爲什麼呢？就像去採一個不值得探、而且也探不出什麼來的祕密。人不能自主的嘛，最成功的人物也不過碰巧成功而已。我不想向你說我這些是成功的事業；我縱使說了，你也不會相信。這不是成功，可也不是真糟到這麼個田地。這證明不出什麼來，或許只證明出我品性裡隱藏著某些弱點——就連這個也很難說。」

她聽不懂他的意思，所以他牢牢的瞧著她，眼神凝重，使她不得不向他微微一笑。他也報予她一個更淡的微笑。

「這可沒有怎樣解答到你的疑問呢，」他繼續說著。「事實上，你的疑問是解答不了的；但既然凡是事實都有若干正面價値，那我不妨說給你聽一樁事兒罷。有一天我碰上了一個走投無路的人。我之所以用上這四個字，是因爲它們正好道出這人的處境，同時因爲你自己剛才也用上了。你聽得懂這意思嗎？」

「你說什麼嘛？」她愕然，低聲地說。「是個男人的！」

看見她眼神疑惑，海斯特禁不住笑了起來。

「不！不！我是說他自己的處境。」

「我明知道絕不會這樣子的，」她壓低嗓音說。

「我也省得把事情向你細說了。那是一宗海關的轇轕，你聽來也許會覺得奇怪。與其讓人將財產，他那麼一點點的財產，給奪了去，他情願人家把他當場殺掉——那就是，把他的靈魂送到另一個世界。我知道他是信有另一個世界的，因爲在走投無路之際，我不是跟你說過嗎？——他跪了下來禱告。你覺得怎麼樣？」

海斯特頓住了，她懇切地注視著他。

「你沒有因此取笑他吧？」她說道。

海斯特粗魯地打了個不滿的手勢。

「我的好姑娘，我不是個壞蛋，」他大聲說。然後，回復他平時的口氣：「我要是想笑的話大可笑出來的。總覺得這事情並不好笑。不，這不但不好笑，反而很可悲；他正好代表過去那所有受這荒唐人生愚弄的人。可是這世界就是因爲愚蠢才生生不息的，所以這總還算可敬。而且，他又可算是個好人。我不是特別因爲他禱了告就這樣說的。不！他實在是個好人，很不適宜在這世界裡混，他不行，一個走投無路的好人——只合給天上神靈看⑦；因爲好人都不愛看這種事的。」他像是猛然想到了什麼，把臉朝向女孩子。「你哩，也曾走投無路——你可有想到過要禱告？」

她雙目一瞬也不瞬，臉容一動也不動。她只說出這句：

「人家不叫我好女孩的。」

「你好像不想答，」海斯特沉默半晌道。「嗯，那個好人真的禱告了，事後他說了出來，我覺得事情很好笑。不，別誤會了——我當然不是指他這舉動。即使想到連永恆、無限、全能的本體都要勞動到來破壞兩個卑不足道的葡萄牙雜種的陰謀，也沒有教我笑起來。在那個向上帝祈求的人看來，給人召來的危險，直如世界末日，甚至更糟。不！教我迷惑的是，我，厄索爾．海斯特，這塵網裡最超然的人，這世上最流浪的漢子，一個冷然經歷塵囂的行人——竟會在那裡受了神的差遣。我，一個什麼都看不在眼內、懷疑萬物的人……」

⑦ 此處令人聯想起莎翁《李爾王》劇中那句 "As flies to wanton boys, are we to the gods. They kill us for their sport." 這句類似中國老子所謂的「天地不仁，以萬物爲芻狗」，指一種西方的悲劇心態。

「你裝成這樣子罷了，」她用迷人的嗓子，加上誘惑的音調插進嘴來。

「不是造作。我不是這樣子的，先天，後天，兩樣都不是。我不愧是我爹的兒子，那幅畫像裡的人的兒子。除了天才以外，我活脫兒就是他。我發覺自己裡頭的竟要少得多，因爲我那傲岸的性格正一年弱似一年。從來沒有一件事，叫我覺得這樣好玩過，我竟一下子給喚了去扮演這麼個不可思議的角色。一時間我覺得好玩極了。知道麼？這把他救離了困境。」

「你搭救人，是爲了尋樂——你是這個意思嗎？單是爲了尋樂？」

「怎麼這副懷疑的口氣呢？」海斯特抗議。「我想是當時看到這麼一宗危難，看不過眼罷。後來等我漸漸明白，在他眼中，我原來是他禱告靈驗了的一個活生生、有血有肉的證明，你說的樂趣我這才領會出來。我覺得他這樣想真好玩——可是，我能跟他辯嗎？事實明明擺在眼前，你辯不來的，而且這倒像是我想獨個兒居功了。你不說話，他那副感激的樣子已經夠怕人了。處境很奇怪，是不是？等到後來我們一塊兒住在他船上，我才慢慢感到厭膩。無意中我給自己結下了塵緣。這關係我不曉得怎樣去說清楚。你要是幫了人家些忙，總對他生出多少感情。但這是友情嗎？我說不上來。我只知道誰要結下塵緣，誰就完了。他的心境已經開始敗壞了。」

海斯特的聲調很輕，有一股打趣的味兒，這股味兒永不離他的談吐，像是他思想的精髓。這個他偶然邂逅上的女孩子，現已屬於他的了，但他還不慣她在自己身畔，還不懂得如何與她相處，這個人雖近在咫尺，卻那麼陌生，讓他感受到前所未有的一股較強的對自己的真實感。

第四章

莉娜屈起雙膝，把手肘擱在膝上，頭捧在雙手裡。

「你在這兒坐厭了是嗎？」海斯特問道。

她只是把頭略微一搖，微得幾乎覺察不出。

「你的樣子爲什麼這樣嚴肅呢？」他跟著問，隨即轉念一想，慣性的嚴肅比經常的歡娛究竟要容易忍受得多。「可是，這個表情對你再相宜不過了，」他添上一句，這可不是外交口吻，而是因他趣味所趨，發自肺腑的一句話。「只要我知道你不是因爲無聊才把樣子弄得這樣嚴肅，我樂於坐在這兒看著你，看到你要走才罷。」

這也說得對。他們共同的生活、這新奇際遇給他的驚詫、擁有這女人的那股得意之感，至今仍讓他感到新鮮；因但凡男子總會有這樣的感覺，除非他不是男子漢了。她的目光向他那方移動著，落在他身上，繼而折回盯向那些挺直的樹幹腳下更暗的幽蔭裡，那些四面伸張的枝葉已漸漸撤回陰影。和暖的空氣在她一動不動的頭周圍微微動著。她不要瞧他，似乎唯恐讓他看穿了。她從心底裡渴望透過某些無條件的奉獻，更徹底的獻身給他。對這一層他似乎渾然不覺，他是個沒有需要的怪人。她覺得他的目光牢牢盯在她身上；由於他一直默然不響，她忸怩的說起話來——因爲他一言不發，她弄不懂究竟是什麼意思：

「於是你就跟那個朋友——那個好人——住在一起了？」

「他人品沒得說的，」她料不到海斯特應答得那麼爽快。「都怪我自己拿不定主意。我其實不想的，只是他不肯放過我，我又說不清。對他這種人你什麼也說不清的。他非常敏感，倘若逼著對他直說了，只怕傷了他那顆敏感的心，這樣做太殘忍了。他的心就像一間潔淨的鬆白牆壁的房間，裡頭置了，比方說，六把藤座椅子。他老是把椅子調來換去，弄出各種樣式來，但椅子終歸是原來的椅子。他十分容易相處，可是後來他抓到了這採煤的計畫——或者說，是這計畫抓到了他。這計畫進了我剛才說的這間陳設簡單的房間，把椅子全坐遍了。趕也趕不走的，你知道啦！這計畫就要使他、使我、使大家發財。人決心不過荒誕的日子，自有生疑的時候，舊日碰上這樣子的時刻，我每每自問，同時禁不住剎那的恐懼，究竟人生會怎樣把我抓住呢？原來是這樣子！他認定了沒有我便萬事不成。他問，現在我是不是要把他一腳踢開，把他毀掉啦？終於，在一個早上——不知道他前晚可有跪下來禱告！——在一個早上我從了他。」

海斯特狠狠地拔起一簇枯草，神經質的扔了開去。

「我從了他，」他重複了一遍。

女孩子只轉動著眼睛瞧向海斯特，發覺他臉上的激情時感到關切無比，那關切是他在她心裡所激起的。但那股激情迅即褪掉了，只遺下一個鬱鬱寡歡的表情。

「凡事無所謂就很難反對什麼，」他說道。「或者我個性本就有點兒怪。到處去瞎謅老套的廢話我覺得怪好玩，在群島上從來沒有人對我這樣另眼相看過，直等到我像個天下第一的大白癡，喋喋不休的胡說八道，講起生意經來。真的，我相信有一陣子人人都打從心底裡尊重我。我這時嚴肅得木口木臉的；我得對那人盡忠。自始至終，我都是盡心盡意，對他忠心耿耿。我以爲他對採煤有點認識。早知他是這麼樣一竅不通的話，呃——我也不知道該怎樣去攔阻他。總之我反正得忠心的。真理、工作、野心、愛本身也許只是這可悲可恥的人生賭博裡的籌碼，可是一下了注，誰都得賭下去。哎，莫里遜的陰魂可以不必纏住我的了。怎麼啦？噯，莉娜，怎麼你老是這樣瞪著眼睛？不舒服嗎？」

海斯特似乎要站起身來，女孩子伸出手去止住他，他就將一隻手膀支在地上坐著，一直張大眼睛，瞧著她面上難以形容的焦灼的表情，就像她喘也喘不過氣來似的。

「你怎麼啦？」他追問道，覺得怪不想動，怪不想碰她的。

「沒什麼。」她好容易才嚥下一點唾液。「當然不會是的。你剛才說了個什麼名字？

我聽得不清楚。」

「什麼名字？」海斯特茫然重複道。「我只不過提了提莫里遜，那個我方才一直談著的人的名字。怎麼啦？」

「你是說他是你的朋友？」

「你聽了這麼多，自己也判斷得出來啦。我們的關係你知道的跟我自己一樣多。這一帶的人凡事都只看表面，記憶所及，他們都說我們兩個是朋友。凡事的表面——你還再苛求什麼呢？其實你再不能苛求什麼，要求別的什麼。」

「你是想越說越把我弄糊塗，」女孩子大聲說，「這個玩笑可開不得。」

「開不得？好吧，我開不得。那真可惜了，本來這說不定最好不過，」海斯特說，這語氣在他來說算是消沉的了。「除非是能把這筆糊塗帳忘得一乾二淨。」他還未及把額上皺紋完全去掉，又恢復了微帶打趣的言談舉止，好像這一習癖早已養成了。「可是你怎麼老是這樣盯著我看？噢，沒關係，我盡力不眨眼吧。你的眼睛啊——」

他的目光直透進她雙眸裡，此刻他其實把已故的莫里遜完全拋諸腦後了。

「哎，」他驀然喊道。「莉娜，你這雙灰眼睛啊，你這女孩子是多麼難以捉摸！靈魂之窗，有個詩人這樣說過。他一定是個裝玻璃的。呀，造物主對你羞澀的靈魂真體貼入微。」

正當他頓住了嘴，女孩子也回過一口氣，定了神。他聽到她的嗓子，那副他自以為對它千變萬化的魔力很熟稔的嗓子，正以一種陌生的音調說著：

「你這個夥友已經死了嗎？」

「莫里遜，哦，對，先前跟你說過了，他——」

「你從來沒有跟我說過呀。」

「沒有？我以爲跟你說過了；要不，我以爲你一定知道的。跟我談話的人似乎沒有一個不知道莫里遜死了的。」

她掛下眼瞼，海斯特發現她面上有個什麼恐怖的表情，嚇了一跳。

「莫里遜！」她用驚駭的口氣低聲嚷出來。「莫里遜！」她垂下頭去。海斯特看不到她的臉容，卻從她的嗓音聽出，這個毫不出奇的名字的發音，不知怎的，是深深地打動了她了。他心頭馬上掠過一個疑問——難道她認識莫里遜？然而兩人出身判若雲泥，這絕不可能的。

「這可真怪了！」他說。「你從前聽說過這個名字？」

她把頭肯定的、細細的猛點了幾下，彷彿是怕自己說不出話來，甚至不敢瞧他。她一逕咬著下唇。

「你認識過什麼人叫這名字的嗎？」他問道。

女孩子搖頭否定了；然後她終於開言了，說得一頓一頓的，就像還是疑懼不已。她告訴海斯特說，她聽說過這麼一個人。

「不會的！」他一口咬定。「你弄錯了，你不會聽說過他的，是——」

他猛可住嘴，想這樣說下去也毫無意思；沒證據的事辯來做什麼？

「不過我的確聽說過他啊，只是當時我不知道，沒想到，他們談的原來就是你的夥友。」

「談我的夥友？」海斯特一個字一個字的重複著。

「不。」她幾乎跟他一樣滿心疑惑。「不。其實他們是在談你，只是我當時不知道罷了。」

「他們是誰？」海斯特提高嗓門。「是誰談我？在哪裡談？」

頭一個疑問提出來時，海斯特已從躺臥的姿勢撐起身來；問至最後他跪在她跟前，兩人頭並頭。

「哦，就在那鎮上，那個旅館裡。還會在哪兒？」她說道。

海斯特素來對自己有一個簡簡單單的看法，想到有人談論自己不免覺得出奇。一霎時他很詫異，活像以爲自己只是飄忽在人群裡的一個幽靈。加之，他心裡隱約認爲，自己是島人嚼舌頭也嚼不到的。

「可是你起初說他們談論的是莫里遜啊，」他對女孩子說，一邊蹲了下來，已不再那麼關切。「奇怪你竟有機會聽到人家談話！我還以爲你除了在台上，就再沒有在別處見過鎮上的人。」

「你忘了我不是跟其他女孩子住在一塊兒的，」她說。「那時飯後他們就回到閣樓裡去，我卻得留在旅館裡，在他們談話的那間房間裡頭，做針線啦什麼的。」

「我倒沒想到這一層呢。對了，你還沒有告訴我他們究竟是誰。」

「嘿，就是那個要命的紅臉畜生，」一想到那開旅館的她便滿心憎惡，這憎惡現在全注入嗓音裡了。

「哦，是索姆堡！」海斯特漫不經心的嘟囔道。

「他跟領班講話——我是說跟贊賈科莫。我得坐在那兒，那個惡婆娘有時不讓我跑開的。我是說贊賈科莫太太。」

「那時我已猜到的，」海斯特喃喃道。「她總喜歡千方百計的折磨你。不過那開旅館的竟會跟贊賈科莫談起莫里遜，這也真怪了。記憶所及，他在旅館裡很少見到莫里遜的，另外好些人他反而熟悉得多。」

女孩子微微打了一個冷顫。

「我無意中聽到的就只有這個名字。我會坐到房間的盡頭，盡量遠著他們；可是那畜生一張口叫嚷時，我不聽也不行啦。要是我什麼也聽不到，那多好。我起身走出房間嘛，我想那婆娘也不至於把我殺掉，只是她就會把我給臭罵一頓。她會嚇我、罵我。這種人，一讓他們知道你無招架之力，他們就什麼都來。不知怎的，可是壞人，你看得出真正壞的壞人，他們往往唬倒我。他們陷害人的手段厲害嘛。我怕壞心腸的。」

海斯特注視著她臉上變化的表情。他深深地同情，覺得頗好笑，鼓勵她說：

「我很了解。你把非人性的邪惡看得這樣透徹，用不著因此覺得不好意思的。我也有點兒像你。」

「我膽子不很大的，」她道。

「呀！對著一個我覺得是惡魔化身的人，我自己也不知道會怎樣做，會變成什麼樣子。你不用慚愧。」

她嘆了一聲，抬起頭，一雙坦率的眸子無神的凝視著，臉上有個靦腆的表情。她悄聲說道：

「你好像不想知道他說了什麼話呢。」

「說那個可憐的莫里遜?準不會是什麼難聽的話罷,因爲那可憐的傢伙是真純不過的。況且，你知道啦，他已經死了，現在什麼都對他無關痛癢了。」

「不過，我跟你說，他談論的是你自己喲！」她大聲說。「他說莫里遜的夥友先是把他擠得一文不剩，然後，然後——嘿，幾乎害了他的命——把他送到什麼地方去死掉！」

「你相信我幹過這些勾當麼？」完全沉默一晌後，海斯特說。

「當時我不曉得這原來和你有關。索姆堡在談著個瑞典人，我怎麼知道呢?要等到你告訴了我你是怎樣跑到這兒來——」

「現在你聽到我這一面的講法啦。」海斯特竭力平靜的說。「原來這件事局外人是這樣看的！」他咕噥道。

「我記得他說這一帶人人都知道這件事。」女孩子氣咻咻地說。

「我聽到這種事竟會不舒服，那才怪！」海斯特暗忖道；「可是我會呢。這些知道這件事——無疑也相信這件事——的人都是傻瓜，我好像也跟他們一樣的傻。你還記得些什麼？」他以禮貌而嚴肅的口氣對女孩子說。「我常聽說，以人家的眼光來看自己，於進德有助。咱們來追查下去罷，你記不記得還有什麼事情，是大家都知道的？」

「嗳！別笑嘛！」她大聲說。

「我笑來著麼？不騙你，我真的不知道。我不會問你相不相信那開旅館的講法，你該曉得人的判斷力有多大用的。」

她鬆開了雙手，輕輕的動了動，然後又把十指如前扣在一起。是異議？是附和？再沒有什麼了？等她用那溫婉美妙的嗓子開腔說話了，他方才舒了口氣，單憑那嗓子便把人的心撫平、迷住，便教她討喜。

「在你我一句話也還沒說上以前，我便聽說過這件事了。過後就忘了。那陣子我什麼都記不牢；這倒也好。我那時是從頭做人了，跟你一起嘛——你是曉得的。要是我真忘了自己是誰——那是再好不過的；我差點兒就真忘掉了。」

臨尾的話裡活生生的把他給打動了。她彷彿以具有特殊意義的神祕辭彙，在那裡低訴著某些神奇的魅惑。他想，倘使她會向他說某種他所不解的語言，單憑她的美聲，那使人感覺到無窮智慧和感情的美聲，便足把他整個人降服過去了。

「但是，」她繼續說著，「那名字像是黏在我心底裡，經你一提——」

「魔法就給破了，」海斯特又惱又失望地咕噥道，彷若他某個希望破滅了。

女孩子在比他高一點之處，凝眸打量著這個默默出神的男人。從前她是不大自覺到，自己會整個人這樣依靠了他，因爲直至那時候，在他的臂彎裡，她並沒有感到自己是搖盪在天地的深淵之間。萬一他嫌累贅了，那可怎辦？

「再說，從來就沒有人相信過這番話！」

海斯特猛地爆出這串聲音，女孩子不禁把定定的眼睛睜大了，驚愕得不得了的樣子。這純粹是機械式的反應，因爲她既不詫異也不迷惑。事實上，自邂逅上了他以來，此刻她對他是再了解不過的了。

他鄙夷地笑了起來。

「我在想什麼？」他嚷道。「難道我會在乎誰說過什麼相信過什麼似的，從盤古初開到世界末日！」

「這是我今天第二趟聽你笑，」她說道。「以前從沒有聽到過你笑呢？」

他爬起身，矗立在她之上。

「那是因爲，人的內心一旦給闖進了，就像你闖進了我的內心這樣子，各種各樣的弱點就會乘虛而入——羞恥心啦、怒氣啦、愚蠢的憤激啦、愚蠢的恐懼——還有傻笑。不知道你對這有什麼看法呢？」

「笑得確實不開心，」她說。「不過你怎麼要惱我呢？你是後悔把我從那些畜生那裡搶了過來嗎？我那時跟你講過我是怎樣的人。你曉得的。」

「天哪！」他已恢復了自制力，咕噥道。「不瞞你說，我知道的比你多得多了。很多你連想也沒有想到過；不過，你這人可也不大容易看得透。」

他在她身旁蹲了下來，握住她的手。她柔聲問：

「你可還要我給你什麼？」

他默然過了一晌。

「給你給不來的東西罷，」他把聲音抑得低低的，彷彿在那裡吐露一樁心事，一面又緊握了一下他捉住的手。

那隻手並沒反應。他搖了搖頭，像是要把這件事從心頭驅掉，隨之他把聲調略微提高，放輕的又加上：

「少一點都不行。倒不是因爲我不在乎早拿到手的東西。噢，才不是哩！是因爲我太珍惜這自己擁有的，於是不能完全占爲己有。我知道這是沒有道理的。你再不能扣著什麼了——這會兒。」

「我實在不能，」她悄悄地說，讓他緊握住自己的手。「但願我能多給你點什麼，給好點兒的，或是你要什麼我就給什麼。」

這幾句簡單的話語腔調很懇摯，使他感動了。

「告訴你可以怎樣做罷——你不妨告訴我，你若是早知那個開旅館的討人厭白癡講的是誰，會這樣跟我跑掉嗎？一個害人性命的傢伙——不折不扣！」

「可是那時候我根本不認識你啊，」她大聲說。「我是有腦筋的，他說什麼我會不明白？其實這不是害人性命，我從來就沒有這樣想過。」

「他幹麼編出這種壞事來講？」海斯特喊出聲來。「他像隻笨頭笨腦的畜生。是真笨。他怎麼編得出這一籮筐好話來？我臉相長得特別醜惡的嗎？是我臉上刻滿了黑心腸嗎？還是這種事是人之常情，誰都可以給拿來說的呢？」

「這不是害人性命，」她懇切的重複一遍。

「我知道，我明白。這還要糟呢。說到殺人罷，那比較上還說得過去，喔——我一輩子都沒殺過人。」

「你怎麼要殺人？」她用驚駭的聲音問。

「我的好姑娘，你不知道我在未開發、未開化的地方，一直過著一種什麼樣的日子；向你說也是說不清的。我以前去過些險惡的地區，有些人還未去到，便已逼著要——要殺人。就算未開化的地方也能把些人誘了去；我卻沒有籌謀，沒有計畫——甚至沒有百折不撓的意志，去叫自己逾常地頑固。我只是馬不停蹄向前走，別的人呢，說不定卻在向著某處走。凡事不計較手段目的，似乎人就會謙恭。老實說罷，我從來就不在乎，我不是說不在乎生命——我打開始就瞧不起人家說的這句話——我是說不在乎活著。我不知道這可是人家所謂的膽量，不過我很不相信。」

「你！你沒有膽量？」她異議。

「我真的不知道。沒有動不動就拿刀動槍的那種膽量，因爲人有時會無緣無故就跟人吵起來，碰上這類吵架我從未嘗急於拿刀動槍。人類自相殘殺，那些爭端，像他們別的所作所爲，事後想起來是頂可笑、頂可憐的。沒有，我從未嘗殺過人或是愛上過一個女人——連想也沒有想過，做夢也沒有做過。」

他把她的手提到嘴唇上，將唇貼在她手上片晌，她便乘時向他偎近了一點。長長的一吻過後他仍戀戀不捨。

「殺人、愛人——人生的兩大事業啊！我卻一樣也不曾體驗過。你要是發現我舉止彆扭，不善辭令，靜得不合宜，就得擔待一下。」

他不自然的動著，她那態度雖讓他有點兒失望，他並不深究，在這完全靜默的一刻，她溫順的手在握，他感到兩人心靈從未如斯交融過。無奈他心裡仍有一種不美滿的感覺，並沒完全驅掉——似乎憑什麼都驅不掉的了——那是一切人生美事中致命的瑕疵，使這些美事變成虛妄、絆子。

猛地他忽然用力握了她的手一下。他過去心平氣和，風趣而不過分，皆因內裡有一顆仁心和一身傲骨，現在這種不快樂的自由失去了，那平和的心境也沒有了。

「你說不是害人性命！我也以為不是。可是剛才你引我說話，那名字一提出來，你又知道這番話都是說我的，你表情好奇怪，我看得出來。」

「我是吃了一驚罷了，」她道。

「讓我的卑鄙作法嚇驚了？」他問。

「我不要評判你；怎麼也不要。」

「真的嗎？」

「這樣做好像我一切的一切都敢拿來評判似的。」她用另一隻手比了一比，彷彿要將世界一把都概括了。「我不要做這樣的事。」

隨之是一段沉默，終於讓海斯特打破了：

「我！我！害死了可憐的莫里遜老頭了！」他嚷道。「我，不忍心去傷他的感情；我，連他發瘋癲都尊重！是的，這瘋癲的舉動弄成什麼樣子，你在黑鑽灣碼頭附近便看得一清二楚。我還有什麼辦法呢？他硬要把我當成他的救星，他老是那麼一副感激涕零的樣子，恨不得把心也挖給我看，叫我都臉紅了。我有什麼辦法？他要拿這些鬼煤來報答我，我只得夥他，就像在幼稚園裡夥小孩兒遊戲一般。你既不想讓小孩子難堪，自然也就不想讓他難堪。嘮叨這一大堆話管什麼用？當然啦，這兒的人不明白我們之間真正的關係。但這又干他們什麼事呢？殺掉莫里遜老頭！嘿，這樣騙一個人，殺掉他還沒那麼罪過，沒那麼卑鄙哩——我可不是說沒那麼困難。你懂嗎？」

她輕輕的點著頭，但點完一遍又一遍，顯得十分相信了。他的目光落在她身上，是好奇的，可也充滿溫柔的。

「可是我既不是騙人又不是殺人，」他繼續往下說道。「那你又為什麼這樣激動呢？你只會說你不想評判我。」

她把她那雙空濛濛的灰眸子對著他，眸子裡面看不出一點驚詫。

「我是說我評不來嘛，」她低聲道。

「可是你心裡在想，空穴來風未必無因呢！」那股打趣的口吻仍掩不住他的怒氣。「言談的力量多大啊，哪怕是聽得不齊不全——因為你是無意中聽來的，是不是？是些什麼話啦？是什麼邪魔在那個白癡撒謊鬼背後，支使他編出這籮筐話來？你要能記記看，這番話也許連我都說服了。」

「我沒有用心聽嘛，」她辯白道。「他們說誰干我什麼事呢？他說從來就沒見過一雙夥伴像你們兩個這樣要好；後來，等你在他身上刮得心滿意足了，又對他膩透了，你就把他一腳踢回老家去死掉。」

女孩子用她清純迷人的嗓音複述著這番話，話裡激盪著憤懣，還隱藏著其他情緒。猛可她頓住了，掛下她那兩排黑而長的睫毛，好像心裡厭膩得要死。

「當然，你怎麼不會厭膩那個伴兒——或是別的人呢？你跟誰都不同的嘛——一想到這裡我就發起愁來了；不過，說真的，我不相信你壞，我——」

他的臂膀猛一甩，甩開了她的手，頓時把她止住了。海斯特又控制不住自己。倘使他本性愛喊嚷的話，他早喊了出來了。

「不，這世界定是專門拿來製造壞話，供應全宇宙的。我連自己都討厭起來，好像我掉進了一個髒坑似的。哼！你——你就只曉得說你不要評判我，說你——」

儘管他並沒轉身向她，經這一非難，她倒抬起頭來。

「我不相信你壞。」她依然重複著那句話。「我辦不到。」

他打了個手勢像是說：

「夠嘍。」

他感到一股柔情在他心裡體內生出一陣神經質的作用。突然間，毫無過渡階段，他便轉而憎厭起她來。但僅只是那麼一瞬間。他記得她長得討人喜歡，而且，她在私生活裡也別有一番美質。她掌握了獨特性這個竅門，這竅門撩人——也弄人。

他跳起身，來回踱起步來。未幾他壓抑著的怒火已在體內燒成灰燼，像一座房子分崩離析了，只遺下空虛、淒涼、懊悔。他怨恨的倒不是女孩子，而是人生本身——這最最尋常的陷阱，他覺得自己已掉進其中，看破層層疊疊的機關，自己神志雖清醒，但並不因此得到安慰。

他倏然轉身，走近她，在她身畔蹲了下來。她還沒來得及動一下，甚至沒來得及偏過頭來，他已將她一把摟進懷裡，吻她的嘴唇。他嘗到掉在她唇上的一顆苦澀的淚珠。他從來沒有見過她哭。這彷彿再次挑起了他的柔情——一股子嶄新的引誘。女孩子回頭溜了一眼，猛然縮了開去，臉避過了。她橫霸地打個手勢叫他走開——然而海斯特並沒聽從。

第五章

等她終於張開眼睛坐直了身子，海斯特急忙爬起身來，走去替她拾起那頂滾開了點兒的通帽。她這時也忙著理好自己的頭髮，編在她頭頂上的兩束粗黑的辮子早已散掉了。他默默把那頂通帽遞還給她，等著，彷彿不想聽見自己的聲音似的。

「咱們下去吧，」他低聲說道。

他伸出手去扶她起來。他想微笑一下，但近一看她臉上紋絲不動的，精神極其委頓的樣子，只得罷了。他們兜返那條林間小徑，途中要經過那望得見海的地方。看見那熾亮的空淵，那流麗而波動起伏的炫光、那慘烈的光，她不禁渴望那溫柔近人的夜，群星給一道重咒鎮住了；那天鵝絨黑的蒼穹，以及那海洋神祕巨大的影子，給那厭倦了白日的心靈帶來安寧。她把手抬到眼上去；在她身後的海斯特柔聲開言：

「莉娜，咱們繼續走吧。」

她一言不發，向前走去。海斯特說他們從來不曾在大熱的時辰出來過；他擔心，這下子恐怕對她身體不好。他這麼關懷，使她很快慰。她感覺到愈來愈像自己了——那個在樂團裡表演的可憐的倫敦姑娘，這姑娘若非碰上一個男子——一個在天底下再也沒有、再也找不出第二個來的男子——把她給搭救了去，她險些兒就要過著悲慘屈辱的日子了。她這番感想裡有興奮，有不安，有一股發自內心的自豪——心也怪往下沉的。

「我輕易不會中暑什麼的，」她斷然說。

「說的是，不過我倒記得，你不是個熱帶姑娘呢。」

「你又何嘗是在這一帶出生的呢，」她回道。

「不錯，說不定連你的體格我也沒有。我是移植過來的。移植的！我該說自己是給連根拔起來的——一種不自然的生存方式；可是男子漢應該什麼都禁得起才是。」

她回眸望他，接到一個微笑。他叫她靠著林中小徑的蔭蔽處走，那條狹窄的小徑靜沉沉的，強光雖曬不到，也還蒸滿了暑氣。他們偶爾瞥見公司那塊舊墾地在發出強光，那些燒焦了的黑樹樁沐在日光裡影子也無，既可憐，又怕人。他們逕自橫過曠地向平房走去。到了遊廊上，他們疑是瞥見一眼那神出鬼沒的阿王。女孩子本人不大敢肯定是否見過什麼動靜，海斯特卻絕無疑問。

「阿王早出來找我們呢。我們回來晚了。」

「他找我們來著？我說剛才還瞥到什麼白白的呢，一轉眼就不見了。」

「就是了——他神出鬼沒。這是那唐人的看家本領。」

「他們全都這樣子的嗎？」她動了天真的好奇心，不安的問。

「不全是這樣圓熟，」海斯特說，心中暗覺有趣。

他發覺女孩子走路回來並沒中暑，私心頗感寬慰。她額上的汗珠子宛如一片清涼白花瓣上的露水。他瞧著她那強壯而有風姿的身子又結實、又柔軟，心裡越發欣賞。

「進屋去歇一刻罷，待會兒王先生就會給點什麼咱們吃，」他說。

他們看見飯桌已經擺上了。等他們再聚首並在桌旁落了座，阿王又悄悄的現了形——沒人叫他來，也沒人聽見他來，他便執行他的職務了。職務執行完，他又消失了。

三巴侖島上罩著一大片岑寂——一片酷暑的沉寂，彷彿有生死攸關之事即將發生，像苦思時的沉默。海斯特獨自留在客廳裡；女孩子見他拿起一本書，便先退回自己寢室去了。海斯特在他父親的肖像底下坐好；不知不覺間，他又想起遭人惡毒中傷之事，那滋味一似在嘴唇上沾了些毒藥，蝕著皮肉，並且令人作嘔。他忍不住想往地上吐一口唾沫，戇稚地，是對這官能上的感覺毫不矯飾的厭惡。他搖了搖頭，自己也詫異起來。他一向不是這樣處理自己理性上的感受的——不是表諸官能情緒上的波動。他在椅子裡不耐煩的挪動著，將那本書雙手捧到眼前。那是他父親的一本書，他隨手翻開，目光落在書頁中間。老海斯特著了不少書，內容包羅萬象——有談時與空的，談動物與星宿的；也有剖釋思想與行動的，人的笑容與愁容，以及他們痛苦的表情。做兒子的念著念著，縮回自身裡，彷彿在作者注視之下斂容正色，分明意識到他右側、頭頂略上之處的那幅肖像；蒲席壁上厚框子裡的一幅奇相，畫的是定定的側影，看上去既顛沛流離，又安逸自在；既不得其所，又一副主人氣派。

海斯特念：

人生所遭逢的計謀之中，以愛的慰藉最爲殘酷——也最巧妙；因爲那慾望就是夢之泉源。

他一頁一頁的掀著那題爲「風暴與塵土」的薄冊，瀏覽著內裡零碎的反省、箴言、短語，那些話語時而不明所指，時而雄辯服人。他彷彿聽見父親的聲音，在那裡斷斷續續的說著話。他先是一驚，末後卻覺得這幻覺很美。他任由自己將信將疑，恍惚父親在這世上仍遺有一些什麼——是一把幽靈的聲音，只有他自己的骨肉始能聽見。那人看待充塞天地的虛無時，是冷靜得何等樣的奇怪，卻又夾雜著深深的恐懼！他沒頭沒腦的投身進去，也許是要令死亡——那是每個問題最終的解答——不那麼難堪。

海斯特動了動，那鬼聲便消失了；但他的目光依然隨著書本末頁上的字：

良心不安或滿腦罪念的人，他們所知的許多東西，是和平、不好爭鬥的心靈匪夷所思的。敢下地獄，甚或夢想過下地獄的，豈只詩人而已。這些最拙於表達的人，一定曾對自己說過：「除了這個，什麼都行！」……

我們都有過短暫的時刻，驟能預見未來。由於宇宙秩序性質的關係，這些灼見無甚用處，餘者亦無甚用處。嚴格說來，若用被害者的標準來判斷，這性質是很不體面的。它一方面容許抗議得非常猛烈，另一方面卻必定把抗議鎮壓掉，即如鎮壓最盲目的附和一般。所謂善，所謂惡，報答都止於本身而已——此外便更無一物……

看得見未來也罷，看不見也罷，人都甘受奴役。與其否定一切而不知後果如何，人寧可爲奴婢而得寢息。只有人類可憐得令人不舒服；但我比較容易相信人其實是不幸，不是性惡。

這些便是結語。海斯特把書放到膝上，莉娜的聲音便在他垂著的頭上響起來：

「你坐在這兒好像不開心。」

「我還以爲你睡著了呢，」他說。

「我不錯是躺下了，但是一眼也沒合上過。」

「咱們走路回來，歇一下是好的。你沒有歇歇看？」

「說了嘛，人家躺是躺下了，可是睡不著呢。」

「你居然一點兒聲音也沒有！多不老實啊。還是你想靜靜一個人過一會兒？」

「我——一個人！」她喃喃道。

他發覺她看著那本書，便起身把書放回書櫥裡去。他轉身，瞧見她已倒進那把椅子裡——那是她常坐的一把——看上去似乎渾身倏然虛脫了，只遺下她的青春，那青春似是很可憐，任由他處置。他急忙跑向椅子去。

「累了吧，是不是？都怪我不好，把你帶到那麼高去，害你在外頭跑了那麼久。今天偏偏又一絲兒風也沒有！」

她注視著他關切的神態時，神情憔悴，眼睛抬起望著他，但仍難解如昔。正因爲不懂，他的眼光也就避開她雙眸。他入了神地冥想著那雙沒主宰的手膀、這兩瓣毫無防禦的嘴唇，還有——對，它們要避也避不了——還有這雙睜得老大的眼睛。這雙灰色的凝眸裡蘊藏著一些野性的什麼，教他想起陰寒北極的海鳥。等她重又說起話來，他給嚇了一跳，那種親暱的誘力，亦一下子由那嗓音流溢了出來。

「你該想法子愛我嘛！」她說。

他做了個詫異之狀。

「想法子，」他咕噥著說。「只是我覺得——」他頓住，心裡說，雖然愛她，自己卻未嘗老老實實地說出來。很簡單的話嘛！他把溜到唇邊的話嚥了回去。「你怎麼這樣說呢？」他問道。

她垂下眼皮，把頭微擰了一下。

「我無德無能，」她低聲道。「是你對我好，扶持我、體貼我。說不定你就愛我這一點，單只愛我這一點；又或者你愛我來作伴，因爲——哎！可是人家有時覺得，你一定不會愛我這個人，單單爲了我這個人而愛我，就像人家那種天長地久的愛那樣子。」她低下頭去。「天長地久，」她又吐氣說出來；最後，她嗓音變得更加微弱，哀懇地又添上一句：「你試一試吧！」

末尾這幾句話直打進他心竅裡——打進去的聲音比意義還要多。他不知道說什麼好，這若不是因爲他對於應付女人缺乏訓練，那就完全是他天生的不善於矯飾了。現在他的防禦統統瓦解了，命運已掐住他的咽喉了。儘管她並沒朝他望著，他仍勉強擠出一絲笑容；對，他終於擠出了——那聞名的、俏皮有禮的海斯特式笑容，那群島上各階層人都那麼熟悉的笑容。

「我的好莉娜，」他說道，「你好像在故意向我找碴兒吵嘴——什麼人不好找？偏找我！」

她一動也不動。他撐開雙肘，用手擰著他的長鬍梢，一副男人姿態，而又很爲難的樣子，包裹在一團女性氛圍中，像包在一團雲霧裡，提防著陷阱，又像動也不敢動。

「可是說真的，」他補上一句，「不找我找誰呢；而且，要想在這世上活下去，我看總得吵吵架。」

那女孩子在她的椅子裡靜靜坐著，風姿優雅，對他來說，女孩子就像一種他所不懂的文字，甚而只是莫測高深；就像文盲看到任何文字一般。論到女人，他是十足的門外漢，又沒有那種直覺的本事，那種本事是在青春時代經歷夢寐與心象種種感情上的鍛鍊而成，好去闖一個世界，這世界裡頭愛情本身除得靠互相吸引外，同樣有賴互相敵對。他的心態好比一個人拿著一篇文字看來看去，總解不過來，但字裡行間卻可能隨時都有某些啓示露出。他不知道說什麼才好；終於只能加上一句：

「我究竟是做了什麼，還是欠做了什麼，叫你這樣煩惱，我連這個也弄不清。」他住嘴，重新覺到他們關係中那種物質上、精神上缺憾之感——這感覺，使他渴望永遠親近著她；令她離開他眼前時，變得那麼模糊，那麼虛無縹緲，變成一個無從捉摸的希望。

「不！我不大懂你的意思。你的心是想著將來的日子麼？」他故意打趣的質問她，因爲他自己羞於啓了齒。然而他心裡存著的消極念頭已經逐一消褪了。

「因爲果然這樣的話，那就別去想它好了。咱們的將來日子，人家所謂的來世，是沒有什麼可怕的。」

她抬眼望他；假使大自然是要這雙眸子表達直率以外之物，他該察覺女孩子聽了他這番話後，並且知悉她那顆下沉的心比前更拚命地愛著他，她是多驚怖。他對她微笑著。

「一點也別想它，」他再說。「你該不會以爲我聽了你這番話之後，急於返回人世間罷。我！我！害了可憐的老莫的性命！他們說我幹過的這件勾當，保不定我真的幹得來。問題是，我沒有幹過嘛。可是這件事讓我很難受。我本來也不好意思說出來——可是真難受啊！算了罷。莉娜，有了你，再壞的事，再齷齪的遭際，我都禁得起。這事咱們若是忘掉了，這兒就再沒有人教咱倆想起了。」

他還沒頓下來，她早就抬起頭來了。

「咱們在這兒，什麼都侵不進來的，」他繼續說著，然後彷彿方才她抬頭那一望是帶著一種誘力或是挑釁似的，他彎下腰去提住她雙脅，將她從椅子裡一把直攙了起來，猛然緊緊擁在懷裡。她反應很敏捷，這使她身輕如羽，從來沒有什麼親暱的愛撫，像此刻這樣溫暖著他的心窩。他料不到，一直藏在她被動態度裡的熱情，竟這麼迫不及待地向他流露出來。他剛一感到她那雙胳膊抱在他脖子上，她便低喊了一聲——「他在呢！」——然後掙脫他的擁抱，一溜煙跑回她的房間。

第六章

海斯特楞住了。他橫掃四周一眼，彷彿要整間房間給這侵犯做見證時，發覺阿王已形聚在門口。鑑於阿王每次現形都甚有規律，他現在這突如其來，再也想不到。起初海斯特撐不住想笑出來。他起先一口咬定別人是侵不進來，這下子可給事實否定了，倒使他的情緒鬆弛下來。他也有點兒生氣。那唐人保持著異常的沉默。

「你要什麼？」海斯特板起臉問。

「那外邊有艇子，」唐人說。

「在哪兒？你說什麼？海峽裡有艇子漂流著？」

阿王神色有異，顯出他正接不上氣來；但是他不喘氣，聲調也很平穩。

「不是——划的。」

這回輪到海斯特嚇了一跳，提高了聲音。

「是馬來人麼？」

阿王把頭略微一搖否定了。

「莉娜，聽到嗎？」海斯特喊出聲來。「阿王說看見一條艇子——顯然就在附近。阿王，艇子在哪兒？」

「就在岬角附近，」阿王扯高嗓門，忽然轉口用馬來話說。「是白人——有三個。」

「就這樣近？」海斯特大聲說著跑出遊廊，阿王尾隨其後。「白人？不會的！」

墾地上那些影子早已拖長了。太陽低低的懸著；一道炫光，紅紅的躺在平房前那小塊燒得焦黑的土地上，橫斜在那些桅狀的高樹之間的地上，那些挺直的樹百來尺的樹身中間一枝椏兒也沒有。遊廊上望出去，那些灌木叢將碼頭完全遮住。右面遠處，可見阿王的小屋，或者說是那黑色席搭屋頂，下面圍著竹籬笆，將那阿孚羅女人的私生活與外界隔絕。唐人朝那方瞟了一眼。海斯特頓住，跟著一步倒退回房間裡來。

「莉娜，顯然是白人。你在幹什麼？」

「我不過在洗一下眼睛，」女孩子的聲音從內房傳出。

「哦，是；好罷！」

「你找我麼？」

「不。你不如——我要卜碼頭去了。對，你不如留在屋裡頭。真是怪事！」

事情確實怪，怪得只有他自己才體會到有多怪。他心裡盡是一聲聲的驚嘆，一雙腿卻把他往碼頭的方向一路帶。他在阿王的護送下順著鐵軌走。

「你最初是在哪兒見到艇子的？」他掉過頭來問。

阿王用馬來話解說，剛才他到碼頭岸尾那大堆煤處，去撿幾塊煤，偶然從地上抬起頭來，就一眼看到那條艇子——不是筏子，而是條白人的艇子。他眼力滿好的，他瞧見有人用槳划著艇子；這時阿王在眼上打了個什麼手勢，恰似視覺猛然受到打擊一般。他馬上轉身便跑，奔到屋子來報告。

「不會弄錯罷？」海斯特說，一路繼續前行。來到煤區的最外緣他猛可止步。阿王在他身後的小路上也隨之頓下來，直等到大老闆厲聲把他叫上前面的空地。他聽命上前。

「艇子呢？」海斯特有力地問。「我問你——艇子在哪兒？」

岬角與碼頭之間空蕩蕩一無所見。鑽石灣一帶宛如一塊紫色的影子，光澤鮮而又空無一物，陸地外是那浩淼的海洋，碧黯黯的躺在太陽底下。海斯特的眼睛向海面上環掃了一周，然後遙遙的，望到那黑色火山峰，峰口正噴出一縷羽狀的輕煙，不斷地在擴散，在消失，在黃昏透明的光焰裡，一點也沒有改變形狀。

「這傢伙是在做夢了，」他心中咕噥著。

他紮紮實實地瞅著那唐人；阿王如同化成了石頭。突然間，阿王觸了電似的，驚跳起來，甩出手膀把食指指向前方，喉頭裡嗯嗯作聲說，他就是在那裡，那裡，那裡見到艇子的了。

這委實太不可思議。海斯特只道那不過是些奇怪的幻覺罷了。這可能性不大；可是一條坐著三人的艇子，竟會像塊石頭一般，倏地在岬角與碼頭之間沉下海底去，海面上卻連槳子也沒浮起一把來，這更加不可能。說是條鬼艇還比較可信呢。

「他娘的！」他心裡咕噥道。

他讓這宗怪事弄得很不是味兒；可是這時他又想出一個簡單的解釋方法。他忙忙踏出碼頭去。那條艇子，果真在的話，現在划了回去，說不定可以從長碼頭的末端看得到。一無所見。海斯特遊目四顧海上。他困惑得慌，連一個空洞洞的聲音響了起來，他一時都無動於衷，那聲音彷似有人在艇子裡翻來滾去，加上槳子圓材卡搭卡搭碰擊發出的。等他會過意來，他輕易便尋出了聲音的來源。聲音來自下面——碼頭下面。

他往回跑了約莫十二碼，然後望出去。他的視線筆直瞰射到一條大艇子的尾座上，碼頭的鋪板在他前面把艇子遮去大半。他的目光落在一個漢子瘦削的背部，此人身子彎摺在舵柄上，神情慘慼，古怪而不自在。另外一人，在海斯特較直接的下方，手腳成大字形地仰天趴在兩條舷邊上，半個身子吊出後座板外，頭比腳低。這第二人眼睜睜朝天瞪著，掙扎著爬起身，但顯然人太醉了，爬不起。艇子看得見的部分還盛著一只扁皮箱，上面無力地搭著頭一人的那條長腿子。一只陶製大水壺，塞子拔去了，瓶口大開，從那趴臥著的人身底下滾出底板上去了。

海斯特一輩子也不曾這般大大驚訝過。他呆呆地凝視著那條陌生艇子裡的人。他頭一眼就斷定這些人不是航海的，他們穿著熱帶文明人的斜紋白襯衫。但他們怎會像鬼魅一樣出現在一條艇子裡呢，海斯特始終無法做出合理聯想。熱帶文明是扯不上關係的了。這倒像那些流傳在玻里尼西亞的神話：一個島上來了些奇異的陌生人，他們或神或妖，給真純的島民帶來禍或福——那是些前所未有的恩賜，或是聞所未聞的話語。

海斯特發覺艇舷側浮著一頂通帽，顯然是從那身子彎摺在舵柄上的人頭上掉下來的，那人露出一顆瘦稜稜的烏黑腦瓢。一把槳也撞到水中去了，大概是給那手腳伸開臥著的人碰掉的，他仍一個勁兒在座板之間掙扎。這時海斯特已不再以詫異的眼光來看這些來客，而是像在努力解決一個難題那樣，全神貫注。他一隻腳踏著椿木，人靠在拱起的膝蓋上，一目瞭然。那個臥著的人滾離座板，倒了下去，然後料不到竟又站立起來。他頭昏眼花地左搖右擺，伸出雙臂，微弱而又沙啞地喚了一聲夢樣的「嗨！」他朝上翻起的臉又紅又腫，鼻上頰上的皮全都捲起剝落。他瞪著雙目，眼神錯亂。海斯特看見他骯髒的白外套襟前及一隻袖子上，斑斑點點全染滿凝結的血漬。

「出了什麼事呀？你受了傷麼？」

那人朝下晃了一眼，搖擺著身子——他的一條腿正插在一大頂木髓帽子裡——等到身子定了下來，便發出一個彷似獰笑的陰慘的聲音，嘎嘎響得很是扎耳。

「血——不是我的。要渴死是真的，要累死是真的。累壞了。喂，水呀！給我們喝水！」

單他這幾句話聲調裡頭就透著乾渴，他輪流交替地發出一陣斷斷續續的嘎聲和一個沙沙聲的微弱喉音，剛剛足以傳進海斯特的耳鼓。艇裡這人舉起雙手要人把他攙上碼頭，一邊喃喃道：

「我試過了。沒氣力，摔倒了。」

阿王正慢慢地沿著碼頭走過來，把眼睛睜大定定地看著。

「跑回去拿根鐵橇來。煤堆旁就放著一根，」海斯特向他大聲喊道。

那個站在艇裡的人在他身後的座板上坐了下來，一陣夾著咳嗆的笑聲，便從他兩片腫起的嘴唇間迸將出來，煞是怕人。

「鐵橇？要來幹什麼？」他咕嚕著，頭哀傷地垂到胸前來。

就在這時，海斯特彷彿像把那條艇子撇到腦後了，狠勁踢起突出碼頭鋪板之上的一只大黃銅水龍頭來。爲了方便那些來取煤而又碰巧需要水的船隻，先前曾在內地接了一個泉源，由一條鐵管引到碼頭來。管子盡頭彎成曲狀，差不多位於那夾著陌生人的艇子的木樁間；但龍頭卻嵌得很緊。

「趕快！」海斯特向那手持鐵橇在跑的唐人嚷道。

海斯特把鐵橇劈手搶了過來，跟樁木取了一個槓點，然後將那上緊了的水龍頭猛力一扭。

「這管子可不要塞住了！」他焦急地喃喃自語。

管子沒有塞住；但湧出的水流也不大。一注細流馬上聽見了，一半噼噼啪啪打在艇舷上，另一半則巴扎巴扎濺潑在舷側。接著是一陣含糊而狂野的歡呼。海斯特跪在椿木上，望下去。那個適才說話的人早已在那注晶瑩的細流下面張開了嘴巴。水流過他的眼臉，他的鼻子，汩汩灌下喉嚨，溢出下巴頦。然後管子裡有些阻塞物給沖開了，一條粗水柱猛然噴射在他臉上。刹那間，他雙肩盡溼，外套前襟淋滿了水；他渾身淌著水；水流入他的口袋，順著腿子而下，灌進鞋裡；他卻一直雙手抓住水管尾不放，在吞嚥著，嘴著噼噼啪啪響著，嗆著，鼻子裡像人家泅泳似地噴響著。驀然間，一陣奇怪的低沉吼聲傳進海斯特的耳裡。碼頭下竄出些黑黑的毛髮鬖鬖的什麼來。一隻頭髮蓬亂的腦勺，像一顆炮彈飛來，從側面撲出捉住那在水管旁的人，衝力足以扯鬆他握得緊緊的手，並且將他摔到艇尾座裡去。他倒在位於舵柄那人盤著的腿子上，那人被艇裡這番擾攘弄醒過來，坐起身，悶聲不響，僵僵挺挺，簡直像具屍首。他雙目只餘兩片黑色，牙齒像一副骷髏頭咧著嘴，在兩片縮進去的嘴唇之間閃著暗光，兩唇比黑羊皮紙厚不了多少，黏在齒齦上。

海斯特的視線又從他游移到那頭怪物身上，牠在水管尾端現已取代了頭一個人。褐色巨爪凶蠻地抓緊水管不放；那顆斗大的野頭顱倒懸著，一張覆著一片溼毛的臉上張著一大個歪嘴巴，長滿尖長的銳齒。水注滿了嘴，啞咳著噴將起來，順著兩邊腮顎，流下那毛鬖鬖的喉嚨，浸溼那龐大胸膛上的黑毛皮。在一件撕破了的格子花襯衫下面，大塊大塊烏紅木雕成的胸肌，抽搐著一起一伏。

起先那個人剛回過了那口因抵擋不住那一撞而喘失了的氣，一陣尖聲的狂罵便從艇尾座傳來。位於舵柄的那個人把肘僵僵的一彎曲，將手放回腰間。

「先生，別射死他！」那頭一人叫著說。「等一下！那舵柄給我。我要教教他怎樣在caballero（紳士）面前守規矩！」

馬丁．里卡多揮著那塊重重的木板，氣勢奇猛地撲向前去，往彼得羅頭上一擊，啪的一聲響徹了整個寧靜的黑鑽灣。一片殷紅出現在那頭黏結的頭髮上；他臉上四流的水裡現出一條條紅脈，匯成玫瑰紅色水珠子一顆顆滴下頭來。但那人仍抓住不放。直至第二下怒拍下來，那毛鬖鬖的手這才鬆開，蠕動的身軀也跟著癱倒下去。身子還未觸及底板，里卡多又往肋部大腳一踢，把他往前踢到看不見處，那邊隨即傳來咚地一下重物墜地與卡搭卡搭圓材碰擊之聲，另加一聲可憐的呻吟。里卡多彎身望著碼頭下面。

「嘿嘿，狗！這是教訓你以後做人要安守本分，你這要人命的畜生，該宰的蠻子。你呀！你這叛徒，強盜！下回老子可就把你剝皮拆骨，你這吃臭屍的！Esclavo（奴才）！」

他退後了點兒，伸直了身子。

「其實我不是當真的，」他對海斯特說，接觸到上面海斯特定定的目光。他輕快的跑到艇尾去。

「先生，來吧，輪到您了。我不該先喝的。說真的，我倒忘形了！您是上流人嘛，我知道您會擔待小的。」里卡多一邊告罪，一邊伸出手來。「先生，我來扶您罷。」一點兒一點兒地瓊斯先生又完全舒展了他纖長的身軀，他搖了搖，晃了晃，然後一把抓住里卡多的肩膀。他的爪牙扶持他往水管子走去，管子仍在那裡一逕湧著一注清澈的水流，襯著那黑色木樁，以及碼頭底下那片黝黯，越發閃閃生光。

「先生，抓緊，」里卡多體貼地說，「行吧？」

他退後，正當瓊斯先生在那兒縱情於汩汩而來之水，他卻在這邊廂對海斯特講起一番解釋之辭來，那語氣反映著他的情緒，像貓兒一時在咕嚕咕嚕叫，一時又嘶嘶恐嚇。依他說，他們一直拚命划了三十個鐘頭的槳了，除掉前夜舐舷邊上的露水，也已四十個鐘頭滴水不沾了。

里卡多沒有向海斯特解釋怎麼弄成這樣子。當時他也沒有什麼好解釋給碼頭上那個人聽；他猜想，那人心中大大納罕的，準不是這些人怎麼弄到目前這狼狽光景，而是他們爲什麼到他這裡來了。

第七章

他們怎麼會弄成這樣子，原因很簡單，不過兩點：第一，爪哇海的輕風與強流把艇子東吹西漂，直至他們半迷失了方向；第二，陰差陽錯，索姆堡的人放進艇裡的兩只水壺，其中一只盛錯了鹹水。里卡多盡力說得悲愴一些。划著十八呎長的槳子划了三十鐘頭吶！還有那太陽！里卡多詛咒那太陽，藉此發洩他的情緒。先前他們覺得心肺都在體內萎縮。他大吐苦水說，好像這種種還不夠麻煩似的，他又得耗掉所剩無多的力氣，去用一塊擋腳板打他們僕從的腦瓢子。那笨蛋想去喝海水，怎也不肯聽道理。不這樣就止不住他。先把他打昏了，強如讓他在艇裡瘋起來，最後迫著用槍打死他。里卡多誇道，這預防措施，所用的力度足可敲碎一頭大象的腦袋，須分兩次施行——第二次施行時已差點就見得到碼頭了。

「這個蠢人你見過的啦，」他滔滔不絕地講下去，藉此掩飾他們不明的來歷。「要用鎚才能把他從水壺處打走。給他頭上那些老創口再開次花。可見我要打得多用勁的啦。他不懂得自制的，一點也不懂。要不是他有時倒也派得上用場，剛才索性讓老闆開槍打死他算了。」

他仰臉用他獨特的縮唇的動作對海斯特笑了笑，然後想了想，補上一句：

「他再不學學自制一下，早晚就落得這樣下場。不過我總算教他守了一陣子規矩啦！」

隨即他又對碼頭上面那個人倏的露齒笑了笑。打他開始講述他們的航程起，他那雙圓圓的眼睛一刻也沒離開過海斯特的臉上。

「原來他是這副模樣的！」里卡多暗忖。

他倒料不到海斯特是這個樣子。他早就給自己構想出一個海斯特，包含一個所謂的弱點的。那所謂的弱點也給了幫助。這些孤鬼大都有酒癖。可是不呢——這哪裡是張酒徒的臉；他在這臉上，在那些定定的眼神裡，也發現不到慌張、甚或驚詫這些弱點。

「我們太虛弱了，爬不出來，」里卡多繼續說著。「我倒是聽見你走來的。我喊了罷？我使勁想大聲喊，你聽不到麼？」

海斯特表示他聽不到，那表示儘管微得幾乎覺察不出，里卡多那雙貪婪——渴求得到任何消息——的眼睛倒沒有漏掉。

「喉嚨太乾了嘛。最近大家連低聲說句話也懶得動口了。人口乾就說不出話。保不定你還沒有看見，我們都已經在這碼頭下面死掉了。」

「我想不出你們哪兒去了嘛。」終於聽見海斯特，對這些海上新來客直截發起話來了。「你們一轉過了那岬角，就給看見了。」

「嗨，我們給看見了？」里卡多先生哼道。「我們像機器那樣一味在划——停也不敢停。老闆坐在舵柄處，可是他跟我們說不上話來。艇子駛進那些木樁間，撞到了什麼，我們跟著統統從座板上倒栽了下去，像喝醉了酒似的。喝醉了酒——哈！哈！實在太口乾了罷！我們費了最後一口氣挨到這兒來。說真的，多一哩我們就不行了。一聽到你在上面的腳步聲，我就設法站起身，跟著倒了下去。」

「那就是我聽到的第一個聲音，」海斯特說。

瓊斯先生那件弄髒了的白外衣浸溼了貼在他的胸骨上，他搖搖晃晃的離開那水管子。他把手扶在里卡多肩上定著身子，一面長長喘了口氣，抬起水滴滴的頭，做出一個鬼魅的溫和的笑容，若有所思的海斯特倒沒有注意到。在他背後，太陽正碰到了海洋，宛如一只冷卻成一團暗紅光焰的圓鐵盤，隨時就要繞著海洋那塊環形的鋼板上滾轉起來，那鋼板在漸漸黯下來的天幕下，看起來比三巴侖島上的高脊與岬角還要實在；那岬角斜坡長長的輪廓融入它自己深不可測的影子裡，把海灣上那層黯淡的光澤也給弄模糊了。那水管湧出的水流很猛烈，像玻璃砸碎了，豁朗朗打在艇舷上。那一陣陣持續的濺水聲，巴扎巴扎的十分響亮，顯出了大地的沉寂。

「真了不起，竟會把水引到這裡來，」里卡多讚嘆道。

水就是生命。他這會子感到彷彿有能耐跑上一哩路，攀過一堵十呎高的牆，唱一首歌。不過幾分鐘前罷，他簡直與一具屍首無異，累壞了，腳站不穩，手也舉不起，連呻吟也不會。一滴水就起死回生了。

「先生，您不覺得渾身都給活力滲透了嗎？」他故作輕鬆，畢恭畢敬地問他的首領。瓊斯先生一言不發，跨過座板，在艇尾座上坐了下來。

「你們那個人不是在下面艇頭裡流血流得快死了嗎？」海斯特問道。里卡多住了口，不再讚美那起死回生的水了，轉而用一副憨戇的口吻答道：

「他？你管他叫作人也行，可是他那身皮呀，比他從前剝的最韌的鱷魚皮還要韌得多。你才不曉得他多熬得呢，我可知道。我們很久以前考驗過他了。Olá（好），喂！彼得羅！彼得羅！」他放聲喊叫，中氣足以證明水確有起死回生的功效。

一聲微弱的「Señor?」（老爺）自碼頭底下傳來。

「我怎麼說著來的？」里卡多得意地說。「他什麼都傷不了的。他沒事。嗳呀，艇子浸水了。你不可以把這水關掉嗎？艇子快要給你弄沉了，已經淹過半了嘛。」

海斯特打了個手勢，阿王便鎚了一下碼頭上那只黃銅水龍頭，然後站在大老闆後面，手持鐵橇，一動不動如前。里卡多大概也不敢以爲彼得羅真是那麼挨得，因爲他彎身窺望碼頭下面，跟著走前不見了。那汩汩湧出的水猛可停止後，等到水尾也滴完，便完全寂靜無聲了。遠處，太陽變成一點紅光，在氣也透不過來的無際薄暮裡，低低的燃著。點點紫光逡巡在艇四周的水面上。艇尾座裡那個鬼魅似的人用沒精打采的嗓調說：

「我那——呃——夥伴——呃——祕書是個怪人。恐怕我們給人家的印象不太好了。」

海斯特聽著。那是一個有教養的人的典型聲音，只是沒勁兒得出奇，但更加出奇的，是他還這麼著緊觀瞻，也不知是真是假。在這種情形下，怕不會是認真的了，可也從來沒有人用這種死氣沉沉的聲調說笑。那是沒法回答的，海斯特於是不言語了。那人繼續說下去道：

「我出慣門，發覺他這種人非常有用。無疑，他有他的小缺點。」

「敢情有呢！不小呢！」海斯特熬不住說起話來了。「缺的可不是拳腳的力氣；依我看，也不在於過分講人道。」

「就壞在脾氣。」瓊斯先生自艇尾座解說。

這番對話的主人翁這時正從碼頭底下走出，來到艇子見得到的部分，只聽見他用充滿活力的聲音，替自己答辯。他的神情毫不委靡，反之是輕鬆，近乎戲謔的。他請人包涵他說話頂撞。他從來就沒有發過「老彼」的脾氣。這傢伙是個南歐佬，力大無窮，而一點不懂道理。這樣的配搭把他變成一個危險人物，因此就得用一個他懂得的方式，予以適當對待。講理他是沒法懂的。

「所以呢，」——里卡多有氣無力地對海斯特說——「您別大驚小怪了，要是——」

「不瞞你說，」海斯特插進嘴來，「你們坐著艇子到這兒來，我已經出奇得不得了，區區小事，再也不會叫我奇怪的了。你們還是先上岸好嗎？」

「先生，說得對！」里卡多便在艇裡忙亂起來，嘴裡一面謅個沒完。他發覺自己「猜透」這人不來，於是自然而然地當他有逾常的洞察力，對此，他以爲最好還是保持緘默。還有，他怕人家劈頭劈臉向他尋根究柢。他一下子編不出話來答。這點頗要緊的細節，只怪他和他老闆擱下不談太久了。過去兩天來，乾渴的恐怖冷不防的降臨他們頭上，使他們沒工夫議事。他們只管沒命的划。但里卡多心裡想，哪怕碼頭上這人真與魔鬼合夥，他們吃的這麼多的苦也全都要算到他頭上。里卡多心裡陰陰地笑。

這當兒，水已淹沒了底板，只聽見里卡多一邊濺著水，一邊大聲替自己慶幸行李沒有浸溼了。他早已把行李在前頭堆好了。他將彼得羅的頭隨便包紮過了。彼得羅沒什麼可埋怨的，反該千恩萬謝他里卡多，給他撿回了老命。

「好啦，先生，我來托您上去，」他愉快地對他那一動不動坐在艇尾座的首領說。「我們的艱難終於過去了——暫時總算過去了。在這島上碰到個白人，不是造化麼？天使會更難碰得見呢——瓊斯先生，嗯？好——先生，得了嗎？一二三，上！」

里卡多在下面托著，那個比天使還要叫人詫異的人則在上面接著，瓊斯先生便攀了上岸，站到碼頭上海斯特身邊。他像蘆葦似的搖晃著。降臨到三巴侖島的黑夜把地岬與碼頭本身，變成濃濃的黑影子，使直伸到西部遠方微明之處的那片一閃不閃的水，黑得更實在了。海斯特凝神望著這些客人，他們是他所捨棄的世界於一天將盡時給他送來的。大地上另一點殘餘下來的光，閃在那瘦削的人的眼洞子裡。那雙眼睛暗暗地亮著，又微弱又飄忽，眼皮拍上拍下。

「你覺得人很虛吧？」海斯特說。

「暫時有一點。」那人承認了。

里卡多氣喘呼呼，手膝並用，獨力起勁攀上了碼頭。他在海斯特身旁站了起來，在鋪板上挑釁似的，很俐落地蹬蹬連跺了兩腳，活像人家在劍擊學校裡有時聽見劍手交劍之前的跺腳聲。那放棄了航海生涯的里卡多倒不諳什麼劍術；他的武器只是他那對「射彈鐵」，或是那更不體面的刀子，就像此刻仍那麼巧妙地綁在腿上的那一把。這時他也想到怎麼辦。只要把腰猛一弓，等直回身子，一刀拉過去，再往碼頭下一推，除了「巴扎」一下不甚騷擾四鄰寂靜的濺水聲外，真是無聲無息。海斯特連喊一聲都會來不及。這一來既乾淨又俐落，極合里卡多的脾胃。然而他壓制住這一陣凶蠻的衝動。事情並非如此簡單呢。這差事得另換個手法來幹，而且不能操之過急。他又回復了他那單純的絮叨的聲口。

「是呀；我一喝了水，以爲自己很結實了，現在卻也沒什麼力氣。水這東西真了不起！還是在這兒就喝著了呢！那真比登天還舒服——嗨，先生？」

瓊斯先生見里卡多直截向他發話，便和應起來：

「就是說呀，當初還以爲這是個荒島呢，等我看到上面有個碼頭的時候，真不敢相信自己的眼睛。我疑心是不是真有碼頭在這兒；我一直以爲是幻覺罷了，後來艇子卻的確駛進木樁間去了，你現在看見的啦。」

正當他用恍若不屬人寰的聲音軟弱地說話時，他的爪牙卻打起異常粗太塵世間的聲腔，搬起他們艇裡的東西來。他對著彼得羅說：

「來吧——把那裡的寶貝兒給遞上來！hombre（老朋友），你再不動，老子就又下來給你在那些綳帶上敲一記了，你這窮吼的熊，你！」

「噫！你不相信這真是個碼頭？」海斯特向瓊斯先生說。

「你該親親我這雙手呢！」

里卡多一把抓住一只古舊的格拉斯通提包，咚地一聲扔上岸去。

「對！你該學學你家鄉的人在神像跟前的作法，也在我面前點上支蠟燭才對哪。從來沒有一個神像我這樣幫你忙的，你這沒良心的潑皮。好啦！起身。」

在那愛嚼舌頭的里卡多搭把手兒之下，彼得羅攀上了碼頭，在地上匍匐了一會，毛茸茸紮著破白布的頭搖來晃去。接著他蠢蠢笨笨的站起身來，在黃昏裡，像一頭巨獸用後腳平衡著軀體。

瓊斯先生有神沒氣地向海斯特解釋起來，說那天早上正當他們的情況壞極時，他們一眼看到那火山的煙。於是他們抖擻精神，死捱活撐下去。不一會兒，他們便發現了這島了。

「我的腦瓢兒雖然曬昏了，倒還懂得改變一下艇子的方向，」那鬼聲繼續說下去。「至於說竟會找著救星，又是碼頭，又是白人——當初誰也是做夢都沒想到過。簡直天方夜譚！」

「當初我那唐人跑來說看見了一條艇子，是白人划的，我也這樣想呢，」海斯特說。「真是造化啦，」里卡多一直站在旁邊一句不漏的傾聽著，忽然叫道。「就像做夢，」他又補充一句。「是個美夢！」

三人倏忽沉默了下來，彷彿大家都變得不敢發言了，隱約預感到即將有緊要關頭來臨了。彼得羅和阿王各站一方，眼睜睜的作壁上觀。黃昏的光逐漸退去，幾顆星星跟著出來了。一陣微風，經過大熱的一天，在濃濃加深的暮色裡帶著餘溫，教泡在溼衣裡的瓊斯先生打了個冷顫。

「這樣看來，這兒住著一夥的白人罷？」他低聲道，只見他直發抖。

海斯特覺醒過來。

「噢，走光了，走光了，這裡就只剩下我一個人——可以說只剩下我一個人了；有幾座空房子倒還在。不愁沒處歇宿。我們不如——嗨，阿王，回岸上去把手推車推到這兒來吧。」

末了這幾句話用馬來語一說畢，他便很有禮貌地解釋，說他是打發人去把行李給運走。阿王早用他無聲無息的方法，融入夜色裡去了。

「噯！連鐵軌都鋪下了呢，」里卡多用歆羨的口氣，輕輕嘆道。「不會罷！」

「我們往日在這兒開過一個煤礦，」前熱帶煤礦公司經理說道。「這些不過都是歷史陳跡罷了。」

又一陣微風——從西方來的一陣微喟——一下子把瓊斯先生吹得牙齒卡搭卡搭打起顫來，在西方的金星將它的光華投射在水平線闇黑的邊緣上，像一盞明燈吊在太陽的墳上。

「我們走得了，」海斯特說。「那個唐人跟你說這位——呃——沒良心、破了頭的僕從，可以把東西裝上，隨著我們來。」

各人不贊一辭依言起步。往岸上途中，三人碰上了那輛手推車，只沙沙聲一陣金屬響，從他們身旁掠過，那幻影般的阿王悄悄的尾隨著跑。伴著他們的只有他們的腳步聲。好久沒有這麼許多的腳步聲在這碼頭上響在一起了。他們待要踏上那條在草叢裡踩出來的小徑時，海斯特開了口：

「別怪我不能把自己住的地方讓點兒出來。」這樣子來開頭，其間敬而遠之的態度使這兩人爲之愕然，好像詫異於風馬牛不相及的什麼。「要是我沒能力讓你們在這些空房子裡臨時住一晚，」他繼續說著，「我可更過意不去了。」

他轉身鑽入那條狹路，其餘兩人則成一單行跟了上去。

「這樣見面倒真怪！」里卡多趁著落在瓊斯先生後之際低聲說了句。瓊斯先生四周圍著熱帶草梗兒，他在幽暗中擺呀擺的，自己幾乎也像根熱帶草梗兒般纖弱。

他們就這樣一個跟著一個，出現在那塊曠地上，那塊地上寸草不生，皆因阿王採了個妙法，定期生火燒掉了。那些房舍都黑燈下火，屋頂高高的，在愈益閃爍燦爛的星光底下看起來，神神祕祕地連成一大片，形狀莫辨。海斯特見自己的平房沒有亮燈，心感高興。平房看去就跟其他房子一樣的荒廢。他繼續在前面引著路，偏向右方走。只聽見他平靜的聲音說：

「這座恐怕是最好的了。是我們從前的帳房，裡面還有些家具。相信你們一定會在哪間房間裡頭找到三兩張摺床凳的。」

那高高撐起的平房屋頂在眼前近處矗現，遮蔽了天空。

「到了。三級階兒。你們看，有個寬闊的涼台呢。勞你們等一下；門想是鎖上了。」

他們聽見他在弄那扇門，其後他往圍欄上一靠，說道：

「阿王會拿鑰匙來的。」

其餘二人等著，兩個模糊的身影在涼台的黑暗中幾乎疊在一起，其間猛可發出瓊斯先生牙齒卡搭卡搭的顫抖聲，但他馬上又忍住了。里卡多輕輕動了動雙腳。替他們引路的東道主，背靠在欄杆上，恍已忘卻他們在場。驀然，他動了起來，嘟囔道：

「呀，車子來了。」

旋即他用馬來話揚起嗓門，跟著只聽見小徑那邊有人隱約在說話，夾著答應了一聲 ya tuan（得啦，老爺）。

「我剛打發阿王去拿鑰匙和火兒來，」他說時，聲音沒有特定方向發出來的——這件怪事叫里卡多爲之不樂。

阿王並沒耽擱他的差使。不一會兒，他提著的那盞燈籠便搖搖曳曳，出現在遠方朦朧之處。燈籠發出明暗不定的光，射在煞住了的手推車上，那怪形怪象的彼得羅那粗野的身軀俯彎在那車東西之上；接著那燈火移往平房，升上台階去了。阿王弄過那不靈活的鎖，便用肩膊向門一頂，門猛地彈開了，彷彿在惱人把它這下子從兩年的蟄伏中攪醒過來。一張給人遺忘了、孤零零的紙頭，從一張高高的直立寫字檯暗黑的斜板上飛將起來，落在地面上，姿勢很優美。

阿王與彼得羅過來，走進那扇發了惱的門，一邊將東西從手推車上卸下來，兩個人中一個飛出飛進，一個蹣跚趦趄。稍後，大老闆又細語吩咐了阿王幾句，阿王便提著燈籠往貯物室跑了幾趟，帶來了毯子、罐頭、咖啡、糖等糧食，並一包蠟燭。他點好一支，安在那張直立寫字檯的架子上。彼得羅被帶到放著些引火柴和一捆乾柴枝的所在之後，此刻正在外頭忙著生火。阿王木然把一只裝好的水壺，盡著手膀的長度遞給他，像中間隔著道鴻溝似的。他把水壺接過放在生起的火上。客人謝過海斯特，海斯特就向他們道晚安，回身退出，讓他們安歇去了。

第八章

海斯特慢步離去。他的平房裡依舊黑燈下火，他心想或許這倒好呢。此時他紊亂的心緒亦已大大平伏下來。阿王打著燈籠搶在他前頭走了，像要趕緊擺脫那兩個白人及他們那毛鬖鬖的僕從似的。那燈籠不再一路舞了；它動也不動的駐在涼台的階側。

海斯特偶爾回頭望了眼，只見他後面還有另外一點火光——那夥陌生客在敞地上生火的光。一個粗獷的黑色形體，正惡形惡象的傴身火上，這時晃蕩晃蕩走進外圍的暗處裡去了。大約是壺水滾了罷。

海斯特見了這似人非人的怪東西之後，人又往前移動了一兩步。這兩個身邊帶了這麼個畜生做近身隨從的，究竟是何方神聖呢？他停下步來。祕藏在心裡的隱憂讓他看到那迢遙的將來，他與莉娜注定因某些重大微妙的歧異而分手了，還有往昔每欲舉事都帶著的那副輕率懷疑的作風，這隱憂現已逐漸消褪。他不再是自己的了。有更莊嚴的什麼正在那裡急切召喚他。他走上平房來，在頂台階上，那燈籠火光所及之處，見到她的雙足和衣裙的下襬。她身子其餘的部分朦朦朧朧，最高只見及腰際。她坐在一把椅子裡，那矮簷下的幽黯落在她頭上、肩上。她一動也不動。

「你在這兒沒去睡麼？」他問道。

「沒有嘛！人家在等你——在黑地裡等你。」

海斯特將燈籠移過一邊後，就在頂台階上，靠在一根木柱上。

「我在想，你沒上燈倒好呢；只是這兒黑不溜湫的，坐著不怕怪悶的嗎？」

「想你，便用不著燈啦。」她動人的嗓音使這平凡乏味的答話生色，而且變成真實。海斯特笑了笑，並說他適才遇見了一件怪事。她不置一辭。他心裡在想如何將她閒逸的姿態勾畫出個輪廓來。各處的點點微光，襯出她那優雅無比的天姿來。

她方才在想他，卻不是因爲那夥陌生客的緣故。打從一開始她便愛慕著他，一直讓他那溫情的嗓子、溫柔的眼色所吸引住，無奈她覺得他這人太難懂了，難懂得叫人驚嘆。他賦予生命一種情味和動態，一個同時是種種危險的希望，生命裡原來竟可覓得這些東西，這卻是她從前一點也沒想到的——至少，像她這樣一個與苦難結了不解緣的女孩子是不會想到的了。她告訴自己說，切勿因他看似太不假外求了，又彷彿關在自己的天地裡了，便發起惱來。每逢他把她摟在懷裡，她總覺得他的擁抱有一股巨大的力量教她無從抗拒，覺得他是給深深感動了，於是想他還不至於這麼快便對她生厭罷。她私忖他使她感受到婉妙的喜樂；就連他帶給她的不安，也是苦中帶甘；她會盡量擁著他，能擁有多久就多久——直到她的胳臂發軟，她的靈魂下沉，再也扯不住他爲止。

「阿王不在這兒，是吧？」海斯特猛可說道。她恍如從睡裡夢裡答道：

「他把這火兒在這裡一擱下，停也不停就跑了。」

「跑了，他『跑』了？嗯！呀，他這會子回到他的阿孚羅女人那裡，晚是比平常晚多了；不過阿王這個精通隱身術的，讓人看見在跑，究竟失格啊。你想他可是叫什麼嚇倒了，本領施展不出來哪？」

「他幹麼要給嚇倒啦？」

她的聲音依舊夢囈一般，有些飄忽不定。

「我剛才倒是給嚇了一下。」海斯特說。

他的話她並沒聽進去。他們腳下的燈籠把她臉上的陰影往上投去。她那對眸子彷彿又驚恐又留神似的，在照得亮亮的下巴頦兒與賽雪的喉嚨上，閃閃發光。

「嘿，」海斯特尋思道，「那夥人這會兒不在眼前，我簡直難以相信世間竟有那樣的人呢！」

「那我呢？」她問得太快了，他動了動，活像讓人從暗地裡撲上來似的。「我不在你眼前的時候，你可相信世間有我這個人麼？」

「有沒有？問得妙極了！我的好莉娜，你也不曉得自己占了多少便宜呢。吭，光憑你的嗓子，你就已叫人忘也忘不了！」

「噯，人家可不是說的這種忘記法。要是我死了，你無疑會記得我，只是，這樣子於人又有什麼好處呢？也是趁還活著，我想——」

海斯特，一個沒有完全受光照到的巨像，在她椅子旁邊立著。那寬闊的肩膀，那似是掩飾他那不肯動干戈的靈魂的雄赳赳的臉孔，都沒在那片光平面上的幽黯裡，他的一雙腿則栽在那片光平面內。他心裡有個疙瘩，她卻完全無干。他給她過的生活條件如何，她一無所知。捲進了這種生活特有的靜止之中，她因不知情，也就與之扯不上關係。

譬如說這晚上來的那條艇子罷，她便再也不會想到它怎麼可能來到。她似乎並沒有把這事放在心上；也許她自己早已忘掉了罷。海斯特突然決定不再提起來。倒不是怕嚇慌了她。此事任憑費多少唇舌解釋，結果會不會引起她什麼樣的反應，他由於自己對這事也摸不準，根本就無從想像起來。世間的事都有某種性質，對這種性質的感應固然人各不同，便是同一人，也因時而異。這點弄人的道理，舉凡對生活稍有自覺的人都知之甚明的。海斯特也明白這夥人今番造訪，絕不會是什麼好兆頭。偏趕上這時他對普天下的人都是酸餿餿的，覺得這次造訪更不稱心。

他順著涼台往另外那座平房的方向瞅了一眼。平房前面那堆柴火早已熄滅了。那邊沒有一絲光線，沒有一點點火燼微光來顯示有外頭的人在。朦朧中那些黑影和那片死寂，絲毫沒洩漏恰才闖來了外人的怪事。三巴侖島上的寧謐，像往日一樣罩蓋了全島。

一切如昔，除卻——海斯特猛然醒覺——方才整整有一分鐘罷，他的手搭在女孩子的椅背上，離她的人咫尺不到，他竟覺不到女孩子在那裡，這還是自將她帶過來同享這片打不破、也不曾受玷汙的寧謐以來，破題兒的第一遭。他拎起燈籠，整條涼台隨之起了一陣無聲的騷動。一道黑影子迅疾掠過她的臉，那片強光跟著落在她文風不動的五官上。像是一個女人在望著什麼幻影似的。她兩眸凝定，雙唇抿得嚴嚴的，衣領在頸脖處敞開，隨著她均勻的呼吸，微微抖動著。

「莉娜，咱們進去吧，」海斯特說，他嗓音壓得低低的，宛如在戰戰兢兢破除一道魔咒。

她一言不發便站起身來。海斯特尾隨她進屋裡去。他們穿過廳堂的當兒，他將燈籠擱在堂中央的桌子上，任由燃燒下去。

第九章

這天夜裡，女孩子醒了過來，感覺到無主無援——這還是她開始了新生活以來的頭一遭。她做了一個痛苦的夢，自己也不明白是怎麼做的，夢見分離之事，醒來的剎那，如釋重負。那孤零零的淒涼之感卻縈繞不散。原來她真個是孤零零的哩。一盞長明燈讓她看清楚了，環境是夢寐似的黯淡迷濛，但這卻是現實。她惶恐極了。

轉瞬間，她已經站到掛在門口的簾子前面，用手徐徐將簾子掀起。要說他們在三巴侖上過著這種生活，還要窺裡望外，那真笑話；再說，這種事也不是她做的。她的舉動並非受好奇心所驅使，而是因受不住那夢連番的煎熬、驚嚇，從心裡慌出來之故。夜該不會很深。那盞燈籠正燃得明晃晃的，照得整個房間牆上地上都是粗黑的槓條子。她也不大知道自己是否以為會見得到海斯特；然而她一眼就瞧見他穿著睡衣站在桌旁，背對著門口。她赤著腳悄悄踏進房來，讓門簾子在身後垂下。海斯特神情有點什麼特別的，教她開腔了，嗓音輕得幾近耳語：

「你在找什麼呢？」

按理說他先前不會聽見她的聲音的；但這下突如其來的耳語並沒有把他唬一跳。他只是把桌子的抽屜推了回去，連頭也不轉過來——彷彿她適才的一舉一動他早就了然於胸似的，並不以她在場爲怪——悄然問道：

「噯，今兒晚上阿王當眞沒打這房間經過麼？」

「阿王？什麼時候？」

「放下燈籠之後啦。」

「沒有。他直跑了，我看著的嘛。」

「那麼，之前呢——我跟艇子上那些人在一塊兒的時候呢？曉得嗎？說得上來麼？」

「恐怕也沒有。太陽一落，我就出來，在外頭一直坐到你回來。」

「他打後涼台溜進來過一晌，也說不定。」

「我這兒可沒聽到什麼，」她說。「出了什麼事啦？」

「也難怪你聽不到的；他高興起來，真可以靜悄得像鬼一樣的。咱們頭底下的枕頭，他敢情也有本事給偷了去。說不定他十分鐘前到這裡來過。」

「是什麼把你弄醒的？嘈雜聲麼？」

「很難說，誰說得準呢；不過莉娜，你說有可能嗎？咱們兩人之中，你是比較易醒的，要是有嘈雜聲嘛，吵得醒我，先該把你吵醒了。我剛才是盡量不弄出聲音，你是給什麼弄醒的？」

「不知道——是個夢吧。我醒時在哭。」

「你做了個什麼夢？」

海斯特一隻手擱在桌上，頭已朝她那方向轉了過去，他沒戴帽子的圓圓的頭，長在鬥士型筋肉雄健的頸脖上。她對他的問話置之不答，就像沒聽見似的。

「你丟了什麼嗎？」輪到她發問了，神色十分凝重。

這晚她一頭烏髮，往後梳得滑溜溜的，結成粗粗兩束。海斯特看到她那雕塑似的前額，輪廓優美，白而不亮，寬闊有氣派。他心頭湧起一陣激賞，把另外一番思潮沖開。彷彿在最不適宜的時刻，他在這女子身上仍有無窮無盡的發現似的。

她身上僅繫著一條手織的棉布紗龍——那是海斯特多年前從西里伯斯買回來的幾件土產之一。紗龍買來後一直渾忘了，直至女孩子來了他才又記起來，隨後在一只可追溯至前莫里遜時代的舊檀香籠底找出來。她很快便學會了將紗龍在雙腋底下繫好，絞上個穩結，一如馬來鄉村姑娘下河沐浴時的作法。她露出肩膀及胳膊；她的髮辮懸了一束到前面來，襯在那雪膚上，看上去近乎黑色。由於她比一般馬來女人高，紗龍只垂到足踝上一大截之處。她在桌子與掛著簾子的門中間，穩穩的站著，她的一雙赤腿，腳背在遮暗了的地席上微微發著像大理石的光。她那照亮了的雙肩、那雙有力而纖美的胳臂下，就連她那凝立不動的姿態，全都有一種雕塑之美，洋溢著生命的藝術之美。她個子不很大——起初，海斯特在心中還一逕叫她「那個可憐的小姑娘」——然而身上一旦褪去了那件骯髒俗氣的白色舞台禮服，再換上一條質地樸素的圍裙，她的體態、她的身量就有點什麼，教人聯想到她原是一個女神縮身而成的。

她趨前一步。

「丟了什麼嘛？」她又追問道。

海斯特爽性背對著桌子。地上牆上的黑影子，一輻輻一條條在天花板上連成一槓槓陰影，活像囚籠的鐵條，把他們團團關住。輪到他不答理問話了。

「你說，你醒來時怕得很？」他說道。

她向他走過來，既生疏而又熟悉的，那條馬來紗龍上露出她那白種女人的臉和肩，彷彿她這身氣派是裝出來的；但她神色卻是凝重的。

「不是！」她答道。「該說是痛苦得很。因爲，你不見了，我又不曉得你爲什麼走了。夢裡好怕人的——好久沒做這種夢了，自從——」

「你不信夢的吧，信嗎？」海斯特問道。

「我從前認識一個女人，她信。至少，她常常替人家詳夢，賺一兩個銅板。」

「你現在要不要去叫她詳詳這夢呢？」海斯特戲謔地問道。

「她那時候住在劍巴威耳。好壞的一個老東西！」

海斯特有點不大自然的笑笑。

「我的好姑娘，夢這種事情是頂無稽的。人家想要知道的，是一個人睡著時，發生在清醒世界裡頭的事是什麼意思。」

「你是在這只抽屜裡丟了什麼啦。」她一口咬定。

「要不是在這只丟了，就是在別只丟了。我照一般人的作法，把抽屜逐只都給看過了，再回到這只來。可是找不到呢；實在難以相信自己明明白白的感覺。喏，莉娜，你當真沒有——」

「這屋子裡的東西，要不是你給了我的，我一件也沒碰過。」

「莉娜！」他喊了起來。

他其實並沒責怪她什麼，她卻叫起屈來了，這使他很痛心。適才那種話也就是做傭僕，或是做底下人受到嫌疑時——起碼也是陌生人，才會說的。他因爲被人誤會得如此不堪而惱了；同時亦醒悟了，原來她竟不自覺他在心中所悄悄給予她的地位。

「畢竟，」他心想，「我們彼此還很陌生。」

隨即他又爲她難過。他平靜的說：

「我正想問，你確實敢說今兒晚上那唐人沒到這房間來過麼？」

「你疑心他？」她皺著眉頭問道。

「不疑心他還疑心誰？準是他啦。」

「你不想告訴我丟了什麼嗎？」她用就事論事的和平聲調問。

海斯特只是微微一笑。

「値錢倒不是什麼很値錢的東西，」他答道。

「我還以爲是錢呢，」她說。

「錢！」海斯特大聲叫了出來，就像她這揣測完全匪夷所思。他見她如此愕然，於是連忙補充下去：「不錯，錢呢這屋子裡倒是有幾個——就放在那張寫字檯，左邊那只抽屜裡。抽屜沒鎖上的，一拉就出。裡頭有個暗格，背面的隔板可以旋動的；說穿了，也就是這麼個藏東西的地方罷咧。那是我無意中給發現出來的，咱們的金鎊我就收在裡頭。我的好姑娘，這點子的寶貝，還得找個洞窟給藏起來麼？」

他頓了頓，低聲笑了笑，然後凝神回視她。

「那些散銀呀，幾個荷蘭貨幣和銅板，我一向都是收在左邊這只沒鎖上的抽屜裡。裡面放著什麼，我相信阿王無有不知道的；可是他並不是手不乾淨的人嘛，所以我——莉娜，我不是丟了什麼金呀珠寶呀，所以事情妙就妙在這裡——丟了錢倒不會這麼妙。」

聽到不是丟了錢，她這才長長舒了口氣，心頭一塊大石落了地。她臉上露出異常好奇的表情，卻按捺著不再追問下去。她只給他一個深深的明媚的微笑。

「不是我，那準是阿王了。你該想法子叫他還你。」

海斯特對她這天真而很實際的建議，不贊一辭。因爲他抽屜裡丟了的正是他的一桿手槍。

那是一件沉沉的武器，他擁有了多年，卻一輩子也沒使用過。自從倫敦方面的家具什物來到三巴侖島上之後，這槍便一直放在那桌子的抽屜裡。人生真正的險難，對他來說，並非拿刀動槍就消解得了的。再說，無論是模樣或是作風，他看來也不至於那麼好欺，會招人輕莽侵犯。

他也講不出爲什麼深更半夜自己會摸到那只抽屜去的。他先是猛可驚醒了過來——這在他是很少有的——隨即發覺自己一骨碌坐起身來，整個人完全清醒了，女子則安安靜靜躺在他身旁，臉背過去，在黯淡的光裡，朦朦朧朧一個典型女性形體。她一動也不動。

這時節三巴侖島上沒有蚊子，那張蚊帳的四邊因此是吊起來的。海斯特幾乎還未及覺察有下床之意，雙腳早已踢出床外，站在地上。爲什麼會這樣做呢，他也不知道。他不想弄醒她，下床時那張寬闊的床架輕輕的嘰嘎響，他也覺得非常響。他惴惴的旋過身去等待她動起來，可是她不動。正當他瞧著她之際，他在心裡看見自己也躺在那裡，也是沉沉睡著，由是——他有生以來第一次感覺到——毫無自衛能力。這種在沉睡中的危險，令他感覺頗爲奇異，使他倏然省起自己那支手槍來。他躡著腳闃無聲息離開臥室。他走出房時須掀起的那幅門簾是那麼輕，那道外門，對著闇黑的涼台大開——因爲簷低，把星光給遮掉了——讓他感到自己剛才會暴露在某種危險下，是什麼危險呢，他也說不上來。他拉開了那只抽屜，裡面空空如也，當下便將他心中的思緒猛地截斷了。他喃喃自語，一口咬定：

「不會的！在別處！」

他窮思極索想記起槍放到哪裡去了；但那些回憶的細語激是激出來了，卻不使他舒服。他將凡是能藏得下一只手槍的窟陬角落一一搜遍過後，漸漸斷定槍並不在那間房間的。另外一間房間也沒有。整座平房總共就只有這兩間房間，此外就是環繞四周好大的一個涼台。海斯特踏出涼台上去。

「準是阿王無疑，」他忖度，凝望進夜色裡去。「他不知爲什麼緣故，把槍拿去了。」難保那鬼魅似的唐人不會突然形聚在那台階腳下或什麼地方，瞄準了一槍將他打翻。危險既已無從防範了，正如人命之朝不保夕，擔心也屬徒然。海斯特又想，他究竟受一隻扳在槍機上的細瘦的黃指頭威脅有多久了？那是說，如果那廝盜槍的動機，是爲了取他性命的話。

「殺人奪產嘛，」海斯特忖道。「還有別的嗎？」然而他打從心底裡不樂意把一個種菜的家僕看成殺人凶手。

「不，不是的。果然如此，過去這一年多來，阿王隨時都下得了手的。」

海斯特心下推測，阿王是在他自己不在三巴侖之際把槍據爲己有的，但推測推測，卻又改變了想法。他突然鑿鑿有據似的覺得槍只是在當日稍後，甚或就在當晚，才被人盜去的。自然是阿王所爲啦——卻是爲何？所以危險過去是沒有的，全在後頭。

「現在我的性命全操在他手裡了，」海斯特忖道，心中卻也毫無特別激動之情。

他這時的心情是納罕。他出了神，彷彿只是在斟酌別人所陷身的奇怪處境。可是當他一望到左方，看到那幾座平房在夜色裡熟悉的黑影，又記起那夥乾渴的艇客，就連這種斟酌的興味都逐漸消失了。當著其他白人的面，阿王諒也不敢幹出這等惡事來罷。這「人多安全」原則的特殊個例，海斯特總覺得不大合脾胃。

他怏怏的進屋來，站在那只空抽屜旁，沉思冥冥，一籌莫展。他剛打定主意不得向女孩子透露此事，背後就聽見她的聲音了。他吃她嚇了一跳，但卻捺住自己不登時轉過臉去，怕心事會讓她從臉上察覺出來。是的，他著實吃她嚇了一跳；因此他要是早提防到她有這當面鑼對面鼓的一問，那他引導出來的談話就不會是那樣的。他該馬上說：「我沒丟什麼。」可嘆的是，他竟至於讓她問到他所丟的是什麼東西。他輕輕的將話頭就此剪斷，說道：

「是件不值錢的東西罷了；別操心——犯不著。莉娜，你頂好是回去再躺躺。」

她勉勉強強的轉身就走，才走到門口又問：

「那你呢？」

「我想出涼台抽支雪茄；我人現在不睏。」

「嗯，那別耽擱太久。」

他沒有答話。她瞧見他定定的，凝立在那裡，皺著眉頭，然後緩緩放下簾子來。

海斯特復出涼台之前，果真燃上一根方頭雪茄。他從矮簾下抬頭睇了一眼天上的星星，看看夜有多深。那時正是夜長漏永。他感到毛躁不安，爲什麼，他也不知道；因爲他並不指望黎明給他帶來什麼；但他周遭的一切都變得毫無道理而且紛擾起來，隱隱透著一股迫切感，把一項義務加諸他身上，卻不指給他行動方向。他對這處境感到氣惱，而且有點不齒。外面的世界已經踩到他頭上來了；他不曉得自己犯下了什麼過錯而至於此，正如他不曉得自己幹下什麼，招致人家惡言誣衊，說他把可憐的莫里遜怎樣怎樣了。他對那件事一直是耿耿於懷的，因爲它傳到了一個對他自己的操行正直須有十足信心的人的耳裡。

「她卻只是半信半疑的呢，」他心裡想著，並感到奇恥大辱。

他在操守上這麼給人背後中傷，把他的力量減掉了一些，彷彿果真背後讓人戳了一刀似的。他什麼也懶得去做——既無意去找阿王交涉失槍一事，也無心去向那夥陌生客打聽他們的來歷，以及何以弄到這步田地。他把那支熾紅的雪茄扔入夜色裡去。然而三巴侖不復是一個幽寂的所在，容得他在其間恣意發洩的了。那截雪茄煙蒂在夜空中描出了一條火熾的拋物線尾巴，讓守伺在二十碼左右外另外一座平房上的一個人看到了。那人現正全神貫注留意每一訊號，身上每個神經細胞都警覺得連草茁長也幾乎聽得到，他覺得這是很重要的徵兆。

第十章

那守伺著的是馬丁．里卡多。依他看，做人不是消極無爲，而須異常積極鬥爭。他對人生很信任，並無厭惡，更不會疑心有種種鏡花水月；可是事會與願違，他卻知之甚詳。他毫不悲觀，但也沒有愚妄幻想。他不愛做事不成，不單因爲失敗帶來不堪而且危險的後果，也因爲失敗有損於他自己對馬丁．里卡多的賞識。況且這攤子事是由他自己一手策劃的，相當新鮮而又特別。說起來，這不能算他的老本行——從道德觀點說來也許是，可是他不見得會在這方面費心思的。基於這種種原因，馬丁．里卡多無法入寐。

瓊斯先生打過陣陣寒顫，並喝下大量熱茶之後，人顯然業已沉沉睡去了。先前他那忠心耿耿的黨羽曾多次欲與他交談，都遭他斷然挫餒了。里卡多聽著他均勻的呼息。老闆倒好，他當這事是玩票，體面人嘛！難怪的。可是爲面子和安全計，這樁重要而又棘手的事，好歹也得設法辦妥。里卡多悄悄起身，走到涼台上去。他沒辦法靜靜躺著，要出外透透氣；他覺得，因爲他心裡是那麼急切，連黑暗與闃寂也會向他的耳目洩漏點消息的。

他注視群星之後，又踏回那濃濃的闇黑裡去。他愈來愈想出去偷偷溜往另外那座平房，但他壓制住這股衝動。在陌生地方摸黑亂跑亂蕩，敢是瘋了。有什麼意思嘛？除非是去舒展舒展一下筋骨啦。長久不動，他的手腳都麻木了，就像有一件沉甸甸的衣服搭在上面。然而他還是不甘放棄，繼續漫無目標守伺下去，那島上人正噤聲不響。

就在此際，里卡多目睹那支雪茄曳出的熾紅的光尾巴徐徐消失——驚人的洩漏了那人原來還未入寐。他禁不住低低的「嗨！」了一聲，側著身往門口走過去，兩隻肩膀擦著牆壁。那人這時也許已走出屋前，察看著涼台，誰知道呢？其實，海斯特把雪茄扔掉後，進屋裡去了，心情是擱下一件徒勞無功的事，不再管了。但里卡多卻彷彿聽到空地上微有腳步聲，於是急忙閃進房裡。他在那裡忍著氣，尋思了一會；隨後便探手摸索高檯子上的洋火，把蠟燭點上。他要向他老闆表達的這些見解和感想，是非同小可的，必得觀察這些話在聽者臉上產生什麼反應。他起先本以爲這些事可等天亮再做區處；但發現了海斯特不寐，太令人吃驚了，使他突然感到這晚他休想入睡了。

他如此這般把剛才所見告知了他的老闆。待到那朵匕首似的小燭焰發盡了效力把黑暗驅散之後，只見瓊斯先生躺在房間遠處一張行軍床上。一條火車絨毯把他瘦削的身子直遮蓋到頭上去，頭卻靠在另外一張毯子捲成的枕頭上。里卡多盤著腿噗通坐到地上去，離那張床十分近，這樣一來瓊斯先生——他也許不曾睡得很熟罷——那雙眼睛一張開便正好對著他祕書的臉。

「呃？你說什麼？你今晚睡不著？可是你幹麼不讓『老子』睡睡哪？他媽的，大驚小怪！」

「因爲那邊那傢伙睡不著嘛——是這個緣故。他這會兒要不是在想心思，你殺我頭好了！深更半夜，他有什麼心事好想？」

「你怎麼見得他是在想心思？」

「先生，他出來了嘛——三更半夜裡起來。我親眼見到的。」

「可是你怎麼就見得他是起床想心思呢？」瓊斯先生詰問道。「他做什麼都成嘛——比方說，鬧牙疼啦。是你自己在做夢也說不定呢，我怎知道？你沒試試去睡麼？」

「沒有，先生。我連床也沒上過。」

里卡多把自己適才如何在涼台上守伺，直至有所發現而結束守伺的情形，告知了他的主子。他推斷一個人半夜裡起身抽菸，一定是想心思無疑。

瓊斯先生用手肘把身子撐起來，感到興味的樣子，使他那忠心耿耿的爪牙見了心裡爲之一慰。

「我看咱們也該來想它一想了，」里卡多添了信心又加上一句。他們儘管相處已久，但他老闆那喜怒無常的脾氣仍常叫他這個直腸直肚的人焦慮。

「你老那麼大驚小怪的，」瓊斯先生用寬容的口氣說。

「我是大驚小怪，可不是無緣無故的啊，對嗎？先生，話不能這樣說的。我看事情，也許並不是上流人的看法，也不算是笨蛋的看法。這點您自己以前不也時常說的嘛。」

里卡多越辯越興奮，瓊斯先生冷然打斷了他：

「你別是叫醒我來談你自己罷？」

「不是，先生。」里卡多默然片晌，舌尖絆在上下齒間。「我身上倒沒有什麼是您所不知道的，我還要說什麼？」他繼續說著，那聲音裡有一種得到樂趣的滿足，但再說下去時，他的語氣又完全變了。「要談的是那邊那個人呀；老子不喜歡他！」

他發覺不到有一抹鬼模鬼樣的笑在他老闆的嘴唇上閃爍著。

「你不喜歡他？」瓊斯先生嘟囔著，他把身子支撐在手肘上，臉便跟他黨羽的頭頂平齊了。

「不哩，先生，」里卡多用力說。那蠟燭從房間另一端將他那惡形惡象的黑影子投到牆上。「他——我不曉得怎樣說——他不是很開心見誠的。」

瓊斯先生也以他那無精打采的神態附和：

「他似乎是個十分沉著的人。」

「對，對了，沉——」里卡多氣得嗆住了。「若是這樁差事不特別，老子馬上在他胸口開個洞，叫他少些沉著！」

瓊斯先生正自尋思，因爲他問：

「你看他動了疑心麼？」

「我倒看不大出他有什麼好動疑心，」里卡多忖度道。「可是他就在那裡，正想著心思。想的是什麼呢？他半夜深更起床幹麼？總不會是蚤子咬罷。」

「做了虧心事在自疚也說不定吶，」瓊斯先生戲謔道。

他那忠心不二的祕書此時正感怒惱，聽不出有什麼好笑。他用焦躁的聲氣說，天下斷無自疚這碼子事。心慌呢，倒是有的；但有什麼值得那傢伙心慌的呢？然而他又忖度那人也許在什麼地方藏著他那批不義之財，所以來了陌生人，便覺得如坐針氈了。

里卡多東張西望，彷彿深怕讓那一房間黯淡的光投成的黑黝黝的影子竊聽了去似的。他的主子十分沉著，用平靜的嗓音低聲道：

「難保那開旅館的不是對你撒他的謊呢。他說不定真是窮鬼一名。」

里卡多微微搖了搖頭。他已經把索姆堡的海斯特理論像海綿吸水那麼自然的吸收進心內，變成了根深柢固的信念。他主子這番懷疑，是胡亂無視了明擺在眼前的事實；但里卡多的聲音仍舊如前，是一陣柔和的咕嚕咕嚕聲，夾雜著低低的嗥哮。

「先生，我真想——想不到您會不知道！這正是他們不吃硬的——世間一般的僞君子——的行徑嘛。要是有贓頭漂到跟前來，他們沒有不動手去抓的。這我不怪他們。我氣的是他們的作法。看看他是怎樣把他那老友幹掉的！打發人家回老家，讓他生咳傷風死掉——你看這就是他們不吃硬的鬼把戲嘛。先生您難道說，一個這種事也幹得出的人，碰上有贓頭抓，不會使出他那虛僞的伎倆，有一件吞一件麼？那攤子煤礦生意是什麼？還不是不吃硬的平民的幌子；虛僞——還有什麼。不行，不行，先生！咱們要把東西從他那兒擠出來，盡量擠。要幹的就是這件事；事情可也不像看上去那麼簡單呢。先生，你沒有打定主意來這兒之前，想已把這事看通看透的啦。」

「沒有。」瓊斯先生的聲音低得幾乎聽不見，他從臥榻凝望到老遠老遠處去。「我沒有怎樣好好想過。那陣子我無聊得慌。」

「對，您是無聊得慌——糟。那天下午那個大鬍子沒膽子開旅館的跟我談到這兒這個傢伙，我正感到一點法子也沒有。相當偶然的，這件事情是。嗳，先生，咱們這回險些兒送掉老命，好容易才來到這兒。我現在一點力氣也還沒有呢；可是不要緊——咱們吃的苦拿他的贓頭來補償好了！」

「他在這兒只是孤鬼一名。」瓊斯先生用空洞洞的聲音咕噥道。

「對——的，可以這樣說。是的，他確是孤鬼一名。對，你可以這樣說的。」

「不過，還有那個唐人呢。」

「是的，還有那個黃臉漢，」里卡多心神頗爲不屬的附和道。

這時他心裡正盤算著好不好把自己所悉女子亦在此地之事，和盤托出。最後他決定不說。這攤子事已經夠棘手了，若是再去倒那位他有幸得以結伴的體面人的胃口，事情可就會更加麻煩了。讓祕密自行揭露出來罷，他心裡想，到時他可以矢口否認自己早知道有這種不討歡心的人在。

他毋須扯謊，只消緘口不言便行了。

「對，」他沉思著咕噥道，「不錯，還有那個黃臉漢。」

心底裡，他對於自己老闆那種過分憎嫌女性的癖性懷有某種曖昧的敬意，彷彿這樣怕見女人是一種敗壞的道德似的；但仍不失爲道德，因爲他認爲這也有好處，可以避免橫生許多無謂的枝節。他對此並不假裝了解。他甚至不去探究他頭子的這點癖性。他只知道自己性向不同，卻又不因此感到快樂或安全了多少。倘若他單身匹馬在江湖上闖蕩，他不曉得自己會怎樣行事。幸好他僅是做人家的部下，不是做討工錢的奴才，而是追隨上等人——這便羈束著他。沒錯！那種癖性確令事情辦起來簡單得多，這是毋庸否認的。但也大有可能把事情弄得更麻煩——就像這次這件極重要而在里卡多眼中又已很微妙的事情。最糟的還是無法確定老闆那種脾性究竟會如何從事。

這事也真有點邪門，里卡多心裡頗爲著惱的想。邪門該怎樣算計出來呢？這可沒有法則可言。別無他名的瓊斯先生那忠心不渝的爪牙由於預見了種種實質上的困難，因此決定把女子一事瞞著老闆；最好也不要讓他見到，能隱瞞多久便多久。哎，這似乎頂多只能拖幾個鐘頭，可是里卡多擔心那件事總得花上幾天工夫，才能弄出點眉目。一旦上了手，他倒又不怕他的上等人會使他失望。就如一般不法之徒，里卡多信任起某人來往往是天真而又一廂情願的。人活著總得信靠一些東西。

他盤著腿，頭略微低垂著，一動也不動，也許他只要嘴裡念出Om（阿彌陀佛）那幾個神聖的字，神態就儼如僧侶打坐了。由此足見人的外相多不可靠，因爲里卡多鄙薄起世人來是非常實際的。里卡多除了神態凝靜得出奇而外，身上並無絲毫東方味兒。瓊斯先生同樣是十分凝靜。他把頭枕在那條捲起的絨毯上，直挺挺側身躺著，背對著光。他這臥姿使得那些陰影全攏聚到眼窩內，兩穴眼窩看上去真是空無一物。他一說話，他那鬼聲只消走幾吋便直傳入里卡多的左耳鼓裡。

「你既然把我弄醒了，怎麼不說說話？」

「先生，我不知道你真是睡得那樣熟，還是說說罷了，」那凝然不動的里卡多說。「我不知道，」瓊斯先生重複著說。「不管怎麼樣吧，我是在那裡靜靜兒歇著。」

「哎唷，先生！」里卡多發了慌悄聲道。「你可別是又發悶了罷？」

「不是。」

「對嘛！」那祕書如釋重負。「先生，真是不必發悶呢！」他熱切的低聲說。「要才怪！剛才我不說話一小會兒，可不是因爲沒什麼好談。唷！要談的事多著呢。」

「你怎麼了？」他的主子噓了一口氣道。「你變得悲觀起來啦？」

「我變？先生呀，才不哩！我可不是那種會變的人。您喜歡的話，把我說得多麼難聽也成，您可是非常清楚我這人不會悲觀的。」里卡多改變了口氣。「先生，我方才之所以有一會兒沒說話，那是因爲我在想著那個黃臉漢。」

「是嗎？浪費工夫了，我的人。唐人是莫測高深的。」

里卡多說也許是罷。反正一個黃臉漢，管他怎麼莫測高深，總算不了一回事，但瑞典男爵可就不同了——萬不能不把他當回事呢！這樣的男爵滿森林都是。「我看他這人不是一味吃軟的，」瓊斯先生聲音陰沉沉的說。

「先生，您這話怎麼說？他當然不是兔子。我見過你催眠南歐佬，一個還不止，還有別的吃軟不吃硬的普通人，好叫他們乖乖的跟你玩牌兒；您可把他催眠不來。」

「你別指望這個了，」別無他名的瓊斯先生嚴肅的嘟囔著。

「沒有，先生，我沒有；雖然您的眼睛有很了不起的力量。」

「我的耐性才了不起呢，」瓊斯先生乾巴巴的說。

一抹暗澹的微笑在那忠心耿耿的里卡多的嘴唇上倏的掠過，他一直沒把頭抬起來過。

「先生，我不是想太煩擾您；不過這回的事，跟咱們過去幹的那些不同的。」

「也許是罷。咱們總是這樣想的好。」

瓊斯先生這句留有餘地的附和，語氣裡流露出一股對人生單調無聊厭倦之感。這使那興頭上的里卡多很不受用。

「咱們來想想怎樣著手辦事吧，」他有些不耐煩的應嘴道。「他這人滿陰險的。看看他怎樣對待自己那個老朋友吧。您聽過這麼卑鄙的事沒有?這畜生的手段才刁猾呢——下作、吃軟不吃硬!」

「馬丁,別講道了,」瓊斯先生警戒他說。「那個開旅館的德國佬對你說的那件事,我看好像那傢伙倒有多少性氣,而且與眾不同,這是難得一見的。果真如此,那倒不得了。」

「是,是,不得了是不得了;不過也挺卑鄙下作呢,」里卡多執著的嘟囔道。「好在他就要得到想也想不到的報應了!」

里卡多的舌尖霎時間活潑起來,儼然要在他那併壓在一起的嘴唇上一嘗那嚴酷的果報滋味。因爲眼看朋友間肝膽相照的基本道義竟被人如此經過多年耐心欺詐,毫無人性的慢慢破壞了,里卡多那股憤慨是發自肺腑的。作惡一如行善,也有標準可言,一想到這種殘忍無恥的叛友行爲,竟是多年慢火烹調出來,教他格外毛骨悚然。然而他也明白到他老闆身爲一位上等人,有優美的心性,高尙的人格,以一種特有的事不關己的態度審察此事,那有學養的判斷也是有分量的。

「是的,這人既陰險——又刁猾,」他在尖銳的牙齒之間嘰咕著。

「去你姥姥的!」瓊斯先生那平靜的聲音輕輕悄悄的爬入他耳裡。「講要緊的吧。」

那祕書馴順的甩開自己深沉的思緒。這兩人的心態有其共同之處——他們一個是作惡的強人,另一個則滿懷輕蔑,如同一頭猛獸,將地上馴良的生靈一概視作自己攫搏的對象。但兩人都相當機黠，也明知他們此行事前未曾充分細察情況。他們滿目只見一個孤獨無援的人，從海中央慢慢升起擴大，有趣得很。這樁事，從前似乎想也不用細想。正如索姆堡說：「三對一嘛。」

但是如今眼見這人的孤獨，竟如一片盔甲護著他的身子，事情可不是這樣簡單呢。那爪牙表達他的感想——「咱們來到這兒了，好像倒並不怎麼熱心呢。」——那主子也默然不響同意了。里卡多低聲告訴主人道，要把一個人剝皮剔骨或是在身上鑽個洞都易如反掌，管他有幫手沒有，可是——

「他不是沒有幫手呢，」瓊斯先生輕聲說，奄奄欲睡的樣子。「別忘了還有那唐人。」里卡多微微嚇了一跳。

「噢，對——還有那黃臉漢！」

里卡多險些兒就將女孩子一事吐露出來；可是不行！他不要他老闆受到騷擾，不要他動搖。一連串模糊的思慮繞著女孩子攪擾著他的腦，他簡直不敢正視。她算不了一回事的，他心裡想。必要時大可嚇唬嚇唬她；要不也還有別的辦法。那黃臉漢坦白提出來斟酌倒無妨。

「先生，這攤子事哩，」他急切的說下去。「我是這樣想——咱們要對付一個人。他算不了什麼。他要是不識相，咱們盡可以幹掉他。那好辦，可是還有他那些孽錢呢？他總不會放在衣袋裡隨身帶著吧？」

「希望不會吧，」瓊斯先生牙縫裡說。

「我也是。數目太大，咱們知道；要說他只是一個人呢，他就不會過分擔心了——我是說擔心那些贓銀安全不安全。他會隨手找個盒子或是抽屜，統統放進去就是了。」

「他會麼？」

「先生，會的。他會把東西放在眼見的地方。怎麼不？這是人之常情嘛。人若沒有很好的理由，總不會把孽錢埋到地裡去呀。」

「很好的理由，啊？」

「是的，先生。您把人家當成什麼啦——是鼴鼠麼？」

里卡多根據經驗，說人並不是挖土的動物。縱使是守財奴，若沒有特殊理由，也很少把積蓄埋藏地下。一個人孤零零在島上，身邊多了一個黃臉漢，這就是個很好的理由。在一個黃臉漢斜眼覬覦下，抽屜不安全，盒子也不。不成，先生，除非是個保險箱啦——辦公室用的正式保險箱。可是保險箱卻在這個房間裡頭。

「這房間裡有保險箱嗎？我倒沒留心到，」瓊斯先生輕聲道。

瓊斯先生之所以沒留心到，一來因爲那保險箱髹上白漆，與房間內的牆壁同色，二來是保險箱給塞在一個陰暗的角落裡。瓊斯先生最初登岸時由於人太累了，什麼也沒注意到，但里卡多倒很快便看出那保險箱特有的形狀。他多麼希望海斯特賣友、欺詐、作惡得來的孽財就放在裡面。可是不在哩，那勞什子是打開的。

「也許什麼時候贓錢在這裡放過，」他黯敗的說，「不過現在不在了。」

「那人不揀這房子住，」瓊斯先生說。「對了，他說不能讓咱們住進另外那座平房，又是什麼意思呢？馬丁，你記得他說過這句話嗎？莫名其妙。」

馬丁記得這句話並明白這主要是礙於那女孩子的緣故，他歇了片晌才開言：

「先生，這就是他刁猾的地方了；最刁的手段還沒放出來呢。他對待咱們這副態度，一句話也不問，又是他刁猾之處。人總難免有好奇心，他也有；可是他卻裝作若無其事，滿不在乎似的。他當然在乎——不然幹麼半夜三更起來，抽菸想心思？討厭！」

「他說不定現在就在屋外，看見咱們這兒點著火，他在心裡正說著我們怎麼還沒有睡呢。」

里卡多的老闆沉聲說出來。

「先生，您這話也許不錯；可是這件事太打緊了嘛，不點著火怎麼談？而且這個火也說得過去的。這屋子半夜三更點著火，因爲——咳，因爲您身子不舒坦。不舒坦嘛，先生——是這個緣故嘛；您可要看起來病歪歪的才行。」

那忠心不渝的爪牙順水推舟，忽然想出了這條妙策來盡量防止他老闆與女孩子碰面。瓊斯先生聽了此計，連眼窩深處也沒動一動，只有一點微弱的光定定棲在裡面，顯示他那枯弱的軀體仍有生命及注意力。里卡多此妙策才一道出，卻又發現另有其他計謀更爲切實奏效。

「先生，憑您這副樣子，易辨得很哩，」他心平氣和的繼續說著，彷彿適才並沒有停過口，他始終畢恭畢敬的，卻又坦誠得很，而且心無旁騖。「您只管靜靜躺下就得了。先生呀，我留意到他剛才在碼頭上見到您，好像吃了一小驚呢。」

老闆的形骸——多會教人聯想到棺材，而不是病榻——受到這樣少不更事的奉承，使一道摺痕出現在他露在黯淡光中的那邊臉龐上——一道朦朧半圓形深摺痕從鼻翼一路牽到顎下——一抹無聲的微笑。里卡多乜斜著眼看到了這臉容的活動。他也笑了，躊躇滿志，意氣揚揚。

「您一年到頭還是結棒得鐵打似的，」他說下去。「我就是發誓得臉上變黑，誰若不相信您害病，就併上老子的頭！給咱們一兩工夫來研究這事兒，摸清那偽君子的老底。」

里卡多把眼睛盯著他那雙盤著的腿脛。那頭子有聲沒氣的准了：

「這倒會是個好主意。」

「那黃臉漢呢，他算不了什麼。他隨時可以幹掉。」

里卡多一隻手，掌心向上擱在盤著的腿上，做了一個急速刺戳的姿勢，牆根上一個手臂的巨影也跟著戳前。這打破了一室的沉寂。那祕書怔怔睇視著牆，牆上的影子已經消失了。誰都幹得掉的，他說。不是怕那黃臉漢會幹出什麼來；不是，怕只怕他在那劫數難逃的人身邊，會影響他做出什麼事來。人！人是什麼東西？瑞典男爵可以破肚開膛，不然在身上穿個洞也行，跟炮製其他畜生一樣輕易，但是他的孽銀未尋出下落之前，卻萬萬不能這樣幹。

「我看不會是在屋子裡頭什麼窟窿裡。」里卡多說時，心中是真的焦灼。

不會的。屋子在人睡著時可以讓一把火燒掉——無意或蓄意。那麼在屋子底下——又或是什麼裂縫罅隙中呢？他心裡有種感覺，知道不是的。里卡多苦苦思量，把眉頭都攢了。左猜右揣仍是苦無頭緒，他的頭皮彷彿也牽動起來了。

「先生，您把人家當成什麼啦——是娃兒麼？」他反駁瓊斯先生道。「我在看看自己會怎樣做。他不見得會聰明過我。」

「那你又有多少自知之明呢？」

瓊斯先生望著他部屬爲難的樣子，他那鬼一般冷靜的神態裡似乎隱藏著樂趣。

里卡多沒答理這問話。他全副心神讓那些贓物實實在在的形象攝去了。看上去真真瑰偉啊！他恍惚看見幾個小帆布袋用細繩捆紮住，脹鼓鼓圓滾滾的印出裡面向外擠著的圓盤形錢幣——黃金、堅實、重甸甸，非常便於攜帶。或是一個個鋼質錢箱，箱蓋鑿有浮雕形花紋；又或是一個黑色銅質箱子，上面有一只把手，裡面天曉得裝滿了什麼哩。鈔票？爲什麼不會？那傢伙那陣子正回家鄉去嘛；所以準是什麼值得帶回去的。

「他把東西藏在屋外什麼地方都成——什麼地方都成！」里卡多叫起來，嗓音也變啞了。「在樹林裡——」

對了，在樹林裡！一片黑暗暫時取代了房間裡頭暗澹的燭光。是夜間樹林裡的黑暗，內中有一點燈籠的火光，旁邊有人在一棵樹幹腳下掘土。敢情另外還有一人提著那盞燈籠哩——哈，是個女的！那女孩子！

那謹愼的里卡多把衝到嘴邊的一句活龍活現、褻瀆神靈的呼叫掣了回去，心裡憂喜參半。那男人信任不信任那女孩子呢？怎樣也罷，那準是一面倒的了！與女人打交道，是做不成騎牆派的。在島上那種特殊的環境裡，兩人獨霸一方，便是互相傾心吐膽也無害——因爲顯然島上別無旁人，她難道可以把他出賣給誰？——里卡多不能想像一個人竟可對一個同自己關係這麼密切的女人將信將疑。再說，女人十之八九是會得人信任的。不過信任也罷，不信任也罷，她在此地對這事有利抑或不利呢？這才是問題所在！

里卡多委實想將這茲事體大的祕密向他頭子諮詢、商談、徵求意見。他壓制住這股衝動；無奈他自己內心的矛盾，掙扎得他痛苦萬分。凡事一拉扯上女人，即使你有根有據的揣度，也尙且可大可小，更何況你連一眼也沒有見過她。

里卡多心裡這番盤算雖說迅如閃電，自己卻也覺得不宜再沉默太久。他趕緊說：

「先生，您難道叫咱們兩人各拿一把鏟子，把這該死的島鏟爲平地不成？」

里卡多把手臂微微一揮，那影子便將之放大成爲掃蕩的姿勢。

「這樣不怎麼好玩呢？馬丁，」那文風不動的老闆喃喃道。

「咱們可洩氣不得——一句話說到底，」他的爪牙回道。「不然，咱們在那條艇子裡吃的苦頭豈不是白吃了！嘅那就——」

里卡多措辭不來。他異常冷靜，忠心耿耿的，卻又很機靈，陰陰的道出新萌在心的希望。

「早晚總有什麼線索兜到咱們跟前來的；只是這樁事兒急不得。您放心，若有什麼蛛絲馬跡，我自會給撿了來；可是先生您——您可得好好周旋住他。其餘的事，您指靠我好了。」

「好；不過我想問問自己，你本人又指靠什麼呢？」

「咱們的運氣嘍，」那赤膽忠心的里卡多道。「別說喪氣話，不然運氣就不來了。」

「你這瘋三真迷信。好，我不說。」

「先生，這才是嘛。您可也別看輕運氣呢；運氣是玩不得的。」

「是的，運氣這東西很難說的，」瓊斯先生以夢樣的嗓音輕輕附和道。

隨即是一陣短暫的沉默，最後里卡多用謹慎、試探的聲音打破了。

「講到運氣呢，先生，我想可以哄他跟您來一手——雙人牌局或是紙牌，您氣色不好，又喜歡留在屋裡頭——好打發打發工夫。也許他玩上勁來，就像他們那樣連自己老子姓什麼也忘掉了，誰知道呢——」

「不見得罷？」那首領冷冷的道。「咱們不是不曉得他那底細的——譬如說，跟他的合夥人那點底細。」

「您說得對。他是個冷血的畜生；冷血、毫無人性——」

「我再跟你說一件事——這件事也是沒指望的。他可不會讓人把自己剝精光的。咱們這回對付的可不是個傻小子，訛他上當、給他高帽子戴，或是最後乾脆嚇唬他——這一套他是不吃的。這個人算盤精得很。」

這一點里卡多知之甚明。他心裡擱著的並非野心如此大的計畫，他只想把敵人纏得抽不開身，好讓他里卡多有工夫周圍打探一下。

「先生，我說呢，您不妨輸一兩個子兒給他，」他說。

「不妨。」

里卡多沉思片晌。

「對了，我還覺得他這種人，會乘人一個眼不見就騰掉的。先生，您認爲是不是？他這人會騰麼？那是說，萬一有什麼嚇驚了他。多半是騰，不是跑——什麼？」

答案馬上來了，因爲瓊斯先生聽得懂他那部下的口頭禪：

「噢，當然！當然！」

「聽到您這樣想，我就放心了。他這人挺愛騰的，所以咱們萬萬別去嚇驚他——在未把東西尋出下落之前。之後——」

里卡多頓下來，神態凝定，透出一股煞氣。忽然他霍地站起身來，一瞬不瞬的俯視著他的頭子，忡忡出神。瓊斯先生一動不動。

「有一件事很叫我擔心，」里卡多壓低了嗓音發話。

「只得一件？」行軍床上那凝然不動的軀體微弱的問。

「我是說，把別的事統統合起來還不會叫我這樣擔心。」

「那非同小可了，說來聽聽。」

「不錯，真是非同小可的。那就是——您覺得心情怎麼樣，先生？您會發悶不會呢？我知道您的悶氣時不常猛然發作的，可是您準說得出——」

「馬丁，您這笨蛋。」

祕書那張快悒寡歡的臉陡地愉悅起來。

「真的嗎？先生？呃，那就挺滿我的意了——我是說只要您不發悶就成。這悶可發不得呢，先生。」

里卡多爲了納涼，敞開襯衫捲起袖子。他光著腳，鬼頭鬼腦的橫穿過房間走向那支蠟燭，他的頭與雙肩的投影便在身後對面的牆上放大，別無他名的瓊斯先生的臉正轉對著那堵牆。里卡多像頭大貓一般，把頭扭過去瞟了一眼那榻上躺著的鬼的瘦背，隨即一口將蠟燭吹滅。

「馬丁，其實我倒覺得滿有趣呢！」瓊斯先生在黑暗中說。

他聽見啪的一巴掌打在大腿上的聲響，他的爪牙歡欣的叫起來：

「好極了！先生，這才像話嘛！」

第四部

第一章

里卡多小心翼翼從一棵樹幹短距離地躥到另一棵樹幹，七分像松鼠，只三分像大貓。旭日早已升起多時。曠海上的爍光亦已迅速閃耀在黑鑽灣內那泓黑暗、清涼的朝藍；但那曖曖的暝色仍在樹林中巨大的幹柱之下躑躅不散，那祕書便在這些幹柱之間東躲西閃。

他正用獸類的耐性——此中雖或攙雜著非常合人性的複雜意圖——守伺著大老闆的屋子。這是他第二個早上這樣守伺了。第一個早上徒勞無功。不過，說真的，也不急嘛。

太陽倏的盪至山脊之上，光芒淹沒了里卡多面前燒光了草的曠地以及他眼睛盯著的屋子的正面，只餘下門洞還是黑色一點。他右面、左面、後面，金光一塊一塊濺在樹林的深影裡，把參差不平的樹葉蓋子底下那片幽黯給沖淡了。

此處環境並不十分利於里卡多行事。他不想讓人發現他正在這裡耐心守伺，因爲他正在守候著機會一睹女孩子——那女孩子！只要隔著那塊燒過了的地瞧一瞧她究竟是什麼模樣兒就夠了。他的眼力真了得！而且距離又不遠。只消她一出涼台，他便可輕易辨清她的容貌了；出來嘛她遲早總免不了的。他有把握把女孩子的品性看出一些來——他覺得這在未曾背著那瑞典男爵去進一步與她謀接觸之前，是十分必要的。他對那女孩子有一定看法，很願意就憑著這遠遠眺望所得的觀感，便謹慎地露面——也許甚至打個訊號。一切得在審視過那一臉後再說。她沒什麼了不起。他了解這種人的！

里卡多把頭稍微突出一點兒，透過一叢蔓藤的葉簇，看到那三座平房，不規則的沿著一條扁平的曲線排列著。最後那一座，涼台欄杆上懸著一幅黑色、方格子圖案的氈子，出奇的惹眼。里卡多連那些方格子也看得清楚。一堆柴火正在階前曠地上熾旺的燃燒著，在日光裡，那薄薄、翻拍著的火焰淡得幾乎瞧不見——只是一團淡紅色的什麼在一圈輕煙底下竄動著。他看見俯身火上的彼得羅頭上那白綳帶，那頭黑髮稀朗朗的一杈杈豎起，煞是怪異。這綳帶是他打破了那毛鬖鬖的大腦瓢後親自給纏紮的。那畜生像頭上頂著東西似的把綳帶平衡著，一拽一擺走向台階。里卡多見到一隻毛茸茸的巨爪，末端連著一只長把柄的小鍋子。

對了，遠遠近近凡是看得見的，他都看得到了。好眼力！他眼睛唯一看不穿的，是涼台上、屋頂矮簷下那黑洞洞的矩形門口。也真氣人，真教人光火；里卡多輕易就光火的。她不久就會出來吧！怎麼不會？那傢伙總不會先把她綁在床柱上才出門罷！

什麼也沒出現。里卡多凝定得像那些蔓藤的葉鬚，蔓藤從他頭上六十呎處的巨枝上懸垂而下，恰好成了一幅簾帳。連他的眼皮也紋絲不動，一眨不眨的注視著，看起來像一頭大貓躺在火爐邊的地毯上對著火做夢似地冥思著。他是在做夢嗎？他眼前清清楚楚看見一套罩衫式的白外套、一條藍布短褲、一雙光溜溜的黃皮膚小腿、一條辮子又長又細——

「他媽的這死黃臉鬼！」他咕噥著，楞住了。

他並不覺自己曾望到別處去；然而就在視野中央，既沒有從屋子的右角或左角轉出，也沒有從天而降，或是從地底冒出，阿王已經出現了，不折不扣的一個阿王，正學著小姐在摘花哩。這樣驚人凝聚出來的唐人，一步一步的，反覆彎身在涼台腳下那些花壇之上，然後以極其尋常的方式離開現場，拾級上階，消失在黑沉沉的門洞裡了。

馬丁・里卡多凝定的黃眼睛至此方才不再注視。他曉得該走動了。唐人手裡那束花兒拿進屋內，是用來插在早餐桌上的。不然還有什麼別的用處？

「花兒嘛，老子給你！」他恫嚇著嘟囔道。「你等著瞧！」

再過一晌——向瓊斯平房瞥一眼，他預料海斯特正從那裡走出來去用那裝飾得叫人倒胃的早餐——里卡多便開始撤退。他心中有一股衝動、慾望，恨不得衝進曠地，當面給那他欲謀害的人來一個他所謂的「剝皮剔骨」，那幅景象顯現起來很能滿足他的饞心，照例是他先迅速把腰一彎——其後必送他敵手見閻王。他之有這股衝動，也是本性使然，每逢他冒起火來就難以抑制的。人怒火中燒了，卻還要躲躲閃閃來壓抑住自己的身心，有比這更痛苦的事麼？里卡多祕書先生從海斯特平房對面一棵樹後的觀察哨撤退下來，小心翼翼以免被人瞧見。由於地勢傾斜陡臨水邊，使他撤退起來很容易。他的腳，透過那兩片薄薄的草拖鞋底，觸到島上給太陽曬熱了的岩基而感覺到一陣暖烘烘時，人一沉便沉落屋子的視野範圍之下。跟著短短攀爬了二十來呎，在碼頭接岸之處又現身到上面來。他把背靠在一根高矗的柱子上，柱上仍懸著熱帶煤礦公司的招牌，俯臨那堆無主的煤塊。誰也揣猜不出他有多氣惱。爲了壓制心中怒火，他把雙臂緊緊交抱在胸前。

里卡多並不慣於長久自我控制。他的詭黠與刁鑽往往不由自主地受制於自己那暴戾的本性，這本性僅有「老闆」的影響力、上等人的威信能羈束得住。他本性也有機詐的一面，但這時卻也飽受拘磨，因爲問題不容他用咆哮跳撲的暴戾手段來了結。里卡多不敢貿貿然走出曠地去。他不敢。

「老子他媽要是碰見那癟三，」他心裡想，「我真不曉得自己有什麼事兒會幹不出來。我真不敢信賴自己。」

此刻教他懊惱的，是他了解海斯特不來。里卡多不過凡人，發現自己力有不逮，如何不惱？不成，他摸不透海斯特。他要結果他可真易如反掌——咆吼一聲，往前一撲——可是這事不容他這麼做！然而，他也不能無了期的待在那面陰森森的黑板之下。

「我得活動活動了，」他暗自說道。

他向前走動，頭雖因壓抑殘暴之念而有點眩暈，但若無其事地走到平房前面，像是剛下碼頭看過那條艇子來似的。陽光包圍住他，又燦爛又靜又熱。那三幢房子對著他。涼台欄杆上搭著毯子那一幢最遠；跟著是那座空平房；最近那幢涼台腳下有一畦畦的花壇，那麻煩的丫頭就把自己藏在裡頭——真氣人，為此里卡多的眼光老盤桓在那幢房子上。那女孩子總該比海斯特容易揣摩罷。只要瞧她一眼，僅僅一瞥，他就可藉此開始行事，又接近目標一步了——說來還是第一著真正的棋哩。里卡多看不出第二著棋。而且她隨時都會出現在涼台上！

她並沒出現；但她恍似一塊磁石藏了起來，仍發揮著吸引力。他一路走下去，岔向那座平房。儘管他此舉是有意的，他那暴戾的本性卻主宰著全身，倘若碰見海斯特向他走來的話，他可真要滿足自己殘暴的需求了。然而他沒見到什麼人。阿王在屋後，暖著咖啡，等候大老闆回來用早餐。連那猿似的彼得羅也不見了，準是蹲在階上，他那雙紅色小眼睛充滿獸類的忠誠盯在瓊斯先生身上，瓊斯先生正在另外一個屋子裡與海斯特談話——一個惡鬼和一個無拳無勇的人會談，一頭人猿在旁觀看著。

里卡多雖然無此存心，他眼睛迅速向四下裡掃射，只見自己已駐足海斯特涼台階下。到得此處，他便抗拒不住一股吸引力，躡手躡腳，四肢、兩腿一陣狂亂的攀級上階，在簷底下頓了一會，傾聽那片寂靜。他旋將一隻腳——宛似一條橡皮造的下肢扯得長長地——跨過門檻，栽進裡面，急忙抽起另一隻腳，人便立在房間裡，腦袋在左旋右轉。他雙目從外面炫耀的陽光中進得屋裡來，頓覺一片幽闇。他的瞳孔像大貓那樣迅速擴張開來，辨出一大堆書籍。他不禁大爲詫異，也給弄糊塗了。他愕然之餘，更感氣惱。他本打算揣摩周遭的事物，以冀藉此得出一些有效的推斷，尋出那人人品的一斑。但這一大堆書推斷得出什麼來呢？他不知怎麼想；他的迷惑從心中的呼叫顯現出來。

「這傢伙到底在這兒攪的什麼鬼？——辦學堂麼？」

他盯著海斯特父親的肖像瞪了又瞪，那是個嚴峻的側面像，對這塵世的浮華虛榮漠然視之。他的眼睛乜斜那一座座笨重的銀燭台，一座座豪華的象徵。他猶如迷路的貓兒闖進陌生之境，到處亂鑽亂撞；里卡多容或沒有阿王形聚體消的神奇本領，他那稍微著跡的行蹤在一來一去之間，幾乎也可做到一般的無聲無息。他發現後門微啓；他微微尖起的耳朵，極盡警覺之能事，一直留意著在外頭裡住屋內絕對闃靜的那片岑寂。

他在房間內逗留不到兩分鐘，便已斷定屋子裡別無他人。那女子多半偷偷溜了出去，正在屋後附近曠地上逛。大概是那人吩咐她躲起來了。爲什麼呢？是因爲那傢伙不信任自己的客人，還是那傢伙不信任她呢？

里卡多想，從某個觀點說來，這兩者其實乃無二致。他記得索姆堡那番話。他覺得僅爲了避開那吃軟的開旅館的畜生糾纏，而跟人家跑掉，並不見得她就對那人迷得死心塌地。她是接觸得的。

他的鬍子抖動了一下。有好一陣子他定睛看著一扇關閉上的門。他要窺一窺這另一間房間，說不定會窺出什麼線索，比這他媽的一大堆書強得多呢。他穿過房間時，心裡豁出去的忖道：

「若是那癟三突然撞進來，想撲上來的話，我皮也揭了他的，這就了事了！」

他將手擱在門柄上，覺到門閂鬆開了。臨拉開門，他再細聽那片闃靜。他渾身上下都感覺到那大片闃寂，毫無漏洞。

他由於必須步步爲營，自制力大受刺激。他心底湧起一股戾氣，每逢這種時候，他往往就感覺到那把捆貼在腿上冷硬的刀子。他滿心好奇的拉開門，門開了，沒有樞鉸的軋轢聲，沒有沙沙聲，什麼聲音也沒有；只見自己正雙目灼灼瞪著一幅粗糙的藏青布料——像斜紋嗶嘰——半透明的表面上。裡頭原來裝了一幅簾子，太重太長了，動也不動。

一幅簾子！這幅想也想不到的帷幕窒息了他的好奇心，掣住了他那粗魯突兀的舉動。他並沒不耐煩地把它拂開；他只是仔細端詳著，就像這布料先得檢驗質地，始能拿手去碰似的。就在這一躊躇間，他彷彿從那片寂靜中覺察出一點兒瑕疵來，是一聲微弱得不能再微弱的窸窣聲，他的耳朵發覺到了，可是一凝神諦聽，瞬即又消失了。糟了！屋裡屋外一切平靜，只是他再也不感覺自己是獨個兒在房間裡了。

及至他向那紋絲不動的簾褶伸出手去時，他動作異常謹慎，只是把簾子略微撩開一點兒，同時把頭探前向裡窺覗。隨後，有片晌，他完全沒有動。接著，里卡多身子其餘部分動也不動，頭霍的縮回肩膀上，臂膀緩緩垂下在身子兩旁。有一個女人在裡面。正是那女子！她讓屋外反射進去的強光照得微亮，在那又長又窄的房間另一端朦朧浮現，顯得出奇的碩大。她背對著門，正抬起那雙赤裸裸的胳膊編理著頭髮。一隻胳膊閃著珍珠般白的光，另一隻卻給那沒關上百葉窗與窗簾的黑色四方窗孔襯得十分姣美。她正在那裡，十隻春蔥忙著編理她那頭黑髮，渾然不覺、暴露人前而毫不設防——誘人得很。

里卡多縮回一條腿，把手肘緊緊壓在兩腋上，胸膛開始抽搐著上下起伏，彷彿在與人摔角或是賽跑一般，身子也輕輕的前後擺動起來。他的自制力業已耗盡：他要露出原形了。他那猛撲的本性再也壓制不下去。強暴呢還是殺戮——在他都是無所謂的了，只要他能藉此滿足他那受折磨、壓抑了那麼久的暴念。他旋過頭去急急瞥了眼——專門打猛獸的獵人告訴我們獅子、老虎在臨衝向前例必有此一舉——里卡多便垂下頭朝那幅簾子直衝過去。那布簾吃他這樣猛然一衝便拋將起來，緩緩浮沉成垂直的褶子，在那寂靜、和暖的空氣中，一動不動，連抖也不抖。

第二章

那時鐘——從前也曾記錄哲學冥思的時數——該不會滴過了五秒鐘罷，阿王便已形聚在那客廳之內。他主要是來看看那耽擱了的早餐，但他兩隻斜眼迅即牢牢盯在那幅紋絲不動的簾子上。因爲他在簾後發現那奇怪、窒住的扭鬥聲，充滿了那間空房間。他那民族的斜眼睛詫異時也不能瞪圓，而只是定定的、死死的不動，他那張木然的黃臉由於猛然讓緊張、疑惑、怵懼的警覺綳緊，驀地變得焦慮憔悴起來。互相矛盾的衝動使他栽在地席上的身子搖擺起來。他甚至把手伸向簾子，但他的手搆不著，身子也不趨前挪一步。

那不明所以的格鬥進行時，只聞閉嘴捽撲時赤足踏地之聲，簾子背後並無噓噓聲、呻吟聲、高呼或低語種種人聲傳出。一把椅子翻倒了，並不是砰訇一聲響，而是輕輕的，就像約略擦著了，接續是叮的一聲錫澡盆發出的低微金屬響。最後那片緊張的寂靜——

彷彿兩個敵手正鬥得難解難分似的——被一個柔軟的軀體撞在屋內隔板上發出的沉沉一聲所結束了。這一下好像把整座平房都給震撼了。到這時候，阿王倒退著走，眼睛，連喉頭，都因悸怖的興奮繃得緊緊，伸出去的手臂仍指著那幅簾子，人已經從後門消失。一走到圍牆內，他就轉過屋後一溜煙跑掉了。他若無其事的出現在那兩間屋子之間，在曠地上徘徊閒蕩，任誰從哪一個屋子裡走出來也必定瞧見他——一個泰然自若的唐人在那裡百無聊賴的，心裡除卻還記罣著有一頓早餐尚未伺候外，便別無他念了。

正是此時阿王決定與大老闆——一個不但給繳了械並已被擊得半敗的人——脫離一切關係。那個早上之前，他對自己這項決定還有疑問，但及至他無意中聽到這扭鬥之聲，問題便決定了。大老闆氣數已盡了——幫助這些人只會惹禍臨頭。但當他做出無關痛癢的神氣，在曠地上閒步時，阿王心裡仍嘀咕屋內究竟爲什麼聽不到任何聲響。他揣測那白種女人可能正在裡面與一個邪靈搏鬥，最後當然是給殺死了。因爲他從眼角斜視著屋子，並沒察覺裡頭走出什麼來。屋外陽光與闃寂依舊，毫不受擾。

然而屋裡客廳之中，好耳朵會聽出並非完全寂靜。簾後有一點點騷動，輕微得幾乎稱不上細語。

里卡多疼痛的撫摩著喉頭，噓了口氣，敬佩地說道：

「你的手指確是硬如鋼鐵，真要命！你的力氣比得上巨無霸！」

莉娜真造化，里卡多的襲擊來得如此猝然——她正在頭上盤捲著兩大綹頭髮——以致她來不及垂下臂膀，這便使她雙臂免被按到兩脅之旁，而有更好機會反抗。他起先那一躍幾乎把她撲倒下去。又是造化，她站得離牆那麼近，所以雖被直撞到牆上，那衝力卻還不至於將她全身的力氣都撞洩了。反之，這又幫她出乎本能地把敵人推開。

喘了頭一口氣——她委實太驚愕了，一聲也叫不出來——之後，她對自己處身什麼危險之中，一直清清楚楚。她心裡既明明白白，便憑藉本能的力量——那正是強大氣力的源頭——果斷地自衛，那種果斷簡直難以相信會是出自這女子之心，這女子從前給那赤臉、期期艾艾的索姆堡攔在陰暗的走廊上曾害羞、憎惡、恐懼得顫抖；那一生也未能把巨爪加在她身上的男人嗶哩剝落吐出一籮筐不堪入耳的話，曾令她悸怖得垂頭瑟縮。

這個新敵人攻擊時採的是簡潔的暴力，不是舊日所遇那種卑汙的陰謀。那時她像奴隸那樣給賣掉，叫她惡心，並因孤獨無告，自覺擋不住這麼許多欺壓她的人。她現在不再是孤零零在天地間了。她抵抗起來毫不猶豫，因她在精神上得到支持，因她不是個算數的人了，因她不再單是爲自衛而自衛了，因她心裡已誕出一個信念——信賴她那命中注定的男子，也許也信賴上蒼，祂奇妙的安排這男人走進她的生命裡。

里卡多剛才笨鈍的死摟住她，沒什麼結果，她主要是靠用手指死命、毒辣地掐住里卡多的咽喉，直掐到感覺他的臂膊突然一鬆。接著她兩手出盡九牛二虎之力，配合膝頭猛地往上一頂，便將整個里卡多一下子摜到那隔板上去。因爲那只杉木籠橫在腳下，里卡多咚地一聲空洞洞的響徹了整間屋子，跌坐籠上，人給扼得半死，渾身虛脫——不是由於打得凶，而是情緒太激動了。

她使出了力氣之後，自己也搖搖擺擺，踵著腳退回，在床沿上坐下。她喘著氣，但卻很鎮靜，也不羞赧，便忙著把腋下那幅褐黃雙色的西里伯斯花紗龍裙繫好——那紗龍裙的褶襉在扭鬥時鬆脫了。然後她把袒裸的胳膊緊緊交抱在胸前，交加著雙腿，把身子探前，立定了心，一無畏懼的樣子。

里卡多身子也是向前探著，洩了氣，像一頭猛獸撲了個空，而成了鬥敗公雞的模樣，接觸到她那雙灰蒙蒙的大眼睛——張得大大的，觀察著，神祕莫測——從兩道有膽色的弧形黛眉下盯視著他。兩人的臉龐彼此相距不到一呎。他不再摩挲那作疼的喉嚨，只把兩掌向下沉沉地按在膝上。他沒有向她那裸露的肩膀、強壯的胳膊望去；他俯望著地下。他一隻草拖鞋不見了。一把搭著件白衫裙的椅子翻倒在地。這些，連同海綿突然放不好而潑得地上一攤攤水漬，便是適才那場搏鬥遺留下來的全部痕跡了。

里卡多特意嘸了兩下，像是要試試喉嚨可有壞了，才再發話道：

「好罷。我一直都沒打算傷到你——不過要是傷起人來，我可也不是鬧著玩的。」

他扯起睡衣的褲腳管露出那捆在腿上的刀子。她動也不動，瞟了刀子一眼，用鄙夷的口氣酸酸的嘟囔道：

「嘿，對呀——把那東西捅在我肋肢上嘛。沒別的辦法。」

他靦腆一笑搖搖頭。

「嗨！現在我定下來了。老老實實的——我人就是這樣。不必解釋幹麼了——你曉得是怎麼回事的啦。我現在也曉得，這一套你不吃。」

她一聲不響。她定定向上熟視，眼神裡一股耐著的哀傷，恍若隱含著什麼莫測高深的意味，叫他惴惴不安。他沉思著加了一句：

「我這回幹了傻事兒，你不會嚷出去罷？」

她把頭微得不能再微的搖了搖。

「姑——奶奶的！你真了不起呀！」他很認真地咕噥道，如釋重負，大出她意料之外。

當然，倘若她剛才企圖跑出去的話，他便會一刀子戳在她兩肩中間以制止她呼喊；但那就十分麻煩了，整攤子事弄垮了，老闆——要是還獲悉緣由——真不知可有多震怒。一個女人給這樣冒犯了也不嚷嚷，那就是不以爲忤了。里卡多這人是頗爲自負的。但顯然，若是她肯這樣善罷干休，那他在她眼中當不至於十分可厭。他感到飄飄然。她似乎也不怕他呢。他禁不住要對女子生出幾分憐愛，這個膽色過人的好姑娘竟沒尖聲叫著跑躲他哩。

「咱們還要做朋友的。我不罷休；別想。做真真正正的朋友！」他自信的輕聲道。「嗳——呀！你可不軟啊。我也不軟，你很快就會知道了。」

他不會知道她剛才之所以沒有跑出去，是因爲當天早上，海斯特見來了這夥來歷不明的客人，心頭愈來愈不安，終於熬不住向她吐露了，說他前一夜在尋覓的是自己的一桿手槍，槍不見了，他如今是個手無寸鐵、無拳無勇的人了。她起初不大能領會他的話是什麼意思，現在比較明白了。她的自制力、她的凝定，深深打進里卡多的心坎。突然她說：

「你想要什麼？」

他沒抬起眼睛，雙手擱在膝上，頭低垂著，那姿態如同沉思著什麼一般，看上去便是一個直腸漢子倦了。不是跟人鬥氣力鬥累的，而是鬥腦力鬥累的。她直截了當的問，他也直截了當的答，彷彿人太疲乏，懶得去掩飾：

「想要拿贓銀。」

這兩個字眼對她很耳生。他那雙灰蒙蒙的眸子隱藏著注意力，一刻不離的從那兩道黛眉下睇視著里卡多的臉。

「贓銀？」她悄悄的說。「那是什麼？」

「呦，贓款、孽錢嘛──你的那個體面人到處詐騙了這些年的──銅板嘛。你不懂？這個！」

他頭也不抬，做出數錢入手心的動作。她略微垂眼去觀看這一小齣用手勢表演的啞劇，隨即又盯回他臉上去。然後，僅僅噓出一口氣道：

「他的事你怎麼知道的？」她迷惑起來，發了慌，但卻掩飾住。「那和你有什麼相干？」

「大相干，」里卡多壓低嗓音，簡潔而有力地答道。他心忖這女子真是他最好的屬望。方才動武的情景記憶猶新，他心中這時生出一種情愫，使一個男人不能對一個他曾摟抱過——縱然不是她心甘情願——的女人無動於衷，她不究他粗暴便更使他心動。那變成了一種維繫力。他深感著實要向她推心置腹——這如飢似渴的需要是微妙的男性特徵，能與那動輒冒生的獸性猜疑並存不悖。

「這是一場奪寶遊戲——懂嗎？」他聲音裡添進一個親狎的新調子，繼續低聲往下說。他現在直望著她了。「是那個吃軟、賣杜松子酒的大胖子索姆堡教我們來的。」昔日慘遭迫害、求助無門的苦楚深烙心底，那適才把一場凶狠的襲擊也能奮勇擊退的女子，聽到這個可憎的名字時不禁戰慄一下。

里卡多說得快起來，並且推心置腹了：

「他想向他報復——不止呢，要向你們兩個報復；他對我這樣說的。他對你迷得要死吶；你先前幾乎把我扼死的那雙手，他恨不得把什麼都交進去。不過你幹不來罷，啊？死也不肯——什麼？」他頓了頓。「所以，你寧可——去跟一個上等人嘍？」

他察覺到她頭微微一動，接著急急說下去：

「我何嘗不是——強如做個討工錢的奴隸嘛。只是這些外國佬沒有一個靠得往的。他配不上你。這人連自己最好的老朋友都騙的！」她抬起頭來。他對自己的進展深感滿意，忙不迭的輕聲繼續說道：「對，他的底牌我全摸清了。你可想而知他會怎麼樣對一個女人！」

他不知道自己此刻正將恐怖驅進她心窩裡去。但那雙灰蒙蒙的眸子還是一逕從那雪額下盯在他身上，牢牢的注視著，彷彿瞌睡似的。她開始明白過來。他的話語傳達了一個可怕的意思進她心裡，他用深信不疑的口吻把這意思咕唧著再加解釋：

「你我是一來就互相了解的。我看是出身相同，教養相同之故吧。你不吃軟，我何嘗吃！你給扔進這個腐化的僞君子社會裡，我何嘗不是？」

她的凝定、她那驚駭了的凝定，看進他眼裡變成入了迷的諦聽。他忽然問道：

「在哪裡？」

她好容易噓出一口氣：

「什麼在哪裡？」

他的聲調顯得又緊張又詭祕。

「贓銀——賊贓——銅板。這是一場奪寶遊戲嘛。我們得要弄到手；可是不容易呢，所以你要幫個忙兒。說嘛！是不是就藏在這屋子裡頭？」

女人常會如此，她由於乍瞥到那將臨的危難，心中的機靈振發起來。她搖搖頭否認了。

「不是。」

「真的不是？」

「真的不是。」她說。

「嘿！不出所料。你那上等人信任你麼？」

她又是搖搖頭。

「他娘的僞君子，」他慨然說道，然後又沉思著問：「他也是個吃軟不吃硬的罷？」

「這一層你頂好自己去研究，」她說。

「你放心。你我還沒交成朋友之前，我才不想死呢。」說時帶著一種奇怪、大貓似的豪俠口吻。跟著，試探地：「可是你有法子叫他信任你吧？」

「信任我？」她問。她的語氣瀕於絕望，他卻誤以爲是嘲諷。

「入我們的夥吧，」他慫恿。「把這遭瘟的虛僞世界一腳踢開。你雖說得不到信任，說不定也早打探出些什麼來了，嗯？」

「也許有罷。」她說道，覺得兩片嘴唇快要僵住了。

里卡多現在瞧著她鎭靜的臉時，心中有幾分敬意。他甚至有點兒讓她凝定的神情與簡賅的言語鎭懾住。她不愧身爲女性，已感覺到自己產生了什麼效果，知道自己顯得洞悉一切，卻深藏不露。這印象一直都是自然而然地產生的。她由是受到慫恿去施詭計，這也是力弱之人託庇之所，她於是奮勇將那兩片僵冷的嘴唇擠出一抹微笑來。

詭詐——力弱之人及懦犬託庇之所，何嘗不是人在手無寸鐵時的護身符？爲了保存她此生的美夢，並逃過一場大難，除卻詭詐一途別無他計。她彷彿覺得她面前坐著的那個人是這世間一切邪惡的化身，畢生追纏著她，避也避不了。她並不恥於施用詭詐。她發現了這一招時，隨即本著女性直率的膽色，全心全意的施用——只是懷疑自己能力如何。她讓這情勢駭住了；無奈她的女性本能早已一古腦兒激發了出來——了解到不管海斯特愛不愛自己，自己也愛他。並感覺這是自己帶累他的——面對這險難，盡心盡力要衛護自己的。

第三章

里卡多萬料不到會橫裡殺出那女子來，是以使不出自己的判斷力來鑑察她。他覺得她那一笑好像應許了許多事。他當初沒料到她會是這樣子的。從前聽那些人說話，誰會料到碰上這麼一個女子呢？她確是一位謫仙子，他心裡狎熟中帶著點敬意的忖道。這女子豈是那吃軟、賣杜松子酒的大爺所消受得來？里卡多愈想愈氣憤。儘管她因顯露了自己的膽色與膂力而叫他吃了點苦頭，但仍博得了他的同情。里卡多眼見她氣魄如此懾人，不禁對她油然生愛。嘖嘖，這樣的一個女子！真有氣概，又能馬上斷絕過往的關係，足見她不是個偽君子。

「你那個上等人彈子打得好嗎？」他發問時又低頭看地，像是漠不關心似的。

她對「彈子打得好嗎？」這句話不甚了了，但聽上去似乎是指某種本領。所以應「好」準沒錯，她輕聲應：

「好。」

「我那位也不弱的——不只是普通好呢，」里卡多咕噥道，接著爆出心腹話：「我自己雖打得不那麼好，不過身上也一樣有一件挺要命的傢伙！」

他敲敲自己的腿。她已經不再戰慄了；她全身僵硬，連眼睛也動不得，腦子裡感到緊張得不得了，彷彿失憶似的空白一片。里卡多盡力鼓其如簧之舌來遊說：

「我那位上等人不會甩我的，他不是那種人。人家不是外國佬嘛；可是你呢，跟著你那個男爵，將來日子是怎麼樣的你曉得麼？——或者，你是女人，只會曉得太清楚。等到叫人甩掉就不大好啦；入我們的夥，也來分它一份兒罷——我是說分那筆孽錢。你早已略有眉目的。」

她覺得若是自己辭色間顯示，島上並無此物，海斯特的性命便半個時辰也不保了；然而她神經太緊張了，措辭也措不來。連單字也想不大出來——僅擠出了個「是」字。好一個消災救難的字！她臉上紋絲不動的低聲說出此字。這一個輕微而簡潔的聲音，里卡多聽成是這了不起的女子矜持的應諾，她本人應上這麼一聲，勝似其他女子應上一千聲。他心底喜孜孜的想道：這回難得給他碰上一個了——何止難得，簡直打起燈籠也沒處找去呢！他壓低嗓音老實干求起來：

「那好極了！你現在只消查出他把銅鈿收在哪裡就行了。事不宜遲啦！爲了免得嚇著你那位上等人，害得老子整天偷偷摸摸的，可再也受不了。你把人家當成什麼啦——

是爬蟲麼？」

她眼睛瞪著，視而不見，像一個人在黑夜裡坐著，瞪著眼，聽著惡聲與魔咒。她腦子無時無刻不在極力想要抓住點什麼東西——抓住那近在咫尺，卻又無從捉摸的解厄之法。突然她抓到了。對——她得把這個男人弄出屋外去。正在這當兒，外面響起海斯特的聲音——不很近，但卻聽得清清楚楚——在說：

「阿王，你剛才出去找我來著麼？」

她彷彿覺得身邊四周的黑暗爍出一道電光，就在她腳下照出一面絕壁。她一抽搐坐直了身子，卻站不起身。反之，里卡多登時站將起來，闃悄得像頭大貓。他兩顆黃眼睛閃呀閃的來回溜轉，但他似乎也動彈不得。只見他的鬍子抖動著，彷似什麼動物的觸鬚。

兩人在房間內聽見阿王答應了一聲“Ya Tuan”（是呀，老爺），只是聽上去微弱一些。然後又是海斯特：

「好罷！咖啡可以端進來了。Mem Putih（太太）出房間來了沒有？」

阿王並沒答覆海斯特這句問話。

里卡多和女子的目光相接，兩人木無表情，大家都在全神貫注傾聽海斯特的第一聲腳步響及外面的任何聲響。這些聲音一響起，里卡多便撤退無路了。他們彼此都明白阿王準是繞過了屋子，這會正在後面，里卡多想趁海斯特從前面進來之前打那兒偷偷溜出去，已經不用想了。

一層陰霾在那忠心不渝的祕書臉上罩下。完蛋了，這攤子事！那種陰沉是惱怒而來，甚而是怵懼而來的。他要不是聽到海斯特正在屋前拾級上階，可真會由後門衝出去。海斯特慢慢地、十分遲緩地拾著級，人彷彿心灰意冷、疲乏——或者只是心事重重，此刻里卡多腦海裡呈現海斯特的那張臉，那雄赳赳的鬍子、那高尙的額門、那漠然的臉容、那平靜沉思的眼神。撤退無路了！媽的！老闆也許終歸說對了，女人是近不得的。瞧這下子鬼混上這個女人，把整個攤子也給拖垮了啦。撤退無路也罷，他本也可照例一開殺戒，橫豎露了相就如廬山真面目叫人揭開了。無奈他太秉正了，不肯遷怒到女子身上。

海斯特在涼台上，說不定就在門口，站住了腳。

「我動作再不快，可就死無葬身之地了。」里卡多氣急敗壞地對女子嘟囔道。

他彎腰去取刀子，眼看就要以迅雷不及掩耳的姿態挺出簾外，把海斯特置諸死地。女子伸出手去抓住他的肩膀將他掣住了——將他掣住的是女子這一抓的感覺勝於力度。他旋過來蹲下身去，兩隻黃眼睛炯炯向上射去。呀！她改變主意要對付他了麼？

若不是他看見她另一隻手指向那扇窗子——一個高高在上差不多就在天花板下的長長的出口，裝著一個單樞軸的旋轉窗蓋——他早就一刀子捅入她那裸露的喉嚨管了。

他猶自望著那扇窗，她已悄然溜開了，去扶起那把翻倒地上的椅子，放在牆腳下；然後她扭過頭來，這廂里卡多也不消對方招他過去，便逕自踮著腳尖兩大步跨到她身邊來。

「趕快！」她喘著氣說。

他一把攥住她的手，默然緊握了一下，彷彿滿懷感激之情，奈何卻來不及對摯友傾訴出來一般。隨之他登上椅子。里卡多身量短小——太短小了，要攀越窗口勢難免發出拖拖擦擦之聲。他遲疑片晌，她究竟耳目警覺，用自己那雙袒露著的美臂牢牢按穩了椅子，他便伶手俐腳把椅背做梯用了。她那頭棕髮大綹大綹披了一臉。

隔壁屋間響起腳步聲，海斯特不很大的聲音在喚她的名字：

「莉娜！」

「來了！等一下，」她用一種特殊的腔調應道，知道這可阻止海斯特馬上進來。

等她抬頭一望，里卡多已經不見了，在外面輕輕落了地，半點聲響也聽不到。她這才站起身來，又迷茫又慌張，猶如從麻醉之中甦醒過來，眼睛呆木木的低垂著，無復果敢，腦筋動也動不來，連驚懼都不會了。

她聽到海斯特在隔壁房間漫無目的地來回走著，那窮竭的機靈又振發起來了。她馬上又動心思、聽聲而且視物了；她目睹——倒不如說認出，因她兩道目光一直停駐其上——里卡多的草拖鞋在澡盆之旁，是扭鬥時丟下的。她只來得及踏前一腳踩上去，門帷一抖，撩向一旁，海斯特便出現在門口了。

她與海斯特共處得來的迷醉——像著了魔似的一種心境——程度已減，卻也因他身處險境而覺得胸窩裡熱熱的。她覺得有些什麼在那兒動著，深沉的，宛如一股新的生命力。

房間陷於半黑暗狀態，因爲剛才里卡多從窗口出去之際無意中碰動了那扇旋轉窗蓋。海斯特從門口探視進來。

「呃，你頭髮還沒梳好，」他說道。

「我現在不梳了，馬上就出來，」她鎮定地答道，身子一動也不動，腳板底下感覺著里卡多那隻拖鞋。

海斯特退回去，讓門簾子緩緩落下。她隨即俯下身去拾起拖鞋，拿在手裡，猛旋過身，看看可有地方收藏起來；但一房間空蕩蕩的，哪裡藏得下？房間之內置著那箱籠，那皮箱子，木釘上掛著她那一兩件衣裳——沒有一處可保海斯特的手不會湊巧碰到。她的目光往四下裡掃射，讓那扇半閉著的窗子吸住了。她跑上前去，踮起腳趾時手指尖剛搆得著那窗蓋。她將窗蓋推正了，躡腳走回房間中央，轉身揮臂，校準擲出去的力度，以免讓拖鞋飛出去太遠而擊中懸垂的簷緣。對於那雙剛與一個男人死命搏鬥完畢兀自震顫不已的藕臂，那給當前緊張的形勢扯得緊繃繃的腦袋，以及那鬆弛下來眼前迸跳著黑星子的神經而言，這一擲是極需講究良好判斷力的。最後拖鞋脫手而出了。一越過窗口，她便見不到了。她諦聽著，但並沒聽見拖鞋擊中什麼；就此消失了，如同長著翅膀凌空飛去一般。無聲無闃！去如黃鶴。

她那雙威風的胳臂垂貼在身子兩旁，人站著，彷彿化成了石頭。一聲輕微的哨子傳入她耳朵裡。原來那沒記性的里卡多，因深知拖鞋丟在屋裡，一直在外面十分焦灼的徘徊著，及至見到那拖鞋從簷下飛出來才覺釋然；他也挺體貼細心哩，冒險吹一聲哨子好叫她安心。

女子忽然向前蹶躓。若不是她雙臂抱住了一根刻工粗糙的高柱子——用來撐起床上蚊帳的——人險些兒就栽倒地上。她久久抱住柱子不放，額頭抵住木頭。她的紗龍裙鬆脫了開來，一端滑落到臀上。她那頭長長的棕色鬈髮絲絲縷縷紛披下來，溼濡濡似的，給那白皙的身軀幾乎映成黑色。她那袒露著的肋肢因困惱疲乏而汗溼了，在頭頂上那扇窗戶透進來的漫射熱光裡，像擦亮的大理石，靜靜發著冷光——黯淡地反映出外面那片摧枯拉朽、熾烈的陽光，在震顫抖動，竭力要把大地點燃，焚成灰燼。

第四章

海斯特坐在桌前，下頷抵住胸口，聞得莉娜衣裙窸窣微響，馬上抬起頭來。他見她兩頰色如死灰，雙目無神，奇怪的向他瞧著，不認識似的，不禁吃了一驚。可是他焦慮地探問時，她僅答說別擔心，自己沒事，真的沒事。她因先前起身見頭暈眼花，浴罷且覺片刻暈眩，只好坐下等這陣暈眩過去。所以穿了衣服便遲了。

「我頭髮還沒梳呢；不想叫你再等得久。」她說道。

他見她對自己所抱微恙並不著緊，也就不想苦苦追迫。她那頭秀髮雖沒有梳，卻也刷過，用一條絲帶在後面束起來。她因敞露著額門，看起來十分年輕，簡直像個孩童模樣——一個臉有憂容、心上有事的孩童。

叫海斯特詫異的是阿王竟沒有出現。那唐人平素總是準時形聚出來伺候，不遲也不早的。這回卻一反常態，這是什麼意思呢？

海斯特扯起嗓門——他不喜歡這樣做的。圍牆那邊隨即應來一聲：

"Ada Tuan!"（來了，老爺！）

莉娜支著手肘，雙眼盯在自己盤子上，彷彿一無所聞。阿王拿著托盤進來時，兩隻窄窄的眼睛——給那顯突的顴骨襯得向裡歪著——一直在窺看著她。那對白人夫婦誰也沒有對他稍加注意，他便退了出來，一句話也沒聽到他們說。他蹲身在後涼台上。他那唐人的心地雖異常澄明，卻沒有遠慮，根據事物的顯理——即是他純粹以出於自保的直覺所見的道理——而立定了，什麼浪漫的榮譽心與婦人之仁於他都無羈阻。他黃黃的雙手輕輕互握著，閒閒垂在兩膝間。阿王的祖墳遠在千里之外，雙親亡故，兄長在台灣一個滿清衙門裡當差，身邊再無別人需他去敬拜與服從。他多年來一直席不暇暖，漂泊東西，供人役使。世間唯一聯繫著他的便是那個阿孚羅女人，爲了博取她跟著自己，他已將自己憑血汗掙來的財產交出了一大半；照道理，他除了對自己，對誰都沒有義務的了。

帷簾後面的那番扭鬥對大老闆——那唐人既不愛也不憎的一個人——乃不祥之兆。事態發展至此，已把唐人駭得拿著咖啡壺踟躕不前，及至最後那白人等急了召他進去，阿王這才滿心好奇的進去。那個白種女人看來果真同個邪靈搏鬥過來——邪靈一定把她的血吸走一半才放她走了。至於那個男的，阿王向來就當他是著了什麼魔的；如今他氣數將盡了。他聽見他們在房間裡的聲音。海斯特正苦勸女子再去躺一躺。她什麼也不曾下嚥，使他極爲擔心。

「你最好這樣。好歹也得去躺一下！」

她無精打采地坐著，不時搖頭表示反對，似乎什麼也不對勁。但他哪裡肯由得她呢；他眼睛漸漸現出詫異之色，她見了才忽然順從過來。

「也罷。」

她不想觸發他的好奇心，不然他就要馬上疑心起來。他萬萬不能動疑心！

她心中儘管知道愛著這男人，知道與他擁抱時，還另外有點深沉的什麼教人歡娛，但此刻卻已生出了一般女性本然的疑心，懷疑男性，懷疑他們誘人的氣力，以及對著這種氣力便想退而不看事實的荒謬現象，真正有擔當的女人是不怕事實的。她雖沒了主意，卻因為要對他裝出鎮靜之色而內心平靜了下來，並知道自己這作法總算得來短暫的安全了。大概是她與里卡多一般出身卑賤之故罷，她對他十分了解。他現在總肯噤口無聲一陣子的了。一念及此她頓覺安心，身子卻感到一陣倦意襲上，正因這不是體力的問題，而是因要應付那突如其來的壓力，所以這疲倦尤其難當。倘非海斯特又央求又命令，她便會單憑本能力量而將這陣疲憊抵擋過去。眼見一個鬚眉男子在她跟前婆媽成這樣子，她覺得做女人的要順從了，聽命是甘美的呢。

「什麼都依你了。」她說道。

她站起來時驚覺一股疲靡襲上身來，儼如溫吞水一般包圍著自己，耳鼓裡響著一片波濤澎湃之聲。

「你得扶扶人家。」她速速的加了一句。

他把手臂摟住她的腰肢——這也不是他罕爲之事——她感到給這樣攙住特別受用。她將全身重量都委諸這有力的環抱時，心中猛可一陣興奮，因爲省起現在是自己須去保護他了，去衛護一個有力量抱得起自己的男人——他當時已把她抱在兩臂之上，原來他們一捱過房門口，海斯特便因焦急過度，心想還差最後一兩步便到床前，不如抱她去來得省事，於是不覺把她抱了起來。他把她高高抱起，擱到床上去，就如把一個孩童側著身擱到睡床上一般。他然後在床沿上坐下，臉上一抹笑容將那關切之色掩飾住了，但她雙目夢寐一般凝定，對他這一笑毫無反應。然而她摸索他的手，急切的攥住了；她使盡氣力握緊之際，那伺之已久的睡魔便猛然襲上身來，就像襲上睡床上的孩童一般，她心裡想對他說句親暱的慰語，嘴唇綻開待要說出，已是來不及了。

那片火豔豔的岑寂如常地罩住三巴侖。

「這葫蘆裡賣的又是什麼藥呢？」海斯特靜靜望著她沉沉大睡，自己嘀咕道。這一覺施了術的沉睡，是那麼濃酣，海斯特稍後輕輕掰開她的手指把自己的手鬆出時，竟絲毫沒有驚動她。

「這裡面一定有點什麼蹊蹺。」他悄悄地走出客廳時心裡忖道。

他心神恍惚，便從書架最頂格上抽出一本書來坐下；可是書雖是攤開了擱在膝上，而且還瞪上了好一會兒，卻絲毫不知所云。他瞪著瞪著那一行行密密麻麻的字。及至他無緣無故抬起眼來，見桌子對面紋絲不動站著阿王，神志方才完全恢復過來。

「噢，是了。」他道，像是猛然省起一個不大想踐的約一般。

他稍待半晌，見阿王仍舊默然無語，遂強求究竟，問阿王可有什麼話要說。他以爲失槍之事終究要提起的，然而那唐人從喉裡發出的聲音卻與這尷尬事無關。他的話全是關於杯呀、碟呀、盤呀、刀叉呀。這些東西已歸放在後涼台上的碗櫃之內，收拾得乾乾淨淨的，「一件不小（少）。」⑧海斯特心想一個即將棄他而去的人，難得還這樣盡忠職守呢；他早料到阿王要走，所以聽到他這樣辭職也不驚詫：

「吾（我）走了。」

「噢！你走了？」海斯特說，向後靠去，書擱在膝上。

「是。吾瞧無過去（我瞧不過去）。一人、兩人、山（三）人——無得行（不行）！吾（我）走了。」

「你走得這樣急——是什麼把你嚇成這樣子的？」海斯特問道，心中掠過一絲希望，想到這人與自己樣樣南轅北轍，與世界的來往是這麼簡單直接，能自己所不能，也許會洩漏點兒端倪出來也說不定。「爲什麼？」他追問道。「你看慣了白人的，很熟悉他們的嘛。」

⑧ 阿王講的蹩腳英語，以下都用類此的方法譯出。

「是。吾瞧（我救）過他們。」阿王不明所以的附和道。「吾瞧（我救）得多了。」

他明白的唯有自己的心地。那幾個白人之間將來關係難以捉摸，他已打定主意和那個阿孚羅女人置身事外。最初使阿王驚疑起來的是彼得羅。那唐人生番是見過的。他從前曾跟隨過一個中國商販上過婆羅洲境內一兩條河流，進過當地的原始部落；他又深入過民答那峨內陸，那裡的人有居住樹上的——與野獸無異的生番；但像彼得羅這樣一個毛獸——嘴裡是尖利巨齒，咆哮如雷——他卻怎麼都無法將他跟「人」扯在一塊。正因爲彼得羅在阿王心中鏤下這樣深刻的印象，誘使他去盜槍。及至他把客廳桌子抽屜內的左輪手槍連同那盒子彈一併據有之後，方才想到大局如何，想到大老闆朝不保夕等事。

「哦，你白人瞧（救）得多了，」海斯特暗想恁是說破了嘴，抑或改用較強硬的手段，槍也是收復無望的了——想罷便用微微挖苦的口吻道。「你話是這樣說，可是卻怕那邊那些白人呢。」

「吾無怕（我不怕），」阿王揚起頭，嗄聲抗辯起來——這使他那喉管看上去愈加緊張焦灼。「吾瞧無過去（我瞧不過去），」他轉用平靜的嗓音補充道。「吾惡心特很（我惡心得很）。」

他把手按到胸骨下面的部位上來。

「那，」海斯特平靜的一口咬準他，「是撒方（謊）。那完全不是好漢話。還偷了我的手槍呢！」

事情既已弄到這步田地，海斯特索性突然決定同阿王扯破臉面攤牌。他一直沒有以爲阿王會帶槍在身；他把事情再細思量後，也斷定唐人並非存心拿那武器來對付他。阿王冷不防被海斯特直指到臉上來，當場嚇了一跳，隨即氣沖沖的將外套前襟一把撕開。

「無有拿到呀（沒拿過呀）；瞧看（瞧瞧）！」他假作惱怒，大聲說道。

他猛力拍打自己赤裸的胸膛；把兩排肋骨也露了出來，骨頭一根根因冤屈而喘動著；那平滑的肚子氣得一鼓一伏的；又讓那藍布闊腿褲在那黃黃的小腿上拍達拍達地拍動起來。海斯特靜靜的望著他。

「我又沒說槍在你身上，」他聲調也不提高便說，「我那支槍不見了就是了。」

「吾無瞧倉呀（我沒見過槍呀）。」阿王一味固執著說。

海斯特因膝上攤開的書忽然滑下，便猛然伸手去抓；阿王前面有桌子，不知就裡，只道海斯特這一招來意不善，連忙一跳跳開。海斯特抬得頭來，唐人已經走到門口，臉朝著房間，不是驚怕，只是警戒著。

「怎麼了？」海斯特問道。

阿王把那剃得光光的腦瓢朝著擋住房門口的那幅簾子，意味深長的點了一下。

「吾瞧無過去（我瞧不過去）。」他又重複那句老話。

「你在說什麼鬼話嘛？」海斯特著實給弄糊塗了。「什麼看不過去？」

阿王把一隻長長的檸檬黃色的手指指向那文風不動的簾褶。

「兩個。」他道。

「兩個什麼？我不懂。」

「那樣子你若瞧到（那樣子要是你瞧見），也看無過去的（你也瞧不過去的）。吾（我）瞧得多。吾（我）走了。」

海斯特此刻已從椅子上站了起來，阿王在門口還兀立了半晌。他那雙單眼皮的眼睛給臉上蒙上一層柔和而傷感的憂鬱。只見他喉頭肌肉一動一動的，清清楚楚發出帶著喉音的一聲「再會罷」，便在大老闆眼前消失掉了。

唐人這一走將局面改變了。海斯特暗忖：唐人此去既成事實，不如籌謀下一步棋該如何走法罷。他躊躇良久；繼而疲乏的聳了聳肩，走出涼台，拾級而下，踏著平穩的步子，懷著若有所思的神態，逕向他客人屋子那方走去。他除了想給他們傳達一項重要的信息之外，別無用意——更沒想到要突然造訪，讓他們嚇一大跳。奈何瓊斯先生及他祕書兩人手下的那個獸形爪牙彼時並無在外把守，所以海斯特也是合該突然出現門口，嚇上他們一跳。他們當時想必正在談著十分有趣的事情，否則斷無聽不見有客來之理。在那陰暗的房間內——那些百葉窗長關著以防外面的暑氣——海斯特看見兩人彼此悚然分開。是瓊斯先生開的腔：

「呀，又是你！進來，進來！」

海斯特在門口摘下帽子，走進房間來。

第五章

莉娜猛可醒來，頭也沒從枕頭上抬起，瞧了獨處的房間一眼。她速速起床，彷彿要藉著四肢劇烈運動使心兒不致往下沉。不過，這心只是下沉頃刻而已。她一方面在自豪與情愛的支持下，另方面迫於情勢，再加上女性在爲人捨身時的虛榮，於是神態自若，對適從陌生客那邊歸來的海斯特豁然正視，微笑相迎。

他盡力回報一笑；但她看見了他在躲避自己的目光，便抿住嘴唇，垂下眼睛。鑑於同樣理由，她急忙裝出漫不經心的口吻對他說話——裝起來毫不費勁，就像這天破曉以來她便精通詭詐的了：

「你又上那邊去了？」

「是的。我原以爲——還是先跟你說吧，阿王再也不回來的了。」

她重複了句「再也不？」好像不明所指。

「你問我這是好呢還是壞呢，我也不知道。他走了，自己打發自己走的。」

「你倒料到他會走的罷？」

海斯特在桌子對面坐下來。

「料到，我一發現他霸占了我的手槍之時，就料到如此。他說自己沒拿過，那當然是假話。他們唐人就是死腦筋，怎也不認帳。有事怪到頭上呢，照例賴得一乾二淨；不過他也自知難以叫人相信。莉娜，他臨到最後有點兒莫測高深哩。真把我嚇了一驚。」

海斯特頓了下來，女子看來兀自在凝思。

「他把我嚇了一驚，」海斯特重複先前的話。她聽出他語帶焦慮，於是微轉過頭去隔著桌子瞧他。

「這事兒可不尋常了——連你這個人也給嚇一驚，」她說道，兩片嘴唇綻開像熟透的番石榴，深處的皓齒閃著微光。

「他不過說了句話——做了些手勢。嗓門倒挺大的，沒把你吵醒也算奇怪。你有本事睡得這樣熟呢！噯，你這會兒覺得沒事了罷？」

「一點事兒也沒有了，」她說著又對他粲然一笑。「好在我沒聽到什麼聲音。他平時說話粗聲粗氣的，好怕人。這些外國番子我全不喜歡。」

「那是在他臨走前——該說是，臨跑掉前——他對著咱們房間的簾子又點頭又指點的。他當然曉得你在那裡頭。他好像以為——他似乎要讓我知道你處在很特殊的——

呃，危險之中。你曉得他怎樣說話的啦。」

她沒開口；她一言不發，只是那頰上的微紅褪掉了。

「對，」海斯特往下說道。「他似乎要警醒我。那準是了。難道他以為我把你忘了？他只說了個『兩』字。起碼好像是這字。對，『兩』——又說他不喜歡。」

「那是什麼意思嘛？」她輕聲道。

「莉娜，咱們曉得兩字是什麼意思的罷？咱們就是兩。我的好姑娘，天底下再也沒有這樣孤單的兩個人了。他說不定要提醒我他自己也有個女人要照顧呢。莉娜，你怎麼臉色這樣蒼白？」

「我臉色蒼白麼？」她心神恍惚的問道。

「是呀。」海斯特著實擔憂。

「呃，我不是因為害怕。」她誠誠實實的辯道。

誠然，她感到的是一種恐怖，但仍然能夠主宰自己一切的能力；這恐怖容或因此更難忍受，可是卻沒有癱掉她的勇毅。

輪到海斯特向她微微一笑了。

「我真不知道有什麼值得害怕的。」

「我是說，我不是為自己害怕。」

「我相信你膽色過人，」他說。她臉上又回復了顏色。「我呢，」海斯特繼續說著，

「對外來印象反感太強了，自己也不配稱有什麼膽色。我反應得不夠俐落。」他改變了聲調。「你知道麼，我今兒一大早就去見那些人。」

「我知道。留神啊！」她低聲說道。

「我不曉得怎樣留神得來！我跟——你該沒見過的——那些人長談了一回。他們裡頭，有一個身子瘦長得出奇，眼見是有病在身；他果真有病也不奇。他神祕兮兮的，張張致致。我看他準是患上熱帶病，但不如他做出來那樣嚴重。他是人家所謂的上等人。他好像差點兒要說出自己歷險的經過——這我也沒問他——可是他說，說來話長啦；也許改天罷。

「『你該想知道我是何許人罷？』他問我。

「我跟他講說，隨他的便吧，那口氣，有教養的人之間，是心照不宣的了。他用肘支起半身——他一直躺在行軍床上的——說：

「『我嘛——』」

莉娜似乎並沒著意聆聽；但海斯特一停頓下來，她卻又馬上轉頭向他。他只道這是探詢之意，但他猜錯了。她印象一片模糊，全身力量都貫注進一場奮鬥之中——這場奮鬥她想憑著情愛以及捨身這些女性最高能力的提升，而獨力承擔，承擔盡每一點每一滴，什麼也不留給他，可能的話甚至不讓他知悉自己所做的事。她真想出一些什麼計謀來把他關起來；假使她曉得什麼法子可使他連天入睡的話，她會毫不猶豫地又念咒又下藥。她覺得與那些人面對面相應付時，他是太良善了，而且也不夠能耐。這後一點感覺與槍被盜之事無關。她未能充分體會這事體的意義。

海斯特見她兩眼凝定，彷若視而不見——她由於心思太集中了，以致雙目表情盡喪——他只道這是她在窮思極索之故。

「莉娜，要問我他是什麼意思嘛，也是白問；我不曉得，也沒問他。我說過，這位先生好像最愛故弄玄虛。我什麼也沒說，他就又把頭擱在那捲拿來當枕頭用的毯子上。他顯出一副弱得不得了的模樣，可是我疑心，他喜歡的話，有十足的本事一跳就站起來。他說他自己由於不肯遵從本身社會圈子內的某些成規，而給人家排斥了出來，現在變成個叛徒了啦，在江湖上四處闖蕩。我因爲實在不想聽這大番廢話，就對他說自己也曾聽人說過這樣的一個故事，講的是別的一個人。他笑起來真像個鬼。他自認料也沒料到碰著我這麼的一個人。接著他說：

「『至於我呢，我比你心目中的那位先生邪不到哪裡去，立下的決心比他不多也不少。』」

海斯特隔著桌子望了望莉娜。她兩肘撐在桌上，頭托在雙手裡，若有所悟的略搖了搖。

「事情不是擺得再明白不過了嗎？」海斯特凶狠地說道。「除非他真是喜歡開這樣的玩笑吧；因爲他一說完，就大聲笑起來，笑了好久。我可沒有跟著他笑！」

「你跟著他笑就好了。」她噓了口氣道。

「我可是沒有。當時沒想到要笑。我這人不是什麼外交料子。跟著他笑哩說不定聰明；因爲呀，我相信他本來沒打算說出這麼許多話的，這會兒故意打哈哈來掩飾。可是轉念一想，使用外交手腕卻沒有力量做靠山，是頂靠不住的。再說，縱使當時想到要笑，我也不敢說自己就笑得出聲。我不知道。這樣子去笑，違反我本性。我笑得出來麼？我在自己心裡頭活得太久了，一味只看著人生的浮光掠影。一個人無拳無勇，而且孤單無告，連跑也跑不了，卻去騙另外一個人——把這人殺掉事情快得多了——不行！這樣做我覺得太卑鄙了。偏偏我這兒又有你在；你的性命全交在我手裡。莉娜，你說說看，我可以爲了顧全自己的尊嚴，便把你扔給這些豺狼嗎？」

她站起身，快快繞過桌子，輕輕坐在他膝上，把一隻胳膊摟住他的脖子，附耳低聲說道：

「隨你的便吧。說不定只有這樣做，我才肯答應離開你呢。只有像這類的行爲啦。要是你幹起來比什麼都容易。」

她在他嘴唇上輕輕一吻後，他還來不及攔住，她便已經走了。她歸了座，雙肘重又撐在桌上。你簡直不能相信她從原地走開過。她在他膝上剎那間留下的重量、在他脖子上那一下摟抱、向他耳內的細語、在他嘴唇上的吻，盡會是夢境虛無縹緲的感覺侵入清醒的現實生活——他那乾巴巴的思想裡魅人的海市蜃樓。他沉吟著，直待她一本正經的說：

「嗯，跟著怎樣了？」

海斯特嚇了一跳。

「噢，是了；我沒跟著他笑，由得他一個人笑去。他渾身顫著，像副快活的骷髏，蓋在條棉布被單下面——相信是用來遮住他右手裡的槍。槍我沒看見，可是分明覺得就握在他手裡。由於他有好一陣子沒瞧著我看，只是盯著房間某處，我轉過頭去，見到他們帶在身邊的一個毛茸茸野獸樣的傢伙，就蹲在我後面的牆角裡。我起初進屋時他並不在那裡。想到那個怪物在我背後，我怪不自在的；要不是給他們守得這樣緊，我一定換個位子；但事既如此，動起來只會自暴弱點，我只好待在那裡不動。床上那位先生說他有句話可以讓我聽了放心，那就是他來到這兒，跟我在這兒一樣合乎道德。

「『咱們追求的目標一樣呢，』他說，『只不過我追求時或許比你來得公開——來得簡單。』」

「他是這樣說，」海斯特徵詢意見似地無言望著莉娜，繼而又說道。「我問他事前可知道我住在這兒，他只是向我鬼魅似的笑了一下。我沒有追問他，莉娜，我想還是不追問的好。」

她那平滑的額頭上彷彿老是駐著一線光。她那頭鬆鬆的秀髮中間分開，蓋住她托著頭的雙手。她彷彿聽得入了迷。海斯特也沒有久停，他稍加評論，便又流暢地講下去：

「他本來還有臉撒謊的——我卻不愛聽謊。叫我怪不舒服的。我顯然不宜應付世事。可是我不想讓他以爲我會乖乖的任由他在這兒，於是我就說，他在江湖上四處闖蕩與我無關，只不過我倒很想知道他幾時方便再闖蕩去。

「他叫我看看他是什麼樣子。要是只有我一個人在這兒——他們以爲我是一個人哩——我就會笑他了。可是既不是一個人——噯，莉娜，你當真沒有在什麼地方露過面嗎？」

「當真沒有。」她立刻說道。

他如釋重負。

「你明白嗎，莉娜，我之所以叫你躲得這樣緊，那是因爲你不是他們瞧得——不是他們談得的。我可憐的莉娜！我沒法子不這樣想。你懂嗎？」

她微微搖了搖頭，模稜兩可的樣子。

「醜婦終須見家翁的。」她說。

「我不知道你這一躲躲得多久！」海斯特若有所思的咕噥道，俯身桌上。「你聽我說完吧。我開門見山問他找我有何貴幹，他好像不肯直截了當地說。他說事情也不是真這樣火急。他的祕書——其實是他搭檔——當時不在，下碼頭看他們的艇子去了。最後那傢伙說，不如等後天再和我談吧。我說好，可是又對他說我一點也不急著聽。我不知道他的事與我何干。

「『呀，海斯特先生，』他說，『您我相同處之多，您想也想不到呢。』」

海斯特出其不意的捶了桌子一拳。

「簡直是在嘲笑我！」

他似乎對適才自己的激動感到慚愧，於是對女子凝住的雙眸淡淡一笑。

「我又能怎樣做呢——就算我滿袋子都是手槍罷？」

她表示體會的樣子。

「殺人是罪過的，當然是。」她喃喃道。

「我當時就走了，」海斯特繼續說著。「丟下他側著身子閉眼躺在那裡。回來，就看見你臉色不好。怎麼啦，莉娜？你可真把我嚇了一驚呢！你歇著時，我就跟阿王談話；你睡得好安靜呢。我坐在這兒靜靜的思索這種種事情，探究其內涵外象。我覺得來著這兩天，我和瓊斯是在休戰。我越想越覺得瓊斯和我有這樣的默契。像我們這樣給殺個措手不及的人，這倒無不利。阿王是走了。起碼他說自己是走了，然而我又不是他肚子裡的蛔蟲，知道他會幹出什麼事來。所以我想還是向這些人聲明在先，說我已經同那個唐人了無瓜葛的了。我不想王先生的行爲觸發對我們不利的舉動。我的想法你懂嗎？」

她表示懂；她正殫精竭慮，躊躇自得，矢志思量如何利用此千載難逢的機會贏取這男人永恆確實的愛。

「我從來沒見過兩個人，」海斯特說著，「像瓊斯和他祕書那樣給一個消息影響得這麼厲害。那祕書這時候已經回到屋子裡來了。他們聽不見我走近；我說對不起，打擾了。

「『哪兒的話！哪兒的話！』瓊斯說。

「那祕書退進一個角落裡，像一隻大貓向我虎視眈眈。說真的，他們兩人分明都在警戒著。

「『我是來，』我對他們說，『跟你們說一聲，我的傭人已經開了小差——跑掉了。』

「起先他們大眼瞪小眼，聽不懂我說什麼似的；可是很快就好像緊張起來。

「『什麼？你的那個黃臉漢開溜了？』里卡多說著，從他角落裡走了出來。『就這樣子——說走就走？他幹麼？』

「我說唐人做什麼事都有他們一定的理由的，只是要向他們探出來可就沒那麼容易了。我說，他只對我說他『看不過去』。

「他們聽了這話便像芒刺在背似的。什麼看不過去？他們想知道。

「『你們這夥人的長相嘍。』我對瓊斯說。

「『放屁！』他叫起來；那矮個子里卡多馬上插進嘴來。

「『對你說出這種話？大爺，他把您當成什麼啦——是娃兒麼？還是您把我們當小孩兒啦？——得罪得罪。嘿，敢情您又來說丟失了什麼啦。』

「『我本來沒打算跟你們說這種事兒的，』我說，『不過事實如此。』

「他拍了大腿一下。

「『你看你看，老闆，您瞧這是攪的什麼鬼把戲呀？』

「瓊斯向他遞了個眼色，然後那個貓模貓樣的同黨就自告奮勇要由他連同他們的僕人出面，去幫我把那黃臉漢要不就抓回來要不就幹掉。

「我說我不是爲找人幫忙來的；我無意追緝那個唐人。我來只是想提醒他們一聲，他身上帶著手槍，而且他著實不喜歡他們在這島上。我想聲明，萬一發生什麼事情，都與我無關。

「『您是說，』里卡多問，『這島上溜出了一個帶著六發子彈的手槍的唐人瘋子，你卻揣起手兒不管？』

「說也奇怪，他們好像不相信我的話，一直在交換著眼色。里卡多悄悄走近他頭領身邊，兩人一起商議了會兒，跟著竟發生料不到的一件事兒，好彆扭的呢。

「他們要幫我抓回那黃臉漢收復失物，我不領情也罷，他們既和我朋友一場，至少也要把自己的僕人送來替我做事。是瓊斯這樣主張的，里卡多附和。

「『對，對——讓老彼給您圍牆內的人燒飯罷。別看他那樣子，做起事來倒挺能幹的呢。咱們一準這樣辦罷！』

「他從房間奔出涼台上去，給他們的彼得羅吹出一聲震耳欲聾的哨子。里卡多聽見那畜生吼著應了一聲，便跑回房間裡來。

「『是了，海斯特先生，這樣辦頂好了。海斯特先生，您平常是怎樣使人的，照樣吩咐他好了。這不簡單嗎？』

「莉娜，不瞞你說，我當時實在太出意外了，怎也料不到這種事的。我也不知道在預料些什麼事。我因爲太放心不下你，一步也走不開這起說不出口的無賴漢。要是兩個月前吧，我會什麼都不在乎。他們刁撒無賴我也不怕，我何嘗放過別的人生歹事在眼內？可是現在我有了你！你溜進了我生活裡——」

海斯特深深吸了口氣。女子杏眼圓睜，迅速瞟了他一眼。

「哦！原來你是這個想法——你有了我！」

誰也無從看透她那雙定定的灰眸子之下藏著什麼想法；她閉口時，開口時，摟抱你時，全是莫測高深。他從她懷裡放出來時，每每茫然不解。

「若是我沒有你，若是你不在這兒，那麼你在哪裡呢？」海斯特大聲道。「你很明白我的。」

她微微搖了搖頭。他現在望著她的朱唇了，那恰如內裡發出的嗓音一般迷人的嘴唇道：

「你說什麼我聽得見，不過那是什麼意思呢？」

「那是說我可以爲了你而撒謊，甚至低首下心。」

「不要！不要！你千萬別那樣做，」她慌忙道，一雙眼睛倏的閃耀起來。「不然，你以後要恨我的！」

「恨你？」海斯特重複道，省起了自己的禮數。「不！你用不著──還用不著──過慮那無甚可能的極端。可是老實對你說罷，我──怎麼說呢？──隱了真情。我先裝作若無其事，雖然心底下對於自己蠢頭蠢腦的外交權術帶來如斯後果，已感到很難堪。懂嗎，我的好姑娘？」

她顯然不懂這個辭兒。海斯特亮出他那俏皮的笑容，笑容與他臉上整個憂容迥然不諧。他的太陽穴似乎凹了進去，臉也顯得有些憔悴。

「莉娜，所謂外交辭令，就是所說皆真，獨是背後的本心卻不真。我跟世人打交道從未施過什麼外交權術──不是爲了顧及世人的感受，而是爲了顧及自己的感受。外交權術與一貫的蔑視合不來。過去我覺得活著沒什麼意思，死嗎更無所謂。」

「別這樣說嘛！」

「我心裡恨不得掐住這起四處亂闖的無賴漢的喉嚨，卻不動聲色，」他繼續說道。「我只有兩隻手──要是有一百隻來保護你就好了──喉嚨呢，卻有三管。這時候他們的彼得羅也已經在房間裡了。若是他見到我掐住這兩個的喉嚨罷，他就會像隻惡狗或是什麼忠心的野獸那樣，來咬我喉嚨的。我雖恨不得同他們胡打一場，倒也不難隱瞞過了。我說我真的不要僕人。不好叫他們沒人使嘛；可是他們怎也不肯聽我的。他們主意已經打定了。

「『我們馬上就打發他過來，』里卡多說，『給大家燒晚飯。我到你屋子裡去跟你一塊兒吃不要緊罷；我們把老闆的晚餐給他端來這兒。』

「我只有閉嘴的份兒，要不就是吵起來——吵起來，就顯露出他們的陰謀了，我們對這些陰謀又無可奈何。今兒晚上你不錯可以躲起來；可是那凶狠的畜生老在屋後面蕩來蕩去，你又躲得這些人多久呢？」

海斯特的苦惱可從他的沉默中感覺出來。女子的頭給蓋在大綹大綹的頭髮內的雙手托住，紋絲不動。

「你當真到現在還沒在哪兒給人見到嗎？」他忽然問道。

那動也不動的頭開言道：

「我怎敢說準？你叫我躲起來，我就躲了起來，也沒問你理由。我以為你不想人家知道自己身邊帶著像我這樣的女子罷了。」

「什麼？見不得人麼？」海斯特大聲說。

「這也許不是適宜該做的事罷——我是指在你來說？」

海斯特抬起雙手，恭恭謹謹而帶著責怪的意味。

「這件事我不但認為極該做的，而且人家要是不拿同情尊重的眼光看待你，我可還受不了。我打一開始就厭恨、就不信任這起人。你起先不懂麼？」

「我懂；我當真躲了起來了。」她說。

一陣沉默，最後海斯特微微一動。

「現在這統統無關重要了，」他嘆了一口氣道。「無論外表與內心怎麼卑鄙，也糟不過這個問題的了。我跟你說過啦，我對里卡多的主張什麼也沒說。正當我轉身走開，他就說：

『海斯特先生，您身上可有貯物室的鑰匙嗎？有的話不如就給了我，我交給老彼。』

「我身邊帶著那鑰匙，於是說也不說就交給他。那個毛獸這時候已經站在門口，將里卡多扔給他的鑰匙一接接住了，接得比什麼訓練有素的猿猴都要好。我走了；心裡老是惦掛著你——我丟下你一個人睡在這兒，看來還生著病。」

海斯特打住話頭，頭一擰去聽什麼——他聽聞到圍牆內傳出柴枝折斷的微響；他站起身，穿過房間，望出後門。

「那個畜生來了，」他說著走回桌子這裡。「他來了，已經生起火來了。噢，我的好莉娜！」

她一直用眼睛追隨著他，只見他小心翼翼走出前涼台，把掛在柱間的簾子偷偷放下兩幅來，然後靜靜站在外頭，像是給空地上的什麼吸引著了。她隨著也站起身，往圍牆內張了一眼。海斯特一回頭，見她正歸座，遂向她招手，於是她繼續走，穿過那陰暗的房間，在那套白衣裳裡顯得純潔燦亮的，頭髮垂散，動作從容，一隻手伸出來，那雙灰蒙蒙的眸子在半明的光裡發著亮，視而不見——猶如夢遊一般。他從來沒在她臉上見過這等表情，既如夢寐之中，卻又十分專注，而且頗爲肅穆。海斯特伸手在門口將她攔住了，她始如夢初醒，臉上微微泛紅——這一陣紅暈過去，將那奇異的變貌情緒也帶走了。她把一大頭秀髮毅然往後一撥。光線附在她額上不去；她那標致的鼻孔顫動著。海斯特一把抓住她的臂膀，緊張的悄聲道：

「溜出這兒來，快！簾子會遮住你，只是得當心梯間那裡。他們真出來了——我是指另外那兩個。你最好先看清楚這些人才——」

她退縮了一下，輕微得幾乎察覺不出，但馬上制止自己，站住了。海斯特鬆開她的臂膀。

「是的，我恐怕最好看清楚。」她不自然地故意說出來，並踏出涼台，緊貼著他身邊而立。

兩人各站在簾幕一邊，在帆布與纏繞著藤蔓的涼台柱子之間覷望出去。一大股熱浪從太陽焦炙的地面上升起，不斷上升，就像從熾烈地心的某個祕庫之內升出；蒼穹早已冷下來，日輪亦已西斜，把瓊斯先生與他爪牙的影子並排投向平房那邊——一個身子纖長無比，另一個卻又矮又闊。

兩客人佇立凝望。那有體面的瓊斯先生爲了繼續裝出病弱之態，靠在祕書里卡多的臂上，祕書的帽子恰好平了他老闆的肩膀。

「你看見他們嗎？」海斯特向女子耳語道。「他們來了，外頭世界的使者，在你眼前了——邪惡的心智與野蠻的本能，把臂而至。那蠻力就在背後。是再適合不過的三使者罷——可是如何迎接呢？就算我有槍在身吧，可以把這兩人當場打死嗎？可以嗎？」

女子頭一動不動，探手摸索海斯特的手，抓住了便一握不放。他繼續苦澀地打趣道：「我不知道。不可以罷。我有一種本性，使自己不自覺的連殺人之嫌也避著。我甚而自衛的時候也未曾扳過一下槍機，向人動過一次手。」

她的手猛一握緊，使他住了口。

「他們要動手了。」她喃喃道。

「他們是想來這兒麼？」海斯特心焦地納罕道。

「不，他們不是朝這邊走來，」她說，然後又是一頓。「他們在走回自己屋子去。」她最後說道。

她再注視了他們一會兒，便放了海斯特的手，離開簾子那裡。他隨著她進房間裡去。

「你現在見過他們了，」他先說。「想想我前天在薄暮時分看見他們登岸，這些海上來的鬼魅——幽靈、妖怪！他們又不消散。這真是糟透了——他們不消散。他們沒有權利存在——可是他們存在。他們該激起我的怒氣才對；奈何我修真煉性，到如今已經再不會惱怒，不會憤激，也不會蔑視。只剩下一腔厭惡。自從你說有人這樣惡言中傷我之後，這讕言便充塞天地——連我也感到厭惡。」他抬頭望她。

「幸好我有你。要是阿王沒帶走那管渾槍，那多好——是了，莉娜，這兒只剩下咱倆了，咱們兩個！」

她把雙手搭到他肩上，直望進他眼睛裡去。他回視了她一眼，茫然莫解。他不能穿透她眸子中那灰蒙蒙的面紗，但她嗓子裡的一股哀傷卻深深打進他心竅裡。

「你不是責怪我罷？」她慢吞吞地問。

「責怪？咱們還說這種話！要怪也怪我自己——提起阿王，倒叫我想出了個主意來。我既不全是低首下心，也不全是撒謊，但還是隱瞞了。你呢，也躲了起來，當然是爲了討好我，但究竟是躲起來了。這都是很體面的事。咱們現在怎麼不去哀懇一下？這手段挺高尚的嘛？對，咱們得一塊兒出去。我不能再丟下你一個人了，我還得——對，我得去找阿王談談。咱們去尋這個人，他曉得自己想要什麼，也曉得要怎樣得到。咱們馬上就去！」

「等我先梳梳頭髮。」她立刻應諾，消失在門簾後。

門簾在她後面一落下，她隨即回轉頭去，臉上對他流露出無限溫柔關切之色——他，她一輩子也難望了解，怕永遠也滿足不了，就像她的熱情極是低劣，無法滿足他尊貴靈魂的某些高雅的慾望似的。須臾，她又出來了。他們打從圍牆的門離開屋子，在那個驚呆得恰似五雷轟頂的彼得羅身旁三呎之內經過，瞧也不瞧他那方一眼。他正俯身一堆柴火之上，這時立起來，不伶不俐的平衡一下身子，驚詫得齜出一口尖銳的巨齒。然後他陡地滾動一雙曲腿，把他發現了女人這件驚人之事，奔告他兩個主子。

第六章

也是天假其便，里卡多適在舊日帳房的涼台上獨自盤桓。他馬上察覺事情有了新發展，連忙跑下去迎那個奔跑過來的熊羆模樣的人。那人所發出沉沉的吼叫聲，雖與西班牙語，甚或什麼人話，僅有皮毛之似，瓊斯先生的祕書卻因習聽已久，也聽懂八九分。里卡多深爲詫異；他只道女子會繼續藏下去的。那條計策顯然不用了。他並不猜疑她；他怎能呢？他想起她時便心平靜不下來。

他竭力不去想起她，好能比較冷靜的運用腦筋，來應付這個複雜的局面，一則爲己，二則也無愧爲別無他名的瓊斯先生這位有體面的人的忠實僕從。

他細細計量起來。這是策略改變了，大概是海斯特那方面變的。果然的話，這是什麼意思呢？這廝好奸狡！除非是她所爲；那麼就——嗯——好。準是了。她自然知道自己在做什麼的。彼得羅在他跟前兩腿交提，身子左搖右擺——他每有所待，總是如斯模樣的。他兩隻紅色小眼睛掩沒在一大團頭髮裡，動也不動。里卡多故意以鄙夷的目光直瞪入他雙眼，厲聲喝道：

「女人！當然有呀。我們早曉得了，還用你說！」他狠狠推那馴服了的怪物一把。「走開！Vamos（走）！滾！回去燒晚飯去。那麼，他們哪一邊去了啦？」

彼得羅伸出好大一條毛茸茸的前臂指出方向，撥動一雙曲腿走了。里卡多趨前幾步，恰好來得及在樹叢上，看見兩頂白通帽在曠地上並排移動。他們走不見了。他既阻止了彼得羅告知老闆島上有個女人，便可以盡意推測這些人的動向了。他尚未完全察覺，自己對瓊斯先生的態度，精神上業已起了變化。

那天早上，午飯前，他從海斯特平房遁了出來，最後復得拖鞋的情形又是如此令人振奮，於是逕奔向所住的屋子來，一路上跑得東搖西擺，心若搖旌。他被那含蘊著無窮希望的想像弄得心蕩神馳。他先鎮靜一下自己，方才敢見老闆。進得房來，只見瓊斯先生盤坐在行軍榻上，恍如裁縫坐在板桌上一般，頎長的背脊則靠在壁上。

「呦，先生！您別是又發悶了罷？」

「發悶？才不呢！你這會兒究竟哪裡去了？」

「出去觀察——監視——四處打探嘛，還有什麼？我曉得先生您有客呢。談得自在吧？」

「自在。」瓊斯先生咕噥道。

「先生，沒有都露了吧？」

「沒有。你留在這兒就好了。你在外頭胡混了一早上，現在氣吁吁的跑回來，怎麼了？」

「我出去幹正經事來哩，」里卡多道。「沒什麼，我——我——怕是趕急了一點兒吧。」他果然仍氣喘噓噓，不過並非因跑急了之故，而是因經歷過早上那一番驚險，將壓制已久的心思情緒都解放出來，弄得整個人亂哄哄的。現在他幾乎昏頭轉向了；眼前有險路也有好路，他正茫然不知所從。「你們談了許久是罷？」他說話來拖延時間。

「王八羔子！太陽沒曬昏了你腦袋罷？怎麼老像條蜥蜴那樣瞪著我？」

「先生，包涵；失覺了呢，」里卡多快快活活的謝罪道。「這太陽火燒一樣，別說我腦袋，再厚的腦瓢兒也熬不住呢。啐！先生您把人家當成什麼啦——是火蛇麼？」

「你該留在這兒的。」瓊斯先生道。

「那畜生想騰跳沒有？」里卡多禁不住焦灼的急急問道。「先生，不行呀，您好歹得多周旋他一兩天。我有個好主意呢；我覺得可以在一兩天間尋到不少線索。」

「是麼？怎樣尋法？」

「咳！監視嘍。」里卡多徐徐答道。

瓊斯先生哼了一聲：

「這有啥稀奇？監視，嗯？怎麼不順便求求神？」

「哈，哈，哈！倒是好主意。」祕書大聲笑起來，鬱鬱寡歡的眼睛盯著瓊斯先生。

瓊斯先生沒好氣的將話題撂下。

「兩天工夫總有的。」他說。

里卡多清醒過來；他的眼睛閃著肉慾的光。

「只要先生您信任我，咱們一定成功——馬到功成。」

「我不是頂信任你嗎？」瓊斯先生說。「這也是你的事呵。」

里卡多卻也所言不虛；他現在確信勝券在握。但他不能告訴老闆他敵營裡有內應。女子是對他提不得的；讓他知道有個女人在此，天曉得他會幹出什麼事來哩。況且怎樣啓齒呢？他總不能供出自己這番冶遊。

「先生，咱們會成事的。」他做出極其欣快的神氣道，感到狂喜陣陣湧自心底，炙熱得像搧起來的火焰。

「不成事也得成事，」瓊斯先生道。「馬丁，我有一個奇怪的感覺。這趟的事兒，可不比咱們以前的。不同的一樁事。好比一場考試。」

老闆的態度使里卡多深以爲異；他首次露出一絲情緒了。但還有他用上的一個辭兒，「考試」那個辭兒，他覺得特別有意思了。那是那天早上兩人最後說的一句話，隨即里卡多便出房間去了。一陣無比溫柔夾著勝利的得意之情，使他無法平靜，也無從動心思。他在涼台上踱過來又踱過去，直踱到午後許久，每次轉身便瞟上那座平房一眼。

房子看去並無人棲息。有一兩回他猛可停下步來，俯視自己的左腳拖鞋。每一回他都咯咯地笑出聲來。他愈來愈坐立不安，最後把自己也嚇了一驚。他抓住涼台的欄杆站定了，笑的不是自己的心思，而是心內那股強烈的生命感。他任由自己依從著，毫不在乎，甚至無所顧忌。敵也好，友也好，他誰都不管了。正在此際，瓊斯先生在屋裡呼喚他。這祕書臉上罩下一層陰霾。

「來了，先生。」他應道，但過了片晌方能立定主意進去。

他發現老闆站起來了。瓊斯先生非不得已，是挺厭惡躺著的。他那纖長的身軀在房間內溜了一會兒，頓住了。

「馬丁，我正在想你從前提過的辦法。當時我覺得行不通；可是再想之下，覺得叫他來一手牌戲，不正好讓他自己明白，該要把銅鈿吐出來了嗎？這樣做沒那麼——該怎樣說？——下流。他會會意的。這回的事兒本來就不細膩，馬丁，不細膩，用這手法來幹倒也不壞。」

「想讓他好過點兒？」祕書用酸溜溜的語氣嘲道，瓊斯先生也爲之愕然。

「呸，王八羔子，又是你自己想出來的主意！」

「誰說不是？」里卡多悻悻然駁道。「這樣偷偷摸摸的，老子膩透了。不行！不行！打探出來他贓銀究竟藏在哪裡，再一刀就解決了。這對他很夠好了。」

他的氣性既已徹底撩起了，愛戀——不錯，愛戀——便生出一顆嗜血之心來。他每想起那女子——與他一般無異的一個女人——一股焦急而溶融的感覺便沁透他的心，軟化他的心。然而一念及海斯特破壞他行將獲得的福樂，嫉妒便咬齧著他的胸臆。

「馬丁，你的暴戾作風確實太粗糙了，」瓊斯先生鄙夷而言道。「你也不懂，我本來打算拿他樂一樂的。試想玩牌時候那氣氛——那傢伙手拿紙牌——多大的諷刺呀！我可真欣賞呢。對，別迫他把錢交出來，讓他自己輸掉好了。你當然想馬上一槍結果他，我可是想樂一樂，好精緻，好有趣嘛。他是最上流社會裡的人，我自己就是給這傢伙那類人從圈子裡趕出來的。到時他要多生氣，多丟臉！看他玩牌，我準保自己樂得了不得。」

「嗯，萬一他突然騰跳起來呢？他未必欣賞個中樂趣呵。」

「我是要你到時在場的。」瓊斯先生平靜道。

「好罷，只要我認爲時辰一到便可以用槍用刀，先生您儘管樂您的好了。我不會殺風景的。」

第七章

瓊斯先生與他的祕書恰好談到這裡，海斯特便闖了來，將他後來說給莉娜聽的那番提防阿王的話，警告他們。他走後，兩人楞住了，面面相覷。瓊斯先生首先打破沉默。

「嗨，馬丁！」

「是，先生。」

「這是什麼意思？」

「是一著棋。媽的，老子懂才怪。」

「太高深了？」瓊斯先生乾巴巴的問道。

「這不過是他耍的無恥手段嘛，」那祕書咆哮道。「他講那黃臉漢的那番話，先生您不信罷？騙鬼去。」

「他的話真不真，咱們都須注意。要緊的是，他怎麼來跟咱們說上這番話。」

「您想這可是他編出來嚇唬咱們的？」里卡多問。

瓊斯先生對他皺著眉苦思。

「那人好像很擔心的樣子呢，」他自言自語似的咕噥道。「倘使那唐人當真偷了他的錢！那人好像十分擔心。」

「先生，是他的詭計，不是別的。」里卡多急切的分辯，因為瓊斯先生的猜測太叫人喪氣了。「嗐，那些錢他藏也來不及，還會叫一個黃臉漢曉得收在哪裡，給偷了去？這裡頭另有文章吶。準是了，不過是什麼文章呢？」他激烈的辯道。

「喃，哈，哈！」瓊斯先生發出一陣鬼魅樣的嘎嘎笑聲。「我一輩子從沒處身這樣荒謬的境地。」他以冥間似的平靜聲調繼續說。「都是你這傢伙——拖我進來的。不過也怪我自己，我本該——可是當時我實在厭煩透頂了，不想動腦筋，你的腦筋偏又不中用。你這猴急鬼！」

里卡多禁不住罵出一句不敬鬼神的話。不中用！猴急鬼！他眼淚都要出來了。

「自從咱們給攆出馬尼拉之後，先生您不是對我說過不下二十回，說咱們要一筆本錢去東岸打天下的嗎？您常常跟我說要吞掉他們那些官老爺呀、葡萄牙飯桶呀，咱們就得先輸脫了底。您不是老愁著沒法子弄來一大筆現金嗎？老待在荷蘭那座破鎮，同他娘的討飯的錢莊夥計、那類傢伙玩兩個銅板一局的什麼的，就可以撈得著麼？吶，現在我帶您到這兒來，來撈現金——說真的，還好一大筆哩。」他咬牙切齒的添上一句。

一陣沉默。兩人各自瞪著房間一角。忽然，瓊斯先生把腳輕輕一跺，向門口走去。里卡多在門外追上了他

「先生，把膀子插進我膀子裡，」他溫和然而堅定的央求道。「何苦把把戲拆穿呢？太陽下了一點兒，身子不好的人出來吸它一口新鮮空氣也盡可以。這就對了，先生。可是您想上哪裡去呢？先生，您出來幹什麼啊？」

瓊斯先生猛地煞住了腳。

「我自己也不太知道，」他用空洞洞的聲音咕噥道，一邊呆呆的瞪視著大老闆屋子。

「真是邪門。」他把聲調壓得更低說。

「先生，還是進去罷，」里卡多道。「噯呀？先前那些簾帳並沒有放下的。敢情這會兒他在背後瞅著——閃閃縮縮、狡詐的畜生！」

「不如過那邊，看看這是弄的什麼玄虛？」瓊斯先生出其不意的說。「不信他能不講話。」

里卡多險些兒便唉呀喊出一聲來，一時卻說不上話來。他只是本能地把老闆的手按到脅上。

「不行，先生。您有什麼話好說呢？你想識破他的鬼話嗎？您哪有法子叫他講真話？整治這僞君子的時辰還沒有到呢。您別是以爲我會臨陣退縮罷？他的那個黃臉漢，我一見到當然就一槍取他狗命；至於那位海遭瘟海斯特先生，時辰還沒到呢。我頭腦現

在此您還清醒。咱們回到屋裡去吧。你看，咱們站在這裡一點兒屏障也沒有——萬一他向咱們放上一槍！他是摸不準、不真誠的下流胚呢。」

終於里卡多說服了瓊斯先生返回他的隱地。那祕書卻留在涼台上——說是要看看那黃臉漢可有在附近偷偷摸摸走動；果然看見了，他就打一槍，管他後果如何。其實他是想一人獨處，避開老闆那深深陷下的眼睛。他情思昏昏，渴望獨自縱情幻想一番。打從那早上起，里卡多先生便起了大變化。他有半個心，從前是由於明哲、迫於無奈、出於忠心而雌伏著，現在撩起來了，使他的念頭盡染上緋色，並因想見某些嚴重的後果——譬如有一天會與老闆來個正面衝突——而擾亂了心緒。那怪模怪樣的彼得羅走來告知女子的消息，將里卡多從深恐麻煩將至的夢樣感覺中拖了出來。有個女人？不錯，是有一個；那就茲事體大了。他驅走彼得羅，目送海斯特與莉娜的白通帽消失在樹叢後，便站在那裡出神。

「他們這樣究竟會上哪兒去呢？」他在肚裡自問。

他極力推測所得的答案是——去同那黃臉漢會合。阿王開小差之說，里卡多根本不予置信。那是一篇謊話——一個陰謀中重要的一部分。海斯特去調配新行動。然而里卡多深信女子是同他自己一條陣線的——那女子一身膽識，深明事理；他自己的同道！

他輕快的回到屋裡來。瓊斯先生重新盤著腿坐在榻首，背靠在壁上。

「有什麼發現嗎？」

「沒有，先生。」

里卡多滿房間踱步，了無牽掛似的。他有一搭沒一搭的哼著歌；瓊斯先生聽見了，便揚起他纖細的眉毛。祕書跪到一只陳舊的皮箱前，探隻手進去一陣亂翻，摸出一面小鏡子，對著鏡中自己的相貌默默端詳起來。

「好，我要刮刮鬍子。」他打定主意，站起身來。

他朝老闆斜瞟了一眼，剃著鬍子時又瞟了幾眼；不久剃畢，把器具收回，踱起步來，嘴裡斷斷續續再哼出些不知什麼歌兒，眼睛又斜瞟著老闆。瓊斯先生紋絲不動，薄薄的嘴唇抿緊，雙目也不可見。他的臉活像一件雕刻。

「那麼先生是想跟那個下流胚來一手牌戲試試看了？」里卡多遽然止步，搓著手說。

瓊斯先生好像什麼也沒有聽見。

「嘿，怎麼說不好？怎麼不讓他體驗體驗？您可記得在墨西哥那鎮上——叫什麼名字呀？——他們在山中抓到的那個強盜，判了槍斃？他跟牢子和警長玩了半夜的牌兒。呃，這裡的這傢伙也是注定死的了；他該跟你玩一趟。媽的，上等人反正該輕鬆輕鬆！先生您這回也夠有耐性的了。」

「你突然變得這樣饒舌了，」瓊斯先生用厭煩的聲音說道。「你怎麼了？」

祕書哼了一會，然後說：

「今兒晚上吃過晚飯，我就把他給您弄到這兒來。到時如果我不在這兒，先生您別擔心；我是在周圍打探一下——明白了嗎？」

「明白了，」瓊斯先生無精打采的嗤道。「可是外面黑不溜湫的，你想看什麼？」

里卡多沒有答話，在房間裡又兜了一兩圈便溜了出去。他獨自對著老闆時已感到不自在了。

第八章

這時海斯特與莉娜走得頗快，走近阿王的茅屋。海斯特叫女子等候，逕自登上通往門口的那把小竹梯子。果然不出他所料，那氤氳的室內，除了一只大檀香籠因太重倉猝間未及搬走之外，空無一物。籠蓋大開，但內裡所盛之物都已不見。阿王的東西盡皆搬走了。海斯特不在屋裡久留，連忙便回到女子處，女子什麼也沒有問，一臉上是洞悉一切的奇異神氣。

「咱們走下去罷。」他說。

他沿著他們平日慣走的路徑前行，她的白衣裙窸窸窣窣的隨著他進入林蔭之內。儘管空氣凝在剝落的筆直樹幹間，那日照樹影卻游移地面，莉娜抬眼只見頭頂高處寂然橫伸的粗大樹枝表面上，樹葉在簌簌翻動。海斯特兩番回頭望她。她欣然以笑臉相迎，因爲她有滿腔專注的熱情，燃著更完美滿足的希望。他們走過了一處地方，依過去的習慣，他們來到此處便會轉上中央不毛的山巔。海斯特緊朝著樹林上端走去。兩人一出了林蔭，一陣微風便包圍著他們，一大團雲塊馳過日輪，給萬物罩上了一層特別的陰翳之色。海斯特指出貼在山腹上的一條陡峭崎嶇的險徑，徑的盡頭是一座用砍下的樹木築成的寨柵，這麼一個在構想上很原始的屏障，也不知費了幾許人力方能在該處築起。

「這，」海斯特用溫文爾雅的語調解說，「就是阻擋文明推進的壁壘，那邊那些可憐人不喜歡這種文明，因為它的形貌就是我那家公司——所謂的大進步，那陣子有些人冒冒失失地這樣叫。那伸出去的腿已經縮回了，寨柵卻留了下來。」

他們繼續緩緩攀登。天上那朵雲已飄過了，大地上頓時光亮倍增。

「作法是十分可笑啦，」海斯特往下說道：「但卻是發自內心的恐懼——對不可知、不可解事物的恐懼。卻又有點可悲。莉娜，咱們在這寨柵的那一邊就好了。」

「噢，別說了，別說了！」她一把抓住他的手臂叫道。

他們正接近的那座寨柵，前面推起了許多新砍下來的樹枝，葉子還是青綠的。一陣柔風拂過上面，吹得樹葉微微抖動；但令女子吃一大驚的，是她猛然發覺葉簇中突出幾支矛槍來。矛槍尖頭雖不晃亮，她卻看得異常清楚，定定的，看上去很凶惡。

「莉娜，等我一個人上前罷。」海斯特說。

她只是扯住他的手臂不放，他卻不住的笑望著她那雙惶恐的眼睛。過了半晌，他脫了身。

「他們只是虛張聲勢罷了，」他說得很有道理。「在這裡等一下。我一定不讓他們刺得著。」

她恍若置身夢魘之中，目睹海斯特走上那幾碼山徑，彷彿再也不要停下來了；接著她聽到他的聲音，猶如夢中聽到的聲音一般，用非塵寰的嗓調在呼喊不知什麼話。海斯特只是要求見見阿王。他等了沒多久。莉娜驚魂方定，只見寨柵青綠的蓋頂起了一陣騷動。那幾支矛槍——那些駭人之物——縮進去不見了，她始才舒了一口氣。海斯特對面之處，一雙黃手分開樹葉，隨即有一張臉龐塡上那小洞，那張臉長著十分怵目的一雙眼睛。那自然是阿王的臉了，彷彿不連著軀體似的，就像她記得小時候在京斯蘭路一個身分不明的小個子所開的闇暗店鋪中，她在櫥窗裡注視過的一些紙板面具。只是這張臉上有的不是窟窿，而是眨著的眼睛。她可以看見兩個眼蓋兒在拍動，臉兩旁將樹枝扳開著的雙手，也似乎不連著什麼真實的軀體。一隻手拿著一桿轉輪手槍——這武器她僅憑著直覺認出，因爲從來也未見過這麼一件東西。

她把肩膀靠在垂直的山腹岩石上，盯望著海斯特，她的心略微鎭靜了，因那幾支矛槍已不再威脅著他。他把背兀然不動的向著她，她看見後頭阿王那張不真實的紙板臉翕動著薄薄的嘴唇，造出各種表情。兩人用平常的聲音交談著，她因站在徑上太遠，聽不到他們談什麼。她耐心等待他們談完。她的雙肩感到岩石暖烘烘的；偶爾一陣陰涼的風彷彿從上面掠到頭上來；腳下的山峽草木繁茂，昆蟲慵懶地嗡叫著。一切都十分恬靜。

她也沒留意到阿王於何時何刻從葉簇中消失，連那雙不真實的手也一併給帶走了。那幾支矛槍又緩緩滑出來。她登時駭得毛骨悚然，可是她還來不及叫出聲來，佇立不動似的海斯特已猛回轉身向她走過來了。他那大把鬍子掩不住一抹難看、猶豫不定的笑容；及至他走到近可觸她時，便突然嘎聲笑了起來：

「哈，哈，哈！」

她望著他，不明所以。他猝然止住笑聲。一句話便說了：

「咱們還是沿路回去罷。」

她尾隨著走進林子。黃昏將屆，林內一片幽黯。遠處一抹光線斜在樹間，擋住視線，樹後闇黑一片。海斯特停下來。

「莉娜，不必趕了，」他用尋常平靜有禮的口吻說，「咱們這趟無功而返。我剛才上那兒去是爲的什麼目的，你縱使不知道，起碼也猜得著吧？」

「猜不著呢。」她說時微微一笑，察覺到他胸膛一起一伏，好像接不上氣來似的，心中禁不住難過。但他努力說出話來，只是說得不甚流暢。

「猜不著？我上去是找阿王。我上去，」——他說到這裡又喘了口氣，以後就不喘了——「我所以要你跟我一塊兒來，因爲我不想扔下你一個人近著那批傢伙，沒個人保護。」忽然他把頭上戴著的通帽抓去，摔在地上。「呸！」他粗聲嚷起來。「所有這些作法都太脫離現實了。受不了！我保護不了你！我沒有力量。」

他灼灼的熟視了她一會，隨即三腳兩步去追他那頂彈開到遠處的通帽。他走回來，瞧著她那十分蒼白的臉。

「我方才做出這種種滑稽舉動，該請您擔待，」他整著通帽說。「小孩子撒潑罷了！我現在既無知，又無能，又無計可施，真覺得自己十足像個孩子，只因爲明知凶險盤旋在你頭上——你頭上！」

「他們要對付的是你，」她喃喃道。

「一點不錯，只是不幸——」

「不幸——什麼不幸？」

「不幸——我說服不了阿王，」他說。「我打動不了他那顆唐人的天心——唐人有沒有心我當然也不知道啦。他向我搬出那要命的唐人道理來，說他不能讓咱們走過那道壁壘的，因爲怕有人追趕咱們。他不喜歡打鬥。他讓我明白，倘若要同那夥陌生的蠻子無謂地鬥上一場，他不如拿我的手槍打死我，他良心一點兒也不覺難過。他對那些村民講過他的主張。他們都很景仰他，他是他們所見過的最了不起的人，又是他們的姻親。他們都明白他的作法。再說，村子裡只留下婦孺和幾個老人；這時節，男丁統統上商船出海去了。就算不是這樣罷，也是沒辦法的;他們沒有一個愛打鬥——還是跟白人打呢！他們都是與世無爭的善良鄉民，巴不得見我被人一槍打死。阿王似乎覺得我這樣死賴——我死賴，你知道啦——十分不識相，十分欠圓通。可是我命也沒有了，當然慌不擇路啦。我們剛才是用彼此都應付得來的馬來話談的。

「『你這樣怕事，真笨。』我對他說。

「『笨?我當然笨啦，』他答，『我要是聰明，早就在新加坡開大商行發財了，還會待在這裡做完礦工轉頭又做奴僕?你好及早走開了，不然我就開槍，免得天黑了瞄不準。走，大老闆，別等我動手啦。好——講完了!』

「『好罷，』我說，『我本人方面算是講完了；那麼讓**mem putih**（太太）過來這邊跟格雅族長的女眷過幾天，這個總不成問題罷?我送你一些銀子就是了。』莉娜，格雅族長是他們村子的長老。」海斯特補道。

她愕視著他。

「你要我到那個生番村子去?」她倒抽了口氣。「你要我離開你?」

「你去了，我辦起事來手腳比較靈便。」

海斯特把雙手伸出，端詳了片晌，便又垂放到身體兩旁。她澄清的雙眸牢盯著他，但那彎成弧形的嘴唇卻表達出她的忿懣。

「當時阿王一定笑了，」他繼續說道。「他像隻公火雞似的叫了一聲。」

「『這就更辦不到了。』他對我說。

「我聽了不禁呆住了。我說他胡說八道。反正他所謂的那夥歹人不知道有你在，你到那裡去會危害到他什麼?莉娜，我縱使盡量隱瞞真相，卻也並非句句假話啊。誰知這傢伙似乎有未卜先知的能耐。他搖搖頭，說我看差了，那夥人知得你一清二楚呢。他對我做個怪臉，好得人怕的。」

「沒關係，」女子說。「我根本不想——反正我也不會去的。」

海斯特抬起眼睛來。

「真是未卜先知！我一直跟他纏下去，他就是說你不會去的。他笑起來，臉活像個洋洋得意的骷髏。他最後的那句話正是這樣說——你不肯去的。我於是回頭走了。」

她背靠到一棵樹上。海斯特也以同樣的悠閒神態對著她，恍若他們已與時間以及世間一切俗慮了無瓜葛了。忽然，兩人頭頂高處那些葉子造就的傘蓋向他們呼嘯起來，隨後又靜下了。

「你的主意倒也真怪——打發我走，」她道。「打發我走？爲什麼？對了，爲什麼嘛？」

「你好像氣得很呢。」他沒精打采的說。

「還要送人家到這些生番堆裡去呢！」她說下去。「你就拿得準我一定肯去？隨你怎樣擺弄我都行——只別打發我走，只別打發我走！」

海斯特望進林間陰暗的過道裡。此刻萬籟俱寂，連兩人立腳之地也彷彿要將闃寂舒入黑蔭之內。

「何必動氣呢？」他勸諫道。「我又沒有打發你走。我不再求阿王了。現在咱們落到這步田地，見棄於人了！不獨無力抗拒邪惡，就連咱們以為已經斷絕多年的那個世界所派遣的三位好使者，對著這三位特使，咱們要討價還價也不成。這實在很糟，莉娜，實在糟透了。」

「真有趣，」她若有所思的說。「糟？也許吧，我不曉得。可是你曉得嗎？曉得嗎？你說來好像不相信似的。」

她灼灼的注視著他。

「是麼？呀！對了，我不知道怎樣說。我已經修身鍊性，把什麼都修鍊掉了。我對養載我的地母說：『我是我，你呢是妖魅之境。』咳，果然一語中的！但這種話說出口，似乎不免要受報應——我如今不就落到妖魅盤據之境嗎？人豈是這些妖魔鬼怪的敵手！人該怎樣去威嚇它們、說服它們，抗拒它們，跟它們抗衡呢？我對天地間的真實已經完全喪失信念了……莉娜，你的手給我。」

她詫望著他，不明所以。

「你的手呀。」他嚷道。

她伸出手去，他便急切一把攥住，彷彿就要提至嘴唇上，但提至半路卻鬆開了手。

兩人相視了片刻。

「你怎麼啦？」她怯怯地輕聲問。

「又沒氣力，又沒信心，」海斯特疲乏的自言自語咕噥道。「教我怎樣去應付這個簡單得可以的問題呢？」

「真窩心。」她喃喃道。

「我何嘗不窩心呢，」他速速剖白。「這場恥辱，最難堪的還是受得來毫無價值——這個我覺得，我覺得！」

她從未見過他情緒這樣激動。他那把橫在駭人的臉上的長鬍子在陰暗裡是火紅的。他忽然說：

「我不知道自己可有膽量，乘他們夜裡睡著的時候，偷偷拿把刀子，走去把他們一個個宰掉！我不知道——」

他口出此言也罷，倒是他異乎往昔的神態嚇得她緊張地說：

「別幹這種事呀！想也莫想呀！」

「我手頭上的東西，最大一件不過是把削筆刀兒。至於想這一層嘛，莉娜，人想什麼哪說得準的。我不想，倒是我裡頭有什麼——異於我本性的什麼東西——在想。怎麼啦？」

他發現她嘴唇張開了，眼睛從他臉上游移開去，目光奇異。

「有人在跟蹤咱們呢，我剛才看到有白白的東西在動。」她嚷道。

海斯特沒有轉過頭去，只瞥了她那伸出的手臂一眼。

「的確有人在跟蹤、監視咱們。」

「現在我什麼也看不到了。」她說。

「沒關係了，」海斯特以平常的聲音往下說道。「咱們落到這座林子裡啦，我既沒氣力，也沒信心。有個唐人從大叢樹木裡把頭突出來對著你的時候，的確是很難辯才無礙的。可是咱們可以在這些大樹之間無了期的逛下去麼？這兒能夠避難嗎？當然不能！咱們還有什麼憑藉？我一時也想到過那礦場，可是那裡咱們也待不了多久的。況且那條橫坑道不安全；先不說別的罷，那些支柱就太脆了。人走了之後，螞蟻一直在那兒動工；再好也不過是個死亡陷阱。人只有一死，但死法可多著呢。」

女子惴惴四下張望，尋找在林間一度瞥見的那個偷窺或跟蹤的人；然而那人果真在的話，早已隱藏起來了。她目光所及，在那些寂寂葉子造就的傘蓋之下，只見樹幹之間陰影不斷加深而已。她溫柔的仰望著身邊那個男人，壓制住恐懼，有點惶惑。

「我也想到過這夥人的艇子，」海斯特繼續說著。「咱們本可以坐進去，然後——只可惜他們把裡面的東西統統拿走了。我看見他們房角上有船槳和帆。這樣坐條空艇子，推出海，就算日出之前漂得出去老遠罷，也難保逃出生天。這只是遠兜遠轉自尋死路——給人看見死在艇子裡，曬死、渴死。海上懸案一宗。不曉得誰會找到咱倆！也許戴維森會找到吧；可是戴維森十天前已經過這兒向西面去了。有一天大清早我在碼頭上見他駛過。」

「你從來沒跟我說過。」她說。

「他當時一定在他那副大望遠鏡裡望著我。說不定，要是我揮起手來的話——但是那時候你我兩個找戴維森來幹什麼呢？莉娜，他起碼要過三個禮拜左右才回頭經過這兒。要是我那個早上舉起了手就好了。」

「就算舉起了，那又有什麼用呢？」她嘆了口氣。

「有什麼用？當然沒用啦。咱們那時沒有得到什麼凶兆，在這兒就像立於不敗之地，可以平靜度日，咱兩人慢慢來互相了解。」

「也許人是在患難中才互相慢慢了解的。」她說。

「也許吧，」他無可無不可的說。「怎樣也罷，咱們總不會離開這兒跟他走了的。不過要是我舉起手來，相信他見了一定會急急駛進來竭力效勞；這個胖子生性就是這樣——是個很討喜的人。那回我把大圍巾送還給索姆堡太太，你不肯上碼頭來；他一直沒有見過你。」

「那時候我以爲你不要我露面嘛。」她道。

他把雙臂交疊在胸前，垂下頭去。

「那時候我以爲你不想見人呢。顯然誤會一場。並不丟人。不過這會子也無關緊要了。」

他默然半晌，抬起頭來。

「這座林子變得多麼陰沉啊！但太陽該還沒有落下去罷。」

她轉眼望去，彷彿眼睛剛剛張開，只見四周向她包圍脅迫的，倒不是樹林的陰翳，而是一股沉戾的敵意。她那顆心在重重的闃寂中下沉，就在這剎那間，她覺得死神之息噴到自己與身旁的那個男人頭上來。倘若此刻樹葉忽然騷響，枯枝啪的一聲折斷，或是稍有什麼風吹草動，她就要大聲叫起來了。然而她按捺住了自己。她不過是個拉提琴的姑娘，墮入火坑之際給人救回，她要忍辱負重，努力而爲，那麼幸福便會降臨到她身上來，像一道洪流，將她所愛的男子沖到她跟前來。

海斯特微微一動。

「咱們回去吧，莉娜，咱們總不能通宵不動待在這座林子裡——在哪兒也不行。咱們吃盡這場禍劫的虧，也算是命罷——不是你的命，就是我的命。」

那個男的先打破沉默，但領路前行的卻是那個女的。走到林邊她住了腳，隱在一株樹後。男人小心翼翼地走到她身旁。

「什麼事呀？莉娜，看到什麼嗎？」他輕聲道。

她說這僅是她一時的感想而已。她遲疑半晌，回眸讓他看到灰瞳子裡一抹明亮的眼神。她想知道他們這趟遯世到這處來，讓這場災禍、險難、邪事，什麼也罷，窮追到頭上來，可是一種懲罰。

「懲罰？」海斯特重複著說，不明她所指。及至她解釋之下，他更爲訝異。「上天動了怒給的報應？」他詫異地問道。「報在咱兩人的身上？究竟爲什麼？」

他看見她那張蒼白的臉在暮色中黯下來——她臉紅了。她細語滔滔，說他倆這樣住在一塊兒，總是於理不合罷？他們這不是無媒苟合嗎？她跟著他，又不是受到暴力脅迫、受到恐嚇。都不是嘛，都不是——她是心甘情願跟他的，她全心全意渴求著不合法的東西。

他激動得一時話也說不上來。爲了掩飾自己的窘惱，他裝出那最佳的海斯特式態度來。

「哦？那麼咱們這些客人這趟來是替天行道、宣揚聖理、警惡懲奸的了？你這看法倒真獨到啊。他們要是聽到你這樣恭維，不樂死了才怪呢！」

「你又來取笑我。」她壓著的嗓音突然說不下去了。

「你心裡覺得有罪孽嗎？」海斯特鄭重的問。她沒有答腔。「我可不覺得，」他又添了一句；「皇天在上，我不覺得！」

「你！你怎麼同我扯在一塊兒講呢？引誘的是女人。你是出於憐憫要了我，我卻是一下子纏上了你。」

「噢，言重了，言重了。還不至於這樣糟。」他打趣著說，竭力使聲音穩定。

他當自己死定的了，但爲了她，爲了衛護她卻強裝出些活力。這一撮活色生香的塵土——溫暖、活著、有知覺，而且是他自己的——卻要去遭受凌辱、蹂躪、糟蹋，以及肉體上無窮的摧殘，他只恨沒有上主可予託付。

她別過了臉，一動也不動。他突然抓住她任由擺布的手。

「你一準是這樣想了？」他說。「是嗎？好，那就讓咱倆一同祈禱求上主寬恕罷。」

她望也不望他一眼，像個靦腆的小孩子搖了搖頭。

「別忘了，」他以巧妙挖苦的口吻鍥而不捨地往下說，「祈望是信徒的美德，你總不至於要獨攬主的恩典吧？」

他們眼前曠地對過的那座平房沐在一派凶光裡。突如其來一陣冷氣吹得樹頂作響。她把手拖開了，踏出曠地，走不到三碼卻站定，指向西方。

「瞧那邊！」她叫起來。

黑鑽灣的岬角外，紫色的海面上黑壓壓堆起大團大團的雲塊，沐在一片血霧裡。雲間裂開一道鋸齒狀的緋紅色罅隙，一似露出的創口，底部便是那個暗彤色的日輪。海斯特朝天空這一片徵兆不祥的混沌漫不經意的瞟了一眼。

「在醞釀雷暴吶。咱們整晚上都會聽到，怕不會打到這裡來吧。雲通常都聚在火山四周。」

她並沒在聽他，她雙眸反映出夕陽陰翳狂暴的顏色。

「看樣子上天不大寬恕咱們呢，」她像是說給自己聽的徐徐道，然後匆匆走下去。海斯特隨在後面。忽然她停下來。「我不管。我才不就此罷手！有一天你會體諒我的。你一定要體諒我的！」

第九章

莉娜踉踉蹌蹌拾級上階，像是突然虛脫似的，一進入房間便跌進就近的椅子裡。海斯特臨著跟她進去前，先從涼台上瞰察一下四周的環境。只見眼前這片熟悉的景象寂寥一片，與往昔無異——彼時這塊荒地上僅餘下他與女子兩人相處度日，只有阿王不時在合宜的時間地點形聚出來，其餘時間兩人心裡或是默默懷念著故世的莫里遜。

一陣冷風過後空氣完全凝住了。那充著雷電的雲團整塊懸在那低平墨黑的岬角外，不斷加深暮色。反之，天頂卻顯得澄澈一片，像一個脆弱的玻璃泡，彷彿空氣稍微一動便會打破了。向左一點兒，介乎岬角與森林的兩團黑影之間，那座白晝如一縷輕煙、夜間卻如雪茄煙火光的火山，已經火熾熾噴噗起來了。火山上出現一顆星斗，宛似灼熾的地心內驅迸出來的一點火星子，給凍結的空間神祕的符咒變成永恆不動了。

海斯特前面整座森林早已暮色濃重，像一堵牆矗立著。但他仍繼續監視林邊，尤其是遮蔽著碼頭岸端的林末那列樹叢，由於女子剛才說曾在林間瞥到白色物體，他深信瓊斯先生的祕書一直跟蹤著他們上山。那傢伙想必在林外窺看他們，故此除非他往回走上一大段路沿著島內曠地繞個大圈，勢必要走出平房前的曠地上。海斯特也確曾恍惚在林間覺察到些動靜，瞬間便消逝了。他耐心地監視著，卻再也無聲息。說到頭來，何必勞神理會這些人的一舉一動呢？何須顧慮如何下手這麼笨呢？反正交手的時候到了，他無拳無勇，面對著這麼齷齪卑汙的事，避之還只恐不及。

他轉身進房間去。房內早已暮色蒼茫，莉娜靠近門口，既不動也不言語。桌布倒是白燦燦的十分耀目。那兩個流氓所豢養的畜生在海斯特與莉娜出門之際便開始執役，把餐桌擺上了。海斯特在房間裡來回踱了幾次步，女子卻一直不動聲色的坐在椅子裡。但當海斯特把兩座銀燭台放到桌上，擦著洋火點上蠟燭，她卻忽然站起身來走進寢室裡。她旋踵出來，帽子脫掉了；海斯特掉過頭去瞧她。

「這個太歲時辰躲得了嗎？我點上這些蠟燭來表示咱們回來了。咱倆出門的時候不錯有人看到，卻也未必有人跟蹤著——我是說回來的時候。」

女子重新坐下來。她那大頭秀髮在蒼白的臉上顯得十分烏黑。她抬起眼睛，雙眸在燭光中柔和地閃爍著，發出一股看不透的魅力，帶著一種奇異的渾戇眼神。

「對了，」海斯特把一隻手的指尖擱在潔無纖塵的桌布上，隔著桌子說。「這餐桌正是一頭畜生擺上的——這畜生下顎長得像洪水淹沒地球前的獸類一樣，通身黑茸茸的像頭上古長毛象，身體結構有如史前人猿。莉娜，你醒著嗎？我醒著嗎？我真想扭自己一把看看，不過我曉得這場夢怎樣也醒不過來的了。三副餐具。就是那個矮的來哪——那位嘛，他的面部輪廓，還有走起路來肩頭那麼樣聳呀聳的，活像一頭美洲虎的那位先生呢。呀，你不曉得美洲虎是什麼？這兩個人你不是好好見過了嗎？就是那個矮的來作客嘛。」

她點點頭表示知道所指何人。海斯特一再重提，使她腦海裡又呈現出里卡多的樣貌來。她驟然感到一陣委靡，就像從前與那男人一番格鬥下來，四肢也癱瘓了。她靜靜的躺在椅子裡，十分驚慌——都要大聲求神賜她力量了。

海斯特在房間內踱起步來。

「作客！有句諺語——是俄國諺語罷——說有客進屋來，神便進屋來了。殷勤待客誠然是神聖的美德！卻也一樣給人惹來麻煩呢。」

女子出其不意的從椅子裡站起來，把柔軟的身子左右搖擺，並將雙臂舉至頭頂上。他停下步來詫異地望著她，頓了頓，又繼續往下說道：

「我看神跟這回待客和這樣一個客人，扯不上關係吧！」

她適才躍起身來是要除去這陣麻痹的感覺，看看身體可聽她使喚。聽的，她站得起身，雙臂也活動自如。儘管她對人體生理所知不多，也斷定這陣麻痹僅是心理作用，並不是在肢體之內。她慌惶稍定，內心感謝神恩，並向海斯特喃喃抗議道：

生，必定——」

「噢，扯得上的！這世間的事——事無大小——祂都一概主宰到的。事情若然發

「是的，」他忙道，「兩隻麻雀中間打下了一隻——你是在想這道理。」那抹慣常的俏皮笑容從雄赳赳的鬍子下那仁厚的嘴唇上褪掉了。「呀，你還記得小時候在主日學聽過的道理呢。」

「當然記得啦。」她又倒進椅子裡。「我做小孩子的時候，只有在主日學，跟房東太太的兩個女孩兒在一起，過了一點點像樣的日子。」

「莉娜，」海斯特回復他那文質彬彬的俏皮口吻，「我不曉得你究竟只是個小孩子呢，還是與天地同壽的老東西。」

海斯特料不到她竟夢囈一般說：

「嗯——那你呢？」

「我？我屬於晚近的年代——晚近得多了。我固然不能叫自己做小孩子，但我太晚近了，也可以稱之爲最近一個時辰的人——還是前一個時辰的人？我跟時辰脫節太久了，也不敢確定時分針走了多遠，自從——自從——」

他朝他父親的肖像瞟了一眼，肖像位於女子頭上正中，彷彿在油畫的冷峻中對她視而不見。他沒有說完那句話，但卻也沒有沉默多久。

「不過，我的好莉娜，最要緊的還是避免推斷上的謬誤——尤其在這個時辰。」

「你又來取笑人家嘍。」她頭也不抬的說。

「我？」他嚷起來。「取笑？這不是取笑，是警告。唔，不管舊日你聽過什麼道理吧，總還有這麼一個——麻雀確實會掉下地來，會給弄到地上來的。這不是誇海口，而是事實；所以呢，」——他的語氣又轉變，一面拿起餐刀又鄙夷的丟下——「所以我恨不得這些圓鈍鈍的渾刀有點兒刃口。一點兒鬼用也沒有——也不利，也不尖，也不重。要說罷，這些叉子拿來做武器還好得多呢。可是我能夠口袋裡放著一把叉子到處跑嗎？」

他咬牙切齒的，樣子雖十分忿恨，卻很滑稽。

「這兒從前也有把切肉刀的，不過老早就斷了扔掉了。這兒沒什麼好切。不然拿來做武器倒真是一流；可是——」

他頓住了嘴。女子十分安靜地坐著，雙目低垂。他沉默了一會，她忽然抬起頭來沉思著說：

「對了，刀子——你只是要把刀子罷，萬一，萬一——」

他聳聳肩膀。

「那幾個棚屋裡準有一兩根鐵橇的；可惜我把鑰匙統統都繳掉了。再說，你看我會手裡拿著根鐵橇到處跑嗎？哈，哈！先不講別的，光瞧著我手拿鐵橇四處跑這副德性，沒麻煩也惹出麻煩來啦。說真的，麻煩怎麼還沒來呢？」

「說不定他們怕了你呢。」她輕聲道，又垂下頭去。

「噯，看來像呢，」他沉思著附和道。「他們不知怎麼似乎遲遲都不動手呢——是他們謹慎呢，還是確實畏懼，還是拿準我逃不出他們的指掌，故意慢火烹調呢？」

外面黑夜裡，離平房不很遠處響起一聲響亮的口哨子，久久不斷。莉娜雙手抓住椅沿，卻動也不動。海斯特唬了一跳，把臉從門口別開。

那嚇人的聲音漸漸消失了。

「口哨子、叫喊、凶兆、訊號、惡意——統統有什麼關係呢？」他道。「可是就算我有那根鐵橇又怎麼樣？我可以埋伏在門邊——就在這扇門邊——一覷見有腦袋突進來就一鐵橇砸下去，濺得一地一牆都是血和腦漿，再偷偷跑到另外那扇門旁如法炮製——甚至再來第三遭兒嗎？我做得到嗎？只是疑心人家，便冷靜堅定地下手，而再無愧疚於心？不，我做不出——予生也晚，我屬於太晚近的年代了。我那不知從何而來的名聲還在，或是他們不知爲何還遲遲不動手時，你願意看我幹這種事嗎？」

「不，不！」她急切的輕聲說，像是臉上給他眼睛盯得非說話不可。「不，你只是要把刀子來自衛——來自衛吧——碰上——」

「誰知道我是不是真的該這樣做呢？」他似乎根本沒聽到她適才斷斷續續的話，又說起來。「也許我就應該這樣做——對你、對自己都應該這樣做。憑什麼我要受他們偷偷恫嚇的凌辱，氣也不吭一聲？你可知道人家會怎樣說嗎？」

他低笑一聲，聽得她毛骨悚然。她想站起身來，奈何他俯在她身上俯得這樣低，不先推開他便不能動。

「莉娜，他們會說，我——那個瑞典人呀——財迷心竅，誘害了自己夥友，後來碰上這些陌生人沉船到來，一時心慌，就把他們無辜殺掉了。他們會悄悄這樣傳說——甚至大聲喊出來——管保傳揚出去，信以爲真呢——我的好莉娜，信以爲真呀！」

「誰會相信這些沒天理的事呢？」

「你也許不會相信——至少起初不會；可是譖言日久爍金，不但浸潤蝕骨，甚至足以摧毀人的自信——消弭人的心志。」

突然間她的目光躍至門口，呆定定地，眼睛也睜大了些。海斯特轉過頭去，只見里卡多的身子嵌在門框裡。有一陣子，三人誰也不動；然後，海斯特把眼睛從這乍到的人處望回椅中的女子，譏刺的這般介紹道：

「莉娜，這位是里卡多先生。」

她的頭略微低一低；里卡多把手抬到鬍子上，聲音在房間內轟然響起：

「夫人，有事情請隨便吩咐！」

他踏進屋來，手一揮把帽子摘下，隨手便丟進門口就近的椅子裡。

「有事請隨便吩咐！」他改用另一副聲調重複說一遍。「我們那老彼也跟我說過，這兒有位女士哩；只沒想到今晚就能一瞻夫人您的手采，幸會幸會！」

莉娜和海斯特瞥了他一眼，他那模糊的目光卻躲避著他倆，兩眼茫茫，像在找尋空間的某一點。

「剛才散步愜意麼？」他忽然問道。

「愜意。你呢？」海斯特終於接上了他的目光，回道。

「我？我來之前，一下午也沒離開過老闆半步兒呢。」此語姑勿論其真假，聲音之率真倒使海斯特詫異。「您怎麼問起這話？」里卡多坦率無比的接著說。

「以為你也許想勘察這個島一下，」海斯特說，一邊打量著這人。說句公道話，里卡多也沒有想把目光移開。「我不妨提醒你，這樣做不是頂安全的。」

里卡多裝出一副一無所知的神氣。

「對了——是說你那個跑掉了的唐人麼？他算不了什麼！」

「他有槍的！」海斯特饒有深意地說。

「您何嘗沒有槍哪？」里卡多出其不意的反駁道。「這一層我不擔心。」

「我？怎麼拿我相提並論？我心中不存恐懼。」海斯特頓了半晌答道。

「不怕我？」

「你們統統都不怕。」

「你說話真怪。」里卡多道。

正在此際，只聽屋子圍牆那邊的門打開了，彼得羅進來，把一只盛得滿滿的托盤盤沿抵在胸前，那顆毛茸茸的大頭微微搖晃著，雙腳交替向前，沉沉踏出短促的步聲。他這一來，不知可有改變里卡多的思路，但卻無疑改變了他的語氣。

「你們剛才聽見我在外面吹口哨子麼？那是我走來時提醒他端進晚餐，現在晚餐來了。」

莉娜站起身走至里卡多的右側，里卡多雙目低垂半刻。各人入座，彼得羅那大猩猩似的闊背一搖一擺盪出門口去了。

「夫人，這畜生真是銅筋鐵骨似的，」里卡多說。他嘴裡總是三句不離「老彼」，就像有些人愛提起自家的狗兒一般。「漂亮是談不上的了。不好看倒也罷了，偏又生成奴才命，不管不行。正是我管他，老闆對雞毛——蒜皮的事總不大操心，什麼都交給馬丁管。夫人，在下就是馬丁。」

海斯特看見女子的目光轉向瓊斯先生的祕書，茫然駐在他臉上。里卡多卻瞶然凝視著空間，嘴唇上微微泛著笑容，也不管東道主默然不響，自管自侃侃而談，無非是吹噓他跟隨瓊斯先生之久——到現在已經四年有多了，他說。講完了，他迅速向海斯特瞟了一眼：

「您一眼就看出他是有頭有臉的人吧？」

「你們這些人，」海斯特那慣常的俏皮腔調帶著點兒陰鬱說，「在我眼中和現實完全脫了節。」

里卡多聞言彷彿他早就料到必是這些話，不然就是毫不在乎海斯特說的是什麼。他心不在焉的咕噥著「是麼，是麼」，手裡玩弄著一片兒餅乾，太息一聲，那奇異的目光似乎投不多遠，便在臉上近處空中一點猛可頓下來，說道：

「誰也看得出您先生也是體面的人——您和老闆該互相了解的。他想今天晚上見見您；老闆身子不好，我們得打算打算離開這兒了。」

這樣說著，他轉身正對莉娜，臉上卻無任何顯著的表情。女子抱著臂往後靠去，雙目向前凝視，彷彿獨處一室。然而就在這副近乎空洞漠然的狀態下，那闖進她生命裡的險難、激情卻把她的心溫暖起來，使她感到一股極其強烈的生存感。

「真的嗎？打算離開這兒？」海斯特喃喃道。

「天下無不散之筵席，」里卡多慢吞吞說。「只要和和氣氣分手，那就無傷大雅了。我們兩個是跑慣碼頭的；你呢，我知道是老愛待在一個地方。」

誰都看得見，他口裡說出這番話，不過是爲說話而說話而已，心裡卻在竭力謀算另一毫不相干的意圖。

「您能告訴我，」海斯特以很決斷的禮數問道，「您怎麼知道我這麼些事的？本人記得從沒私下跟閣下說過什麼。」

里卡多貼著椅背，自自在在的凝視著空間——一時三人索性也不裝著進餐了——茫然答道：

「誰也猜得著啦。」他忽然坐直了身子，猙獰一笑齜出一口牙齒，那溫和不變的語調卻不配合那股戾氣。「這一層老闆自然會跟你談到的。你肯去見見老闆就好了，他是說話的人。我今晚就帶您去見他罷。他身子不大舒坦，不跟你談談，是不會死心離開的。」

海斯特抬起頭來接上了莉娜的目光，那坦率的目光背後似乎若有所藏。他彷彿看見她的頭點了一下，微得幾乎察覺不出。爲什麼？她有什麼苦衷？是不是某些曖昧的本能驅使她呢？抑或這僅是他自己的錯覺呢？然而這些麻煩事情已侵入他寧靜的生活了，在自顧而起的疑惑、鄙蔑，甚至絕望的心境裡，眼前形勢險惡難顧，就是虛象他也依賴了。

「好，就說我去見見他罷。」

里卡多禁不住露出得意之色，一時惹起了海斯特的興味。

「他們不會想害我性命的，」他心裡忖道。「取我性命有什麼好處呢？」

他隔著桌子向女子瞧去。她方才有沒有點頭，又有什麼關係呢？他望進她那雙毫無知覺的眸子，像平時一般感受到一些殘餘的哀矜。他決定了去見他。她那樣點點頭是幻想也罷，不是幻想也罷，勸導也罷，幻覺也罷，已將大勢定了。他心想里卡多這次請他去見老闆，絕不會是個圈套。太可笑了嘛，正所謂人已縛得粽子似的，幹麼還要巧計誘他入阱呢？

此刻他一直凝視著他呼之爲莉娜的那個女子。她坐在那裡，馴順沉靜的——自從他們在島上開始生活以來，她就是這副態度——令人覺得撲朔迷離。海斯特猛然站起身，臉上露出謎樣、不存希望的笑容，使里卡多祕書先生——他那茫然的目光能環顧四方——微微把身一挫，像是要潛身桌底去拔腿上的刀——一挫卻又掣住了。他以爲海斯特會撲向他身上來或是拔出手槍，因爲他已私下以自己之心度了人家之腹了。然而海斯特既不撲向他身上，也不拔槍，只是橫過房間，打開門，伸出頭去覷看外面的圍牆。

他一轉背，里卡多便把手探到桌底去摸索女子的手臂。他雖沒望著她，她卻感覺到他的手在抖瑟瑟的探索，他的五指在她手腕上猛可一握。他身子略微前探，但還是不敢望她，雙目牢牢盯在海斯特的背上。他低低的吁著聲，心中的成見出來痛加鍼砭：

「瞧！這窩子貨，哪兒配得上你！」

他終於向她瞥了一眼。她嘴唇悄悄哆嗦了幾下，嚇得他心驚肉跳。轉瞬他牢牢握在她手臂上的指頭便鬆開了。海斯特剛把門關上了。他回到桌邊時，經過那個他們叫艾爾瑪——她不知道人家怎麼這樣叫她——的女子身邊，又叫麥達琳的這個女子久已懷疑自己爲什麼活在世間。她不再爲這啞謎疑惑了，因她心中感到一股熾烈的驕傲，已將謎底解出了。

第十章

她經過海斯特身旁，活像果真讓自己行將進入的一派神祕熾亮的炫光照得睜不開眼似的。寢室的門簾在她背後垂成硬褶；里卡多茫然的凝視恍若在注視半空中飛舞的一隻蒼蠅。

「外頭黑得緊罷？」他咕噥道。

「黑雖然黑，但你那個人在那邊蕩來蕩去總還看得見的。」海斯特以審慎的口吻說。

「什麼——彼得羅？他哪兒算得上是個人呀！不然我也不會這樣寵他啦。」

「好，那就叫他做你的好夥伴罷。」

「對！好在咱們倒用得著他。有彼得羅守在身邊，必要時出來鬥上一鬥，最周全不過了。咆吼一聲，再咬上一口——噯喲！你不想他在這兒麼？」

「不想。」

「你不要他阻手礙腳？」里卡多故作懷疑之態，海斯特卻泰然處之，儘管每發一言，房間內的空氣似乎便沉重一分。

「不錯，我的確想他不要阻手礙腳。」他極力使自己說得平靜。

「叱！什麼大不了的事兒！反正彼得羅留在這兒也沒大用處。老闆的事，只消跟——跟另一位上流人理理智智的談個十分鐘，就可交割清楚了。靜靜的談！」

他猛然抬起頭，雙目嚴酷，發出燐光。海斯特毫不動容。里卡多慶幸自己沒把手槍帶來——不然的話，他這樣義憤填膺，真不知自己可會幹出什麼事來。最後他說：

你是要從不犯人的彼得羅離開，才肯跟我去見老闆——對嗎？」

「對了。」

「嗯！」里卡多話裡隱含刻毒，「你不錯是位上等人；可是你們這些上流人行事總是怪誕不經的，最不對普通人的脾胃。不過——您得多多包涵。」

他把兩個指頭放進嘴裡發出一聲哨聲，似乎將一股凜薄的氣流結結實實的驅到海斯特就近一邊的耳鼓膜上。儘管看見海斯特不由自主皺起臉來，他心中很覺得意，卻仍呆呆的坐著等候呼喚產生結果。

彼得羅像上古猛獸魯莽莽地應聲闖進來。門噼啪一聲甩開了，現出一個野人，似乎急欲將房間大刀闊斧蹂躪一番；但里卡多把掌心張開一揚，那畜生便悄悄走進來。他走起路來，半握著的巨爪在彎弓的身軀前略微擺動；里卡多凶惡地在旁看著。

「你到艇子去——懂嗎？現在就去。」

那頭馴服了的怪物一雙紅色小眼睛在髮團裡十分專注地眨巴著。

「呃？你怎麼不明白？忘了人話啦？你已經不曉得艇子是什麼了？」

「Si（曉得）——艇子。」那畜生遲疑的結巴著說。

「嗯，到那裡去——到泊在碼頭的那條艇子去。大步操過去，在那裡坐、躺下去，可千萬別睡著——等聽到我叫你，就馬上飛跑到這兒來。聽見命令了沒有？大步走！去，**vamos**（走）！喂，不是那一邊——由前門出去。別臉繃繃的！」

彼得羅領命潑撒撒的一陣風走了。他去後，那抹殘酷的眼神便從里卡多黃橙橙的雙目消失，他的面相方才在這晚上頭一次現出一頭正被注視的家貓的表情。

「你不妨瞧著他直走進叢林去。太黑了麼？那何不索性跟他到艇子去呢？」

海斯特作勢微微抗議。

「我怎麼曉得他會一直留在那裡？他無疑是去了——但難保他不會跑開。」

「罷了！」里卡多莫奈何的聳聳肩。「那就沒辦法啦。若不是把他一槍結果了，老彼喜歡在一個地方待到三更，誰也沒法絕對擔保他會待到四更天；可是你不曉得呢，老子的脾氣他是怕得要命的呀。所以每逢跟他說話，我就裝出閻羅王的神氣來。不過我不會開槍結果他的——老子才不會呢，除非就像人家一時火氣一槍打死自己的愛犬，那就沒的說。大爺呀！這一趟交易公公平平的。我可沒使眼色叫他做別的事呵。他一步也不會離開碼頭的。大爺，現在走得了罷？」

隨之是一陣短暫的沉默。里卡多的下顎在皮下不懷好意的碾著，雙目色迷迷地溜來溜去，又殘酷，又像做夢樣的。海斯特猛的約束了自己一下，尋思半晌，然後說道：

「你得等一下。」

「等一下！等一下！他把人家當成什麼啦——是泥塑木雕的麼？」里卡多出聲發起牢騷來。

海斯特進入寢室，把門砰一聲關在背後。由於從亮處進來，起初一無所見，但過後卻隱隱約約瞧見女子正從地上站起來。在窗蓋孔略淡的晦暗處，她的頭倏然離身，模模糊糊，僅辨出沒面目的一個又圓又黑的形狀。

「莉娜，我去了，我要去面對這起惡棍。」他覺到兩條手臂搭到肩膀上來，不禁詫異。「我還以爲你——」他說。

「不錯，不錯！」女子慌忙輕聲道

她並沒有靠上來，但也沒扯他過去。只是把雙手緊握他的肩頭。他彷彿覺得她在黑暗中凝望著自己的臉。他現在也隱約看到她的臉了——那是沒有五官的一個卵形——並朦朦朧朧辨出她的人，在黑暗中線條不明的一個形體。

「莉娜，你這裡可有件黑衣？」他問道，說得很急促，聲音低得她僅能聽到。

「有的——是件老東西。」

「好，馬上給穿起來。」

「幹麼？」

「不是戴孝就是了！」他喃喃道，微微諷刺的口吻略帶強制的味道。「你摸黑找出來穿上身，辦得到嗎？」

要的話也辦得到的。他等著，十分安靜。他心裡看見她在房間那邊的一舉一動；但他眼睛雖然習慣了黑暗，卻完全看不見她了。等她說起話來時，聲音近得使他詫異——她已照他吩咐把黑衣穿上，並隱了形走到他身邊來了。

「好！我從前看見在這裡的那塊紫面紗，哪兒去了？」他問。

沒有回答，只聽見微微一陣窸窣聲。

「在哪兒？」他不耐煩的追問。

她出其不意把氣呼到他頰上。

「在我手裡。」

「好極了！莉娜，聽著。我同那魔頭一離開這個房子，你馬上從後面溜出去——趕緊，千萬不要失時！——跑竄進林子裡去。我們走開的時候，你可就不必急了，我相信他也不會甩得掉我的。跑進大樹之間那列灌木後面的林子裡去。你曉得怎樣找個地方一眼望得見前門的罷。我真替你擔心；好在你穿上這身黑衣，臉又給那塊黑面紗蒙住了大半，管保天亮前沒人看得見你在那裡。在林子裡等到桌子清清楚楚推到門口，你看到四支蠟燭吹熄了三支，其中一支又點上了——或是，你要是看到這兒的火熄掉了，那就等到點上了三支蠟燭，然後再吹滅兩支。一看到其中一個訊號，就出盡全力跑回來，因爲那表示我就在這兒等著你了。」

他說時，女子摸索著抓住了他一隻手。她並沒握緊，只是鬆鬆執住，怯生生的，憐惜不已。她不是攥住他的手，而是僅僅接觸著，似乎無非是要證實他沒有消失，實實在在的，而不是闇暗中的一個黑影子。她暖烘烘的手給海斯特一種奇異、親暱的感受，彷彿她整個人就盡在這感受之中。他心底湧起一股新的激情，令他幾乎不能自持，他得將這激情壓制下去。他低聲嚴峻地說下去：

「但萬一你看不到這些訊號，那就管你是——是怕也罷、好奇心也罷、絕望也罷、希望也罷——都萬萬別再回到這屋子裡來；等到天一發亮就趕快沿著曠地邊緣溜走，一直走上那條小路。不要再等了，因爲我說不定已經死了。」

「天哪！」一聲低喚就像破空而來，飄入他耳朵裡。

「那條小路你認識的，」他繼續說道。「沿著小路找到那座防寨去。投靠阿王——對，投靠阿王去。天塌下來也不要回頭！」他彷彿覺得女子的手略微顫抖。「大不了他不過開槍打死你；可是他不會的。我相信只要我不去，他不會下這毒手的。留下來跟那些村民、那些野人在一起，什麼也不要怕。他們怕你，比你怕他們更甚。戴維森一定會很快就回來的；留意輪船經過，想個什麼訊號去叫他。」

她沒有答話。沉沉罩在外面世界的那股岑寂，像是進了來充塞了整間房間——無邊無際似的壓逼著人，無息無光。一似天地間的心臟已經統統停止跳動，萬物亦俱休了。

「你明白了嗎？現在馬上就跑出這屋子去。」海斯特迫切的輕聲道。

她把他的手提至嘴唇上，然後放開；他吃了一驚。

「莉娜！」他低聲嚷了出來。

她不在他身旁了。他不敢信任自己——不敢，連一句柔情的話也不敢說。

正當他轉身出去，聽到屋內什麼地方訇的一聲響。要打開門，他得先掀起門簾；他掀起門簾時把臉轉過去，匙孔和一兩道罅縫漏進一絲微光，讓他一眼瞧見她通身黑色，雙膝跪在地上，頭和兩臂搭到榻腳上——通身黑色像一個罪人在那裡悲切懺悔似的。這究竟是做什麼？海斯特心頭掠過一陣疑惑，覺得世上他不了解的事物太多了。她從榻上挪開一隻手臂，揮手叫他走。他心裡忐忑不安，聽她的意思出去了。

門簾在他背後猶自震顫不已，她早已立起身來了，神情慘慼的弓身緊貼門簾偷偷諦聽外面的聲音、諦聽外面的話語，一手抓住胸脯像是要禁制心臟跳動，要壓低那怦怦的心臟跳動的聲響。海斯特出來發覺瓊斯先生的祕書正對著他那張關著的書桌出神。里卡多想必正在思量如何撬開；但當他猛可回轉身來，卻露出一張扭曲不堪的臉孔，眨巴得十分厲害的雙目，眼白朝天翻著，像是這人體內正起著一陣痙攣似的，瞧得海斯特暗暗驚奇。

「我以爲你這輩子再也不出來的了。」里卡多咕嚕著說。

「我不知道你在趕工夫呢。就算你說實話了，就算談了話你們會走，但今晚這種天氣，恐怕你們也未必有本事出海。」海斯特說，一行擺手將里卡多讓出屋外。

祕書像隻大貓一般全身聳呀聳的，立刻離開了房間。夜暗啞得有點不容人。半蔽著天空的巨雲緊緊懸在人的頭上，宛如一幅巨幔，後面正醞釀狂暴威脅著。兩人腳一著地，海灣上迅即晃過一抹神祕的光，雲後繼而隆隆的傳出一串悶雷。

「哈！」里卡多說。「來了。」

「說不定雷聲大，雨點小。」里卡多穩步前行說。

「來罷！儘管放馬過來吧！」里卡多刻毒地說。「老子興致正好！」

等到兩人到達另外那座平房，遠處雷聲早已隆隆轟鳴不已，淡青色的電光寒焰也似的一陣緊接一陣淹過島上。里卡多出其不意衝前奔上台階，把頭伸進門口裡去。

「老闆，他來了！盡量拖住他，拖得多久就多久——拖到聽見我吹起哨子吧。我打探去。」

他把這番話疾如閃電投進房間裡去，然後站在一旁讓客人穿過門口；但他得等上好一會兒，因爲海斯特早已識破他的意圖，鄙夷地將步子放緩下來了。海斯特進入房間時，臉上掛著一抹笑容，那副海斯特式笑容，藏在那雄赳赳的鬍子下。

第十一章

兩支蠟燭在桌上燃燒著。瓊斯先生緊緊裹在一件陳舊華麗的藍綢睡袍裡，兩肘緊貼身側，雙手深插在長袍極深的口袋裡。這身裝束使他愈形憔悴；他宛似靠在桌沿的一根油漆竿子，頂上豎著不甚顯赫的一顆枯腦袋。里卡多懶洋洋地靠在門口，對眼前的事裝出漠不關心的樣子，正在伺機待發。某一刻，電光兩閃之間，他的形體消逝到屋外的空氣裡。瓊斯先生登時發覺他在消失，便不再無精打采的倚定桌子，而走上幾步，將自己攔擋在海斯特與門口之間。

「悶熱得要命。」他說。

海斯特在房間中央，決定打開天窗說亮話。

「咱們見面不是來聊天氣的。我今兒早上敬聆了您一句頗耐人尋味的話，是說您自己的。『我嘛，』你說。這話是什麼意思？」

瓊斯先生瞧也不瞧海斯特一眼，只管神不守舍的移挪著，及至尋得滿意的位置，把雙肩蓬一聲抵在近門的牆上，方才抬起頭來。在這個分勝負的時刻，他形容枯槁的臉上亢奮得汗瑩瑩的。汗珠流下他那凹陷的腮頰，把骨嶙嶙眼窟內的鬼瞳子也幾乎蒙住了。

「意思是說，你可別把我不當一回事。嗨——住手！手別放進口袋裡——別放進去。」

他的聲音出乎意料的尖銳。海斯特嚇了一跳，隨之有一刻，雙方凝定待發，只聞遠處雷聲低沉地咕噥著，瓊斯先生右邊的門口則碧光爍爍。最後海斯特聳聳肩，甚至望了手一眼，但卻沒有放進口袋裡。瓊斯先生黏在牆上，看著他將雙手抬至橫橫的鬍端，然後答覆他那定定的詰問的眼神。

「爲愼重起見，」瓊斯先生以本然的空空洞洞的嗓音道，臉上是死人一般沉著。「像您這種不羈之士一定明白到這一層的。海斯特先生，您是位人言藉藉的人——雖然我是知道您慣用怪理來巧妙傷人，我還是不得不防人家會使出——呃——粗劣的手段。談到用智，我不及您那麼肆縱，是不夠您在行；可是海斯特先生，在另一方面，包您敵不過我。我這會子已經把您瞄準了。打您一進這房間裡來，我就把您給瞄準了。對了——槍就在我口袋裡。」

正當他大發高論時，海斯特特意回過頭去，倒踏一步，在行軍榻端坐了下來。海斯特把手肘支在一隻膝蓋上，臉頰擱在手掌心裡，彷彿在思量下一句話該怎麼說。瓊斯先生靠在牆上，顯然在等他發言。見對方不說話，他便決定自己開腔；但又躊躇起來。因爲儘管他認爲最棘手的一關已過了，他警惕自己每步進展仍須謹慎處之，否則這人就如里卡多所說，會「騰跳起來」——那就麻煩透頂了。他又重複先前那句話：

「你可別把我不當一回事。」

對方兀自俯視著地上，儼如獨處一室。歇了一晌。

「那麼，你們是聽人講過我了？」海斯特終於抬起頭說。

「先生說得不錯！我們在索姆堡的旅館裡投宿來。」

「索姆——」海斯特說到這兩個字嗆住了。

「海斯特先生，怎麼啦？」

「沒什麼，作嘔罷了，」海斯特無奈地說，又恢復了先前那副漠然沉思的神態。「你口口聲聲說這回事，究竟是什麼回事？」他過了會兒用平靜得不能再平靜的聲調問道。

「我可不認識你呵。」

「咱們明白是屬於同一個——社會圈子，」瓊斯先生雖以無精打采的諷刺口吻道，內心卻極其警覺。「你因爲什麼給趕了出來——說不定是您的思想或是志趣太獨特了。」

瓊斯先生肆意露出一抹駭人的笑容。他眉眼五官靜止時有一種邪惡困頓的嚴峻特質，然而當他笑起來時，整個面殼卻現出愚騃不更事的表情，令人見之不快。猛地裡又有一陣轟雷湧進房間裡來，然後歸於沉寂。

「你不大樂意呢！」瓊斯先生話雖如此說，心裡卻想這件事進展得也還滿意。他暗忖這人是無意出手打的，便大聲繼續往下說：「識趣嘛！你總不能盼望凡事都遂心如意的。你也是老江湖啦。」

「你呢？」海斯特出其不意打斷他的話。「你說你自己是什麼？」

「我？老兄，我可以說是——對，我就是江湖出身，來拜候您。我也可說是個流亡漢子——差不多是個法外之徒。說得唯心點兒，我也算得是命運——等待時辰的報應。」

「你要是偷雞盜狗的痞棍就好了！」海斯特抬起平靜的目光注視著瓊斯先生說。「這樣就可以跟你有話就照直講，希望你有點人性。誰知道——」

「我也跟你一樣厭惡暴戾的，」瓊斯先生靠在牆上說，他看起來十分委靡，但話卻說得相當響。「不信你可以問問老馬。海斯特先生，這年頭不作興動干戈，也沒有什麼成見的。我聽說您本人也是無適無莫的。您可別吃一驚，我坦白對您說，我們是來謀您的財——您也可說只是我一個人要謀您的財。彼得羅嘛，畢竟是畜生，並不知情。里卡多屬於忠僕一類——對本人的念頭、心願，甚至怪癖完全沒有異議。」

瓊斯先生把左手從口袋裡抽出，從另一只口袋裡掏出一條手帕，在額上、頸上、下巴頦上擦起汗來。他興奮得喘息之狀對面可見。他穿著那身長睡袍，看上去像一個復元中的病人不慎透支了體力。海斯特闊肩膀，身材驃壯，從行軍榻端望著他揩汗，氣定神閒，雙手擱在膝上。

「對了，」他問道，「你那個爪牙呢，他現在哪兒去了？在撬我的桌子？」

「那就淺薄了。不過人生總難免淺薄。」里卡多的老闆口氣裡微帶嘲諷的味道。「您可以這樣猜，但不甚可能。馬丁是有點兒淺薄，可是海斯特先生，您可不淺薄呵。老實跟您說罷，我也不曉得他究竟跑哪兒去了。他近來有點兒神祕兮兮的；不過我信任他。嗨，海斯特先生，不要站起來！」

他那張鬼臉刻毒得難以形容。海斯特恰才動了一下，聽到他這一聲喝不禁楞住了。

「我並沒打算站起來呀。」他道。

「請坐著別動。」瓊斯先生用有神沒氣的聲音再說，但黑眼窟內卻閃著十分堅定的目光。

「若是你還有幾分觀察力的話，」海斯特漠然不齒道，「在我進房間來五分鐘之內，你就該知道我身上並沒有任何武器。」

「也許，可是請您的手別動，放在那裡挺好。這件事兒太吃緊了，我擔待不起風險。」

「吃緊？太吃緊？」海斯特禁不住詫異重複道。「天哪！你們究竟要找什麼嘛，這兒可沒有多少——什麼也不多。」

「你自然這樣說，不過我們聽到的可不是這樣的呢！」瓊斯先生忙駁道，他臉上露出的笑容太怕人了，難以想像是自覺做出的。

海斯特臉上變得十分陰沉，眉頭也皺了。

「你們聽說了什麼？」他問道。

「多著啦，海斯特先生——多著啦，」瓊斯先生道，極力恢復他那無精打采的優越神氣。「比方說，我們聽說有位什麼莫里遜先生，從前同您合過夥的。」

海斯特不由得微微一動。

「呀哈！」瓊斯先生臉上現出鬼一般的愉悅說。

雷聲甕塞，宛若遠處海平線下炮來炮往傳來的回響，兩人彷彿在慍然默聽著。

「我的命早晚真要送進這場要命的閒嗑之禍裡了。」海斯特暗忖。

然後，他忽地笑起來。瓊斯先生鬼氣森森，聽見笑聲皺了眉頭。

「盡情笑罷，」他說。「我雖曾經給好些個道高德劭之士趕出社會，可不覺得這事兒有什麼值得笑。不過海斯特先生，我們來了，您現在可得付出代價了。」

「你們聽說了一籮筐的臭謊了，」海斯特說。「不騙你們。」

「你當然這樣說啦——也難怪。其實，我本人倒沒聽說過什麼。嚴格說來，是馬丁聽說的；他負責蒐集消息，等等。那個畜生索姆堡，非不得已我會跟他多講句話？這些祕密他都是跟馬丁說的。」

「這畜生真是笨得叫人吃不消。」海斯特自言自語似的說道。

他不由得想到那女子，獨自在樹林裡慌惶竄蕩。他會再見到她嗎？一念及此，他幾乎不能自持。但想到女子若依他指示行事的話，那些人多半尋她不到，這才略定下心來。

他們全不知道島上有居民，所以一旦將他除掉後，便會迫不及待離開，無暇浪費時間去搜尋一個失蹤的女子。

這連串感想刹那間掠過海斯特心頭，就如人遇到危險關頭所想一般。他一面思量，一面看著瓊斯先生，不消說，瓊斯先生眼睛自然是一刻也沒從他所欲謀害的人身上移開。海斯特方才斷定這個上流社會來的強人，原來是個完全冷酷無情的流氓。

瓊斯先生的聲音唬了他一跳。

「你不必搪塞——不必說什麼唐人把你的錢捲跑之類的話。獨自跟一個唐人住在島上，這種家私還會不小心收藏起來麼，只怕連鬼也——」

「當然啦。」海斯特咕噥道。

瓊斯先生又用左手去擦他那前額骨、那莖狀的頸項、那剃刀似的顎、那瘦癟無肉的下頦。他的聲音又顫抖不定，面貌也益形陰毒駭人，恍似一具惡毒無情的屍首。

「我明白的，」他嚷起來，「您可別以爲自己聰明得很呀。海斯特先生，我看您不是個聰明絕頂的人；我當然也不是聰明人，我的本事是在另一方面。可是馬丁呢——」

「他這會兒就在搜掠我的桌子啦。」海斯特插進來說。

「不是罷。我是想說，馬丁比一個唐人要機靈得多。海斯特先生，您相信種族優越這個說法嗎？我本人是深信不疑的。比方說，您那些祕密，馬丁都有神通給抖了出來。」

「我那些祕密！」海斯特苦澀的重複道。「那我恭喜他抖出了這許多祕密啦！」

「謝謝您，」瓊斯先生說，內心漸漸渴望馬丁歸來。儘管賭博時有泰山崩於前而色不變的能耐，猛然爭鬥時也一無所懼，這頗特殊的差事也使得他毛躁不安。「別動！」他厲聲喝道。

「我跟你講過我是手無寸鐵的嘛。」海斯特把兩隻胳膊合抱在胸前。

「我倒相信您說的是真話哩，」瓊斯先生說得很認真。他將眼窩轉向海斯特身上，自言自語道，「奇怪！」然後又輕快地說：「可是我目的是要把您留在這間房間裡。可別一不留神動上一下，激惱了我呀，把您的兩個膝頭砸碎，或是切實做出類此的事兒來。」他把舌頭舐了舐兩片焦黑的嘴唇，額頭上卻閃著暗暗的水光。「我也說不準馬上動手會不會反而好！」

「當斷不斷，反受其亂。」海斯特嚴加揶揄道。

瓊斯先生並不理會這句話，一臉都是自答自問的神態。

「講到赤手空拳搏鬥，我不是你的敵手，」他目露凶光凝視著坐在榻端的那個人，緩緩地說道。「你可能撲上來——」

「你是在嚇唬自己嗎？」海斯特陡然問道。「你幹這勾當，似乎膽量不大夠呢。你怎麼不馬上就動手？」

瓊斯先生氣破胸脯，像具暴跳如雷的骷髏直噴鼻子。

「您聽起來也許覺得奇怪，那是由於我的出身啦、教養啦、家庭傳統啦、早年交結與來往啦，諸如此類的瑣碎原因。海斯特先生，您這樣輕易就拋開體面人的成見，這不是人人都辦得到的。說到膽量嘛，別替我擔憂。若是您老實不客氣向我撲過來的話，就會在半空中吃上這麼一記，落到地上時，包您連我的汗毛也不會折損一根的。咳，海斯特先生，可別把我們看扁啦。我們——呃——並非等閒的土匪；您——呃——到處招搖撞騙這麼得意，收穫不少罷，我們就是來謀您這些收穫。這是江湖上的老規矩嘛——吞贓、吐贓！」

他把後腦疲乏地靠在壁上，彷彿筋疲力盡了。連合在骨嶙嶙的眼窩內的眼皮也搭撒著。獨有那兩道描得十分優美的纖細眉毛微微攢在一起，猶似蓄勢待螫，果然陰毒，既不輸人，也不饒人。

「收穫！招搖撞騙！」海斯特毫不激動，幾乎毫無蔑意的重複一遍。「你，你和你那位忠心的爪牙這回白辛苦一場，自找無窮麻煩了。你們錯想了，這兒沒有詐騙得來的錢財。金幣呢倒是有幾枚，你喜歡的話儘管拿去好了；既然你自稱是土匪——」

「對——！」瓊斯先生慢聲慢氣地說。「做土匪，總強似招搖撞騙。起碼是明刀明槍交手！」

「也罷！只是天底下也沒見過像你們這樣蒙蔽的兩個土匪——從沒見過！」

海斯特氣吞斗牛說出這些話，瓊斯先生頓時僵直了身子，穿著那套金屬藍睡袍抵在白粉壁上變得更瘦更高。

「給一個包藏禍心的開旅館的蠢貨騙了，」海斯特往下說道。「就像一對小孩子那樣給人用糖果哄掇了去！」

「我並沒有跟那隻渾畜生談過，」瓊斯先生繃著臉說：「不過他說服了馬丁，馬丁的眼睛裡可是揉不進沙子的。」

「恐怕他本人也早已心動得很吧，」海斯特以那馳名群島間的禮數十足的腔調說。「您這樣扒心扒肝抬舉您那位——您那位親隨，我不想掃您的興，但他一定是世間上耳根子最軟的強盜了。您想想看？若是我真的到處招搖撞騙，撈得腦滿腸肥，您想索姆堡會完全忘我利他，向您據實奉告嗎？瓊斯先生，這是江湖上的老規矩麼？」

里卡多的那位上等人下顎塌了下去一會兒，然後又猛地蔑然一揚，凶悍地說：

「那畜生沒種！海斯特先生，不瞞您說吧，那是因爲他怕得要死，想要我們走。我並非爲了金珠寶玉才幹上這檔子事，我只是悶得慌，所以我們才決定受他的賄。我可沒有懊悔。我一輩子都在求新逐異，碰巧發覺您又是這麼與眾不同。馬丁本人自然是志在圖利。他很單純——又忠心——又伶牙利爪。」

「對了！他正在打探啦——」這時海斯特的言辭變得不失禮貌然而有嚴厲挖苦的味道——「不過還未打探得清楚，未足以就此一槍打死我這樣便宜呢。索姆堡告訴過您我究竟把作奸犯科得來的收穫藏在哪兒麼？咳！他對你說上這番真真假假的話，動機還不明白麼？報復！失心瘋似的恨人——那個外邪內穢的白癡！」

瓊斯先生似乎無甚動於衷。在他右手門口不住閃爍著遠處的閃電，雷聲也隆隆不斷的急躁轟轟鳴著，宛若一個口齒不清的巨人在那裡癡駭地咕噥咆吼著。

海斯特眼前無時無刻不浮現著那女子的影像，她在樹林裡瑟縮，使他摧心毀肝，感到可悲可敬，甚而神聖不可犯，他本來極不願提及她，但終於也提及了。他不自在的繼續匆匆往下說道：

「當初若不是那女子給那禽獸歪纏得走投無路，投身要我保護，他哪裡會——你知道得比誰都清楚！」

「我完全不知道！」瓊斯先生突然氣破胸膛，說道。「那個開旅館的有一回跟我提過，他給一個女子甩掉，但我說我不想聽他那些風流臭史。哦，原來這件事是和你有關的？」

海斯特安靜的瞧著他爆出這番話，然後有點不耐煩。

「這是演的什麼喜劇嘛？難道說你不知道我有——有一個女子同我住在這兒嗎？」

瓊斯先生的眼珠在黑眼窟深處漸漸凝定了，只見眼白微微發光，整個人也彷彿僵住了。

「糟了！糟了！」他尖叫兩聲，不折不扣的露出錯愕、驚疑不信，甚至驚惡的神色。

海斯特也感到惡心，但卻是另一種惡心，同時也懸疑不信。他後悔不該提起那女子，無奈不提也提了，只怪他爲了辯服這不可理喻的土匪，連不願提之心也壓下去了。

「這一點事實明擺在眼前，難道你不知道麼？」他問道。「這些烏煙瘴氣的癡謊輕易就騙了你，這唯一的真相你也不知道？」

「我不知道！」瓊斯先生嚷起來。「但馬丁是知道的！」他低聲微微加了一句，海斯特的耳朵僅可聽見。

「我盡力把她藏起來了，不讓她露面，」海斯特說。「也許，憑閣下的教養啦、家庭傳統等等啦，您會了解我爲何這樣做。」

「他知道的，他事前就知道的！」瓊斯先生嗓音空空洞洞的悲嘆道。「他老早就知道的！」

他把背往壁上重重一靠，不再朝海斯特望著了，彷彿瞧見腳下裂開了一道深淵似的。

「要殺他的話，這是機會了。」海斯特心雖這樣想，卻沒有動。

瓊斯先生瞬即又猛地把頭一抬，射出譏刺忿怒的目光。

「老子恨不得一槍結束你，你這個隱身避世的女人奴，你這月中人，沒有女人便活不下去——不，我要結果的不是你，而是另外那個色鬼——那個狡賴陰險、色迷迷的下流胚子！他居然刮起鬍子來——還當著老子的面刮呢。老子要一槍打死他！」

「他瘋掉了！」海斯特忖道，他被這鬼猛然大發雷霆嚇住了。

他自踏入這間房間以來，從未曾感到像此刻這麼危險，與死神這般接近。土匪本來不好惹的，瘋起來更是要命。他不知道——也無從知道——瓊斯先生早已洞燭到自己不能再支配他那位高尚祕書的思想感情了；里卡多行將變節的了。一個女人從中介入了！

一個女子，一個姑娘，她顯然具有力量激發男人做出令人惡心的傻事。她的力量已經兩番證實了——先是那個開旅館的畜生，其次便是這個蓄著鬍子的男人，瓊斯先生那隻要命的右手在口袋裡不住抽搐，以厭惡更甚於憤怒的目光睨視著他。他突然感到一陣了無憑藉的寒意流遍全身，連此行的目標也忘至九霄雲外去了。這使得瓊斯先生暴跳如雷，但卻不是怒那個蓄著鬍子的人。因此，正當海斯特感到性命隨時不保之際，卻聽得瓊斯先生卸卻那無精打采跛扈不遜的態度，毅然決然的向他說起話來。

「好了！咱們講和罷！」瓊斯先生道。

海斯特惡心得笑不出來。

「我向你開戰來麼？」他煩倦的問道。「你要我怎樣解釋你說的話呢？」他繼續說著。「我看你這個土匪也真糊塗不曉事。你和我說的都不是一種話。要是我告訴你我怎麼到這兒來跟你談話，你也不會相信我的，因為你不會了解我。準不是因為我貪生怕死。貪生我許久前就沒有了——也許還不夠徹底；但你若是擔心自己性命的話，那我不妨對你再說一遍：我從沒有危及你的性命。我都是手無寸鐵的。」

瓊斯先生啃著下嘴唇陷入沉思，到了最後方才瞧著海斯特。

「手無寸鐵，嗯？」然後他氣勢洶洶地說道：「上等人絕對鬥不過凡夫俗子的，可是偏又得仰仗這起蠻牛。手無寸鐵，嗯？我看那畜生最是普通不過罷。只怕你要把她弄出客廳也不容易呢。不過這些人在這方面總是一樣的。手無寸鐵！真可惜。我現在的處境比你現在、比你過去都更危險——除非我大大看錯了。可是我不會看錯的——我知道自己手下的人！」

他那神智茫然的樣子消失了，卻尖聲喊叫起來，瞧在海斯特眼中更覺較前瘋癲。

「打探！追蹤！」他叫道，瘋狂忘形得要在地中央跳出一場暴怒之舞。

這具穿著華麗睡袍的骷髏像牽在一根隱形繩子上的一個古怪玩具，激動得蹦蹦跳跳，把在旁的海斯特看得入了迷。骷髏忽然安靜下來。

「我早該動疑心的！我老早就知道糟糕在這裡。」他鬼氣森森的盯視著海斯特，突然改用說心腹話的聲調說。「可是我卻給那傢伙騙到這兒來，十足是天下第一大笨蛋。我一直都在提防這種鬼影響，而我卻偏偏給騙到這兒來。他當著面刮鬍子——老子竟然給蒙在鼓裡！」

他隨著方才那低低的推心置腹聲調尖叫了一下，顯得瘋態十足，海斯特就像給人撲過來似的立起身來。瓊斯先生往後踏了兩步，卻沒露出不自在的神色。

「瞎了眼也看得清清楚楚。」他嗟嘆道，隨即沉默下來。

他背後門口鉛光爍爍，海平線上什麼地方彷彿正打著一場海戰，聲音充塞了令人窒息的沉默。瓊斯先生頭歪在肩上，情緒完全改變了。

「怎麼樣，手無寸鐵的？咱們去看看我的心腹老馬怎麼這樣久還不回來，好嗎？他叫我跟你好好談談，等他再打探打探。哈，哈，哈！」

「他現在準是在我屋子裡翻箱倒櫃。」海斯特說。

他心內卻驚疑不定。這恍如一場無法理解的夢，不然就是那穿著華麗睡袍的鬼所精心設計出來戲弄他的魑魅惡作劇。

瓊斯先生望望他，向他造出一抹嘲諷莫測的、屍骸一般可怖的笑容，指向門口。海斯特於是領先走過，他的感覺已經麻木，幾時背後中上一槍完全置諸度外了。

「空氣真悶死人！」瓊斯先生的聲音在他身邊響起。「這場渾風暴怪煩的。要是下兩點雨就好了，不過淋溼了倒不好受。好在這磨人的雷掩蓋我們走路的聲音。這閃電卻不大方便。呀，你的屋子全亮起來了！機靈的老馬在糟蹋你的蠟燭哩。他屬於那些沒規沒矩的階層，既不討喜，也靠不住，一無是處。」

「我讓蠟燭點下去的，」海斯特說，「省得他麻煩。」

「你真的相信他會到你屋子裡去？」瓊斯先生禁不住興味問道。

「我很有這預感。我相信他現在就在屋子裡。」

「那不要緊麼？」

「不要緊！」

「不要緊？」瓊斯先生納罕起來。「你這人真了得。」他懷疑地說，與海斯特手肘碰手肘繼續前行。

海斯特胸中一片沉寂，一大堆智能未用。此刻，與瓊斯先生肩並肩走著，他大可以將瓊斯先生一把摔在地上，躍上幾步，擺脫瞄準他的手槍；然而他連想也沒想過要這樣做。他的意志似乎疲憊得麻木了。他垂著頭機械地走著，像個囚犯，給一具從墳墓走出來的化裝骷髏施以魔法挾制住了。瓊斯先生領著方向走，兩人兜了個大圈。遠處傳來的雷聲彷彿亦步亦趨。

「呀，」瓊斯先生像是禁不住好奇說。「我們這趟來拜候你，讓你樂了一陣子，都是拜那個——嘔！——小妞子所賜，您不替她擔心麼？」

「我已經把她安置在安全的地方了，」海斯特道。「這一層我——我老早安排妥當了。」

瓊斯先生把一隻手搭到他的臂膀上。

「真的嗎？瞧！你沒有說錯罷？」

海斯特抬起頭來，只見電光一閃，他左邊那片荒涼的曠地，連同遠處朦朧異樣的景物忽然躍現，淡淡的不像世間之物，接著沉入黑夜裡。然而就在火光瑩煌的方形門框內，他看到那姑娘——那個他曾渴望再見一面的女子——如同女皇登極似的兩手擱在椅子的扶手上。她穿著一身黑，臉色蒼白，頭好像做夢似的垂到胸前來。他最低只見到她的膝蓋。他竟然看見她——就在房間裡頭，是個活人，陰沉沉的真實得很。這不是錯覺。她並不在樹林內——而是在此！她就坐在那把椅子裡，看上去渾身無力的，卻又毫無懼色，溫柔的俯著身。

「你了解他們的力量嗎？」瓊斯先生低聲將熱氣呼送入他的耳朵裡。「天底下見過這樣令人惡心的光景嗎？連山川大地都給弄得討厭起來。她似乎同氣相求了。走近一點兒。若是老子終歸得一槍結束你，那你也許會做個不笨的鬼。」

海斯特順著槍膛推背之勢而行。他清清楚楚感到那抵在背上的手槍，卻感覺不到腳底下的地。他的腳雖尋到台階，卻不曉得自己正在拾級上階——緩緩地，一級一級。一股疑懼注入他體內——一種新的疑懼，混沌怕人的，彷彿流遍全身，進入四肢，駐在五臟六腑之內。他猛可停下步來，心裡想，人若經歷這樣的際遇，也不用活下去了——或者他已經不再活著了。

眼前萬物——平房、樹林、曠地——顫動不休；大地，連天空，也戰慄不已，在那搖撼不止的宇宙內唯一全然不動的是那火光輝煌的房間內部，以及那個一身穿黑坐在八支蠟燭焰光中的女子。蠟燭射出燦爛不堪的光包圍著她，刺傷他的眼睛，並發出奇熱，活像要燒灼他的腦袋。過了半天，他灼傷了的眼睛方才辨出里卡多坐在地上不遠處，背側向著門口，朝上的臉一邊現出專注忘我、神迷魄蕩的表情。

瓊斯先生堅硬的手爪將海斯特攫住拖後一點。雷聲隆隆，此起彼伏，他在海斯特耳內低聲揶揄道：「還說呢！」

一股恥辱自海斯特心底湧出——自覺有罪的恥辱，悖情悖理，使人發狂的。瓊斯先生把他更拖進涼台上的黑暗裡。

「這不是鬧著玩兒的，」他說，他的話把劇毒直篩入海斯特的耳朵裡。「這兔崽子屢次在我跟前做不三不四的事，我得詐作不見；這可不是鬧著玩兒的。他已經找到靈魂伴兒了。濁靈魂兒，下流、狡猾！也是濁泥軀子——陰溝中的濁泥！咱們委實敵不過那些賤民的。老子，連老子，也幾乎上了當。他叫我拖住你，等他給我訊號。我要一槍結果的，不是你，是他！此後他休想走近老子身邊五分鐘！」

他略微搖了搖海斯特的手臂。

「要不虧你碰巧提起這女人，咱們兩個只怕活不到天亮了。他會等你離開我後走下台階，就一刀子捅死你，再上前把那刀子刺進我胸口裡去。這傢伙眼裡不認人的。這些頭腦簡單的傢伙，越是出身卑賤，越是無所不至！」

他戰戰兢兢抽了口氣，激動的喃喃添上一句：「我一眼就瞧破他的心腸，老子險些兒就不慎中了他的詭計。」

他從門邊引頸窺進房間裡去。海斯特的手給那隻瘦骨稜稜的手握住微微驅使之下，也趨前一步。

「瞧！」那形同骷髏的瘋癲土匪像對冥府的伴兒那般在他耳內輕急迸道。「看那純樸的艾克斯在親那仙子的那對拖鞋哪，直親到她的嘴唇上去，色授魂予的，布里菲密斯的性命卻早已威脅到來⑨——要是他聽得見的話！俯低一點兒。」

⑨ 根據希臘神話，牧人艾克斯鍾愛嘉莉蒂亞仙子，獨眼巨人布里菲密斯嫉妒而用石頭把他壓死。

第十二章

里卡多飛奔回到海斯特平房時，發覺莉娜早在那裡等候他。她穿一身黑衣服；里卡多因領教過她那強勁有力的手腳與頑強的鬥志，此刻見她臉色蒼白，安靜不動的坐在椅子裡，更覺驚異萬分，他回來本是欣喜不勝的，但在她跟前立刻變得蹴踖瑟縮起來。原來海斯特離去後她便出來，坐在肖像底下等待這殺人狂魔歸來。掀簾而出之際，她因感違悖所愛而覺萬箭鑽心，隨又嘗到一股前所知悉的感受——甜絲絲的像洪流一般直沁入心坎裡——使她略減苦楚。她此舉並非瞬息間決定，而是受到更審慎、更說不清、更有效的影響力所致。驅使她的不是她的意志，而是身外一股更寶貴的力量。她既無切實的憑藉，也一無謀算。她只是一心一意要擒拿死神——這死神盤旋在那得到了她的男子的頭上，要猛然凶殘攫去他無辜的性命；她要捉住那代表著死神而隨時可戳進他心窩裡的刀子。無疑當初她投入他的懷抱是罪過。她帶著這點靈感，這點偶從天降而對凡人也不知是爲福抑爲禍的靈感，她自覺只是他在好奇與憐憫驅使之下，誠摯無奈的抉擇而已，其短促一如曇花朝露。她並不認識他。倘或他從她身邊消失而去，她不會出言譴責，也不會怨尤；因爲她心底會遺下彌足珍貴的記憶——她勇於拯救他的性命，令他的親暱永留心間。

她一心一意只想如何奪取那把象徵潛蹤而至的死神的刀子——此所以她全身戰慄、臉紅發熱、身寒發顫。她雙手戰慄，迫不及待要攫取那一瞥難忘的駭人之物。這雙手本能地向前一揚，便將里卡多猛可止住在門口和她的椅子之間，像個降服的人，他不急於行動。她這樣一舉就制止了里卡多，心裡反覺不舒服。她聆聽那男人熱情洋溢的讚美，進而向她款吐心曲。她甚至能接觸他那雙乜斜滴溜的眼睛，它們射出狂野的慾望之光。

「受不了！」他剖心瀝血，婉聲央求道出一番火爆的情話之後說道。「我再也受不了！你相信我吧，我不是在胡言亂語。我的心跳得多靜，你摸摸看。自從今天你，你，你飄進我的眼睛十多回，我就怕自己的心會擠斷一根肋骨，或是從口腔裡跳出來。爲了等待今兒晚上，等待現在這一刻，我那顆心撞得累死了。現在再也沒氣力亂動了；摸摸它多靜！」

他趨前一步，她卻揚起那清脆的嗓子下令：

「不許再走近！」

他如聽綸音，連忙止步，嘴唇上露出癡騃虔敬的笑容。由於有本事隨時將她一把抓住摔在地上，他樂於聽命。

「呀！倘若我今兒早上來個霸王硬上弓，只怕一輩子也認識不到你是個什麼樣的人。現在我認識你了。你原來是位了不起的女子！我本人呢，也算得一位了不起的男子。我既有膽色，又有頭腦。要不虧了我，只怕咱倆早完了。我替我那位體面人設計——策劃。體面人——呸！他真叫我惡心。你那位也很叫你惡心罷？你呀，你呀！」

他渾身打顫；他向她溫言軟語說出一串猥褻溫存的名兒，然後陡然問道：

「你怎麼不跟我說話？」

「我只是聽的嘛，」她向他諱莫如深的一笑，腮頰暈紅，嘴唇冷凍如冰雪。

「那你可會答我吧？」

「會的。」她說時雙瞳擴張，像是忽然感到興味似的。

「那筆贓銀在哪兒？你知道嗎？」

「不知道！還不知道。」

「可不是有一筆可觀的贓銀藏在什麼地方麼？」

「我想有罷。但誰知道呢？」她沉吟半晌加了一句。

「誰又在乎？」他豁出去的駁道。「整天這樣爬來爬去，老子可受夠了。你才是我的寶貝兒，你給一個臭上等人藏起來玩弄糟蹋，是我把你找了出來的！」

他環視四周找地方坐下，接著兩眼困惱的轉望她，微微一笑。

「我累壞了，」他說道，然後坐在地板上。「打今兒早上進來這兒跟你談話起，我就變得周身疲累——累得就像我把滿腔鮮血全倒在這些鋪板上，來泡你那雙雪白的腳。」

她不爲所動，卻向他若有所思的點點頭。她憑著女性的本能，殫精竭慮一心一意奪取那把刀子——那男人卻不住在她腳下胡言亂語，阿諛諂媚，興奮若狂。但他也是鍥而不捨。

「爲了你！爲了你我不惜金銀，不惜人命——只除了自己的一條！你需要的是一個男子漢，一位讓你把鞋跟踏在他脖子上的主子；不是那個閃閃縮縮的傢伙！不出一年，他就要厭膩你——你也要厭膩他。再說，你又不是任人擺布的；我何嘗是？我爲自己打算，你也可以爲你自己打算——不是爲一個瑞典男爵來過你的日子。他們老是討你我這些人的便宜。跟個上等人，雖說比替人家打工強，但是你我平等合夥去對付天下間的僞君子才真是正經。咱倆要走到天涯海角，彼此無拘無束，彼此赤誠相對。你不是隻籠中鳥。咱倆要一塊兒去闖蕩江湖，皆因咱倆這種人是四海爲家的。咱倆生來是闖蕩江湖的！」

她全神貫注聽他發言，就像出其不意的一句話會給她機會奪取那把匕首，那把凶刀——好破壞那殺人之計，這殺人犯現時正在她腳下求愛。她又向他若有所思的點點頭，勾起他黃橙橙的眼睛裡一抹光，他雙眼情深款款的凝視著她臉上。當他把身子挪近一點兒，她心裡毫不畏縮。形格勢禁，只要能夠將刀子弄到手，一切在所不惜。此刻他說起體己話來了。

「這回你我相逢，他們的死期到了，」他舉目注視進她眼睛裡，開言道。「我要同我那位上等人拆夥了。有了咱倆，就容不下他。嗐，他會一槍取我狗命的！你放心，這筆帳今兒晚上就了結！」

他輕輕敲扣著盤起的腿的膝下部分，卻見女子臉上突然燃亮起來，把臉熱烈俯向他，若有所待的，蒼白的臉上兩片紅唇張開，像個小姑娘模樣，氣喘加劇的哆嗦著，不禁使他感到又詫異又飄飄然。

「你真是萬中無一，真是世上罕見，男人得到你可就有福氣了——十萬個也挑不出一個來！不，世間上只有你一個。你找到我便找到你的男人了，」他低低顫聲道。「聽著！他們兩個現在臨死最後一次談話；我要在三更前把你那位上等人也一併幹掉。」

她毫不驚慄，等那緊縮的胸脯略鬆弛說得上話來，她便喃喃道：

「對付他嘛——我看太急了也不好。」

她這一聲勸告，發言的聲調與遲速，彷彿不知經過多少深思熟慮似的。

「好姑娘，你倒會慢火烹調呢！」他低笑一聲，雙肩聳了聳，乜斜的眼睛霍的閃了一下，露出一副眉飛色舞的奇異貓兒相。「你對那筆贓銀到底念念不忘罷。你一定能做好搭檔的，我敢擔保！嘿，拿你做囮子最好不過啦！頂瓜瓜！」

他興奮得一時忘了形，但轉眼間臉上卻又黯淡下來。

「不行！不能慢。你把男人當成什麼啦——是稻草紮的麼？只是頭戴帽子身穿衣服，沒有感覺、沒有肝腸、沒有腦子給自己製造幻想麼？不行！」他雷霆火爆的繼續往下說道。「他今生今世休想再走進你那間房間裡去——休想！」

一陣沉默。他深爲醋意所惱，望也不望她。她坐直了身子俯在他身上，緩緩地、漸漸地愈俯愈低，彷彿隨時就要倒進他懷裡。他最後抬起頭來，使她不覺扳住了身子。

「喂！你既然有本事赤手空拳跟一個男子搏鬥，能不能用我那把刀子捅人，辦得到——呃——辦不到？」

她睜大了眼睛，向他狐媚一笑。

「人家怎麼說得準呢？」她低聲嗲道。「讓我瞧瞧刀子好嗎？」

他雙眼不離她的臉孔，從鞘裡抽出刀子——那把鋒利骨柄短闊雙刃的刀子，然後才俯首而視。

「這是我的好夥伴，」他簡單的說。「拿到手裡試試。」他道。

正當她俯身向前從他那兒接過刀子之際，她那雙神祕的眸子裡燃起了一絲火焰——一片白霧裡的一抹紅光，那片白霧是迷濛地隱藏著她心靈的衝動與渴望的。她大功告成了！死神的螫刺終於落在她手裡了；她樂園裡的毒蛇的毒液已經抽去，掌握在手裡了——毒蛇的頭幾乎就躺在她腳下。里卡多臥倒地席上，朝她所坐的椅子愈爬愈近。

她心中正忙著籌劃如何拿住這刀子，如何將這把似乎把暴戾不祥的天地間一切凶險盡收其中的武器捉住。她說話時低笑了一聲，他卻聽不出她笑中的興奮。

「我還以爲你怎麼也不放心把這東西交給人家呢！」她說。

「怎麼不放心？」

「怕我突然拿來捅你嘛。」

「捅我幹什麼？爲了今兒早上的事？噢，傻姑娘！你不會這麼惡毒。你擔待了我，搭救了我，還打敗了我哩。再說，你這樣做又有什麼好處呢？」

「沒好處，沒好處。」她道。

她內心正感罔知所措；她感到萬一打起來，便得丟下匕首，徒手搏鬥。

「嗨，咱倆日後一齊闖蕩江湖時，你可得叫我做丈夫哪。聽到嗎？」

「聽到了。」她答道；無論事態如何發展，她都要奮勇競鬥下去。

那把刀子擱在她膝上；她讓它滑入衣裙的褶子裡去，然後十指交叉，前臂放在膝上，死命把雙膝併攏。那駭人之物終於不見了。她全身感到一陣溼濡。

「我不會學那個陰陽怪氣的飯桶上等人那樣，把你藏起來的。有你這麼一位知己，是我的體面嘛。這不是強如在島上讓一個上流人玩弄糟蹋，最後一腳踢掉？」

「你把我怎樣就怎樣罷。」她說。

他魂銷魄醉，隨著她每一言每一動越爬越近。

「你的腳給來好不好?」他深知自己的權能了，便怯怯的喃喃央道。

忍辱負重!無論如何得防止殺人之計得逞，等她手腳恢復氣力，能夠決策應付爲止。一舉奪得刀子，倒令她鬥志稍衰。她把腳從裙邊底下微微伸出，他馬上如餓虎一般撲了上去。她對他一無所覺。她剛才想到海斯特囑咐她跑去的那座林子。對了，那座林子——正好將這戰勝得來的凶物，這從征服了的死神身上拔除的螫刺擕到那處去。里卡多雙手緊握她足踝，把嘴唇頻頻抵到腳背上，一邊口中不住抽噎似的喘息嘟囔，輕輕發出類似悲傷困惱的聲音。遠處雷聲咆哮，兩人都置若罔聞;外面的世界卻圍著那死寂的房間震顫抖動，房間內海斯特父親的嵌框肖像嚴峻地凝視著空間。

忽然間里卡多覺得自己吃那正珍惜莫名的腳一蹬——直蹬入他的喉頭裡，力度之猛，登時使他直撅撅跪將起來。他見女子雙目冷峻，情知勢頭不好，正當挺身躍起之際，卻猛聽得那狂風怒號之中砰的一聲清脆俐落的槍響，恍如吃了一擊。他把滾熱的頭轉過去，只見海斯特矗立在門口。他心頭驟然省得，那瘋三騰跳了。刹那之間，他那雙錯亂的眼睛滿地搜索自己的武器，卻一無所見。

「捅他，你呀!」他向女子嗄聲喊道，自己便朝圍牆門一頭衝了過去。

他遵從求生本能逃命之際，心裡卻想這回休想有命到得門口了。然而那扇門吃他一撞竟砰一聲捽開，他於是馬上在身後把門關好。在外頭，他雙肩靠在門上，兩手抓緊門把，獨個兒在那天搖地撼咕噥咆吼的夜裡暈眩眩的，努力定下神來。他疑心自己讓對方射了不止一槍。他的一隻肩膀給頭上淌下的血滴溼了。他用手摸到耳朵之上，斷定僅是擦傷了，但這一驚早已嚇得他一時魂飛魄散了。

老闆究竟攪的什麼鬼嘛，讓這癟三這樣溜了出來？莫非——老闆已經死了？

房間內闃寂得令他膽戰心寒。回去是不用想了。

「他曉得怎樣自己保重罷。」他咕噥道。

她將他的刀子奪取到手了。現在是她生殺予奪了，他反而無拳無勇，一時沒有了用處。他悄悄地裡離開門口，一步一蹶的，那溫熱的血一滴一滴淌下頸脖。他要去看看老闆怎麼了，並從皮箱裡取件火器自衛。

第十三章

瓊斯先生先前從海斯特肩上發射了一槍出去後，心想馬上躲開爲妙。果然不愧身爲魑魅，他無聲無闃的從涼台上消失掉了。海斯特踉踉蹌蹌的走進房間裡來，四下裡張望。滿房間的東西——許許多多的書籍、他從小兒便熟悉的那些舊銀器閃著光，連壁上的肖像——這一切都顯得朦朧虛幻，合謀無聲製造一個奇異的夢境，讓他幻覺醒來後，卻永遠再也合不上眼睛。他惴懼的勉力去看那女子。女子仍在椅子裡，身子向前俯過膝蓋老遠，臉藏在雙手裡。海斯特驀地裡記起阿王來。眼前之事一目瞭然——而且多麼好笑！好笑極了。

她稍微坐直身子，然後往後靠去，將雙手拿離臉上，按在胸前，彷佛因見他在那裡駭異莫名地注視著她，而深爲感動。若非她臉上現出勝利的表情，使他驚愕得心緒大亂，他可就會憐憫起她來。她欣喜若狂的說道：

「我早曉得你會及時回來的！現在你脫臉了。我大功告成了！我怎麼也不會，不會讓他——」她聲音啞掉了，雙眸卻如陽光衝破了迷霧一般炯炯注視著他。「再也不會讓他拿回去。唉，我的親親！」

他凝重地垂下頭，然後用那禮數十足的海斯特式聲調說：

「你必然是憑著本能行事。上天賜給女人自己的武器。我們剛才是個無拳無勇的人；我現在才知道，自己這輩子都是個無拳無勇的人。你足智多謀，對自己認識透徹，足以自豪；可是依我看，那另一種略含羞愧的態度，也有動人之處。因爲你周身上下都動人極了！」

那狂喜的表情從她臉上消失掉了。

「你這會兒不要來取笑我了，我並不感到羞愧。我滿心罪孽感謝神賜我力量辦得了這件事兒——感謝祂把你這樣賜給我——噢，我的親親——到底整個人都屬於我的了！」

他發狂似的凝視著。她囁囁嚅嚅的辯釋自己何以不聽他指示避到安全之處去。她那迷人的嗓音千迴百轉，直戳進他心坎深處，痛苦得簡直不明她所云。他轉身背著她；但她聲調猛的顫抖一降，使他旋回身來。她那毫無血色的頭垂在白皙的脖子上，猶似一朵花兒在大旱天萎謝在莖梗上。他吃了一驚，端詳著她，似乎發覺她雙目澈慧。正當她眼皮恍若給上面一股無形的力量壓倒垂下之際，他將她整個人從椅子裡一把抱起，也不顧地板上出其不意發出了卡搭一下金屬聲，便把她帶到另外那間房間裡去了。他發覺她身子軟癱癱的，嚇了一驚。他把她放在床上，再跑出來，從桌上抓了一座四瓣燭台，跑回去，把途中礙手絆腳擺盪著的簾子氣呼呼地一把撕將下來；及至把燭台擱到榻邊的桌子上去後，他卻百無聊賴。他似乎覺得束手無策了。他將下巴托在手裡，灼灼俯視著她那安靜的臉。

「她給這東西戳著嗎？」他猛可看見戴維森站在他身旁，將里卡多的匕首擎到他眼前問道。海斯特一聲不響，既不向他招呼，也不表示詫異。他只是說不出畏懼的啞然瞟了戴維森一眼；隨即就像怒不可遏似的，一把撕開女子衣服的前襟。她在他手下不省人事，海斯特禁不住發出一聲呻吟——如同在黑暗中被人一棒擊倒時發出的悲嘆——聽得戴維森內心震慄。

他們並排站著，哀傷的注視著瓊斯先生的子彈在女子其白如雪而且神聖不可犯的胸脯下射成的黑色小洞。胸脯微微上下起伏——微得只有愛人眼裡察覺得出那遊絲的氣息。海斯特十分鎮定，一反常態，悄悄的移來挪去，備了一塊溼布，敷在那細小的創口上，創口周圍卻無一絲血跡玷損那塊魅惑迷人的肌膚。

她眼皮微微動著。她昏昏欲睡的環視四周，面容平靜肅穆，彷彿僅是爲了愛情而奮力拔取死神的螫刺，在大捷後疲憊而已。但當她瞧見戴維森仍不自覺拿著里卡多的匕首——她征服死神而擄獲之物——雙眼卻睜得清醒老大的。

「拿來！」她說。「東西是我的。」

她活像一個天真爛漫的小孩子猴急想要抓住玩具那樣，向戴維森伸出軟弱無力的手，戴維森便把象徵她凱旋之物放進她手裡。

「送給你，」她喘著氣說，一邊轉眼望向海斯特。「不要殺人。」

「曉得了。」海斯特說著，接過匕首輕輕擱在她胸上，她雙手卻軟弱無力的垂到身旁去。

她那兩瓣雕刻得深深的嘴唇上的那抹微笑漸漸褪掉了，頭也深深陷進枕頭裡去，變得蒼白不動的，如同大理石一般蒼茫肅穆。但那似乎變得永遠神性肅美的肌肉上，卻微微起了一陣劇烈的戰慄。她用出奇的氣力高聲問道：

「我怎麼啦？」

「莉娜，你中槍了，」海斯特以平穩的聲音說。戴維森見問卻背過臉去，把額頭抵在楊腳柱上。

「中槍？我也好像覺得，自己給什麼打中了似的。」

三巴侖上雷聲終於不再咆吼了，現出漫天星斗，那實體世界也不再在星斗底下震慄顫動了。女子的一縷香魂正要在眾星之下飄逝而去，但仍眷戀著勝利，確信自己業已擊敗了死亡。

「不用怕，」她低聲說道。「再也不用怕了！噢，我的親人，」她虛弱的叫起來，「我已經救了你了！你怎麼不把我抱進懷裡，帶我離開這個淒涼的地方呢？」

海斯特低低的俯在她身上，詛咒自己躑躅不決之心，因深切懷疑人生而至此刻仍不能吐露心中熱愛。他不敢碰她，她亦無力去摟住他的脖子了。

「誰還會像我這樣捨身救你？」她得意地低聲道。

「天底下再找不出第二個了。」他隱藏不住一股絕望的喃喃答她道。

她極力要撐起身子，卻只能從枕頭上略微抬起頭來。海斯特慌忙把臂輕輕穿到她脖子底下。她立刻感到如釋重負，將博取那豐功偉績而弄得疲憊無比的身心委託給他。她喜不自勝，目睹自己平臥床上，身穿黑衣，平靜異常；他卻俯在她身上，臉上掛著一抹溫厚俏皮的笑容，準備用強壯有力的雙臂把她抱起，捧到他心靈深處的神龕裡去——永遠供奉！她那股欣喜若狂之情泛遍全身，綻出一抹天真嬌媚的幸福笑容；終於她嘴唇上泛出神聖的光輝，氣絕身亡，凱旋而歸，在黃泉路上等待他的顧盼。

第十四章

「閣下說得不錯，」戴維森用平靜的聲音道；「這件事兒死了很多人——我是說死了很多白人——比喪生在上次阿欽戰爭中許多場仗裡的人還多。」

戴維森正與一位大人物交談，因爲在許多場合談話中提到的「三巴侖奇案」，在諸島間掀起一陣轟動，連最上頭的官紳都急欲親聞此事。有位高官巡遊至此，便把戴維森召去晤見。

「你十分熟悉已故的海斯特男爵嗎？」

「其實，這兒誰也不敢說十分熟悉他，」戴維森說。「他是個怪人。我看他也未必知道自己有多怪。人人倒都曉得我對他一直也很關心的。所以我才發覺事情不妙，船到中途就掉頭駛回三巴侖，唉，只恨去晚了。」

戴維森粗枝大葉的向那留神諦聽的大人物解釋，有一個女人——丈夫開旅館，名叫索姆堡——如何無意中聽見兩個紙牌老千向她丈夫查問那座島嶼的準確位置。她雖只聽到幾句話提及鄰近一座火山，卻已足挑起她的疑竇——「閣下，」戴維森繼續說道，「她就將自己所疑之事告訴了我。她的疑心可是太有根有據了！」

「她真是機靈啊。」大人說。

「人家都想不到她這麼機靈的。」戴維森說。

然而他卻沒有向大人物透露，究竟是什麼使索姆堡太太變得如此機靈的。原來這個可憐的女人深忌女子會給帶回到她那色迷迷的威海姆身邊來。戴維森僅說他注意到她激動得很；但他又說，在回程路上，他漸漸以爲她激動是沒緣故的。

「我駛進了垂在火山四周的一團渾雷暴裡，很難才駛到島上，」戴維森縷述。「我得蝸牛般慢騰騰的摸進黑鑽灣裡去。我看當時縱使有人在盼候我吧，也未必聽見我拋錨。」

他說他本該立刻上岸去的；無奈四周一片漆黑，十分寂靜。他這樣衝動，自己也感到不好意思。半夜三更弄醒人家，不過問他有沒有事，也沒見過這等呆子的！況且，那女子又在那兒，他怕海斯特會怪他魯莽擅入。

他最初發覺事有蹊蹺，是看見海上漂流著一條白色大艇子——裡頭有一個毛茸茸的死屍——撞到他的輪船頭上來。他這才趕緊登岸——當然是獨個兒登岸，免得勞師冒撞。

「我向閣下稟告過，我去到那裡，剛趕上看見這可憐的女子去世，」戴維森繼續說著。「過後我和他如何難受，我也不多講了。他對我說了些話。他父親看來是個怪物，而且年輕時把他的腦袋弄歪了。他是個怪人。我們出到涼台外面，他最末尾說的是這幾句話：

「『呀，戴維森，人若不趁年輕學學如何去望、去愛——並且信人生——哀哉！』

「因爲他說他想和自己的亡人獨處一會兒，我就走了。臨行，我們站在那裡，聽見岸邊灌木叢附近一個聲音嗥叫：

「『老闆，是您嗎？』

「『對，是我。』

「『好極了！我還以爲那癟三把您幹掉了。他騰跳了，險些兒要了老子的命。我一直在東躲西藏，找您呢。』

「『我就在這兒呀。』另外那個聲音猛然喊道，接著砰的一槍打了出去。

「『這回他終歸打中他了。』海斯特酸溜溜的對我說，回到屋子裡去。

「他硬要我回到船上去。我不想在他傷心時打擾他。過後，到了凌晨五點鐘左右，我手下一些篷馬車跑來，嚷說岸上起火了。不消說，我馬上上岸去。那座中間的大房燒得火熊熊的，熱力把我們趕回來。其餘兩座房子也相繼像引火柴一樣著火。等到下午才過得碼頭上岸去。」

戴維森平靜的太息了一聲。

「你斷定海斯特男爵已經死了罷？」

「閤下，他死了——成了灰燼啦，」戴維森喝哧喝哧的微微喘息著說：「他和女子一起。大概是對著她的遺體，他想不開吧——火又能把一切淨化。我跟閤下提及的那個唐人呢，等到第二天火燼稍微冷卻下來，他就幫我去查察。我們發現足夠跡象，證實他們都燒死了。這個唐人倒不壞。他告訴我說，由於憐憫之心，一半也是好奇心所驅使，他一直跟蹤著海斯特和女子穿過樹林。他監視著屋子，直至看見海斯特吃過晚飯出去，里卡多獨自回來。他藏在那裡時，省起不如解纜把艇子漂掉吧，省得那些流氓由水路兜回，從海上拿左輪槍和連發長槍轟擊村子。他認為他們比鬼還要惹不得。於是他就悄悄走下碼頭；他走進艇子裡，要解開繩纜的時候，那個毛人看來原先在裡面打著盹兒，這時咆吼一聲跳起身來，阿干就一槍把他打死了。然後他把艇子有多遠便多遠的推出海去，跟著就離開。」

歇了片晌。未幾，戴維森神情肅穆的，繼續往下說道：

「就讓上天給淨化下來的東西善後罷。朝風夕雨自會處置那些灰燼的。至於那個隨從、祕書，管那不乾不淨的惡棍自稱什麼也罷，他的屍骸我就留在原處，讓它在陽光中發脹、發爛。他的頭頜正好一槍打穿了他的心臟。其後，顯然這個瓊斯走下碼頭去找艇子和毛人。我猜想他可能無意中掉進水裡去——也許不是無意中的。艇子和人都蹤跡杳然，流氓眼見自己落了單，勾當明明白白崩了，自己也走投無路。誰知道？那裡水清得很嘛，我看到他蹲作一團，夾在水底兩根木樁中間，活像包在藍絲袋子裡的一堆骨頭，只突出腦袋和雙腳。阿王發現他時十分高興。他說，那就平安大吉了，於是他馬上走過山那邊去，把他那個阿孚羅女人接回茅屋裡來。」

戴維森掏出手帕把額上的汗擦掉。

「閣下，事後我就離開了。那裡已經無事可幹了。」

「沒錯。」大人物附和道。

戴維森若有所思的，彷彿把這件事在心裡估量了一下，然後平靜哀傷的喃喃道：

「無事可幹了！」

譯者跋

李成仔

1

「勝利」是康拉德晚年重要的長篇小說，由一九一二年十月起動手創作，直至一九一四年五月殺青。一九一五年面世時，康拉德已屆五十七，創作生涯已達二十載。他自一八九五年出了處女作《奧邁耶的癡夢》後，以下九年間，迭有佳作，珠玉紛陳，最為念英國文學的人所諳的有《黑心》、《詹姆老爺》、《水仙花號上的黑水手》等等。一九〇四年那氣勢磅礡的長篇《我們的人》出版後，康拉德的小說藝術即邁入圓融透熟的境界，《勝利》便是此期最後一部經典名著。

《勝利》一九一五年臨付梓，時為第一次世界大戰爆發的翌年。據云小說顯示十九世紀末葉、二十世紀初期的若干時代思潮：即一九一四年以前人類容或仍能藉辭獨善其身，然終不免要牽入世事。當時戰雲未散，康拉德正猶豫是否宜用「勝利」作爲書名，因爲他恐這會誤導讀者認爲此書是講戰爭的；康拉德又認爲「勝利」二字似乎過分顯赫堂皇，區區一部小說配不上。

《勝利》的創作過程可謂嘔心瀝血；康拉德保持著一貫認真的創作精神。小說由一九一二年初動手創作，前身原爲一部暫名《錢幣》（*Dollars*）的小說，這作品後來改變了情節，寫成另一短篇〈錢幣之故〉（Because of the Dollars）。據康拉德的妻子潔絲憶述，康拉德把小說殺青時，有兩三週家中幾無寧日，人變得反覆無常，飯也多半是獨自吃。潔絲爲了讓他專務寫作，還替他擋訪客的駕。一九一四年五月十九日《勝利》完成的那天，她正跟園丁低聲說話，頭上窗子猛然甩開了，康拉德突出頭來，蓬首垢面，沙啞著嗓子對她說：「潔絲，她死了。」這個「她」，便是康拉德筆下最受眷寵的女性莉娜。

在個人的意義上，康拉德感到《勝利》與他的心靈最相契。他曾函告美國學者肯比教授（Henry S. Canby）道：「我在《勝利》裡極力描摹人生經驗，恐怕較我別的作品都要多，加上讀者賞識，真教我欣慰無窮。」替他寫傳記的寇爾（Richard Curle）也說，康拉德所寫小說不少，獨愛與人討論《勝利》，且流露出類似喜悅的感情——好比創造了一件藝術作品所流露的那種喜悅之情。及至《勝利》面世，批評家紛紛予以評介，康拉德自言百感交雜，並特詳文闡釋書中晦澀不明之處，譬如何謂莉娜的勝利，瓊斯、彼得羅及里卡多這夥強人的身分又有何象徵意義，等等。

康拉德對《勝利》這樣眷愛有加，恐怕與他的叔本華（A. Schopenhauer, 1788-1860）悲觀哲學的思想有關。《勝利》裡主人翁海斯特寄身俗世，卻須在和光同塵與眾濁獨清之間抉擇其一，彷彿《我們的人》裡的迪古德（Decoud），簡直就是康拉德夫子自道。康拉德五歲時，雙親因熱愛祖國波蘭而遭俄國放逐，三年後母親卒於流放地，十二歲上父親也相繼逝世。幼年經歷這種種悲慘的遭遇，使他日後養成了陰鬱的性格及懷疑人生的態度。毋庸置疑，他對肯比教授所謂的人生經驗，指的就是他在《勝利》裡的那些帶有自傳色彩的敘述。

康拉德晚年的小說因主題上趨向哲學化，風格也由寫實變爲寓言化。某些隱伏在早期作品裡的哲學模題，到了後期的《機會》和《勝利》都變成了重要的課題。這些後期的小說往往掌握若干基本的道德意念，配以象徵手法，演化成寓言的風格，並營造出種種情緒張力，烘托題旨。譬如《勝利》故事開始時，筆調十分寫實，敘述者彷彿就在那裡跟友儕閒談聊天，縷述故事，給小說鋪敘情節，布下伏線。故事隨著主題的發展，漸次鑽入寓言的核心，結局又回到寫實的層面來。康拉德晚年在小說裡爲表達這些道德意念，遂揚棄了意象配置的寫實手法，而代之以模擬的寓言體裁，《勝利》即爲其中傑出的典型。

2

《勝利》講的是一位瑞典男爵厄索爾．海斯特如何懷疑人生的悲劇。

厄索爾．海斯特是前熱帶煤礦公司經理，後來公司清盤了，他便留守在總煤站三巴侖島上，恬然度日：「那邊的人，都曉得他住在小島上。島不過是一個山峰罷了。厄索爾．海斯特穩穩棲身其上，圍繞著他的，不是透明狂暴、無邊無際量度不住的大氣之洋，而是溫熱的淺海，是環抱著地球各大陸的大海中一條淡淡的分支。經常造訪他的是影子，雲的影子，這解除了熱帶沉悶沒生命的陽光的單調氣氛。」但未當上熱帶煤礦公司經理前，厄索爾．海斯特早已在爪哇和新幾內亞一帶的馬來群島間浪蕩達十五載之久。他彷若一位世外高人，離群索居，摒絕七情六慾，冷眼塵世。

島民都視厄索爾．海斯特為莫測高深的怪人。他在群島間流浪，行蹤詭祕，與孤魂野鬼無異。同時他又好比英國愛德華時代的貴胄，有優美的上流社會風度，對誰都從不動感情，保持著一定的距離。以此，島民莫不感到撲朔迷離，敬而遠之。

故事開始時，海斯特已是三十五歲的人，在馬來群島間流浪，恬淡無為的實踐著他那套棄世的人生哲學。他這套人生哲學可歸納成如下信條：第一，對世事冷眼旁觀，而所觀察的皆為事實：「除掉事實，什麼也不值一顧」；第二，莫思想，因為：「要思想，人就不快活了」；第三，莫與人結下塵緣——無論是實質上或是情感上的緣：「誰要結下塵緣，誰就完了。他的心境已經開始敗壞了」；第四，摒棄一切行動：「拍馬舞刀之餘，傷人總免不了」。海斯特就遵行這四大信條，在自己所創的一個獨在天地裡，過著自了漢的日子，精神上不假外求：「無奈這人已經摒絕了外界所有的滋養，藉著睥睨人生尋常的那些飢渴與粗俗疾苦而傲然自給下去。」悠悠十五載，他自斷塵緣，嗤鄙世俗，過著最少痛苦的生活：

海斯特心中既無友也無敵。遺世獨立，但卻不是像隱士那樣離群索居，只顧寂然不動，而是從來不安居一地，依著計畫浪跡天涯，並用過客的冷眼來看此變幻的塵世，這正是他做人的獨特作風。依著這計畫而成，他老早領悟到要活得苦痛不侵，甚而無憂無慮的訣竅——正因難以捉摸，所以苦痛憂慮都不上身。

何以海斯特會抱持這種人生觀呢？要了解這個問題，得先了解海斯特的父親。原來老海斯特生前是位浮士德派的哲學家，他畢生都在追尋世間的福樂，及至理想幻滅了，便「敲響令天地變色的喪鐘，世人仍我行我素」。他兼具《黑心》中谷爾茲那未卜先知的能耐及《我們的人》中迪古德那理智懷疑的態度；他「破壞制度、掃除希冀、破除信念」，嗟嘆眾生冥頑不靈。於是老海斯特揭舉「俗世唯惡」的大纛，警醒兒子要傲睨人生，否定一切行動。海斯特十八歲上跟父親住在倫敦近郊的一座大宅裡：「在那敏感的成長年齡中，與老頭子作伴三年，一定使這孩子對人生產生莫大的懷疑。這小伙子又學反省，這是破壞性的舉動，凡事都要算算值不值得。」老海斯特壽終正寢的那晚，如是訓誨兒子道：

那麼，你還在相信些什麼罷？你大概是相信人性吧？這個想法，只要能完全心平氣和的去睥睨萬物，就會輕易打消的。既然你還未達到這個境界，那我看你還是去培養這另一種睥睨，稱為憐憫。這也許最容易——只要記著你自己也像眾生一般可憐，而又永不望有人來憐憫自己。

老海斯特的遺訓，一言以蔽之，便是：「冷眼旁觀——莫作聲。」

喪禮過後，海斯特暮色中獨坐冥思，心象所見的倫敦市民是：

一條確確實實的河流，是一群人蠢蠢地推搡著、搖擺著、旋轉著被驅趕過去，卻毫不察覺岸上那聲音老早給猛然噤掉了。

他又發覺「愚夫愚婦依然懵懂渾昧的一天天活下來，互相打滾，互相推搡，猶如水松木雕出來的人兒，吊墜著鉛塊，正好使他們昂然豎立下去」。老海斯特的遺訓糅雜著德國早期狂飆派（Sturm Und Drang School）浪漫主義與十九世紀末叔本華、尼采（F. W. Nietzsche, 1844-1900）的厭世哲學色彩，是會斲削人積極生存的意志的。海斯特稟承了父親這些遺訓，除了消極的懷疑人生、觀察人生外，更積極的去自斷塵緣，飄蕩一生：

> 他並非單指理智上的飄蕩，或情感上的飄蕩，或精神上的飄蕩。他是概指理智上、情感上、精神上三者的飄蕩，以及名副其實的那種身心的飄蕩，猶如一片落葉，在林中空地那些不動的樹下，隨風飄蕩、飄蕩；永不黏連到什麼東西之上。

然而，海斯特那「冷眼塵世，不結塵緣」的信條終於給打破了。

若干年前，一個名叫莫里遜的船長在帝力鎮被葡萄牙海關當局藉辭拘押了他的船隻「摩羯號」，處以罰款。莫里遜船長明知道有人要謀奪自己的船隻，眼看籌不出贖款，就要把他毀了。這時恰巧海斯特碰上了他，動了矜憫之心，便替他贖了。莫里遜船長在窮鄉僻壤做土產生意，因爲人樂善好施，身無餘款。他感戴海斯特的義行，於是邀他一同出海去闖天下，另贈予價值相等於贖款的股份。隨後莫里遜船長還籌辦了熱帶煤礦公司，並委任海斯特爲熱帶區的經理。莫里遜船長親身到倫敦去拓展業務，不幸染疾而亡，熱帶煤礦公司也跟著清盤了。

此時一個開旅館名喚索姆堡的德國人無端憎惡海斯特，竟顛唇播舌，誣衊海斯特將莫里遜謀害了。他散布謠諑，憑空揑造出這番蜚語流言：「跟那傢伙打交道，就落得這樣子的下場。他拿你當檸檬一樣擠乾，然後把你丟開——送你回老家等死。拿莫里遜做前車之鑑吧。」但海斯特卻對謠言懵然不覺。熱帶煤礦公司清盤後，他把職員全部遣散了，只留下一個唐人小廝阿王伺候，獨守在公司總煤站三巴侖島上。更有一位駕船往來馬來群島的戴維森船長，對海斯特起了人情的關注，每隔二十三天便駛近島去，看看海斯特可要他幫忙。

這樣海斯特在島上離群索居了十八個月後，有一回終於搭了戴維森船長的船到泗水，去同蒂士文兄弟商行了結一些公事上的轇轕，誰知竟投宿到索姆堡的旅館裡去。一天晚上，他因感煩悶，遂走進旅館音樂堂內去聽贊賈科莫女子樂團演奏，邂逅了在樂團裡玩提琴的英國姑娘莉娜。一曲既終，女樂手紛紛下台應酬客人，台上只剩下樂團指揮的老婆贊賈科莫太太和莉娜。只見莉娜：

那襲禮服的膝上擱著閒著散開的一雙小手，皮膚不太白皙，連著線條優美的胳膊。海斯特接著又注意到那頭髮式——形狀標致的頭蓋上盤著兩條褐色的粗辮子……

海斯特在心中得出這結論：

她分明是個姑娘，這可從她那肩膀的輪廓上看出，以及從她那鐘形裙子上方隆起、給紅肩帶斜斜分開的纖美雪白胸脯上看出來。她的裙子覆蔽著所坐的椅子，她坐時偏斜不正對音樂堂的中央。她腳上套著一對矮跟的平底鞋子，兩腿蹺得很美。

莉娜徹底喚起了海斯特的注意力：

他焦灼地端詳著她——也沒見過人家這樣子看人的；他完全忘了身在何處，他內心已脫離了周遭的環境。那個胖大的女人（贊賈科莫太太）趨前，擋住他的視線，使他有半晌看不到姑娘。她走近那坐著的年輕姑娘，彎下身去，髣髴在姑娘的耳朵裡說了句話。她的嘴唇確實翕動過。但她說了些什麼，竟使姑娘猛然跳了起來呢？

海斯特坐在桌邊，心揣這姑娘準是給那女人扭了一把。於是他動了怵惕惻隱之心：

放下吸剩半截的雪茄煙，雙唇抿緊。接著他站立起來。這股衝動，恰似多年前在帝汶島的帝力鎮那個鬼地方上的一樣。那時因爲這衝動，他橫過鎮上多沙的大街，上前找莫里遜交談，莫里遜當時對他來說簡直就是個陌生人，他潦倒，而且明明白白在給人捉弄，喪氣而孤獨。

海斯特當年因哀矜之心而仗義濟拔了莫里遜船長，如今又重蹈起覆轍來。他走到姑娘跟前，用英語對她說：

對不起，那個可惡的女人剛才對你怎麼樣來了？她扭了你沒有？我敢說，她方才站在你椅子旁邊時扭了你一下。

莉娜聽到這番話，臉上不禁現出萬分驚愕的神色：

然而最教她驚愕的還是有個男子近在眼前，他有幾乎禿掉的頭顱、白白的眉毛、給太陽曬得變了色的臉頰、長長橫橫的青銅色捲髯，還有慈愛的藍眼睛，直透著她的眼窩。他看見女孩詫異得呆了的眼神瞬息間變成驚慌，隨之便是聽天由命。

海斯特就是這樣邂逅上莉娜。隨後，海斯特又得悉莉娜除了在樂團裡受到虐待外，索姆堡兼打她主意：「她（莉娜）真怕那開旅館的；那開旅館的見她不是跟別的『藝術家』住在閣樓裡，而是住在旅館之內，於是白天裡對她虎視眈眈，一聲不響，饞涎欲滴，那把大鬍子十分怕人；要不然就在僻角空廊以神祕莫測的嘟囔向她從後襲來，那些話儘管意思清楚，聽來總覺瘋得要命。」一天晚上，莉娜趁音樂會轉場休憩，哀籲海斯特設法把她搭救出樂團：

喂，你想辦法呀！你是位君子人嘛。又不是我先找你談的，呃？不是我先作主的，對不對？我當時站在那邊，是你過來找我談的。你找我談幹麼？我管不了，總之你要想辦法。

結果海斯特便將莉娜夤夜搭救到三巴侖島上去。

海斯特因先後做出救拔莫里遜船長與莉娜此兩義舉，終於冒瀆了他當初矢誓遵守的人生信條了。儘管老海斯特諄諄教訓兒子要「冷眼旁觀——莫作聲」，儘管他自謂「誰要結下塵緣，誰就完了」，儘管他立誓要做「一個冷然經歷塵囂的行人」，他究竟天生有《海隅逐客》等書中那林格船長的氣質，俠骨柔腸，先是濟拔莫里遜船長並成了他業務上的夥伴，繼而搭救莉娜並愛上了她。他業已結下塵緣了。這兩件事，雖然過程不同，本質上是一致的——他在銀錢上救拔了莫里遜，而在情感上救拔了莉娜。他對人生的悲觀信念讓自己的感性克制了。但他只感到懊惱：

他那傲岸的脾性自從受了誘惑而行動起來，受到微妙的打擊，那微妙之處，是慣於糾纏俗事中的人所不懂的。這譬如變節徒勞所受的齧痛，愧對他自己沒有守持的節操……他惱自己所過的生活——那該是遺世獨立的典範才對啊。

卻說索姆堡得悉海斯特搭救莉娜一事後，不禁恨之入於骨髓。恰巧這時他旅館裡來了一夥強人，爲首的叫作瓊斯，是一個鬼氣森森的所謂上等人，他有一個忠心不渝大貓似的黨羽叫里卡多，另帶著一個名喚彼得羅的熊羆模樣的爪牙。他們入宿旅館後，恫嚇索姆堡讓他們在內開設紙牌騙局。後來索姆堡給迫急了，竟心生一計，既可驅逐這夥魔星，又可向海斯特報卻奪愛之仇；他騙里卡多說，海斯特是個奸佞之徒，三巴侖島上藏著他作惡得來的一批贓銀，攛掇他們去謀奪之。

海斯特和莉娜在島上度過了三個月樂園一般的生活，瓊斯等人所體現的邪惡力量終於闖了進來。瓊斯因有厭女之疾，里卡多爲免事情節外生枝，遂不言莉娜亦在島上。有一回，里卡多託故謂要出外打探贓銀的下落，偷偷去到莉娜居所，窺見她正在房內梳髮，便欲向她侵犯，豈料竟被莉娜擊退，於是對她生出戀慕之心來。

莉娜自從脫離了贊賈科莫和索姆堡的魔爪後，儘管一直深愛著海斯特，心裡卻疑惑海斯特是否也愛著她。當海斯特向她追述當年替莫里遜贖船一事，她問道：「你搭救人，是爲了尋樂——你是這個意思嗎？單是爲了尋樂？」她誤會了海斯特所以搭救自己，也像濟拔莫里遜一樣，純然出於憐憫尋樂之心，而非愛。如今所愛身陷險境，無拳無勇，那麼她若能證明自己不惜捨身救他的話，如果他本不是愛著她，或許竟會愛她了。以此，當里卡多透露要殺海斯特時，她即假意與之周旋，卻暗中去破壞他的陰謀：

> 無奈她的女性本能早已一古腦兒激發了出來——了解到不管海斯特愛不愛自己，自己也愛他，並感覺這是自己帶累他的——面對這險難，盡心盡力要衛護自己的。

至於海斯特呢，當他發覺自己已愛上莉娜，心情就像行將墮入圈套，「那人生本身——這最最尋常的圈套。」他在父親的遺著裡找到這句箴言：「人生所遭逢的計謀之中，以愛的慰藉最爲殘酷——也最巧妙，因爲那欲望就是夢之泉源。」莉娜倒不愧爲女性，憑著直覺一下子便診出海斯特的毛病，並替他下了脈案：「你該設法子愛我嘛！」

嗣後海斯特情知難逃強人謀害的厄運，臨去跟瓊斯談判，叫莉娜穿上黑衣罩上面紗到樹林裡去躲一夜，次早投奔阿王和土著處要求庇護。誰知莉娜竟沒依從海斯特指示逃生，反留在燭火瑩煌的屋子內等候里卡多歸來。原來她得知里卡多腿上綁著一把匕首，要在這晚上用來捅殺海斯特，於是她虛與委蛇，哄了匕首藏在裙褶裡。另一方面，海斯特與瓊斯談判，卻偶然洩漏了里卡多蓄意瞞騙一節，瓊斯登時雷霆爆發，和海斯特一同到屋子去找里卡多。海斯特被瓊斯用槍管頂著背脅持到屋子門首時，赫然發現莉娜仍留在屋中，里卡多躺在她腳下癡吻她的足踝。海斯特頓然感到：

一股疑懼注入他體內——一種新的疑懼，混沌怕人的，彷彿流遍全身，進入四肢，駐在五臟六腑之內。他猛可停下步來，心裡想，人若經歷這樣的際遇，也不用活下去了——或者他已經不再活著了。

他猛然間恍悟到，莉娜也許根本不信賴他，甚而已將他背棄了。由於海斯特有生以來從未經驗過這樣的疑懼，所以他這回所疑懼的可不是人生了，而是他賴以處世的那套人生哲學是否殘壞了。

瓊斯從海斯特肩上往房間裡開了一槍，子彈擦過里卡多的耳際，射中了莉娜的胸脯。瓊斯旋踵溜掉了，里卡多也衝出屋外，只剩下海斯特和莉娜兩人。莉娜欣喜若狂的說：「我早曉得你會及時回來的！現在你脫險了。我大功告成了！我怎麼也不會，不會讓他——再也不會讓他拿回去。唉，我的親親！」但莉娜臨終時，海斯特卻還解除不了心靈的桎梏。他俯在她身上，「詛咒自己踟躕不決之心，因深切懷疑人生而至此刻仍不能吐露心中熱愛。」

另一位給康拉德作傳的貝恩斯（Jocelyn Baines）說，海斯特是康拉德筆下最複雜的人物。他是《勝利》的軸心，小說情節都是環繞著他鋪展開來的。這位瑞典男爵雖懷疑人生，立誓冷眼塵世，卻又天生俠骨仁心，屢屢結下塵緣，牽出不少故事來。臨引火自焚，他對戴維森船長說：「呀，戴維森，人若不趁年輕學學如何去望、去愛——並且信人生——哀哉！」這番話正好成了他的墓誌銘，也闡出《勝利》的題旨：人雖寄塵世間，若不信賴人生積極生活，便如自取滅亡。批評家李維斯（F. R. Leavis, 1895-1978）說：「《勝利》是戰勝懷疑、戰勝人生。儘管戰勝得太晚了，與死亡無異，好比意義相歧的悲劇，仍不失爲勝利。」《勝利》也象徵人生的積極力量——諸如愛情、忠信、正義等等——降服了虛無、懷疑等消極力量。莉娜的勝利，即在於令海斯特醒悟到他那虛無的人生哲學的毀滅性。《勝利》的主題乍看是講英雄救美的故事，但在更深的意義上，卻同時探討棄世的人生哲學帶出來的種種含義，諸如精神枯寂與虛無主義等嚴肅課題。

3

《勝利》的一大藝術特色是其敘事觀點的運用。康拉德縷述《勝利》的故事時，起用錯綜複雜的敘事觀點，迴環轉復，使人讀來頗難追隨。書中的敘述者身分屢屢變換，時而像個全知觀點的說書人，時而像泗水一個什麼島民，偶爾卻是戴維森船長，讀者往往摸不清是誰在講故事。敘事角度又常流竄不定，不時在現在或過去或回憶中的過去之間來回轉躍。這種敘事手法不是沒有作用的，康拉德之所以運用這種印象派的寫作手法，主要是爲配合小說劇情的需要。他從故事人物的角度去感受經驗、敘述情節，所以也不願讀者的視域超越人物本身。這樣讀者便能從各觀點去對某段情節反覆了解、綜合歸納，就像把拆散了的拼圖一件件的拼湊起來，及至拼齊了，使人產生雲破月來、石破天驚之感。

《勝利》第一部主要由一個全知觀點的說書人通過馬來群島眾人的角度，去讓我們客觀認識海斯特的爲人：諸如他那十足的禮數、俠骨仁心的性格，以及「冷眼旁觀，不結塵緣」的人生態度，等等。他儘管沒有露面，一言一行卻像一根線將情節貫連起來。隨之戴維森船長出現了，他在整部小說裡雖然扮演次要的角色，作用卻很大。他不但推動劇情的發展，更不時給讀者評述所發生的事情。海斯特每趟舉事，他都和眾人談論他，揣測他的動機，剖析他的意向，並盡可能敘述補充事件的細節。

第二部海斯特本人這才正式粉墨登場。《勝利》的第一部只算序幕，第二部始是小說的正戲。這時故事由敘述者的客觀觀點開始，然後介入海斯特和索姆堡的主觀觀點。情節脈絡牽到海斯特身上，講到他跟戴維森船長在三巴侖碼頭交談，讀者方才得悉他原來已隱遁島上。接著補敘他如何投宿到泗水索姆堡的旅館去，最後同莉娜投奔三巴侖的始末。

康拉德又運用文學上所謂的「回憶筆法」（flashback）來推動劇情的發展。譬如故事開始，我們認識到海斯特男爵是位世外高人，他離群索居，在馬來群島一帶過著無根柢的生活，康拉德隨即展示海斯特的過去，追述老海斯特如何將兒子陶鑄成此。故事繼而返敘現階段的情節，講到海斯特怎樣邂逅上莉娜，把她搭救到三巴侖島去。如此回憶階段情節又推進一步，發展出瓊斯這夥強人入闖島上，謀奪海斯特的「贓銀」。《勝利》的情節，便是藉著這種夾敘夾憶的敘事手法交織鋪展而成。此外，「回憶筆法」的運用，更反襯現階段情節的發展，帶出故事表裡不一的意義。譬如當海斯特因動了心決定救拔莉娜而冒瀆了他那萬念俱寂的信條，他即憶起父親臨終的情景和訓誨。如今他卻與一個來歷不明的女子結下塵緣，於是「他惱自己所過的生活——那該是遺世獨立的典範才對啊」。

4

一九二二年五月十日，康拉德在紐約詹姆斯（Authur Curtiss James）的府邸演講，並首次公開誦讀《勝利》的部分章節。事後他函告妻子潔絲謂，當時會上冠蓋雲集，在場觀眾都屏息凝神，誦畢不少人感動淚落。那次選誦的正是莉娜中彈臨終的那一節。

《勝利》裡的海斯特使人聯想起希臘悲劇裡的悲劇英雄，他們因克服不了本身性格上的某些弱點，而招致敗亡。海斯特也讓自己的感性戰勝了對人生的消極信念，而遭自焚之厄。康拉德的小說，人往往無法主宰個人的命運，受盡命運的播弄，瀰漫著一片「天地不仁，以萬物爲芻狗」的宿命哲學色彩。

《勝利》面世迄今雖已逾大半世紀，卻還蘊含著像莎劇那樣的永恆性，這是一切經典小說藝術所共涵的特質。《勝利》出版那一年，康拉德在文壇上已是眾口交譽，但他仍謙稱，這小說，連同《我們的人》將是他在小說創作方面的成就的一塊試金石。這當然是他自謙之辭，即或不曾創作此二書，單憑《黑心》與《詹姆老爺》等名篇，他在二十世紀初文壇的成就也是肯定的，更遑論他在小說創作藝術上對喬哀斯（James Joyce, 1882-1841）等後輩作家的啓迪功勞。毋庸置疑，只要一天還有人讀英國小說，《勝利》必然傳誦下去。

康拉德作品集4

勝利

2006年11月二版　　定價：新臺幣480元

著　　者　康拉德
主　　編　孫述宇
譯　　者　李成仔
發行人　林載爵

出版者　聯經出版事業股份有限公司
台北市忠孝東路四段555號
編輯部地址：台北市忠孝東路四段561號4樓
叢書主編電話：(02)27634300轉5054
台北發行所地址：台北縣汐止市大同路一段367號
電話：(02)26418661
台北忠孝門市地址：台北市忠孝東路四段561號1-2樓
電話：(02)27683708
台北新生門市地址：台北市新生南路三段94號
電話：(02)23620308
台中門市地址：台中市健行路321號
台中分公司電話：(04)22312023
高雄門市地址：高雄市成功一路363號
電話：(07)2412802
郵政劃撥帳戶第0100559-3號
郵撥電話：26418662
印刷者　雷射彩色印刷公司

叢書主編　張素華
校　　對　呂佳真
　　　　　吳淑芳
封面設計　李東記

行政院新聞局出版事業登記證局版臺業字第0130號

本書如有缺頁，破損，倒裝請寄回發行所更換。
聯經網址：www.linkingbooks.com.tw
電子信箱：linking@udngroup.com

ISBN　13：978-957-08-3086-6（平裝）
ISBN　10：957-08-3086-7（平裝）

國家圖書館出版品預行編目資料

勝利 / 康拉德著．李成仔譯．二版．
臺北市：聯經，2006年（民95）
440面；14.8×21公分．
（康拉德作品集：4）
譯自：Victory
ISBN 978-957-08-3086-6（平裝）

873.57 95021308